复仇
寂寞和温暖
天鹅之死
八月骄阳
锁匠之死

小说 I

汪曾祺文集

汪曾祺————著

林贤治————编选

SPM
南方传媒 ｜ 花城出版社

中国·广州

图书在版编目（ＣＩＰ）数据

汪曾祺文集. 小说. Ⅰ / 汪曾祺著 ；林贤治编选
. -- 广州 ：花城出版社，2024.1
　　ISBN 978-7-5360-9653-0

Ⅰ. ①汪… Ⅱ. ①汪… ②林… Ⅲ. ①汪曾祺（
1920-1997）－文集②小说集－中国－当代 Ⅳ. ①I217.2

中国国家版本馆CIP数据核字(2023)第001419号

出 版 人：张　懿
丛书策划：肖延兵
责任编辑：夏显夫
责任校对：李道学
技术编辑：凌春梅
装帧设计：李炜平

书　　　名　汪曾祺文集. 小说. Ⅰ
　　　　　　WANG ZENGQI WENJI. XIAOSHUO. Ⅰ
出版发行　花城出版社
　　　　　　（广州市环市东路水荫路 11 号）
经　　　销　全国新华书店
印　　　刷　广州市岭美文化科技有限公司
　　　　　　（广州市荔湾区花地大道南海南工商贸易区 A 幢）
开　　　本　880 毫米×1230 毫米　32 开
印　　　张　63.5　24 插页
字　　　数　1,403,000 字
版　　　次　2024 年 1 月第 1 版　2024 年 1 月第 1 次印刷
定　　　价　298.00 元（全六册）

如发现印装质量问题，请直接与印刷厂联系调换。
购书热线：020 - 37604658　37602954
花城出版社网站：http://www.fcph.com.cn

1946 年，时年 26 岁

西南联大期间，与同学李荣（左）、朱德熙（右）合影

1

2

1. 1948 年，与夫人施松卿在北京
2. 1948 年冬，与夫人施松卿

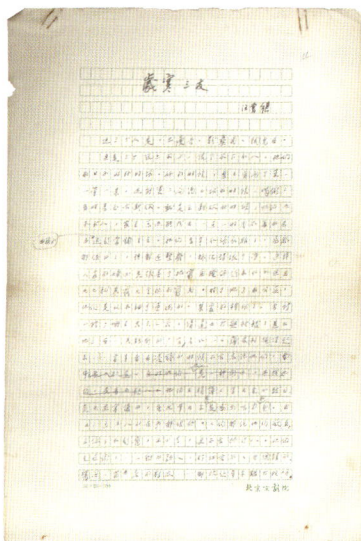

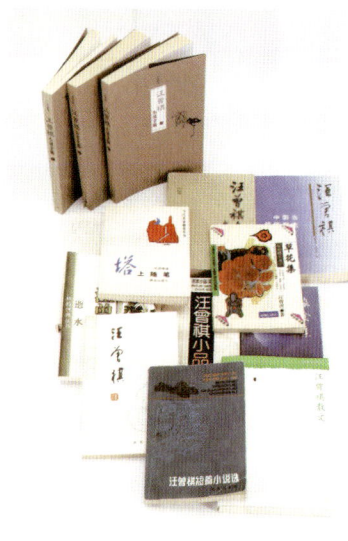

1. 《岁寒三友》手稿
2. 汪曾祺部分作品书影

汪曾祺：一个中国式的抒情的人道主义者

林贤治

一 "我是一个中国人"

1980年10月，《北京文学》杂志发表了一个短篇小说《受戒》，人们开始注意到一个陌生的名字：汪曾祺。及至《大淖记事》等小说接连刊出之后，人们便记住，并且喜欢上了这位"年轻"的老作家了。

汪曾祺1920年3月5日出生于江苏高邮的一个地主家庭。他三岁丧母，两位继母对他都很好，汪曾祺在家中是个"惯宝宝"。其父是一位画家，擅长花鸟写意，在当地颇有名气。在这样一个富足、温暖的书香家庭长大，汪曾祺从观念到性情，自然脱不掉传统文化的影响。

从儿时一直到初中毕业，汪曾祺都在这座小城里度过。他熟悉街巷和周围的店铺、作坊、摊子，熟悉大小店铺的老板、店伙、工匠，平民阶层中的各色人物，在封闭的、平静的气氛中感受着他们的生活，那扰攘于其中而又起伏不大的小小的悲欢。汪曾祺承认，市民们的思想、道德，还有俗气，对他的为人是有影响的。为文更不用说，许多作品直接取材于小城的人物和故事。即便写作其他题材，也都受到少时故乡印象的熏染。

高邮是水乡，汪曾祺的小说常常以水为背景，人和事多带有泱泱水气。人的性格也多平静如水，他喜欢的人物更是水一般的纯净、明澈。论结构，论语言，他的小说都流溢着那种流动和灵气，充满水的感觉。

汪曾祺是一个热爱家乡、热爱土地的人，正如他赞誉他的老师沈从文所说。他的爱、悲悯、善感与智慧，他作品中的种种气息，都来自乡土的赐予。他有一组自传体散文，取名《逝水》。虽谓流年似水，而对于故乡的记忆，却也恒定如水般流贯他的一生，汩汩不息。

如果说故乡是人生的原点，那么在汪曾祺的一生中，还有三个重要的转折点，决定着他命运的走向：一是1939年进入西南联大；二是1957年经历反右斗争扩大化；三是"文革"结束，最终脱除"帽子"，获得"解放"。

西南联大是中国现代教育史上的奇迹。这里集中了全国高校最优秀的教师，在艰苦的战争岁月，以自由开放的校风培育了一大批人才。汪曾祺考进中文系，从此获得一种现代的世界的眼光，与文学结下不解之缘。在这里，他结识了终身的导师沈从文，在文学的专业训练中，接受过西方现代主义的影响。这时，他开始文学创作并多次获得发表。他早期的创作是实验性的、诗性的，并带有一定的唯美主义倾向。他在忆及大学生活时，满怀感激之情写道："我要不是读了西南联大，也许不会成为一个作家。"

　　1949年后，汪曾祺在北京市文联工作，先后任《北京文艺》和《民间文学》编辑。1957年，在反右派斗争扩大化中遭到批判，次年划为"右派"，下放到张家口农业科学研究所劳动改造，直至1962年调回北京，任北京京剧团编剧。1966年文化大革命爆发，在此期间，汪曾祺曾以"摘帽右派"和"资产阶级反动学术权威"的罪名被关进"牛棚"，遭受批斗，强制劳动。后因编创"样板戏"的需要，他一度被起用参与编剧工作；至"文革"结束，又因这种特殊经历，再度接受审查。

　　"右派"经历对汪曾祺来说非常重要。由于身份的改变，他对中国的政治生态和社会环境有了有血有肉的现实感知。在农科所四年期间，他和农民一起劳动和生活，使他有机会对底层有切近的了解，增进了他的平民意识。强制性的改造，无疑对他造成很大的伤害，却不曾泯灭他的爱，尤其说在人性方面，这反而加深他对被侮辱和被损害者的同情。

　　"文革"结束后，特别在完成审查而有资格同众多的知识分子一起，额手称庆"第二次解放"之后，汪曾祺被唤起了精神创造的热情。这个时刻，对汪曾祺来说，其重要性就在于获得真正的自我，从此再无须奉命写作。他似乎颇满足，有这样的自白："说老实话，不是十年'文化大革命'的惨痛教训，不是经过三中全会拨乱反正，我是不会产生对于人道主义的追求，不会用充满温情的眼睛看人，去挖掘普通人身上的美和诗意的。不会感觉到周围生活生意盎然，不会有碧绿透明的幽默感，不会有我这几年的作品。"

汪曾祺说："我是一个中国人。"就是说，他是一个爱国者，热爱中国文化，对于中国既有的历史和现实，它的光荣与梦想，苦难与屈辱，全部加以接受。他选择，并愿意承担命运中的这一切。汪曾祺多次说过，他是一个现实主义作家。"我比较正视现实"，他解释说，"严酷的现实教育，我不得不重视"；"我经历过生活中的酸甜苦辣，春夏秋冬，我从云层回到地面"。这是一种现实感。有不少人把他阐释为一个隐逸型作家，他是不同意的。

他深知，在中国，文学离不开政治。他说："我的作品和政治结合得不紧，但我这个人并不脱离政治。我的感怀寄托是和当前社会政治背景息息相关的。"对文学中的政治，不宜做过于狭隘的理解；它并不限于权力、宫廷、政策法令、诸多的政治事件。社会生活的众多场域，都可以窥见政治的踪影，它甚或常常以隐匿的方式进入私人空间。汪曾祺是一个清醒者。他不会回避。

二 本土性·民间性·日常性

汪曾祺认为，文学创作源于记忆。这是一个重要的文学理念。这个理念，把作家的创作同他的时代、个人经历、生活环境，包括人际关系密切地联系起来，对于题材、主题、人物和情节的选择及设置，由此有了一个大致的规定，乃至影响作品的调性和风格的形成。

20世纪80年代初，汪曾祺和当代众多"归来"或"崛起"的作家不同的是，他甘居边缘，只写自己熟悉的东西。这是一种有意识的文化选择和人性选择。

当他重写小说时已届晚年，他承认，人到晚年便喜欢回忆童年和青年时代，因此多写故乡和昆明的熟人。他说他小说中的人物大体都是有原型的，其余的也都取自他在农科所和京剧团的生活，都是熟人。他的小说有一个最显著的特点，就是写熟悉的普通人、劳动者、小人物、小儿女。他们大都来自"旧社会"，这些故人故事，反映的是"一个已经消逝或正在消逝的时代"。

　　汪曾祺写记忆，写熟人，是因为他一要忠实于主观，便于释愤抒情；二要忠实于生活，而不是"高于生活"。对于生活，汪曾祺有他的见解，认为世界上并没有许多惊心动魄的事，生活的原样应是日常所见的，无中心的、散漫的、平淡的。他的创作态度，也就是看待生活的态度，因此，他不倚仗虚构，甚至鄙弃虚构，看重的唯是生活的印象和发现。他说："我不善于讲故事。"甚至骄傲地说："情节，那没有甚么。"他的小说非故事化，非情节化，所写多是小事，即使遇到所谓"重大题材"，也都大事化小地处理。他不过分重视刻画人物、经营结构，不大喜欢描写心理活动。他有一个看法，认为小说是"第三人称的艺术"。所谓"第三人称"并非指的"客观"，而是强调小说家作为观察者的位置。他保持一定的距离进行观察，即使身在故事中，也维持观察者的立场。观察者的言说是小说中的叙述部分，他在叙述中描写。其实他是善于情状的描写的，只是小说的描写性，常常融入富于情调的流动的叙述之中罢了。

　　"文学是人学。"这句话实在用得太滥，不过用来叙说汪曾祺的小说创作挺合适。他多次重复沈从文对他说过的一句话："要贴到人物来写。"他善于在普通人的身上发现人的价值、人的诗意、人的美，并且用富于情感的语言表现出来。由于他的小说偏重于日常生活，是文化的、伦理的、人性的，所以能够消融新与旧的时代界线，成为我们身边的永久的风景。

汪曾祺从20世纪80年代开始，就致力于表现普通人的日常生活，在当代叙事学的历史上，应当说是带有革命的意义的。

《受戒》写一对少年男女小明子和小英子的一段情感经历。汪曾祺笔下的乡村少女特别健康、美丽、纯洁可爱。小英子让人想起沈从文《边城》里的翠翠，却更显活泼，整个小说充满着一种明快、欢乐的气氛。汪曾祺早期小说《河上》在情调上颇相类似，其中的三儿和小英子一样纯朴，致使城里的少年爱慕不舍。对于爱情，小说家汪曾祺似乎喜欢折取人生中初开的一段花萼，以便于表现普通人高洁的品质，和对美好生活的向往。

《大淖记事》写巧云与十一子相爱，忠贞执着，患难与共，是另一种境界。在这里，故事因为掺进生活的苦难而增加了硬度。小说写到，小锡匠十一子被保安队段打致死，是巧云用尿碱汤把他救活了。

> 巧云捧了一碗尿碱汤，在十一子的耳边说："十一子，十一子，你喝了！"
>
> 十一子微微听见一点声音，他睁了睁眼。巧云把一碗尿碱汤灌进了十一子的喉咙。
>
> 不知为什么，她自己也尝了一口。

这是一个非常感人的细节。

巧云一家三口，两个男人不能挣钱，生活的重担压在她的肩上。小说写她不用太多考虑，"把爹用过的箩筐找出来，磕磕尘土，就去挑担挣'活钱'去了"。从此，一个姑娘很快变成了一个能干的小媳妇。在这里，汪曾祺不唯赞美两颗相爱的心，尤其礼赞劳动者在生活面前从不低头、顽强不屈的精神。

《露水》中的无名氏，原在一个草台班子唱戏，后来班子解散，无处投奔便到船上卖唱。她的丈夫和孩子先后病死，她与另一位卖唱人结成"露水夫妻"，不出一个月，男人又得绞肠痧死去。她葬了男人，大哭一场之后，第二天照样去轮船卖唱。底层妇女辗转于命运的重厄之下，表现出无比强韧的生命力。《寂寞和温暖》中的沈沅是一位知识女性，被打成"右派"后，在管制劳动期间没有丝毫的萎靡之态。她热爱生活，热爱大自然，即使经历重大的变故，干活和读书一如往常。《小芳》写的是"新时期"一个乡村保姆的故事。小芳为反抗包办婚姻，北漂到京城当保姆。离婚后，去丰台一家糖果糕点厂做糖果，爱上厂里的同乡小胡，从此结婚生子。她的生活很苦，有时连盐也没有，但她没有怨艾，一心把两个孩子拉扯大。艰难中，总算没有失去希望，即使这希望非常渺茫。

汪曾祺笔下的小人物，无权无势，物质生活匮乏。《陈小手》《铁匠之死》是两个十分精粹的短篇。一个善良敬业的产科医生，一个勤劳本分的锁匠，同样死于强人之手。《八千岁》里的主人公有着同样的遭遇，一天被旅长八舅太爷以"资敌"的罪名铐走，实际上是敲竹杠。结果他得找上铺保，送上八百大洋，才把性命给保了下来。

八千岁有钱，却俭省得使人生气。他一年到头只穿一身老蓝布衣裳，家里开米店，放着高尖米不吃，顿顿是头糙红米饭。平时很少吃到鱼和肉，都是一成不变的熬青菜。这地方有"吃晚茶"的习惯，他喝茶待客，自己舍不得吃包点，一年三百六十五日，只吃两个烧饼。小说写到他被保出来的当天，特地做了一身阴丹士林的长袍穿上。吃晚茶的时候，儿子给他照例拿了两个草炉烧饼来，他把烧饼往账桌上一拍，大声说："给我去叫一碗三鲜面！"

小说到此戛然而止。《八千岁》写的悲剧，以喜剧收场，幽默中透出作者的愤慨。

《职业》在半个世纪中改写过三次，汪曾祺自称这是他最满意的小说。一篇三千余字的小小说，给装了一个大题目，写的是一个卖"椒盐饼子西洋糕"的孩子。这孩子十一二岁，从小失去父亲，没上过学，他母亲求人为他寻得一份职业，到一个糕点店做小伙计。晚上发面，天亮就起来烧火，帮师傅蒸糕、打饼，白天挎了木盆沿街叫卖。小说结尾写他上外婆家吃生日饭，新剃了头，换过干净衣裳，第一次没有挎木盆，散着手，高高兴兴大摇大摆地走。走到巷子没人处，他忽然高喊了一声，街上的孩子模仿他的叫卖声。他在暂时摆脱职业的压力之后，有了一种获得解放的轻松之感。这种苦中作乐，也未尝不可以解读为对被限制的生活的抗议。作者定稿时，增写了别的叫卖声作为背景，深化了主题：把原来怜惜失去童年，扩展为对"人生多苦辛"的感喟。

《落魄》《忧郁症》《辜家豆腐店的女儿》《打鱼的》《李三》，包括《露水》《小芳》，写的都是卑贱的职业，或竟至于无职业，但是其中的每一个普通男女，无不苦苦挣扎于日常之中。这挣扎有一种力，一种无须等候援手的自助的力，以使他们不至于在苦难和不幸中沦亡。

《落魄》写战时一个做绸缎生意的扬州人在内地开饭店，最后由老板变成了一个寄食者。小说写到他身体衣着方面的变化，原先的斯文劲儿到最后扫地以尽，一双长满灰趾甲的脏脚令人唏嘘。《忧郁症》里的裴云锦女师毕业，出嫁之后，既要照顾穷困的娘家，又要维持没落的婆家，终至发疯，上吊而死。《辜家豆腐店的女儿》中，女主人公因为穷，被米厂王老板和他的大儿子给包了。但她看中的是老板的学中医的小儿子，请他到家看病时，大胆求爱，却遭到婉拒。两个月后，这小儿子结婚了。花轿从辜家豆腐店前经过，她也挤在人丛中看。小说写道：

　　花轿过去了，辜家的女儿坐在一张竹椅上，发了半天呆。
　　忽然她奔到自己的屋里，伏在床上号啕大哭，哭的声音很大，对面烧茶炉子的和打芦席的大娘都听得见，只是听不清她哭的是什么。三位大娘听得心里也很难受，就相对着也哭了起来，哭得稀溜稀溜的。
　　辜家的女儿哭了一气，洗洗脸，起来泡黄豆，眼睛红红的。

穷人的女儿离不开劳作，日子再艰难也得照样过。

《李三》是《故里杂记》中的一篇，写一位地保兼更夫的单身汉，如何使用他的小狡狯谋生的故事。比起《李三》的戏剧性，《故乡人》里的《打鱼的》则平淡多了。全篇出现打鱼的三个人，夫妇俩和他们的女儿全无名字。一男一女天天穿皮罩衣，站在齐腰的水里张网赶鱼，一天听不到他们说一句话。有几天不见他们打鱼，原来女的得伤寒死了，出场的换了一个辫根缠了白头绳的十五六岁的小姑娘，其中写道：

> ……她来顶替妈的职务了。她穿着妈穿过的皮罩衣，太大了，腰里窝着一块，更加显得臃肿。她也像妈一样，按着梯形竹架，一戳一戳地戳着，一步一步地往前走。
>
> 她一定觉得：这身湿了水的牛皮罩衣很重，秋天的水已经很凉，父亲的话越来越少了。

无论故事还是叙述语调，都平淡到了极点，然而苦味绵长。

汪曾祺说他不喜人物心理活动的描写。确实，意识流、内心独白、内心分析之类的手段他很少使用，但是，他是重视人的精神世界的。像《异秉》，在小市民操劳琐碎的生活中，就有一种为命运所支配的苦味在里面，但以嘲谑出之。《李三》何尝不是这样。《侯银匠》中，侯银匠中年丧妻，身边只有一个女儿。因为家境贫寒，女儿十七岁就出嫁了，他为此常常觉得对不起女儿，让她过早懂事，过早当家。她"好比一树桃子，还没有开足了花，就结了果子"。小说写他在女儿出嫁后，一个人在小银店中的寂寞之感，十分凄切感人。在中国当代作家中，很少有人像汪曾祺这样倾情于小人物内心的角落。

"人情"和"风土"密切相关。这里说的人情，乃是普通人的常情，大人物不在此列。汪曾祺对风俗有兴趣，小说中有浓厚的风俗画成分。像《珠子灯》开头写元宵，《陈四》写迎神赛会，都一样有声有色，是作者说的"生活抒情诗"。

这些民俗，在汪曾祺的小说中，一是作为故事的背景出现；二是结合人物来写，风俗成为人的心理和活动的一部分；再是看起来是风俗，实际上在写人，如《岁寒三友》。他笔下的民俗，无不同小说中的人物有关，实际上也都是"贴"着人物写的，并不是孤离的，地方志式的。

他有文章论及"风俗画小说"，甚为嘉许，以为可以增加作品的乡土气息、生活气息，论述中不无自得之意。他还写过不少游记，记录民俗风情。这些游记不像一般的散文，他的目光往往越过水光山色，更多地注重地方掌故，注重风景中的文化意蕴。所以说这些文字不同于地方志，是因为其中除了民俗、文化，还有文学；交织着人的历史，人的命运，人的情感。

风俗主要表现在民间节庆和仪式上，在汪曾祺的小说中，还有多方面的日常生活知识，体现并丰富了作品的"民间性"。这些知识，不但构成了小说人物的背景，而且直接植入生活本身，成为人物命运的组成部分。有的知识非常专业，如《受戒》写佛门规矩、佛事程序；《大淖记事》写锡匠行；《八千岁》写米行，写相马；《鸡鸭名家》写牲口活；《瞎鸟》写遛鸟；《百蝶图》写绣花；《礼俗大全》写礼俗。都可以看出作者对于相关物事知之甚稔，更不用说如《云致秋行状》等多篇中的舞台生活知识了。

在汪曾祺的散文中，有不少篇什写花草树木，瓜果菜蔬。他喜欢静美，朴素之美，这类小品有如齐白石所画的萝卜白菜之类，有一种民间情怀。此外，汪曾祺重视"吃文化"。他说过："谈吃，也是一种对生活的态度，对文化的态度。"他有很丰富的烹饪知识，小说《金冬心》写的宴席菜单，令人叹为观止。吃，在汪曾祺的文字中，就是市民生活、民间文化。

汪曾祺多次说到"民族品德""民族感情"，从他一贯的平民主义立场出发，民族性更多地体现为一种民间性。"民间"是一个特定的空间，犹如"江湖"，带有某种阶级论色彩而又消融了阶级的差别。大体来说，"民间"一词不是政治学的，而是人类学的、社会学和文化学的。

汪曾祺对于民间的皈依，不只在生活、语言等方面，还有观念的认同。对于社会生活，对人对事的态度，他直接采取民间的尺度，就是说，他本人也成了"民间人物"。这在当代作家中，也是少有的。所以，他不赞成"启蒙"的做法，他不认为作者比他笔下的人物更高。

他写《王四海的黄昏》，欣赏卖艺人的诚实；《鉴赏家》写知己之感，写信守承诺；写《陈泥鳅》的助人行善；写《岁寒三友》的往来情义，都是民间伦理道德观念中的东西。就连《桥边小说三篇》中写的小学校工詹大胖子对女教师的爱护，《鲍团长》中主人公对乡亲父老的敬重和对自尊心的维护，都一样有道德的光彩。英雄在民间，他们在汪曾祺这里，都没有当英雄写；他通过日常事务，揭示小人物心灵的闪光。他笔下出现过类似张爱玲小说中的人物，如《合锦》中的魏家二奶奶，《百蝶图》中小陈的妈，算计、嫉妒、啬刻、多疑，甚至恶毒，作者都没有采取冷嘲的态度。对于小市民，他抱同情的理解，包括人性恶的部分，写将出来，付之感叹而已。

有关性观念方面，在汪曾祺小说中的表现特别有意思。

《薛大娘》的女主人公给人拉皮条，她的三间屋成了"台基"——一个供男女欢会的地方。她跟药店保全堂的人很熟，知道店员一年只有一个月假期，有心给他们介绍，但是他们没有余钱做"风流事"，结果办不到。她喜欢上店里的管事吕三，一次一起走路，经过她家门口时，便约吕三到屋里找她。小说写道："薛大娘的儿子已经二十岁，但是她好像第一次真正做了女人。""真正"的女人是什么样子的呢？她的老姊妹劝她不要再"偷"吕三，图什么呢？她回答说："不图什么，我喜欢他。他一年打十一个月光棍，我让他快活快活——我也快活，这有什么不好？有什么不好？谁爱嚼舌头，让他们嚼去吧！"

《小孃孃》写谢普天和他嫡亲的姑妈谢淑媛的不伦之恋。两人很快乐，又很痛苦；很轻松，又很沉重，无法摆脱犯罪感。后来有了传闻，街谈巷议，他们决计离开本地，远走云南。在云南，谢普天卖画为生。其间，谢淑媛给他当模特，画过一些裸体画。谢淑媛难产死后，谢普天把裸体画交给朋友保存，嘱托十年后找地方出版；把小孃孃的骨灰装在手制的瓷瓶里带回家乡，深埋在桂花之下，然后不知所终。对于这对不伦男女，一如对薛大娘，作者是欣赏的，赞美的。

作者的性爱观取两心相悦，自然至上。从早年的《河上》，到《受戒》，再到后来改写的《聊斋》系列，都抱一致的态度。这种态度，影响及于小说的结构、情节乃至处理的手法，比起当代作家的所谓"情爱小说"，骨子里其实更大胆，更开放。

汪曾祺的观念是现代的，说到小说，也常常强调"现代性"。

但是，他的小说又有不少古典的、传统的成分，传统里有不少民间的东西。像迷信、宿命论，他的小说都有涉及，而且并非批判的，观点颇为独异。汪曾祺承认，他主要接受了儒家的影响，他的解释是吸收其中的"人情味"。除此之外，他的积极乐观的现实主义态度，同样有着儒家思想的基因。但是，他又摒弃了儒家重规制、重等级等正统的方面，而采纳了庄子及道家的自由、虚静、隐逸的一面。至于他对芸芸众生的关怀与悲悯，在传统文化方面，也不能说没有释家的因素在里面。

汪曾祺说："我是一个中国人。"这里说的"中国"，不为政治所囿，而更多地具有文化的意涵。他就在这样的汉文化语言中间，找到永生的祖国，诗意的家园。

三 现实性与历史感

汪曾祺给人的印象温厚、随和，被人称作"最后一位士大夫作家"；他的作品，则被称为"乡土文学""风俗画小说""笔记小说"。这与他经常表现出来的文学主张不无关系，譬如说他就是"小桥流水"；说受"温柔敦厚"的传统诗教的影响；说文学的作用是"滋润"，不是治疗；等等。他的严肃的、思索的、具有鲜明的政治性和深沉的历史感的一面，往往因此为人所忽略。

粗粗看来，汪曾祺的小说有两大类：一类时代的限界比较模糊，多述文化、民俗、男女情事；还有一类相反，时代意识很强，故事以政治事件为背景，故而人物也随之带上了政治色彩。由于市井叙事及描写民俗者居多，且其中《受戒》《大淖记事》等每每被视为"代表作"，汪曾祺的政治倾向性自然隐而不彰了。

汪曾祺说，选一个题材，写一个人物，虽然是片段，却要有"历史感"。他有几篇小说，突出地把历史当作一种道具，或第三只眼，见证小人物一生惨淡的生活，其中的荣辱浮沉。

《落魄》写抗战时，一个扬州人带着一个南京人跑到内地开饭馆，八年时间过去，这对表兄弟的地位发生了戏剧性的变化。原来的老板扬州人成了店员、寄食者，他的女人也不复属于他，而成了南京人的新妇了。

时代的迁流，消灭了一代匠人，消灭了许多手艺、美食、有特色的文化，这是无可奈何的事。《戴车匠》用怀旧的调子写道："车匠的手艺从此也许竟成了绝学，因为世界上好像已经无须那许多东西，有别种东西替代了。我相信你们之中有很多人根本就无从知道车匠店到底是怎么回事，你们没有见过。或者戴车匠是最后的车匠了……"《祁茂顺》里姓金的贝勒，街坊称金四爷，辛亥革命以后就再也不能吃皇粮了，坐吃山空，日渐穷困，把四合院的大部分都卖给同仁堂堆放药材，只保留三间北房。他靠校点中医典籍维持收入，"豪华的日子"也只剩下吃麻酱面了。祁茂顺原本有手艺：糊烧活，裱糊顶棚，由于订活的人越来越少，手艺派不上用场，只好到午门历史博物馆蹬三轮车。论身份，两人都是过气的人。一天，金四爷请祁茂顺给他家裱糊顶棚，完工后请祁茂顺喝酒去。小说的结尾是两人的对话：

"茂顺，别走，咱们到大酒缸喝两个去（大酒缸用的都是豆绿酒碗，一碗二两，叫做'一个'）。"

"大酒缸？现在上哪儿找大酒缸去？"

"八面槽不就有一家吗？他们的酥鱼做得好。"

"金四爷，您这可真是老皇历了！八面槽大酒缸早都没了。现在那儿改了门脸儿，卖手表照相机。酥鱼？可着北京，现在大概都找不出一碟酥鱼！"

"大酒缸没有了？"

"没有啰！"

金贝勒喝着茶，连说了几句：

"大酒缸没有了。大酒缸没有了。"

很难说得清他的话是什么意思。

　　小说的弦外之音是清楚的。这里不仅仅是一种怀旧，在挽歌般的调子里，分明留有作者对现代化、都市化、文明与进步的沉思。

　　汪曾祺说小说"不是写事的"，乃极而言之，强调的是抒情性；其实，他不但写事，而且写史。他表白说："我是一个侧面的历史见证人。"又说："既然没有历史，那就：从我开始！"有意思的是，他写民国时期的事，大多不取历史的角度，而取文化的角度，有点儿女情长；后来写新社会，空间从市井转换成单位，时间由网状编织成线索，这时，反而重历史，重见证，带上更多"思想"的成分了。

　　1949年以后的故事，在汪曾祺这里，与政治运动的走向大体一致。他无法逃离政治，这是由现实主义作家处理的社会题材本身所决定的。

　　关于当代史，他从1957年写起。作《寂寞和温暖》一篇，且仅此一篇，无疑是一生中的心血之作。

小说的女主人公沈沅是农科所的科研人员，由于在外国的父亲被错划为地主，她在日记里写下她的困惑和不满，结果被打成"右派"。她受到无数次的批判，写了无数次检查，忍受各种离奇而难堪的侮辱，精神完全垮了。这时，老工人王栓出现了。他是第一天赶车把沈沅接到所里的，两人平时很谈得来。在沈沅被打成"右派"之后，他关心她，鼓励她，给她生存的勇气。"你不要想死。千万不要想走那条路。"他放心不下，叮嘱说，"你答应我。"沈沅每天下班都到井边去洗脸，自从挨了批斗，一张画了一个少女只穿了乳罩和三角裤衩向蒋介石低头屈膝的漫画贴在井边的墙上，就改在天黑之后才去洗脸。王栓看见了，在她门外放置了一个木桶，每天贮半桶清水，用完了再送。在作者笔下，是普通劳动者、"粗人"最富有同情心。相应地，小说写了积极分子王作祐，善于迎合，与人为敌，是阶级斗争和政治运动的共生者。在《寂寞与温暖》里，除了以赞美的笔触对沈沅精雕细刻之外，还用心塑造了作为领导干部的赵所长的形象。作者欣赏他一贯"右倾"，"屡犯错误"，抗日时期已是县委一级干部，现在仍是县委一级；欣赏他骑自行车上班，一来就下地干活；欣赏他跟工人在一起时无拘无束，不分彼此；欣赏他尊重知识，尊重科学，尊重知识分子。他关心沈沅的生活和工作，不但没有在政治上歧视她，反而重用她，给她摘"右派"帽子，给她例外的探亲假，给她当"候补"先进工作者，支持她搞科研工作。小说极力美化他，像这样一个武工队长的干部，作者让他爱美，爱文学，在评先进会议上念《离骚》和龚定盦的诗。难怪沈沅给了他这样一个评语："你真不像个所长。"

汪曾祺明显地把当时的领导干部与知识分子的关系理想化了。"生不愿封万户侯，但愿一识韩荆州。"这种寻找"知己"的士大夫阶级的理想，一直活在中国知识分子的意识之中，汪曾祺毫不例外。"文革"后，以"反右"运动为题材的小说大抵呈现出一种悲剧性、正义性的色彩，而汪曾祺这个小说，伤痕为人性所抚平，色彩温暖、明亮，置于同类题材之中，反差极大。

　　对20世纪60年代初的饥荒时期，他写过三个小说，《黄油烙饼》《七里茶坊》《荷兰奶牛肉》，都是有关饥饿的题材。当官的还报告说搞了"标准田"，过"黄河"，鼓励"说谎"。有两个小说提到食堂，分大食堂、小食堂，社员食堂和干部食堂，吃饭待遇是不一样的。《荷兰奶牛肉》写到，农科所的工人比一般社员的生活要好，也有好几个月吃不上肉。凑巧所里的荷兰奶牛被火车撞死了，工人们提早收工，拿了碗筷早早进了食堂，等着分吃牛肉。到点了，食堂就是不开窗，等季支书对大家进行思想教育。季支书上天下地讲了大半天才讲完，下令"开饭"，然后直奔干部小食堂，拿出归他掌握的酒库的钥匙，开库取酒。小说用讽刺的笔调再现当年的荒谬情景。《黄油烙饼》从孩子的独特视角出发，看取眼前离奇的世界。奶奶饿死之后，萧胜随爸爸到口外的马铃薯研究站生活。打饭时，他闻到干部食堂飘过来的黄油烙饼的香味，小说写道：

　　　　回家，吃着红高粱饼子，他问爸爸："他们为什么吃黄油烙饼？"
　　　　"他们开会。"

"开会干吗吃黄油烙饼?"

"他们是干部。"

"干部为啥吃黄油烙饼?"

"哎呀! 你问得太多了! 吃你的红高粱饼子吧! "……

他妈妈听了,马上起来把仅有的一点白面倒出来,从柜子里取出一瓶奶奶没有动过的黄油,抓了一把白糖,给擀了两张黄油发面饼,放在他面前说:

"吃吧,儿子,别问了。"

小说接着写道:"萧胜吃了两口,真好吃。他忽然咧开嘴痛哭起来,高叫了一声:'奶奶!'"

小说叙说从容,描写细腻,都是蓄势;结尾突然冲决而出,极具感人的力量。

1961—1962年,汪曾祺发表过几篇小说:《羊舍一夕》《王全》《看水》,当时的岁月都被写得很光明,和后来写的色调完全两样。对于后来的小说,作者说是"一个不乏热情,还算善良的中国作家八十年代初期的思想的记录"。显然,这里留有他在短暂的"思想解放运动"中对历史的反思。

至90年代,汪曾祺一连写了十多篇以"文革"为背景的小说。

汪曾祺说:"'文化大革命'是我们这个民族的扭曲的文化心理的一次大暴露。"但是,他不做写实主义式的刻画,多取人物断片,写小故事。在作者笔下,生活如同儿戏,荒诞奇诡,然而又充满杀机。看得出来,作者着意使用夸张、讽刺的手法,寓沉痛于谐谑之中。

汪曾祺说他不认为生活本身是荒谬的，然而，在叙述"文革"的系列小说中，数量最多的，却是这类近于"黑色幽默"的荒诞的小说。作为一个现实主义作家，汪曾祺既然要忠实于那段历史，那么整个时代的形象就不能不是"扭曲"的。《郝有才趣事》《唐门三杰》《当代野人》《当代野人系列三篇》《焦满堂》，包括《八宝辣酱》，其中的主角，多半是哈哈镜中的人物。或恐吓告密，或施暴破坏，或从众造反，或曲意逢迎，从不同方面暴露积淀已久的社会文化心理。

　　《虐猫》是一篇很精粹的小说，极短，写四个三年级学生虐猫。当他们正准备把一只大花猫拴住从六楼往下扔时，其中一人的爸爸因是"走资派"，正从六楼跳下自杀，这时，孩子们便把猫放了。孩子如此，大人可知；虐猫如此，虐人亦可知。小说没有从正面写"文革"，只是摘取一个小小的侧面，寓言般地，经过几度折射，反映出时代真实的景象。

　　《天鹅之死》也是象征。芭蕾舞演员白蕤跳《天鹅之死》，在"文革"中被打成"现行反革命"。宣传队员折磨演员，叫他们背床板在大街上跑步，做折损骨骼的苦工，命令白蕤一整夜跳《天鹅之死》。白蕤转业当了保育员，带孩子到玉渊潭看天鹅。后来来了两个带猎枪的青年，打死了其中一只，其余的都飞走了。孩子们对着湖面，含泪呼喊天鹅回来。小说把"文革"和"文革"后两段时间连在一起，同时把艺术中的天鹅和自然中的天鹅接合到一起，揭示人性道德在非常时期中遭受到何等深重的破坏。邪恶与美善，两者在社会历史的较量中哪个最终取胜，在这里仍然成了问题。

　　汪曾祺写时代的悲剧性。所写无论正邪，笔调无论庄谐，小说都在控诉"文革"中的暴力。作家老舍在挨批斗受辱之下，自沉于太平湖。这是现实中一个著名的悲剧。小说《八月骄阳》取材于这一悲剧，但是不从正面着笔，而是通过侧面，由公园里看门的、唱戏的、遛公园的议论完成，可谓举重若轻。小说本身是一个对话结构，作者有意省掉叙事，而侧重于思考，结尾尤其发人深省。

普通市民富于同情心，明白事理，有高出许多所谓"文化人"的地方。鲁迅说，要论中国人，得看他的筋骨和脊梁，看"地底下"。同样地，这也是汪曾祺小说中的思想，一种平民主义。

散文中，汪曾祺有多篇都是写知识分子的悲剧。这些作品多属悼文，也有记事的，人物有作家、学者、演员，如沈从文、赵树理、老舍、吴宓、裘盛戎等。仅裘盛戎便写过几篇，有一篇的题目叫《一代才人未尽才》，是作者对于一代知识分子命运的发自内心的慨叹。他还有一篇夫子自道的文章《我的"解放"》，平实地记录个人的遭遇，说："我在'文化大革命'中的遭遇，我的'解放'，尘芥浮沤而已。"

汪曾祺写得最多的是两个人群：一个是普通市民，一个是知识分子。他把温爱倾注在市井小人物身上，而在知识分子身上，他有更多感同身受的东西，所以多"借他人的酒杯"，寄托理想，生发感慨。

中国历史上，他对明代"罪臣"杨慎特别感兴趣，写过两篇散文。他很憎恶一个叫王昺的人，此人用银铛（铁链）将杨慎锁来云南，愤慨地说："一个人迫害知识分子，总有他的道理。"什么道理呢？引而不发，无理可说。

一切历史都是当代史。汪曾祺写的历史，其实也是着眼于当代。古代不说，多篇回忆母校西南联大的文字，写那些教授，一群自由知识分子的音容笑貌，各有个性，不拘一格。

四　人道与诗情

在汪曾祺的文学世界里，中心是人。一个作家应当具备什么素质？他的回答是："当然最重要的是对人的兴趣。"这里说的人，不是抽象的人，不是"人类"，不是"大写的人"，而是生活中的个人，普通人，所谓芸芸众生。汪曾祺写的是小市民、小店主、卖艺者、匠人、当兵的、家庭妇女、教师、演员、医生，各种小知识分子。他常常说到"生活"这个词。对人的兴趣，就是对生活的兴趣。唯其有兴趣，才能不倦地观察和了解人们如何为生活所安排，又如何重新组织生活；唯其有兴趣，才能以真诚、挚爱的心，深切感知人们在把生活作为"对手"的过程中所产生的全部喜怒哀乐。

他爱他们。他说："我熟习这些属于市民阶层的各色人物的待人接物言谈话语，他们身上的美德和俗气。这些不仅影响了我的为人，也影响了我的文风。"他不做普通人的导师；相反，他从他们身上学习"为人"的道德，不避"俗气"。他生活和写作在他们中间，他自觉是他们中的一分子，完全以平等的态度看待他们。人就是人，不要不把人当人，人与人之间是平等的。这种"人际民主"，便构成为汪曾祺的人道主义的基础。

在传统文化中，他自述受儒家思想的影响。在一个专制的差序社会中，儒家本来是十分讲究等级观念的，但是，它有一个核心，即所谓的"仁"。用汪曾祺的解释，就是："我认为儒家是讲人情的，是一种富于人情味的思想。"这种对于儒家的态度，颇有点实用主义，他看重的唯是其中的"人情味"。他说："我的人道主义不带任何理论色彩，很朴素，就是对人的关心，对人的尊重和欣赏。"小说中对小人物、"小儿女"的偏爱，最能体现他的人道主义。

其中，他特别喜欢描写女性，而女性只要在他的笔下出现，总是纯净的，健康的，聪慧的，美好的，高贵的。他和他的老师沈从文一样善于描写乡下的少女；他写的三儿、小英子、巧云，和翠翠一样，都十分可爱。连乱伦的小嬢嬢，他也得让她长得漂亮，活泼、任性，追求自由无羁的生活。对于那位拉皮条、偷汉子的薛大娘也如此，小说最后这样写：

> 薛大娘不爱穿鞋袜，除了下雪天，她都是赤脚穿草鞋，十个脚趾舒舒展展，无拘无束。她的脚总是洗得很干净。这是一双健康的，因而是很美的脚。
> 薛大娘身心都很健康。她的性格没有被扭曲、被压抑。舒舒展展，无拘无束。这是一个彻底解放的，自由的人。

这分明是一首劳动妇女的赞美诗。汪曾祺不但为女性描画美好的外貌，而且赋予美好的内质，集合起来，便构成为理想中的"人"的形象。中国士大夫对妇女是赏玩的、狎昵的，没有建立在平等观念上的尊重。《红楼梦》对于女性的态度，跟以前的小说很不相同。鲁迅说曹雪芹打破传统，所指不只是手法，应当包括思想观念在内。在中国小说史上，从曹雪芹到鲁迅，到沈从文，构成为一个新的传统，汪曾祺无疑是这一传统的优秀继承者。

汪曾祺的人道主义，有他自己的表现形态。在这里，比较一下他青年时写的《复仇》和鲁迅的《铸剑》。同是复仇的主题，在鲁迅那里，黑色人助眉间尺复仇，最后与王同归于尽，是一场彻底的战斗。而在汪曾祺这里，主人公跟眉间尺一样，同样是遵从母命，仗剑远行，寻找仇人，为父复仇，然而结局迥异，仇敌间竟忘却宿债，齐声礼赞，握手言和。鲁迅是把爱体现在憎上面，所谓"能憎才能爱"；汪曾祺不然，爱就是爱，平静，和谐。他多次强调说，同沈从文一样，他对人的爱是"温爱"。

"作家是感情的生产者。"汪曾祺的文学观，颇近于托尔斯泰，重视情感的表达。他自称为"通俗的抒情诗人"，作品是"抒情的现实主义"。所谓"抒情"，就是抒写他对于俗世生活中的普通人的爱。他列举自己的作品说，有写忧伤的，如《职业》《幽冥钟》；有写欢乐的，如《受戒》《大淖记事》；有写无奈的，如《云致秋行状》《异秉》。其中，"乐而不淫""哀而不伤"，实在符合传统诗教的原则。汪曾祺说他受儒教的影响，除了"人情味"本身，还有表达这人情味的思想方法，即所谓的"中庸"。从这方面说，汪曾祺不愧是民族传统文化的嫡系传人。

汪曾祺是诗人。他说过，他的创作是从诗起步的。其实到了后来，他写的小说，仍然是诗，只是不分行罢了。他对小说本身的要求便是："小说是诗，不是写事的。"所谓诗，就是诗意，是流动的思想和情感。诗让许多的人物、情节和细节沉浸其中，焕发出一种柔美的人性的光辉。

汪曾祺早期的作品对诗意的追求，近于古典诗，往往落在文辞上面，显得很刻意。如《复仇》的开篇："一盅客茶，半支素烛，主人的深情。"复仇的青年跋涉到庙里："接过土盅放下烛台，深深一稽首竟自翩然去了，这一稽首里有多少无言的祝福……"接着写道："然而出家人的长袖如黄昏蝙蝠的翅子，扑落一点神秘的迷惘，淡淡的却是永久的如陈年的檀香的烟。"《小学校的钟声》开始是："瓶花收拾起台布上细碎的影子。瓷瓶没有反光，温润而寂静，如一个人的品德。瓷瓶此刻比他拖着的水略微凉些。窗帘因为暮色浑染，沉沉静垂……"这样绮丽的文字，颇有点唐代温李诗或"花间派"的味道。

小说如此，散文的诗意更浓郁，许多篇什就像散文诗。他在《蝴蝶·日记抄》里说听斯本德聊他怎样写出一首诗时，说是"随着他的迷人的声调，有时凝集，有时飘逸开去；他既已使我新鲜活动起来，我就不能老是栖息在这儿；而到蝴蝶在波浪上面飘荡，把波浪当作田野，在那粉白色的景色中搜索着花朵。……我来不及听他嘱咐些什么，已经为故地的气息所陶融。"在这里，汪曾祺表现出对诗的美的不舍追求。他是特别注重从生活到文字的"气息"的；而且，他长于辨析这气息。

汪曾祺早期的散文，不大为人所注意，其实颇有特色。有许多篇章具有英国随笔式的绅士风，娓娓而谈，而不乏哲学的意蕴。其时，西南联大的学生正在实验现代诗写作，汪曾祺大约受到这种风气的影响，使文字的诗意带上理趣，并非一味看重光色的表现。

三十年过后，汪曾祺重出江湖，又是另一副小说家的模样。虽然不能说"洗尽铅华"，但是，确实放弃了早期创作那种戏剧性的诗意，那种才子气的表达方式，而完全回到普通生活中来。在艺术上，显然少了早期的"实验性"，而更趋于稳定、成熟，趋于平淡自然。如果仍用古典人物做比较，那么，这时已是达于"陶诗"的境界了。

先看《受戒》，写小明子和小英子爱情初萌时那种纯真无邪的爱。小英子划船把受戒的小明子接回来，他们一人一把桨，将到芦花荡，便飞快地划起来。芦花荡是一个隐蔽的神秘的去处。结尾这样抒情：

> 芦花才吐新穗。紫灰色的芦穗，发着银光，软软的，滑溜溜的，像一串丝线。有的地方结了蒲棒，通红的，像一枝一枝小蜡烛。青浮萍，紫浮萍。长脚蚊子，水蜘蛛。野菱角开着四瓣的小白花。惊起一只青桩（一种小鸟），擦着芦穗，扑鲁鲁鲁飞远了。
>
> …………

明丽的色调，明快的节奏。静静的芦花荡，此时一切皆动，水鸟飞起，"扑鲁鲁鲁"状其声，极富机趣；"飞远了"而后带长串省略号，撩人想象，余韵无穷。

《珠子灯》开始大段民俗描写，主要写灯。有钱人家的小姐出嫁的第二年，娘家要送灯。到了灯节的夜晚，这些灯里就插满了红蜡烛，并且点亮了。虽然灯不怎么亮，但很柔和，很有喜庆的气氛。小说写道：

> 尤其是那盏珠子灯，洒下一片淡绿的光。绿光中珠幡的影子轻轻地摇曳，如梦如水，显得异常安静。元宵的灯光扩散着吉祥、幸福和朦胧暧昧的希望。

孙家大小姐孙淑芸嫁给王家三少爷王常生，屋里就挂了这样六盏灯。两口子琴瑟和谐，感情很好。不幸的是，王常生在南京得了重病，抬回来不到半个月便死了。从此，孙小姐就一个人过日子。六盏灯再没有点过。她病倒了，除了年节起来几天，其余时间都在床上躺着。她整天躺着，不看书，也很少说话，屋里没有一点声音。她躺着听天上的风筝响，听远树上斑鸠的鸣声，麻雀在檐前打闹，大蜻蜓振翅的声音，还有老鼠咬啮木器的响动。描写极细致，接着说，"还不时听到一串滴滴答答的声音，那是珠子灯的某一处流苏散了线，珠子落在地上了"。喜极生悲，最后，作者用安静的语调写道：

> 女用人在扫地时，常常扫到一二十颗散碎的珠子。
> 她这样躺了十年。
> 她死了。
> 她的房间锁了起来。
> 从锁着的房间里，时常还听见散线的玻璃珠子滴滴答答在地板上的声音。

"滴滴答答"，如闻其声。作者接连用对比、烘托、反衬的手法，抒写了一种缘于同情的寂寞之感。

再看《露水》。作者写一对露水夫妻，在船上卖艺，十分相得。然而，才一个月，男的得了绞肠痧死了。小说题为《露水》，开头一段：

> 露水好大。小轮船的跳板湿了。

女的给男的刨了一个坟葬了，号啕哭过之后，第二天照常到轮船上卖唱，唱"你把那冤枉事对我来讲……"还是一种思念。最后一段四个字：

露水好大。

首尾呼应，都说的露水，但都用了"大"字。作者用字极简，却是极度赞美了这位重情义的民间妇女，赞美人性本身。

作者的抒情笔墨，在小说中几乎随处可见，和其中的人物息息相关。无论欢乐或忧伤，小说都从人物的处境和心情出发，通过抒情，再回到人物那里，满足作者的美学感情的需要；而读者也便同样获得一种美感，并从中得以领略作者对于生活的评价。作者所以自称为"通俗抒情诗人"，"通俗"就是普通人的生活。他并非那类"往来无白丁"的雅士，他离不开俗世生活。

汪曾祺说他的抒情，大都倾向于欢乐，包含着乐观的因素。他说："我想把生活中真实的东西、人的美、人的诗意告诉人们，使人们的心灵得到滋润，增强对生活的信心：信念。"又说："对于生活，我的朴素的信念是：人类是有希望的，中国是会好起来的。"其实，这也同他受儒家的教化有关，中国传统文化是乐感文化，儒家是主张积极入世的。所以，他不写悲剧，他在社会悲剧中发现喜剧性的部分，黑暗中哪怕是小小的火光。

欢乐之外，汪曾祺也不得不承认，他还会常常为与他无关的事而发出"带孩子气的气愤"。他把"抒情现实主义"分解为"倾心"和"气愤"两个方面，并把两者同时看作创作的心理基础。所谓"倾心"就是爱，"气愤"则是不得所爱的憎，其实也就是鲁迅说的"憎根于爱"的换一种说法。这里举几个散文的例子。

《随遇而安》里说，别人问他划为"右派"之后这些年是怎么过来的？他的回答是："随遇而安。"他承认，这不是一种好的心态。产生这种心态有历史的原因，本人气质的原因，但更重要的是客观，是"遇"，是环境的，生活的，尤其是政治环境的原因。他说：

> 中国的知识分子是善良的。曾被打成右派的那一代人，除了已往死掉的，大多数都还在努力地工作。他们的工作的动力，一是实证自己的价值。人活着，总要做一点事。二是对生我养我的故国未免有情。但是，要恢复对在上者的信任，甚至轻信，恢复年青时的天真的热情，恐怕是很难了。……

《老年的爱憎》很有意思。汪曾祺反对把他的作品算作"悠闲文学"，虽然他赞美"淡泊"，且认为"有点隐逸的意味"是好的。结尾说：

> 我不是不食人间烟火，不动感情的人。我不喜欢那种口不臧否人物，绝不议论朝政，无爱无憎，无是无非，胆小怕事，除了猪肉白菜的价钱什么也不关心的离退休干部。这种人有的是。
> 中国人有一种哲学，叫做"忍"。我小时候听过"百忍堂"张家的故事，就非常讨厌。现在一些名胜古迹卖碑帖的文

物商店卖的书法拓本最多的一是郑板桥的"难得糊涂",二是一个大字"忍"。这是一种非常庸俗的人生哲学。

周作人很欣赏杜牧的一句诗:"忍过事堪喜",以为不像杜牧说的话。杜牧是凡事都忍么?请看《阿房宫赋》:"使天下之人,不敢言而敢怒。"

《古都残梦》从北京的胡同文化,说到社会心理。结末也谈到"忍",说:

> 胡同居民的心态是偏于保守的,他们经历了朝代更迭,"城头变幻大王旗",谁掌权,他们都顺着,像《茶馆》里的王掌柜的所说:"当了一辈子的顺民。"他们安分守己,服服帖帖。老北京人说:"穷忍着,富忍着,睡不着眯着。""睡不着眯着",真是北京人的非常精粹的人生哲学。永远不烦躁,不起急,什么事都"忍"着。……我认识一位老北京,他每天晚上都吃炸酱面,吃了几十年炸酱面。喔,胡同里的老北京人,你们就永远这样活下去吗?

汪曾祺的作品,容易使人想起晋代诗人陶潜。"采菊东篱下,悠然见南山",文学史上,一直把他当作隐逸诗人的代表。没有人说过有一个"愤怒的陶潜"。然而,他确实怀有愤怒的成分,不然不会写出"刑天舞干戚,猛志固常在"的诗句。作为抒情诗人,汪曾祺也如陶潜,更多地生活和写作在温爱中,不时地露出金刚怒目的模样。

五　语言·文气·散文化

语言是文学的第一要素。

何谓文学语言？相较于现实语言，文学语言当是指那种形象的、多义的、富于情调的语言。形象性容易理解，这里说的多义，是指语言中的具有的模糊的、隐喻的、不满足于准确表达而超越原义的部分。由于修辞手法的使用，多义性也不难理解。至于情调，指的是文本语言中含有作者本人的气质特点、情感和趣味，构成审美的要素。评论里常常指摘文学作品"公式化""千人一面"，究其原因，除了题材、主题、故事、形式手法等方面雷同或类似之外，还有介入的主体性因素，即个性的缺失。艺术个性是从生理、心理到文化修养的综合性呈现，一种不可见却可触可感的，最富于个人性、内在性的美学特征。

在当代作家中，汪曾祺是语言艺术成就最高的极少数几位作家之一。这首先得益于他关于文学的宏富的资源储备，包括其他文化方面的修养；其次，与他的文学观念也大有关系。他谙熟旧文学，通晓古文、诗词、戏曲。"五四"新文学更不待言，他承袭鲁迅到沈从文的小说传统，且能对不同流派的作家多所关注，如周作人、废名等，可以看出他所受的影响。他对于外国文学也熟悉，包括现代派文学。在早期创作中，写诗的训练，增进了他对语言的内质之美的了解和对节奏的把握。于是，在后来的小说和散文写作中，我们便从他那里看到了"余霞散成绮，澄江静如练"般的美，蜿蜒流动，既华丽，又简约。

汪曾祺高度重视语言，甚至认为，语言就是文学的全部。他说："我对语言有一心得，语言是本质的东西，语言不只是工具、技巧、形式。"对于一般的作家、文论家和批评家而言，语言被看成形式风格的组成部分，技巧性的东西，几乎成了共识。所以，汪曾祺关于"语言即内容"的命题，实在不失为一种发现。

语言具有独立的审美价值，这的确。但是，在作品中，它必然与一定的题材内容接合到一起。作为现实主义者的汪曾祺，他不能不重视语言与生活的关系。当他谈到语言时，首先要求的就是准确，简单朴素，是语言的本真性，它的自然形态，然后才谈到雅致。他说："写小说要像说话，要有语态。"具体到人物对话，他的经验之谈，就是"能切开，这样的语言才明确"。为什么要"切开"呢？因为要跟生活一样，简短，真实。生活中，不会有人说话用长句子，太文绉绉的句子。正如汪曾祺强调说的，与他的平直、松散、平淡的小说一样，他不认为生活是有中心的，紧凑的，惊险离奇的。他要按照生活本身的形式来结构作品。

在小说中，相对于人物对话，汪曾祺尤其看重叙述语言。他认为，小说的风格主要表现在叙述语言上。他强调语感，说得较多的是"调子""语调""笔调"，有时也说"情致""韵致"，都是一样的意思。一个作品的语感，最容易体现作家的主体性、倾向性，他的气质、性格、思想艺术方面的修养，包括对生活的理解力、审美趣味那些最幽微的所在。汪曾祺在创作中始终使用文白夹杂的优雅的书面语，没有现成的大众语、流行语。这是一种语言的洁癖。

他喜欢诗性语言，讲究选择词汇，讲究语言的节奏、韵律，以及由此形成的情调、气氛，追求语言对于主题的暗示性和贯穿全篇的音乐感。《天鹅之死》通篇是诗，诗的句子，诗的排列，诗的意境，这是显而易见的。《大淖记事》的音乐性很讲究。行文至中段，主角及故事仍然迟迟不出来，若从结构上说，似乎有点头重脚轻；问题是作者不在乎结构，看重的就是语言、调子。开始写大淖民俗民情，都是接连大段大段的，且用长句子；及至后面两节十一子被打得濒死到救活，则分段很短，句子也很短。作者富于节奏变化的语言打破结构的匀称，是大手笔。散文《随遇而安》在节奏安排方面也很有特点。文从采风始，语调平缓；文末扩至整体知识分子命运，不免迫促。文章不长，个人情感变化却极丰富，从容、幽默、喜乐、愤懑，全都融进去了。

这种内在的节奏，汪曾祺谓之"文气"。他认为，文气，是古代有名的"桐城派"的文章学遗产，解说道："桐城义法，我以为是有道理的。桐城派讲'文气'，我以为'文气'是比'结构'更为内在，更精微的概念，和内容、思想更有有机联系。"他太欣赏文气，在有关创作的场合多次提到并加以强调，甚至称作"很先进很现代的概念"。这是结合了个人经验，带有他本人艺术个性的提法，很有创造性的提法。

汪曾祺擅花鸟画，国画讲"留白"，讲"气韵生动"，这就是他说的中国式抒情。说到语言的音乐性，他提倡学习古典诗词、戏曲和民歌。这里举他的"了"字的两种用法，看他如何营造"韵致"的。《寂寞和温暖》中间有一段说到马夫王栓看望沈沅，王栓走后，屋里好长时间还留着他身上带来的马汗的酸味。接着，突然来了这样独立的一段：

稻子收割了，羊羔子抓了秋膘了，葡萄下了窖了，雪下来了。雪化了，茵陈蒿在乌黑的地里绿了，羊角葱露了嘴了，稻田的冻土翻了，葡萄出了窖了，母羊接了春羔了，育苗了，插秧了。沈沅在这个农科所生活了快一年了。

一小段文字一连用了十九个"了"字，摇镜头般，日子过得极快，用快速的节奏状写沈沅分配到农科所头一年的愉快心情，与之后被打成"右派"的苦闷寂寞正好形成比照。

《钓鱼巷》写一出小悲剧，结尾是：

> ……七斗八斗，他受不了冤屈，自杀死了。……
> 程进的爱人还年轻，改嫁了。……
> 大高回邰家后嫁了一次人，生病死了。
> "沙利文"不知下落，听说也死了。
> 很多人都死了。
> 人活一世，草活一秋。

这些"了"字的使用，有如不断地扔东西，扔尽为止，容易让人想起《红楼梦》里的《好了歌》。汪曾祺有三两篇小说，都这样使用"了"字，或许透露了他晚年的一种潜意识，一种心态。最后的几年，他除了改写《聊斋》故事，确实很少写从前一样的带有新鲜的情爱气味的小说，大约这时生命日渐枯槁，终至成为绝唱。

关于"留白"，在汪曾祺的作品中并不鲜见。这里也举一个例子。《大淖记事》里，月亮为巧云出现过两次。头一次，巧云失足落水，十一子把她救起，像抱一个婴儿似的把她送回家，放在床上。巧云换了湿衣裳，作者特意用括号加了一句："月光照出她的美丽的少女的身体。"十一子给她熬了半锅子姜糖水，让她喝下去，就走了。

小说接着写：

> 巧云起来关了门，躺下。她好像看见自己躺在床上的样子。月亮真好。

这里的"月亮真好"是留白，隐去了一个情窦初开的少女的许多心思。就在这个夜晚，巧云被保安队的刘队长奸污了。她觉得对不起十一子，非常后悔没有把自己给了十一子。在保安队又一次下乡的当晚，她找到了十一子，约十一子到大淖东边，撑一只"鸭撇子"（放鸭子的小船）到了淖中央的沙洲，对十一子说："你来！"十一子泅水也到了沙洲上。

小说写道：

> 他们在沙洲的茅草丛里一直呆到月到中天。
> 月亮真好啊！

这里又是一次留白，隐去了两人欢爱的情景，让空间澄明的月夜唤起读者的想象。而且，此处留白，在叙事上造成一种停顿，一种节奏。让人想起唐人白居易的《琵琶行》，在琵琶大弦小弦的大段弹奏之后，接着是："曲终收拨当心画，四弦一声如裂帛。东船西舫悄无言，唯见江心秋月白。"

汪曾祺的文学资源来自中西两个方面，在当代作家中，很少有像他这样全面、深厚的。特别在古典文学的传承和转化方面，他的创作实践很有独创性，也很有成就。比如小说的"短"，其实他从《世说新语》、宋人笔记和古代散文中借鉴不少。他的极简主义，包括留白，人物描写不重刻画而重传神，等等，都能很好地同西方文学的手法结合起来。如他所说，"融奇崛于平淡，纳外来于传统"，锻造成为一种现代风格，这是很难得的。

汪曾祺执着于他的文学观念，艺术上能够保持某种稳定性，但是，他又不是那种墨守成规的人，而乐于实验、探索，乐于变法。即如暮年对《聊斋》的改写，从艺术效果看，虽然不如他预期的完美，确也有不少新意。他在艺术上的许多特点，除了作品直接呈现之外，还在创作谈、作家论、文论中做了很好的总结。这些文字，就像伍尔芙的文论与批评一样，富有见地而饱含诗意，本身是很好的散文。

汪曾祺说他的小说，一是短，二是散。他把短，看作是一种思维方式，他熟悉这种方式。散，是散漫，随便，信马由缰；自称文章结构受庄子的影响，崇尚"为文无法""气韵生动"。关于人物，他说他小说中的人物大都有原型，实际上，这也跟他爱引用的沈从文的话，说是"要贴到人物来写"大有关系，就是要熟悉、亲近、切实，这正是现实主义的态度。至于他创造的人物，大体上是小人物，没有"大人物"，很少写坏人，跟他的伦理观念有关。他追求真实，追求美善，热爱平凡。他自承不善于讲故事，甚至认为故事性太强便失去了真实，因此不太重视情节，有意识地把小说写得平淡。但他是重视抒情的，一直主张小说应该有一点散文诗的成分，在此基础上，便自然形成了一种平淡而温润的风格。

在中外作家中，汪曾祺有自己的谱系。从自报家门看，对他有实际影响的作家并不多，中国现代作家只有鲁迅、沈从文，还有就是废名。古代的有归有光。说得最多的外国作家是俄国的契诃夫，和西班牙的阿左林。从作风看，这些作家其实不尽相同，甚至很两样，然而他能够转益多师，从每个人的身上发现自己。

至少，鲁迅和沈从文很不一样。鲁迅是理性的、批判的，沈从文是抒情的、赞美的；鲁迅在小说人物中发现国民的劣根性，沈从文则从中发现自然性、原始性、野蛮的力与美。鲁迅在汪曾祺这里，他是短的、简约的、回忆的，人物同样多写家乡普通人和知识分子。他们都贴着人物写，但鲁迅是刻画的、深入的、灵魂里的；而汪曾祺只求神似，侧重情思。汪曾祺虽然没有鲁迅的批判力，但同样重视小说的教化作用，鲁迅说是"国民精神的灯火"，汪曾祺则说是"有益于世道人心"。

汪曾祺重视感觉，重视作品的诗性，因此他欣赏废名。废名用诗的办法写小说，不注重人物，也不注重故事，是印象主义。他营造意境，又不失自然，有一种天真之美，而这也正是汪曾祺所追慕的。

至于明代的归有光，汪曾祺坦承不曾读过他的全部作品，只熟读其中《项脊轩志》《寒花葬志》等少数几篇，非常喜欢他能以平淡的文笔写平常人的事，却有着浓厚的人情味。这是汪曾祺特别看重的，不只一次称赞他是"中国的契诃夫"。

汪曾祺对契诃夫说得最多，有几年甚至每年把契诃夫通读一遍，可见对契诃夫的热爱。汪曾祺认为契诃夫是一个"真正的现代作家"，"开创了短篇小说的新纪元"。他说，契诃夫在世界范围内使小说观发生了很大的变化，从重情节、编故事发展为按生活的原样写生活，从戏剧化的结构发展为散文化的结构，松散、自由、随便。他喜欢这种文体，喜欢契诃夫"对生活的思索和一片温情"。契诃夫的温情，更多的是给予小人物的，恐怕这也是汪曾祺和这位异国作家最相契合的地方。

阿左林的小说一样写得轻松随便，和散文分不开，许多简直就是小品。汪曾祺有一段介绍阿左林的文字，十分准确而有创意。他说："'阿左林是古怪的'。他是一个沉思的、回忆的、静观的作家。他特别擅长于描写安静、描写安静的回忆中的人物的心理的潜微的变化。他的小说的戏剧性是察觉不出来的戏剧性。他的意识流，是明澈的、覆盖着清凉的阴影，不是芜杂的、纷乱的。热情的恬淡；入世的隐逸。"这些文字，用来评价汪曾祺本人最合适不过，他就喜欢这种安静、恬淡和隐逸，而又不失热情。

汪曾祺有一篇文论，叫《小说的散文化》，较为集中地体现他个人的文体观念。关于散文化小说，他这样概括道：一、一般不写重大题材。在这些作者看来，题材无所谓大小。他们关注的是小事，即使有重大题材，也会把它大事化小。二、不过分地刻画人物。作者不太理解，也不太理会典型论。他们不对人物进行概括，不去挖掘人物的心理深层结构，他们不喜欢"挖掘"这个词。三、结构松散。苏东坡所说的"常行于所当行，常止于所不可不止"，是散文化小说作者自觉遵循的结构原则。四、去故事化，去情节化。"情节，那没有什么。"五、作者大都是抒情诗人，小说是抒情诗，不是史诗。它的美是阴柔之美，不是阳刚之美；是喜剧的美，不是悲剧的美。六、作者十分潜心于语言。"除了语言，小说就不存在。"这类小说的语言，要求的是雅致、精确、平易。其实，所有这些，都可以看作是汪曾祺小说的自我阐释。

汪曾祺推重散文化小说，他的小说，有时同样很难与散文分开。个中原因，盖在于"散文化"。散文，在所有文体中，是最本真、最能体现作者个人性的"元文学"。汪曾祺强调语言，本质是散文语言，小说中他强调叙述语言，也即散文语言，作者的本色语言。散文语言除了叙事的功能之外，还传递着作者的生命哲学与审美意识，隐藏着爱恨情仇的密码。潜意识，情感，情绪，趣味，精神的深层结构，在散文语言中有着更直接、更真实、更精微的表现。汪曾祺说："淡泊，是人品，也是文品。"古代文论中，常说到"文品"或"文格"。这类概念，至今似乎失传久矣，汪曾祺倒是少有的惯于使用的人，他由来重视"文品"与"人品"的一致性、整全性。

风格即人。汪曾祺"甘于淡泊"，为文如此，为人也如此。淡泊，是人本的、抒情的，但确乎是中国式的。然而，在当今文坛，像这样坚守自己，具有独特品格的完整的作家，已是极为稀有。正如他自觉意识到的，他是边缘的、"非主流"的。他的存在，是本真的存在，但也是历经沧桑之后对自我的追寻，很让人想起京剧《空城计》中诸葛亮在面临困境时瞬间回顾的一句唱词：

"我本是 / 卧龙岗 / 散淡的人。"

2022年1月20日

编辑说明

一、本文集系从汪曾祺先生已出版的全部文学作品（诗歌、戏剧除外）及相关文字中编选而成。

二、全书按照不同的文体形式分为六卷：小说、散文各二卷，艺谭（谈艺录）、书简各一卷。各卷文字，按题材内容、论说范围及接受对象辑为若干单元，以利读者阅读。各篇仍按写作（或发表）时间先后顺序排列，个别篇目有调整。

三、书中各篇均有题注。其余注释部分，多为作者原注，少数为编者注，书中不另作说明。

四、首卷编者序，简介汪曾祺先生生平及作品；末卷附作者年表。各卷所收作者照片及手稿，均为家属提供，特此致谢。

五、本书集以《汪曾祺全集》（人民文学出版社二〇一九年版）为底本，参校《汪曾祺别集》（浙江文艺出版社二〇二〇年版）及其他初版本。对于书中可能存在的谬误和问题，敬希读者指正。

编者

二〇二一年六月四日

目录

复仇[1]

——给一个孩子讲的故事

※

一缸客茶，半支素烛，主人的深情。

"今夜竟挂了单呢。"年青人想想暗自好笑。

他的周身结束告诉曾经长途行脚的人，这样的一个人，走到这样冷僻的地方，即使身上没有带着钱粮，也会自己设法寻找一点东西来慰劳一天的跋涉，山上多的是松鸡野兔子。所以只说一声：

"对不起，庙中没有热水，施主不能洗脚了。"

接过土缸放下烛台，深深一稽首竟自翩然去了，这一稽首里有多少无言的祝福，他知道行路的人睡眠是多么香甜，这香甜谁也没有理由分沾一点去。

然而出家人的长袖如黄昏蝙蝠的翅子，扑落一点神秘的迷惘，淡淡的却是永久的如陈年的檀香的烟。

"竟连谢谢也不容说一声，知道我明早甚么时候便会上路了呢？——这烛该是信男善女们供奉的，蜜呢，大概庙后有不少蜂巢吧，那一定有不少野生的花了啊，花许是栀子花，金银花，……"

他伸手一弹烛焰，其实烛花并没有长。

"这和尚是住持？是知客？都不是！因为我进庙后就没看见过第二个人，连狗也不养一条，然而和尚决不像一个人住着，佛座前

---

① 初刊于一九四一年三月二日、三日重庆《大公报》，署名"汪曾旗"，初收于北师大版《汪曾祺全集》第一卷。

放着两卷经，木鱼旁还有一个磬，……他许有个徒弟，到远远的地方去乞食了吧……

"这样一个地方，除了做和尚是甚么都不适合的。……"

何处有丁丁的声音，像一串散落的珠子，掉入静渚的水里，一圈一圈漾开来，他知道这决不是磬。他如同醒在一个淡淡的梦外。

集起涣散的眼光，回顾室内：沙地，白垩墙，矮桌旁一具草榻，草榻上一个小小的行囊，行囊虽然是小的，里面有萧萧的物事，但尽够他用了，他从未为里面缺少些甚么东西而给自己加上一点不幸。

霍的抽出腰间的宝剑，烛影下寒光逼人，墙上的影子大有起舞之意。

在先，有一种力量督促他，是他自己想使宝剑驯服，现在是这宝剑不甘一刻被冷落，他归降于他的剑了，宝剑有一种夺人的魅力，她逼出年青人应有的爱情。

他记起离家的前夕，母亲替他裹了行囊，抽出这剑跟他说了许多话，那些话是他已经背得烂熟了的，他一日不会忘记自己的家，也决不会忘记那些话。最后还让他再念一遍父亲临死的遗嘱：

"这剑必须饮我底仇人的血！"

当他还在母亲的肚里的时候，父亲死了，滴尽了最后一滴血，只吐出这一句话，他未叫过一声父亲，可是他深深的记得父亲，如果父亲看着他长大，也许嵌在他心上的影子不会怎么深。

他走过多少地方，一些在他幼年的幻想之外的地方，从未对粘天的烟波发过愁，对连绵的群山出过一声叹息，即使在荒凉的沙漠里也绝不对熠熠的星辰问过路。

起先，燕子和雁子会告诉他一声春秋的消息，但是节令的更递对于一个永远以天涯为家的人是不必有所催促的，他渐渐忘记了自己的年岁，虽然还依旧晓得那天是生日。

"是有路的地方，我都要走遍。"他曾跟母亲承诺过。

曾经跟年老的舵工学得风雨晴晦的知识，向江湖的术士处得来霜雪瘴疠的经验，更从荷箱的郎中的口里掏出许多神奇的秘方，但是这些似乎对他都没有用了，除了将它们再传授给别人。

一切全是熟悉了的，倒是有时故乡的事物会勾起他一点无可奈何的思念，苦竹的篱笆，络着许多藤萝的，晨汲的井，封在滑足的青苔旁的，……他有时有意使这些淡淡的记忆淡起来，但是这些纵然如秋来潮汐，仍旧要像潮汐一样的退下去，在他这样的名分下，不容有一点乡愁，而且年青的人多半不很承认自己为故土所萦系，即使是对自己。

甚么东西带在身上都会加上一点重量（那重量很不轻啊）。曾有一个女孩子想送他一个盛水的土瓶，但是他说：

"谢谢你，好心肠的姑娘，愿山风保佑你颊上的酡红，我不要，而且到要的时候自会有的。"

所以他一身无长物，除了一个行囊，行囊也是不必要的，但没有行囊总不像个旅客啊。

当然，"这剑必须饮我仇人的血"他深深的记着。但是太深了，像已经溶化在血里，有时他觉得这事竟似与自己无关。

今晚头上有瓦（也许是茅草吧）有草榻，还有蜡烛与蜜茶，这些都是在他希冀之外的，但是他除了感激之外只有一点很少的喜悦，因为他能在风露里照样做梦。

丁丁的声音紧追着夜风。

他跨出房门，（这门是廊房）殿上一柱红火，在郁黑里招着皈依的心，他从这一点静穆的发散着香气的光里走出。山门未闭，朦胧里看的很清楚。

山门外有一片平地，正是一个舞剑的场所。

夜已深，星很少，但是有夜的光，夜的本身的光，也够照出他的剑花朵朵，他收住最后一着，很踌躇满志，一点轻狂围住他的周身，最后他把剑平地一挥，一些断草飞起来，落在他的襟上。和着溺爱与珍惜，在丁丁的声息中，他小心地把剑插入鞘里。

"施主舞得好剑！"

"见笑，"他有一点失常的高兴，羞涩这和尚甚么时候来的？

"师父还未睡，法兴不浅！"

"这时候，还有人带着剑。施主想于剑上别有因缘？不是想寻访着甚么吗，走了这么多路。"

和尚年事已大，秃头上隐隐有剃不去的白发，但是出家人有另外一副较难磨尽的健康，炯炯眸子在黑地里越教人认识他有许多经典以外的修行，而且似并不拒绝人来叩询。

"师父好精神，不想睡么？"

"出家人坐坐禅，随时都可以养神，而且既无必做的日课，又没有经谶道场，格外清闲些，施主也意不想睡，何妨谈谈呢。"

他很诚实的，把自己的宿志告诉和尚，也知道和尚本是行脚来到的，靠一个人的力量，把这座久已颓圮的废庙修起来，便把漫漫的行程结束在这里，出家人照样有个家的，后来又来了个远方来的头陀，由挂单而常住了。

"怪不道，……那个师父在那儿呢？"他想问问。

"那边，"和尚手一指，"这人似乎比施主更高一些，他说他要走遍天下没有路的地方。"

"哦——"

"那边有一座山，山那边从未有人踏过一个脚印，他一来便发愿打通一条隧道，你听那丁丁的声音，他日夜都在圆这件功德。"

他浮游在一层无端怅惘里，"竟有这样的苦心？"

他恨不得立即走到那丁丁的地方去，但是和尚说："天就要发白了，等明儿吧。"

明天一早，踏着草上的露水，他走到那夜来向往的山下，行囊都没有带，只带着一口剑，剑是不能离弃须臾的。

一个破蒲团，一个瘦头陀。

头陀的长发披满了双肩，也遮去他的脸，只有两只眼睛，射出饿虎似的光芒，教人触到要打个寒噤。年青人的身材面貌打扮和一口剑都照入他的眼里。

头陀的袖衣上的风霜，画出他走过的天涯，年青人想这头陀一定知道许多事情，所以这地方比任何地方更无足留连，但他不想离开一步。

头陀的话像早干涸了，但几日相处他并不拒绝回答青年人按不住的问讯。

"师父知道这个人么？"一回头伸出左腕，左腕上有一个蓝色的人名，那是他父亲的仇人，这名字是母亲用针刺上去的。

头陀默不作声，也伸出自己的左腕，左腕上一样有一个蓝字的人名，是年青人的父亲底。

一种异样的空气袭过年青人的心，他的眼睛扑在头陀的脸上，头陀的瘦削的脸上没有表情，悠然挥动手里的斧錾。

在一阵强烈的颤抖后，年青人手按到自己宝剑柄上。

——这剑必须饮我仇人的血。

"孝顺的孩子，你别急，我决不想逃避欠下自己的宿债——但是这还不是时候，须待我把这山凿通了！"

像骤然解得未悬疑问，他，年青人，接受了头陀底没有丝毫祈求的命令，从此他竟然一点轻微的激动都没有了。

从此丁丁的声音有了和应，青年人也备得一副斧錾，服膺在走遍没路的地方的苦心下，但他似乎忘记身旁有个头陀，正如头陀忘记身边有一个带剑的年青人。

日子和石头损蚀在丁丁的声里。

你还要问再后么？

一天，錾子敲在空虚里，一线天光，第一次照入永恒的幽黑。

"呵"，他们齐声礼赞。

再后呢？

宝剑在冷落里自然生锈的，骨头也在世纪的内外也一定要腐烂或凝成了化石。

不许再往下问了，你看北斗星已经高挂在窗子上了。

囚犯①

　　我们在河堤上站了一下，让跟我们一齐出城的犯人先过浮桥。是因为某种忌讳，不愿跟他们一伙走，还是对他们有一种尊重，（对于不幸的人，受苦难的人，或比较接近死亡的人的尊重？）觉得该让他们走在前头呢？两者都有一点吧。这说不清，并无明白的意识，只是父亲跟我都自然而然的停下来了。没有说一句话，觉得要停一停。既停之后，我们才相互看了一眼。父亲和我离隔近十年，重相接处，几乎随时要忖度对方举止的意义。但是含浑而不刻露，因为契切，不求甚解。体贴之中有时不免杂一丝轻微嘲讽的，——一点生涩，一点轻微的窘困，这个离别的十年，这个战争加在我们身上的影响还是不小啊！家庭制度有一天终会崩坏的。但像刚才那么偶然一相视却是骨肉之情的微波，风中之风，水中之水。这瞬间一小过程使我们彼此有不孤零之感，仿佛我们全可从一个距离外看到这里，父亲和儿子，差肩而立，情景如画。我的一时都为这幅画所感动，得到生活的信心和勇气。——看来自自然然，好像甚么都不为的站一站，好像要看一看对河长途汽车开来了没有，好像我要把提着的箱子放下来息一息力，我于此发现自己性格与父亲相似之处，纤细而含蓄。我更敏感，他更稳重。

　　我们差肩而立，看犯人过浮桥。

---

　　① 初刊于《人世间》一九四七年第二卷第一期，初收于《邂逅集》，文字略有改动。

犯人三个，由两个兵押着。他们本来都是兵，现在一是兵，一是犯人了。一个兵荷老七九步枪，一个则腰里一根三号左轮，模样是个副班长。——凡曾度营伍生活者皆一眼可以看出副班长与班长举动精神之间有多大差异。班长是官，副班长则常顾此失彼的要维持他的官与兵之间的两难地位，有治人的责任感，有治于人的委曲，欲仰承，欲俯就，在矛盾挣扎之中他总站不稳，每个动作底下都带着一大堆苦衷，而显得窝囊可笑。犯人皆交叉着绑着肩胛，背后各有长绳一根牵出，捏在后面荷枪的兵的手里。犯人也都穿着灰布军服，不过破旧污脏得多。但兵与犯人的分别还在于一个有小皮带，一个没有皮带约束而更无可假借的显出衣服的不合身。——不合身的衣服比破烂衣服更可悲悯。我忽然想起一个朋友怎么样也不肯换医院的"制服"。人格一半是衣服造成的，随便给你一件衣服就忽视了你是怎么一个人了。人要人尊重。两个犯人有帽子，但全戴得不是地方。一个还好，帽舌子歪在一边，虽然这个滑稽样子与他全身大不相称，但总算包住了他的头。另一个则没有戴实在，风一吹，或一根树枝挂一下即会落去的，看着很不舒服，令人有焦躁着急感，极想给他往下拉一拉。还有一个，则是科头，头发长得极蓊郁，（小时懒于理发，常被骂为"像个囚犯"，）很黑很黑，跟他的络腮胡子连为一片。倒是他还有点生气。他比较矮，但看起来还壮，虽经过折磨，还不是一下子即打得倒的人。（他们看样子不是新犯，已在大牢里关了不少日子，移案到甚么地方，提出来的。）他脚步较重，一步一步还照着自己意志走，似乎浮桥因为他的脚步而有看得出的起伏。他眼睛张得大大的，坦率而稚气的，农民的眼睛，不很瞀乱惊惶，健康正常的眼睛，从粗粗的眉毛下看出去。他似乎不大忧伤，不大想他作过的事和明天的运命。他简直不大想着他是个犯人。他甚么都不大想。一个简单淳朴的人。他现在若是想，想的是：我过浮桥。也许他还晓得到了对岸，坐一段汽车，过江，解到一个甚么地方去，其余他就不知道了，也不大想知道。这段路好像他曾经走过几次，很熟，也许就是生长于这一带的，所以他很有自信的走着。要是除去绳索和罪名，他像个带路人，很好的带路人。他平日一定有走在第一个的习惯。现在他们让他走在第一个也非偶然。但形式上他得服从身边那个副班长的指挥，正如平日在部队受指挥一样。副班长与他之间并无敌意，好像都是按照规矩来，你押人，我被押，大家作着一件人家派下来的事情，无从拒绝，全非得已。他们要共走一段路，共同忍受颠波，耽误，种种不快，（到任何地方去总望能早点到达，）也许还有点同伴之谊。——他们常默默，话沉得很深，但一路上来，总有时候要谈两句甚么的吧。副班长没有一般下级军官的金牙，也没有那种可笑的狂傲。看样子他是个厚道人，他不时回头看看后面的犯人和那个荷枪的兵的眼色是可感的，好像问：走得动吗？哦，这两个犯人可不成了！他们面色灰败，一个惨白，一个蜡渣黄，折倒他们的细脖子，（领圈显得特别宽大，）已经撑不起他们的头。衰弱，虚乏，半透明，像是已经死过一次。他们机械的迁动脚步，踹不稳，不能调节快慢，每一脚都不知踏在甚么地方。恐怕用怎么节奏明显的音乐也无法让他们走得合拍，他们已经不能受感染。他们已经忘了走路的方法。他们脑子里布满破碎的，阴暗的意象，这些意象永不会结构成一串完整思想，就一直搅动，摧残，腐蚀他们淡薄的生命。他们现在并不在恐怖中，但恐怖已经把他们腌透，而留下杂乱的痕迹。脸上永远是那个样子，嘴角挂下来，像总要呕吐，眼睛茫茫瞪瞪，缩缩怯怯。一切全惨淡，没有一个形体能在他们眼睛里留一鲜明印象。除了皮肉上的痛痒之外，似乎他们已经没有感觉；而且即是痛痒也模糊昏暗了。帽子歪戴的那一个，衣服上有一大片血渍，暗赤，如铁锈，已经不少日子。荷枪的兵也瘦蒿蒿的。虽然他打着绑腿，但凄哀的神情使他跟那两个戴帽子犯人成了一组。他不时把枪往上提一提，显然不大背得动，枪托子常常要敲着他的腿。他甚至要羡慕那三个犯人了，因为他们没有这样衰老的枪，没有责任，不需要警觉。他生来不惯怎么样押解犯人，他倒比较习惯怎么样被人押解，被人牵着走。因为那个络腮胡子犯人比较吸引我，所以对后面三个人没有能细看。

岸上人多注目于这个悲惨的队列。

他们已经过了河。

我忽然记了记今天是甚么日子。

初春，但到处仍极荒凉。泥土暗。河水为天空染得如同铅汁，泛着冷冷的光。东北风一起，也许就要飘雪。汽车路在黑色的平野上。悲哀的，苦难的平野。有两三只乌鸦飞。

城在我们后面，细碎的市声起落绸缪。好几批人从我们身边走下河堤。

父亲跟我看了一眼，不说话，我们过浮桥。

大家抢着上汽车。车站码头上顶容易教人悲观，大家尽量争夺一点方便舒服。但这样的场面见得也多了，已经不大有感触。等都上去了，父亲上去，然后是我。看父亲得到一个比较安稳站处，我看看有甚么地方可以拉一拉我的手。而在我后面上来了那几个犯人。他们简直弄不清楚人家怎么把他们弄上来的。车门关上，车上人窜窜动动，我被挤到一个人缝里，勉强把一只脚放平，那一只则怎么摆都不是地方，我只有伸手捞着上面的杠子，把全身重量用一只胳臂吊起来。我想把腰伸伸直，可是实在不可能。好吧，无所谓，半个多钟头就到江边。我试一回头，勉强可以看到父亲半面，他的颧骨跟一只肩膀。父亲点点头：我很好，管你自己吧。我想，在人群中你无法跟要在一起的人在一起，一冲一撞，拉得多牢的手也只有撒开。我就我的头可以转动的方向一巡视，那个矮壮犯人不知在甚么地方。副班长好像没有上来，大概跟司机坐到一处去了，这点门槛他懂。那个荷枪的兵笔直的贴在车门犄角，一个乡下人的笠子刚刚顶在他的脸前面，不时要擦着他的鼻子，而逼得他一脸尴尬相。两个有帽子犯人，我知道都在我身边。他们哪里也不要在，既然已经关上了车，总就得有块地方，毫无主意的他们就被挤到这儿来了。甚么地方对他们全一样，他们没有求舒服的心，他们现在根本不知道在甚么地方。我面前是两个女客，她们是甚么模样我才不在乎，有一个好像是个老太太。我尝试怎么样可以把肋骨放平正一点，而车子剧烈的摇晃了一下，一个身体往我背上一靠，他的手拉了一下我的衣服。是我身后那个犯人。甚么样的一只手！一只罪恶的手，死的手，生满了疥疮的手，我皮肤一紧，这感觉是不快的。我本能的有一点避让之意。似乎我的不快，我的厌恶，我的拒绝，立刻传过给他，拉了一下，他就放开了。他站不稳，我知道。他的胳臂无法伸直，伸直了也够不到杠子，而且这样英勇的生的争取的姿势根本就是他不会有的。他攀扶不到甚么东西，习于被播弄了。我正想我是不是不该避让，一面又向右顾看那另一个犯人的手无意识的画动了两下，第二下更大的晃动又来了，我蓦然有了个决定，像赌徒下出一注，把我的身体迎给他！他懂得，接受了我的意思，一把抓住了。这不难，在生活的不断的抉择之中，这样的事情是比较易于成就的，因为没有时间让你掂斤播两的思索。我并没有太用力激励自己。请恕我，当时我对自己是有一点满意的。我如此作并非因为全车人都嫌弃他们，在这么紧密的地方还远之唯恐不及，而我愤怒，我要反抗。我是个不大会愤怒的人，我也能知道人没有理由把不愉快事情往身上拉，现在是甚么时代！我知道他身后必尚有一点空隙，我跟他说："你蹲下来。"蹲下来他可以舒服些。我叫右边那一个也蹲下来。这只是半点钟的事，但如果可能，我想不太伤劳我的那一只胳臂，他们一蹲下来，好像松动了一点，我可以挪一挪脚步了。可是当我偏了偏腰时，一只手上来拉住了我的袖子。我这才看了看我面前那个女客，二十大几，也许三十出头，一个粉白大团脸。她皱着眉头用两个指头拉我，我看了看那两个指头，不大方的指头，肉很多，秃秃的，一个鸡心形赤金戒指。好像这两个指头要我生了一点气，我想不理她，我凭什么要给你遮隔住这两个囚犯，一下了车你把早上吃的稀饭吐出来也不干我的事。然而我略扁了扁嘴，不大甘愿的决定了，就这么斜吊着身子吧，好在就是半个钟头的事。这才真是牺牲！我看了看那个老太太，真可怜，她偎在座位里，耗子似的眼睛看我的脸。那个梳着在她以为很时式的头发的女人（她一定用双妹老牌生发油！）这才算放了心，努力看着窗外。

这个倒楣女人叫我嘲笑自己起来。这半点钟你好伟大，又帮助犯人，又保护妇女，你成了英难！你不怕虱子，不怕疥疮，而且不怕那张俗气的粉脸，小市民的，涂了廉价雪花膏的胖脸！（老实说对着这样的脸比两个犯人靠在身上更不好受，更不幸。）——借了这半点钟你成了托尔斯泰之徒，觉得自己有资格活下去，但你这不是偷巧么？要是半点钟延长为一辈子，且瞧你怎么样吧。而且这很重要的，这两个犯人在你后面；面对面还能是一样么？好小子，你能够在他们之间睡下来么？……

我相信这个车里有一个魔鬼。不过幸好我得用力挂住自己，我的胳臂的酸麻给解了一点围，我不陷在这些挑拨性的思索之中。我希望时间快点过去。

好了，果然快，车停了。我一心下去取那只箱子，我们得赶上这一班过江轮渡。

一切都已过去，女人，犯人，我的胳臂的酸麻，那些无用的嘲讽，全过去了！外面的空气多新鲜。我跟父亲又在一起了。

在船上，父亲要了个小房舱。是的，我们要舒舒服服坐一坐，还可以在铺上歪一歪。父亲递给我烟，划了火，那一壶茶已经泡开了，他洗了洗杯子，给我倒了一杯。我看着他用他的从容雍与的风度作这一切，但不想起来叫他让我来。我的背上不快之感又爬上来，虽不厚重，可有粘性，有似涂了一层油。喝了一口茶，忽然我心里涌起了一股真情。我想刚才在车上，父亲一定不时看一看我。我非常喜慰于我有一个父亲，一个这样的父亲。我觉得有了攀泊，有了依靠。我在冥冥蠢蠢之中所作事情似乎全可向一个人交一笔账，他则看也不看，即收下搁起了。他不迫胁我，不挑剔我，不讥刺我，不用锋利的或钝缺的是非锯解我。他不希望，指导我作甚么，但在他饱阅世故的眼睛，温和得几乎是淡淡的眼睛（我得坦白说，有时我为这种类似的淡漠所激恼，）远远的关注下，我成了一个人。我不过分胡涂，尤其重要的是也不太清楚，而且只能虽然有点伤心的捐弃了我的夸张，使我的行为不是文字，使我平凡。——虽然，我还不知道到底该怎么活下去。今天晚上，我就要离开我的父亲，到一个大城市中去。

那几个犯人现在不知在那里了，也许也在这只船上吧。我管不着了。那个科头犯人的样子我记在心里。大概因为他有一种美，一种吸力。我想他会在一个甚么地方忽然逃跑了。他跑不了，那个副班长会拔出左轮枪不加思索的向他放射。犯人会死于枪下。我仿佛已经看到那幅图相。这是注定的，没有办法的悲剧。我心里乱起来。想起一个举世都说他对于人，对于人生没有兴趣，到末了躲到禅悟中去的诗人的话：

"世间还有笔啊，我把你藏起来吧。"

昙花、鹤和鬼火[①]

※

邻居夏老人送给李小龙一盆昙花。昙花在这一带是很少见的。夏老人很会养花，什么花都有。李小龙很小就听说过"昙花一现"。夏老人指给他看："这就是昙花。"李小龙欢欢喜喜地把花抱回来了。他的心欢喜得咚咚地跳。

李小龙给它浇水，松土。白天搬到屋外。晚上搬进屋里，放在床前的高茶几上。早上睁开眼第一件事便是看看他的昙花。放学回来，连书包都不放，先去看看昙花。

昙花长得很好，长出了好几片新叶，嫩绿嫩绿的。

李小龙盼着昙花开。

昙花茁了骨朵儿了！

李小龙上课不安心，他总是怕昙花在他不在家的时候开了。他听说昙花开，无定时，说开就开了。

晚上，他睡得很晚，守着昙花。他听说昙花常常是夜晚开。

昙花就要开了。

昙花还没有开。

一天夜里，李小龙在梦里闻到一股醉人的香味。他忽然惊醒了：昙花开了！

李小龙一轱辘坐了起来，划根火柴，点亮了煤油灯：昙花真的

---

① 初刊于《东方少年》一九八四年第一期，初收于《晚饭花集》。

开了!

李小龙好像在做梦。

昙花真美呀!雪白雪白的。白得像玉,像通草,像天上的云。花心淡黄,淡得像没有颜色,淡得真雅。她像一个睡醒的美人,正在舒展着她的肢体,一面吹出醉人的香气。啊呀,真香呀!香死了!

李小龙两手托着下巴,目不转睛地看着昙花。看了很久,很久。

他困了。他想就这样看它一夜,但是他困了。吹熄了灯,他睡了。一睡就睡着了。

睡着之后,他做了一个梦,梦见昙花开了。

于是李小龙有了两盆昙花。一盆在他的床前,一盆在他的梦里。

李小龙已经是中学生了。过了一个暑假,上初二了。

学校在东门里,原是一个道士观,叫赞化宫。李小龙的家在北门外东街。从李小龙家到中学可以走两条路。一条进北门走城里,一条走城外。李小龙上学的时候都是走城外,因为近得多。放学有时走城外,有时走城里。走城里是为了看热闹或是买纸笔,买糖果零吃。

从李小龙家的巷子出来,是越塘。越塘边经常停着一些粪船。那是乡下人上城来买粪的。李小龙小时候刚学会摺纸手工时,常摺的便是"粪船"。其实这只纸船是空的,装什么都可以。小孩子因为常常看见这样的船装粪,就名之曰粪船了。

沿越塘的坡岸走上来,右手有几家种菜的。左边便是菜地。李小龙看见种菜的种青菜,种萝卜。看他们浇粪,浇水。种菜的用一个长把的水舀子舀满了水,手臂一挥舞,水就像扇面一样均匀地洒开了。青菜一天一个样，一天一天长高了，全都直直地立着，都很精神，很水灵。萝卜原来像菜，后来露出红红的"背儿"，就像萝卜了。他看见扁豆开花，扁豆结角了。看见芝麻。芝麻可不好看，直不老挺，四方四棱的秆子，结了好些带小毛刺的蒴果。蒴果里就是芝麻粒了。"你就是芝麻呀！"李小龙过去没有见过芝麻。他觉得芝麻能榨油，给人吃，这非常神奇。

过了菜地，有一条不很宽的石头路。铺路的石头不整齐，大大小小，而且都是光滑的，圆乎乎的，不好走。人不好走，牛更不好走。李小龙常常看见一头牛的一只前腿或后腿的蹄子在圆石头上"霍——哒"一声滑了一下，——然而他没有看见牛滑得摔倒过。牛好像特别爱在这条路上拉屎。路上随时可以看见几堆牛屎。

石头路两侧各有两座牌坊，都是青石的。大小、模样都差不多。李小龙知道，这是贞节牌坊。谁也不知道这是谁家的，是为哪一个守节的寡妇立的。那么，这不是白立了么？牌坊上有很多麻雀做窠。麻雀一天到晚叽叽喳喳地叫，好像是牌坊自己叽叽喳喳叫着似的。牌坊当然不会叫，石头是没有声音的。

石头路的东边是农田，西边是一片很大的苇荡子。苇荡子的尽头是一片乌猛猛的杂树林子。林子后面是善因寺。从石头路往善因寺有一条小路，很少人走。李小龙有一次一个人走了一截，觉得怪瘆得慌。

春天，苇荡子里有很多蝌蚪，忙忙碌碌地甩着小尾巴。很快，就变成了小蛤蟆。小蛤蟆每天早上横过石头路乱蹦。你们干嘛乱蹦，不好老实呆着吗？小蛤蟆很快就成了大蛤蟆，咕呱乱叫！

走完石头路，是傅公桥。从东门流过来的护城河往北，从北城流过来的护城河往东，在这里汇合，流入澄子河。傅公桥正跨在汇流的河上。这是一座洋松木桥。两根桥梁，上面横铺着立着的洋松木的扁方子，用巨大的铁螺丝固定在桥梁上。洋松扁方并不密接，每两方之间留着和扁方宽度相等的空隙。从桥上过，可以看见水从下面流。有时一团青草，一片破芦席片顺水漂过来，也看得见它们从桥下悠悠地漂过去。

李小龙从初一读到初二了，来来回回从桥上过，他已经过了多少次了？

为什么叫做傅公桥？傅公是谁？谁也不知道。

过了傅公桥，是一条很宽很平的大路，当地人把它叫做"马路"。走在这样很宽很平的大路上，是很痛快、很舒服的。

马路东，是一大片农田。这是"学田"。这片田因为可以直接从护城河引水灌溉，所以庄稼长得特别的好，每年的收成都是别处的田地比不了的。

李小龙看见过割稻子。看见过种麦子。春天，他爱下了马路，从麦子地里走，一直走到东门口。麦子还没有"起身"的时候，是不怕踩的，越踩越旺。麦子一天一天长高了。他掰下几粒青麦子，搓去外皮，放进嘴里嚼。他一辈子记得青麦子的清香甘美的味道。他看见过割麦子。看见过插秧。插秧是个大喜的日子，好比是娶媳妇，聘闺女。插秧的人总是精精神神的，脾气也特别温和。又忙碌，又从容，凡事有条有理。他们的眼睛里流动着对于粮食和土地的脉脉的深情。一天又一天，哈，稻子长得齐李小龙的腰了。不论是麦子，是稻子，挨着马路的地边的一排长得特别好。总有几丛长得又高又壮，比周围的稻麦高出好些。李小龙想，这大概是由于过路的行人曾经对着它撒过尿。小风吹着丰盛的庄稼的绿叶，沙沙地响，像一首遥远的、温柔的歌。李小龙在歌里欢快地走着……

李小龙有时候挨着庄稼地走，有时挨着河沿走。河对岸是一带黑黑的城墙，城墙垛子一个、一个、一个，整齐地排列着。城墙外面，有一溜墓地，长了好些狗尾巴草、扎蓬、苍耳和风播下来的旅生的芦秫。草丛里一定有很多蝈蝈，蝈蝈把它们的吵闹声音都送到河这边来了。下面，是护城河。随着上游水闸的启闭，河水有时大，有时小；有时急，有时慢。水急的时候，挨着岸边的水会倒流回去，李小龙觉得很奇怪。过路的大人告诉他：这叫"回溜"。水是从运河里流下来的，是浑水，颜色黄黄的。黑黑的城墙，碧绿的田地，白白的马路，黄黄的河水。

去年冬天，有一天，下大雪，李小龙一大早上学去，他发现河水是红颜色的！很红很红，红得像玫瑰花。李小龙想：也许是雪把河变红了。雪那样厚，雪把什么都盖成一片白，于是衬得河水是红的了。也许是河水自己这一天发红了。他捉磨不透。但是他千真万确看见了一条红水河。雪地上还没有人走过，李小龙独自一人，踏着积雪，他的脚踩得积雪咯吱咯吱地响。雪白雪白的原野上流着一条玫瑰红色的河，那样单纯，那样鲜明而奇特，这种景色，李小龙从来没有看见过，以后也没有看见过。

有一天早晨，李小龙看到一只鹤。秋天了，庄稼都收割了，扁豆和芝麻都拔了秧，树叶落了，芦苇都黄了，芦花雪白，人的眼界空阔了。空气非常凉爽。天空淡蓝淡蓝的，淡得像水。李小龙一抬头，看见天上飞着一只东西。鹤！他立刻知道，这是一只鹤。李小龙没有见过真的鹤，他只在画里见过，他自己还画过。不过，这的的确确是一只鹤。真奇怪，怎么会有一只鹤呢？这一带从来没有人家养过一只鹤，更不用说是野鹤了。然而这真是一只鹤呀！鹤沿着北边城墙的上空往东飞去。飞得很高，很慢，雪白的身子，雪白的翅膀，两只长腿伸在后面。李小龙看得很清楚，清楚极了！李小龙看得呆了。鹤是那样美，又教人觉得很凄凉。

鹤慢慢地飞着，飞过傅公桥的上空，渐渐地飞远了。

李小龙痴立在桥上。

李小龙多少年还忘不了那天的印象，忘不了那种难遇的凄凉的美，那只神秘的孤鹤。

李小龙后来长大了，到了很多地方，看到过很多鹤。

不，这都不是李小龙的那只鹤。

世界上的诗人们，你们能找得到李小龙的鹤么？

李小龙放学回家晚了。教图画手工的张先生给了他一个任务，让他刻一副竹子的对联。对联不大，只有三尺高。选一段好毛竹，一剖为二，刳去竹节，用砂纸和竹节草打磨光滑了，这就是一副对子。联文是很平常的：

    惜花春起早
    爱月夜眠迟

字是请善因寺的和尚石桥写的，写的是石鼓。因为李小龙上初一的时候就在家跟父亲学刻图章，已经刻了一年，张先生知道他懂得一点篆书的笔意，才把这副对子交给他刻。刻起来并不费事，把字的笔划的边廓刻深，再用刀把边线之间的竹皮铲平，见到"二青"就行了。不过竹皮很滑，竹面又是圆的，需要手劲。张先生怕他带来带去，把竹皮上墨书的字蹭模糊了，教他就在他的画室里刻。张先生的画室在一个小楼上。小楼在学校东北角，是赞化宫的遗物，原来大概是供吕洞宾的，很旧了。楼的三面都是紫竹，——紫竹在城里别处极少见，学生习惯就把这座楼叫成"紫竹楼"。李小龙每天下课后，上楼来刻一个字，刻完回家。已经刻了一个多星期了。这天就剩下"眠迟"两个字了，心想一气刻完了得了，明天好填上石绿挂起来看看，就贪刻了一会。偏偏石鼓文体的"迟"字笔划又多，时间不知不觉就过去了。刻完了"迟"的"走之"，揉揉眼睛，一看：呀，天都黑了！而且听到隐隐的雷声，——要下雨了：赶紧走。他背起书包直奔东门。出了东门，听到东门外铁板桥下轰鸣震耳的水声，他有点犹豫了。

东门外是刑场（后来李小龙到过很多地方，发现别处的刑场都在西门外。按中国的传统观念，西方主杀，不知道本县的刑场为什么在东门外）。对着东门不远，有一片空地，空地上现在还有一些浅浅的圆坑，据说当初杀人就是让犯人跪在坑里，由背后向第三个颈椎的接缝处切一刀。现在不兴杀头了，枪毙犯人——当地叫做"铳人"，还是在这里。李小龙的同学有时上着课，听到街上拉长音的凄惨的号声，就知道要铳人了。他们下了课赶去看，有时能看到尸首，有时看到地下一摊血。东门桥是全县唯一的一座铁板桥。桥下有闸。桥南桥北水位落差很大，河水倾跌下来，声音很吓人。当地人把这座桥叫做掉魂桥，说是临刑的犯人到了桥上，听到水声，魂就掉了。

有关于这里的很多鬼故事。流传得最广的是一个：有一个人赶夜路，远远看见一个瓜棚，点着一盏灯。他走过去，想借着火吸一袋烟。里面坐着几个人。他招呼一下，就掏出烟袋来凑在灯火上吸烟，不想怎么吸也吸不着。他很纳闷，用手摸摸灯火，火是凉的！坐着的几个人哈哈大笑。笑完了，一齐用手把脑袋搬了下来。行路人吓得赶紧飞奔。奔了一气，又碰得几个人在星光下坐着聊天，他走近去，说刚才他碰见的事，怎么怎么，他们把头就搬下来了。这几个聊天的人说："这有什么稀奇，我们都能这样！"……

李小龙犹豫了一下，还是走上铁板桥了。他的脚步踏得桥上的铁板当当地响。

天骤然黑下来了，雨云密结，天阴得很严。下了桥，他就掉在黑暗里了。什么也看不见，只能看到一条灰白的痕迹，是马路；黑糊糊的一片，是稻田。好在这条路他走得很熟，闭着眼也能走到，不会掉到河里去，走吧！他听见河水哗哗地响，流得比平常好像更急。听见稻子的新秀的穗子摆动着，稻粒磨擦着发出细碎的声音。一个什么东西窜过马路！——大概是一只獾子。什么东西落进河水了，——"卜嗵"！他的脚清楚地感觉到脚下的路。一个圆形的浅坑，这是一个牛蹄印子，干了。谁在这里扔了一块西瓜皮！差点摔了我一跤！天上不时扯一个闪。青色的闪、金色的闪、紫色的闪。闪电照亮一块黑云，黑云翻滚着，绞扭着，像一个暴怒的人正在憋着一腔怒火。闪电照亮一棵小柳树，张牙舞爪，像一个妖怪。

李小龙走着，在黑暗里走着，一个人。他走得很快，比平常要快得多，真是"大步流星"，踏踏踏踏地走着。他听见自己的两只裤脚擦得刹刹地响。

一半沉着，一半害怕。

不太害怕。

刚下掉魂桥，走过刑场旁边时，头皮紧了一下，有点怕，以后就好了。

他甚至觉得有点豪迈。

快要到了。前面就是傅公桥。"行百里者半九十"，今天上国文课时他刚听高先生讲过这句古文。

上了傅公桥，李小龙的脚步放慢了。

这是什么？

他从来没有看见过。

一道一道碧绿的光，在苇荡上。

李小龙知道，这是鬼火。他听说过。

绿光飞来飞去。它们飞舞着，一道一道碧绿的抛物线。绿光飞得很慢，好像在幽幽地哭泣。忽然又飞快了，聚在一起；又散开了，好像又笑了，笑得那样轻。绿光纵横交错，织成一面疏网；忽然又飞向高处，落下来，像一道放慢了的喷泉。绿光在集会，在交谈。你们谈什么？……

李小龙真想多停一会，这些绿光多美呀！

但是李小龙没有停下来，说实在的，他还是有点紧张的。

但是他也没有跑。他知道他要是一跑，鬼火就会追上来。他在小学上自然课时就听老师讲过，"鬼火"不过是空气里的磷，在大雨将临的时候，磷就活跃起来。见到鬼火，要沉着，不能跑，一跑，把气流带动了，鬼火就会跟着你追。你跑得越快，它追得越紧。虽然明知道这是磷，是一种物质，不是什么"鬼火"，不过一群绿光追着你，还是怕人的。

李小龙用平常的速度轻轻地走着。

到了贞节牌坊跟前倒真的吓了他一跳！一条黑影，迎面向他走来。是个人！这人碰到李小龙，大概也有点紧张，跟小龙擦身而过，头也不回，匆匆地走了。这个人，那么黑的天，他跑到马上要下大雨的田野里去干什么？

到了几户种菜人家的跟前，李小龙的心才真的落了下来。种菜人家的窗缝里漏出了灯光。

李小龙一口气跑到家里。刚进门，"哇——"大雨就下来了。

李小龙搬了一张小板凳，在灯光照不到的廊檐下，对着大雨倾注的空庭，一个人呆呆地想了半天。他要想想今天的印象。

李小龙想：我还是走回来了。我走在半道上没有想退回去。如果退回去，我就输了，输给黑暗，又输给了我自己。

李小龙回想着鬼火，他觉得鬼火很美。

李小龙看见过鬼火了，他又长大了一岁。

绿猫①

※

山沓水匝，树杂云合，目既往还，心亦吐纳。

春日迟迟，秋风飒飒，情往似赠，兴来如答。

——《文心雕龙·物色篇》

刚才我想的甚么？——又一辆汽车飞驶而过，震得我好不难受。像甚么呢，像甚么呢，说不出像甚么。汽车回家，汽车们回家了。（汽车"们"？）这时候还有甚么叫卖声音？叫的是甚么？还有三轮车，白天怎么听不到三轮车轮轴吱吱呷呷的响？——我为甚么那么钝，为甚么一无所知，为甚么跟一切都隔了一层，为甚么不能掰开撕开所有的东西看？为甚么我毫无灵感，蠢涩麻木？为甚么我不是天才！——嗐，叫卖的，你叫的甚么？你说说你的故事看。你是个高的矮的？你不快乐？你没有希望？你今天晚上会作甚么梦？——你汽车，你"呜——"，你好无礼！两点一刻了。——我刚才想的甚么？香烟又涨了，（我抽了一枝烟，）——我想甚么来了？……喔，喔喔，我想过高尔基！

我想起高尔基的样子，画上的高尔基，雕像上的高尔基的样子。（我现在是甚么样子？）也许不是高尔基，汤姆士哈代，福楼拜，奥亨利，……随便是谁。但我想的还是他，高尔基。我今天偶

---

① 初刊于《文艺春秋》一九四七年第五卷第二期，初收于北师大版《汪曾祺全集》第一卷。

然翻了一本杂志，翻开来第一页就是他，他的像，（这个杂志不知刊登了多少次他的像，这位编辑也不在意？多少杂志报纸上印出过他的像了。不用写出，就知道是谁，一看就知道是谁，不看也就知道！）刻在白云石上，选了合宜光线角度而拍出来的。高尔基斜斜的坐在那儿，一脸的"高尔基"。画家雕刻家们对他那么熟悉，比对他自己工作室所在的那条街，他买纸烟的铺子，他的房东的女儿，他自己的领带还熟悉。他们用笔用斧凿在布上石头里找出一个东西，高尔基。高尔基总是穿着马靴的？他脸上都是那个样子，他从早到晚，今年到明年，无刻不是"高尔基"？如果不是那些像，我相信，如果与他差肩而过，没有人知道他是谁。没有多少人看过了还记得他。根本在路上就不会有人看他的，即使已经知道高尔基其人，知道他是个甚么样子。高尔基是甚么样子？两撇胡子——甚么样的胡子？有一回我们演戏，彩排的时候，化装室里，一个演员拿了绉纹笔，抹了底子油，问导演，"我来个甚么样的胡子？"导演一凝眸，看了看演员脸，竖出一个指头，十分有把握："高尔基式！"——半搭拉着眼皮，作深思状。高尔基一年到头都在深思，都作深思状？——想想高尔基执笔抽烟的样子。——高尔基要是刚从理发店里出来，甚么样子？——是甚么意思呢？我怎么想起来这个？……

我是想起了绿猫。（高尔基，绿猫！）现在又是叫卖的甚么？甚么地方有关窗声音，隔壁老头儿又咳嗽了。

我的朋友栢要写一篇小说，写绿猫，我就想起了高尔基。今天我刚好看见了高尔基。若是看到别人，我就会想到别人。

我去看我的朋友栢。

黄梅天，总是那么闷。下雨。除了直接看到雨丝，你无法从别的东西上感觉到雨。声音是也有的，但那实在不能算是“雨声”。空气中极潮湿，香烟都变得软软的，抽到嘴里也没有味，但这与“雨意”这两个字的意味差得可多么远。天空淡淡漠漠，毫无感情可言。雨下到地上，就变成了水。那里是下甚么雨，“下水”而已。（赫哈，下水！）虽然这时念一声“八表同昏”，念一声“最难风雨故人来”，觉得滑稽，可是听巷子里那个苍白的孩子一边跑，一边用稚嫩的声音哀唤：

“有破个烂个电灯泡摺出来，

有破个烂个电灯泡摺出来。”

我可没有电灯泡摺给他，披上雨衣，决定还是去看看栢。虽然毫不热烈，摇曳着，支持着那点意思。

怎么样从我的住处就到了栢的住处了呢？说不上来，我就是已经到了栢的门前，伸手而敲了。“既然不是乘兴，你就不要来！”我心里自己嘀咕。王子猷呀王子猷，活在现在，你也毫不希奇！想到你的得意杰作，我是又悲哀又生气。——才不，悲甚么哀呢，生的甚么气。谁也不能真正画出一幅雪夜访戴图，他不过是自得其乐。这个年头，谈不到这些，卞之琳先生说是“最不风流的时候”，有这么一句话他就活得下去，仿佛不风流害不死他。人言阿龙超，阿龙固自超，那么咱们就超吧。也罢，我明知道这门里没有甚么新鲜事情，优美，崇高，陶醉迷人事情，我还是敲门。剥啄一声，我心欢喜。心里一阵子暖，我这才知道我为甚么要来，我该来。门里至少有我一个朋友，在茫茫人海之中可以跟我谈话。“我好比：南来的雁……”我简直要唱起来了。当然没有唱，一声：

"请进来。"门为我而开了。我真想说一声：

"啊栢，我真喜欢你！"

现代人都受不了舞台上的大悲剧，受不了颤抖带泪的声音，受不了"太厉害"的动作，然而虽然止于礼义也，却未尝没有发乎情的时候，他只是不让她"出来"，活生生给掐死了，而且毫不觉其残酷。当然我也不说。我为甚么要怪，要不识时务，不顺应潮流。我的朋友栢是个热情人，虽然也给压得差不多坏了，但劲儿似乎还有一点。许多人加给他的评语是"天真"。当然他不是孩子似的。他天生来是个浪漫的底子，关起门来会升天入地，在现实中淘吸出点甚么玩意儿来。——任是这么一个人，我也不能跟他说那一句会令他莫明其妙的话吧。如果我说，他一定愕然，看我一眼，略一点头，心里明白了，上来扶住我，扶到他椅子里坐下，甚至扶到他床上，给我倒水，有钱则为我买水果。他以为我醉了！如果我醉了，我就会接下去说：

"啊栢，你不知道我多难受，多寂寞！这是甚么生活？甚么时候光明才能照到古罗马的城楼？……"

喝醉了还是忘不了开玩笑：栢的隔壁有一位青年，一天到晚唱他的夜半歌声，而且总把城头唱成城楼。——得，我这么哩哩拉拉的，倒像我真的喝醉了！我甚么都没有说，脸上微亮了一下，说了一句：

"怎么样，栢？"

见面总是这么一句。毫无意义。——不，不能是毫无意义，这至少等于说："哈，又见面了。"

"怎么样？——哎，你来得正好！"

这一句话我爱听。

"怎么啦？"

"我在写文章。"

"你写，我不搅你。我坐一会，看你那本书。"

"不，你来得正好，我写不出来。"

"噢，要我来打岔，好嘛！——写的甚么？"

"一个小说。"

"我看看。"

"别看！"

我已经看见了！题目：《绿猫》；第一行是：

"小时候……"

栢把稿子压在一本大字典底下，给我泡茶。接过茶杯，我不由得不扑嗤一笑，把茶都泼了出来，泼在裤子上。我掏手绢擦裤子。——并不是爱惜裤子，就是擦擦。——是爱惜裤子，下意识里还是爱惜的。这条裤子虽然普通到不能再普通，毫无特色之可言，但小时候总有穿鲜美新衣而喜悦，而爱惜的时候。

"笑甚么？"

当然，他看到我眼睛所看方向就已经明白我笑甚么。

一只瘦骨伶仃的小猫蜷在桌子腿旁边。这两天正是换毛的时候，毛都一饼一饼的。毫无光泽，不能说不难看。又是下雨，更脏了。本来应当说是白地子淡黄花斑，在暗影里说不出是甚么颜色。栢也好好的看了它一眼，冲我皱鼻子，扁嘴，努目而用力点了点头，鼻子里哼出一股气：

"我一定要把它染成一个绿的！"

我又笑，栢可急了，他以为我是笑他，笑他也就是说说，决不会当真把他的猫染成个绿的。他声音大，吐字切，两腿分开，作童子军操"少息"状，说：

"你瞧着！我一定染，染成个绿猫！我已经在一家理发店里问过了，有染绿的水。"

果然不错，他也看了前天的那张报纸。——我看了看他的头，新剪的，"打三下"！理发匠是顶会把所有的人弄成一样，把所有的人的风格全毁了的，顶没有"趣味"的人。你看看，把我的诗人，我们的小说家，我们的希腊艺术的小专家，我们的长眉，大眼，直鼻，嘴唇的弧度合乎理想，脑门子宽窄中度，智慧，热情，蕴藉，潇洒的栢先生弄成了甚么样子！要是有画家画，有雕刻家刻，有人来喜欢，来爱，你教这些人何以为情，怎么办？这个头发式样！简直糟糕透顶，这是甚么世界！栢是有他的合适的发式的。有一回，在昆明，也是下雨，栢去看我；没有打伞，也没有戴帽子，他的头发长得很长了，雨淋过，有点湿；他一进门，掏出手绢，擦额头的水滴，一扬头，把披下来的长发甩到后面去，用手那么一撩，嘻！他一霎那他真是一个栢，真美，那才是栢的头发！简直可以说，我喜欢栢就因为他有那一霎，永恒的一霎。否则，现在，这一头光可鉴人的头发马路上到处都是，多没意思！栢看起来相当滑稽可笑，现在。因为这一头头发与他周身上下，与这间屋子的一切，全不相调和——栢一定是在理发店看的那张报纸。前天报纸副刊上有一块"文人怪癖"。似乎是文人就非有怪癖不可，是副刊就得刊载无数次那样的"珍闻"。把脚浸在温水里，闻烂苹果气味，穿红衣裳，染绿头发，……抄集的人照例又必加上许多按语。按语虽各有巧妙不同，然而有一点是大都要提到的，是"这是刺激灵感之方法。"——栢有几根白头发，少年白，他自己已经不大在意了，理发匠可不肯放过，常常在剪好了，吹风上油时就会问一句：

"要不要染一染？三个月不会退的，尽管说。"

栢自然有点不耐烦。如果他有甚么不高兴事情，比如，有那么一只不好看的猫这一类事情，他就会生一点气。一生气，刚好看到报上那段"文人怪癖"，他就装得极有兴趣，极关心的问：

"是不是甚么颜色都能染？"

"甚么颜色都能染！"

回答的不止一个人，不是那个劝他理发的理发匠，旁边好几个一起充满热情的回答。有一位女客为之神色飞舞，问其邻座另一女客：

"陈莉的头发是棕黄色的？"

陈莉是谁？看她们说话神气，大概是一个女"歌手"或是舞星吧？那位为栢理发的理发匠见自己的话为别人抢去代答，颇不高兴。栢想劝劝他，何必呢，凡事都宁可让着人些。然而似乎劝也无用，就问他一点别的，反正他就是要说说话。

"能不能染绿的？"

这就一时都答不上来了。过了一会，最远的一位理发匠说了：

"可以的！我见过染绿的药水。有一回，洋行里发货发错了，有一箱，打开来，是绿颜色的。——没有人要染绿的吧？你先生当然不要染绿头发？"

栢在镜子里点点头，那位刚才还似乎生了一点气的理发匠，正用一面镜子在后面照，问他满意不满意，自然总是满意，总点点头。一面，他回话：

"有人染的。不是我。我甚么颜色都不染。"

大概那时他即想到染他的猫成绿色的了！

大家都说栢喜欢猫。栢也当真是喜欢的。不过教他们，尤其是她们，那么一说，简直说得喜欢猫是件可笑的事，喜欢猫的也是一种可笑的人了。我极代为不平。一听到有人无话可谈的时候谈到他，我就说："他喜欢很多东西，只要是好看的，有生命的；或是无生命而可以见出生命，见出生命之活动，之痕迹的，他无不喜欢。他从来也没有以为猫是世界上最美，最值得有的东西。"然而众口同声，我也没有工夫生那么些闲气。有时真气了，我就向栢说：

"栢，你就别喜欢猫吧！往后你甚么也别喜欢了。"

可是大家非咬死了说他有猫癖不可。说这个话的，有的自己喜欢猫，援引之以壮声势。有的不喜欢猫，看不起喜欢猫的人，他们要找出这一点作为看不起栢的理由。有些，最多了，无所谓，无话可谈的时候谈谈。——都是栢那篇文章引出来的！

栢从小就与猫接近。他有个伯父，生性严刻，不苟言笑，对待任何人都是冷冷的，可是他爱猫，猫是他性命。他养了一大堆猫，最多时到过四十七头，平常也十头以上。一家之中他伯父就是对栢还有时和蔼慈祥，因为栢可以陪他一起养猫，喂猫饭，用发梳为猫梳毛，为猫捉跳蚤，找老猫在那里生小猫，更重要的是搬个小蒲团坐下陪他伯父一同欣赏那些名贵的猫。栢从之学会医猫病，配猫药，知道猫吃了甚么要长癞，甚么东西则可使猫毛丰长亮洁。他知道许多猫的名色。我只记得狸花，玳瑁，乌云盖雪，铁棒打三桃，玛瑙浆，大杏黄，小杏黄，几种最普通习见的，其余都记起来难，忘起来快。栢还说过许多如何偷接一个种，春夏间如何监视猫的交游，没有尾巴的猫与有尾巴的猫配合，生下来有几个可能有尾，几个无尾，狮子猫下小猫有几分把握能是狮子猫，等等，我说他很可以写一本《猫学》去，这样，他一开头写"小时候……"乃是自然不过的事。——不过，除了我他很少向人谈这些。——幸好没有谈！那篇关于猫的文章，别人看了不知道怎么样，我是颇喜欢的，因为亲切。他所说的那些我有不少知道，在场，所以印象很深。文章我这里有一份，有几处，我以为还可以一看：

大雨忽然来了。一个青色的闪照在枫树上，我赶紧跑到柴草房里去。那是距我所在处最近的房屋。我爬上堆近屋顶的芦柴上，听水从高处流下来，顺着瓦沟流下来，响极了。訇——空心老桑树倒了，往下一压，蒲桃架塌了；我的四周越来越黑了，雨点在我头上乱跳。忽然，一转身，墙角两个碧绿绿的东西在发光！——哦，那是老黑猫。老黑猫又生了一堆小猫了。原来它每次生养都在这里！我看它们吃奶，听着雨，雨慢慢小了。

栢谈起过他们家那个小花园，而从这头猫上我可以得到二十年前他的一个影子，在那个小花园中活动。

后来，说到在昆明时候，这时候我已经认识他了。

……有一回我到一个人家去。主人不在,老妈子说:"就回来的,说怕您要来,请在屋里坐坐,等等。"开了房门让我进去。主人新婚,房里的一切是才置的,全部是两个人跑酸了四条腿,一件一件精心挑选来的。颜色配搭得真是好,有一种暧暧朦胧感觉,如梦如春。我在软椅中坐了一会。在我看完一本画报,想换第二本时,我的眼睛为一个东西吸住了:墨绿缎墩上栖着一只小猫。小极了小极了,头尾团在一起不到一本袖珍书那么大。白地子,背上米红色逐渐向四边晕晕的淡去,一个小黑鼻子,全身就那么一点黑。我想这么个小玩意儿不知给了女主人多少欢喜。怎么一来让她在橱窗里瞥见了,做得真好。真的,我一点不觉得那是个真猫!猫要是那么小,是没有大起来;还在吃奶的小猫毛是有一块没一块的,不会那么厚薄均匀,茸茸软软的。嘿,——我这一动换,嗖,它跳了下来,无声的落在地毯上,睁着两颗豆绿眼睛。它一点都不是假的!猫伸了个懒腰,走了。我看见那个墩子,想这团墨绿衬得实在好极了。我断信这个颜色是为了猫而选的。——这个猫是甚么种?一直就是这么大……?想着,朋友进来了,我冒冒失失的说:"××,你真幸福!"朋友不知道我所称赞的是那一点,瞠目而视,直客气:"那里,那里!"女主人微微一笑,给我拿来一个烟灰缸子过来。……

这里所说××我也认识。那个女主人呢,不少人暗暗的为她而写了诗。我们的栢兄大概也写过不止一首吧。想想他说"××,你真幸福"那股子傻楞劲儿?——这事说来也近十年了。没有十年,八年。而另外一段，我更熟习，那时我跟栢同住在一个地方，在大学里念书的时候：

　　……得要有一个忧郁得甜迷迷的小院子，深深细细，缠缠绵绵，湮浸于一种古意。……

　　昆明是个颇合乎理想地方。一方面许多高大洋楼接二连三的生长出来，真是如同雨后春笋。一方面有戴乌绒帽勒，饰以银红丝球缨络，青布衣上挑出葱绿花纹的苗女，从山里下来，青竹篮里衬着带露羊齿叶片，用工房中唱情歌嗓子在旧宅第下马石前长喝一声"卖杨梅——"

　　新与旧的渗和对照，充满浪漫感。去年沙嘴是江心，呼吸于梅礼美的"残象的雅致"之中，把无可托付的心倾注在狗呀猫呀的身上的，想想看，有多少人？……

　　我所寄住的那一家，没有一个男人，一个五十多岁的老姑娘带两个很难说是什么身份的女孩子。她们都吃素，老姑娘念经奉佛。她们经年著一尘不染的青布衣，青布鞋，有时候忽然一齐换一天或银灰色，或藕合色的高领窄袖子，沿边盘花扣子的老式慕本缎子衫裙；到天黑，回房才褪尽簪珥，仍是老样子，髻子辫子上留一朵淡色的或艳色的花。不知道那一天有甚么事情。——不知是甚么道理，鱼磬声中，一点都不是先入为主，神经过敏之见，有一种执著的悲剧气味，一种安定的寂寞，又渗杂一种不可名状的挣扎。而这一切，为一头大猫点动出来。院中一棵大白兰花树，一进门即觉得满身是绿。浓香之中，金残碧旧，一头银狐色暹罗大猫伏在阶前蒲团上打盹，或凝视庭中微微漾动的树影，耳朵竖得尖尖的，无端紧张半天，忽然又懒涣下来；住久了，慢慢的，话就越来越少了，好像没有甚么可说的。……

这样的文章，即使栢是我的朋友，唯其是我的朋友，我不能说是怎么好，我不是说"可以看看么？"难道看也不能看么？我相信韩昌黎"气水也"的说法，把文章摘出这么两三段来看是很要不得的办法，因为只见浮物，不见水，也浮不起来。——我们所谓风格，大概指的就是那么股"劲儿"。是落花依草也好，回风映雪也好，你总得从头至尾的看下来才有个感觉。正如同要行了才算是船，砌死在那儿，那怕是颐和园的石舫，也呆板的。不过我把栢的文章抄在这里，他要是反对，不是反对因为失去层叠透迤，翩翩盼顾而觉得有意跟他为难；是态度，是从切面中见出态度，从态度中有人，有好事人会提出他是怎么样一个人。从这三两段之中若是有人"唔"那么一声，"谈猫的！"他就没法奈他何。那位先生的意思当然是：猫不是猫，是很多东西，是大白兰花树，是银灰藕合，寂寞安定，是青竹篮带露羊齿叶，是如梦如春，暧暧朦胧，是枫树，青色闪，是浪漫感觉，……是不大壮健，是过了时的东西！有人说它晦涩，有人说它浅，都对。栢没法奈他何。是的，我可知道栢的苦。他自己比谁都明白，一天到晚的嚷着，为甚么没有时间给我读书，给我思索，给我观察，为甚么我不能深入于生活，平正于字句，为甚么我贫弱，昏聩？看他用全力搏兔，从早到晚，天黑到天亮，（这样的时候不多，不是他不干，是时候没有，）结果颓然败阵下来，神色惨然，向我摊手，说："没有办法，你看见的，我尽了力，可是格格不入，一无是处。"我就劝他："你就别写吧。"这他可忽然爆发起来了，仿佛我就是他弄不好的题目，冲到我面前：

"我不写，我不写干甚么？"

他要是反对我抄，反对的是这个。但是反对过一会儿他就不反对了。他就说："无所谓的。日光之下无新事，都要过时。"

就因为过时，我问栢：

"哎栢，你为甚么写这么个题目？"

我这一问好叫栢不高兴。他大抽了一口烟，推出下唇而喷出来，那么斜着眼睛看了我一下。我知道这兜起了他的恨。当然他不能一直用那样的眼睛看我，把眼睛移过了，那么看着一幅梵诃的画，右手的大拇指无意识的拨弄他的衬衫扣子。渐渐的，他的表情之中透出一种悲怨，一种委屈。糟糕，我这么一句不经意的话闯了祸，我怕他要哭。你可以想象那一会儿的僵，那一会儿我的不安，我的无以自处。我吸吸鼻子，咳嗽两声，舌头舔舔嘴唇。要是这种情形一直持续下去，我只有快快的说，乞怜，抗拒，绝望，哀楚，恨毒："我走了。"从此我就绝不再来。倒是栢，他或者是因为梵诃的燃烧的笔触而得到安慰，得到鼓舞，得到启迪，忘了，不计较我的话，他倒体谅起我的踟蹰，他脸上的表情变得非常温柔，把手加在我的手背上，我就是怎么会嘲笑，甚么Cynical，我不能不为他感动，他缓缓的叹了一口气：

"我总在这儿写就是了，你知道的。——我这也并不是象征派，我有良心。"

栢为我拿烟，为我点火。这也有下场。否则，他的手一直加在我的手上，成何体统？在我们的恳挚未为俗情笑煞之前即把手取去，是聪明的。自然事亦大可哀。但还是这样好，含蓄些，古典些。空气既已缓和，且因为这么一来，我们就更亲近，更莫逆于心，我就问问栢：

"为甚么写不出来呢？"

栢苦笑，手那么一伸，把他的房间介绍给我看。不用说别的了，房间里有四张床！——比我的房间里还多一张。一张窄窄的小桌子，桌上又是肥皂，又是牙刷，又是换下来的衬衫，又是童子军哨子，又是算盘，又是绍兴戏说明书，又是甚么文艺杂志，杂，乱，多，不统一，不调和。这间屋子真暗，真湿，真霉，真——唉，臭！栢从云南带来的一个缅漆盒子被人撂在墙犄角，这个东西他曾经那么宝爱过。他画了好几年的一个画稿上一个热水壶印子，一堆香烟灰，而且缺了一角。雨越下越大了。幸亏有雨，他才能多单独一会。而隔壁雄壮的"古罗马的城楼"歌声认真其事的唱起来了。栢的眼睛落在一本书上：佛金尼·吴尔芙的《一间自己的屋子》，他表情极其幽默。

我想问问他是不是还是那么几个钱薪水，得了，别问了。

栢翻他的抽屉。找甚么东西？

"张先生有信来。身体比较好些了。得等再照一次X光再说。究竟怎么样了呢，也不知道。他写了二十年，不管怎么样吧，写了二十年，似乎总该得到一点报酬。——还骂他！这时候还骂他作甚么呢？在外国，这时早到了给他写传记的时候了。要批评他，就正正经经的批评也好，——那么轻佻，那么缺薄，当真他的文字有毒么？紧张热烈的在工作，在贫穷苦闷之中不放下笔来，这还不够伟大？——昨天见到李先生，他总是那么精神旺健，说：‘别骂！张某人比你们大家都穷，也比你们大家都用功，这是事实，这就够了！’何必呢？现在我们还有比麻木，比愚蠢，比庸碌更大的敌人么？为甚么不阔大些，不看远些？……

"他还是劝我换个方法写。你看么？"

我看信。一面还想了想"斗士"这两个字到底该是甚么意思？

"是怎么回事？"

"我寄去一篇小论文，后来发现其中有一处很不妥贴，写信请他暂缓发稿，已经来不及了。后来想想，也无所谓，反正不是甚么不刊之论。我年纪还青，活着，谁也不知道里里外外要翻多少次身，要起多少次变化。你看我到了这儿一年，就在这儿变。——他这两句让我有一点感慨。你看。

……其实一般读者无此细心。大凡作者用心深致处读者即恰恰容易忽略。事极自然，因作者所谓深致，即与作者不大用心时文笔不同。一人尚如此，何况诸读者？……"

"你感慨甚么呢？"

栢从字典下把那一叠《绿猫》原稿抽出来，拿起笔来写了一个"废"字，把桌上的笔套起来。

"不知道甚么时候才写得好，又'错'了。

"就是缺少那点用心深致处！——在生活里'出'不来。文章里'进'不去。格格不入，不对劲儿，不对。

"瑞恰滋的说法已经很多人认为不能满意。我可是还没有见到更好的说法。——自然一切说法只是一种说法，它并不能就限制住写的人的笔。没有甚么说法，大家也还是要摸索着前进，写出许多东西再等有人来结说一句。

"古往今来的文章当真有甚么用？说法国革命是一支《马赛进行曲》引出来的未免太天真，太乐观，有点倒因为果。而且《马赛曲》唱了出来多半也还是有点偶然。——为甚么写？为甚么读？最大理由还是要写，要读。可以得到一种'快乐'，——你知道我所谓快乐即指一切比较精美，纯粹，高度的情绪。瑞恰滋叫它'最丰富的生活'。你不是写过：写的时候要沉酣？我以为就是那样的意思。我自己的经验，只有在读在写的时候，我才觉得自己活得比较有价值，像回事。

"可是——难！纪德说：'若是没有，放它进去！'说得多英勇！我看要生活里有诗，只有放它进去。——忽然想到这么一句，不大相干。

"我并不是要把读跟写从生活里独立出来。这当然也不可能，办不到。并不是把生活一刀两段，截然分开，这边是书，是艺术；那边是吃饭，睡觉，打哈哈，不是这样的意思。……我要的是甚么东西呢，不妨说就是'灵感'吧。

"就像等公共汽车，看着远远的来了，一脚跳上去，想它，想那点灵感，把我带到一个比较清爽莹澈，比较动人，有意义，有结构，有节拍的，境界里去。灵感，我的意思是若有所见，若有所解，若有所悟。吃着饭，走着路，甚至说着话，尤其是睡前，醒后，忽然心里那么触动了一下，最普通的比喻，像拨响了琴弦，这就仿佛活了起来，一把抓住，有时就得了救。我就写。——阅读，痛快的阅读，就是这个境界的复现，俯仰浮沉，随波逐浪，庄生化蝶，列子御风，味飘飘而轻举，情晔晔而更新。……"

栢看了我一眼，看我确是在听，集中精神在听，听得很沉迷。其实不如说我在看，看他说，看那些其实没有甚么出奇，我也知道的词句如何从他的心里涌出来，具何颜色，作何波澜。我在听，在看，在鼓励击赏。栢高兴，这一会儿他嗓子也好听，情感流得自然中节。

"给你背一段书：

"古人云：形在江海之下，心存魏阙之上，神思之谓也。文之思也，其神远矣！故寂然凝虑，思接千载；悄然动容，视通万里。吟咏之间，吐纳珠玉之声；眉睫之前，卷舒风云之色，其思理之致乎。——珠玉，风云，这是六朝人滥调，不过'寂然'，'悄然'形容得好！……

"'故思理为妙，神与物游。神居胸臆之间，而志气统其关键；物沿耳目，而辞令管其枢机；枢机方通，则物无隐貌，关键将塞，则神有遁心……'"

我点头：

"张载说：'心中苟有所开，即便劄记，不思则还塞之矣。'非常同情他这个'还塞之矣'，非常沉痛。"

"'是以陶钧文思，贵在虚静：疏瀹五脏，澡雪精神；积学以储宝，酌理以富才，研阅以穷照，驯致以怿辞。'——真好！

"夫神思方运，万涂竞萌，规矩虚位，刻镂无形：登山则情满于山，观海则意溢于海，我才之多少，将与风云而并驱矣！……"

"你背得真熟。"

"因为就像是我说的！——我还是赞成背书。就是太忙。我多久没有这么'像煞有介事'过了？从前不相信甚么会闷出病来，现在想，大概真有那么回事。我母亲，他们就说是闷出病来，死的。"

栢这会儿神采焕发，眸子炯然。他在椅子把四肢伸得直直的，挺了挺腰，十分舒畅的样子，看起来他比平常也长大了些。我可以体会到他身体里丰满的快感。过了好一会，雨小些了，他走了两步，重重的叹了一声：

"四序纷迴，入兴贵闲；勤靡余暇，心肖长闲，可是我怎么闲得起来？"

他长吸一口，把烟蒂灭了。打开抽屉，放好他的断稿《绿猫》。这家伙太敏感自觉，虽然对我还有时这么淋漓尽致的抒说，但也不让自己太忘形。过于恣肆固恐使我难堪，漫无节制亦为他文章义法所不取。完了，即使我紧接着，用热望的眼睛注视他，说"说下去"，他也不说了。古罗马的城楼又唱起来，而且远远的已经听到他的同事们嚷着唱着来了。栢向我笑：

"满城风雨近重阳。——水之积也不厚，则其负大舟也无力，我其为芥之舟乎？——甚么时候，我才能有一个比较可以长时间思索，不被干扰的时候？——你也走吧，你也不善应酬，我实在怕看你装得很会应酬的样子；而且再有半点钟你们就要开饭，我也不留你。"

抱起他的小猫，栢送我到门口。我看着马路对面法国梧桐的绿叶，笑。

"又笑甚么？"

"我想你有句甚么话要说：'感谢你让我痛痛快快说了半天话，胡说八道，毫无道理，不要笑我。'——把你的猫送还给人家去吧，多难看！"

"阁下聪明，倒是，算你猜着，不愧是小说家！——才不送，我要把它染绿了呢！别把我的话记下来，说我说的，我怕挨骂，除非等我把那篇了不起的大作，文学与人生，写出来之后。——哎，你上回说的道士请神情形很有意思。真是那样？是你诌出来的？"

"诌甚么！回去吧。过两天来。希望你的《绿猫》也写好了，猫也染绿了。"

…………

风雨如晦，鸡鸣不已。——哎呀，我已经在这里坐了几个钟头了？天已经透蓝。咦，这里居然也听得到麻雀叫？——糟糕，我伤风了。刚才我放下笔歇了一会儿，抽了两枝烟，我想了些甚么？……我想起栢文章中提到的小院子，那时我们住在一起。想起那棵大白兰花树，现在正是开花的时候了。只有在云南那样的气候，白兰花才能长得那么大，罩满了整个一天井。花时，在巷子里即闻到香气，如招如唤。我们常搬了一张竹椅，在花树下看书，听老姑娘念经敲磬。偶然一抬头，绿叶缝隙间一朵白云正施施流过，闲静无比。一个老蜂窝又大了不少。一个蜘蛛结网，忙碌辛勤，忽然跌落下来，吊在半空；不知是偶然失足，还是有意如此，好等风来吹去，转换一个方向。我们有一个长耳绿匋水瓶，用匋瓶汲取井水来喝。——这时候！我们多半已经到了呈贡，骑马下乡了。道路都在栗树园中穿过，马奔驶于阔大的绿叶之下，草头全是露，风真轻快。我们大声呼喝，震动群山。村边或有个早起老人，或穿鲜红颜色女孩子，闻声回首，目送我们过去。此乐至不可忘。——一说，也十年了，好快！——而这里，就是汽车！汽车又一辆一辆的开出来了。……

……怎么会想到高尔基身上去的？……喔，是想到道士请神，于是想到高尔基。

凡道士做法事道场，拜斗礼坛，既爇香，例须降神。降神，就是变成一个神。其实和尚也如此，当中坐的那个戴毗卢帽的大和尚是地藏王化身。不过道士降神过程，比较长，比较顶真。偷鞋骗食的道士，自然不过略具形式而已。有道理道士则必虔诚恭敬，收视返听，匍伏坛前，良久良久，庶可脱去自己，化为太乙。旁边的小道士，这时候由"掌鱼"的领头，摇铃击磬，高声赞美，退魔障，全真灵，参助其升超。据说内行人常常可以看出变到了如何程度，是快是慢，是易是难。据说，如果降请既毕，得到灵感，——他们也叫灵感，即凡俗人，若谛细观察，亦可以觉出与平常神色不烦，端正凝祥，具好容貌，有大威仪。这似乎与理学家的功夫有相似处。噫，鬼神之事，难言之矣，小时我不怎么相信，现在也还是一样。不过那个理却似乎有的。我有兴趣的是它可以借给我作一个比喻。

高尔基就像那个道士。我是说画布上的，白云石，青铜上的，诚然是高尔基，但那是高尔基的精华。平常时候，比如从理发店里出来的时候，（高尔基也要理理发，俄国的理发匠不见得高明到那里去！）高尔基未必常如是。高尔基一定也有很不像样的时候，如果人家一定要送他一个难看的小猫他怎么样呢，大概也没有办法；而高尔基大概也不喜欢听古罗马的城楼，不喜欢四个人住一屋，不喜欢汽车声音，不见得喜欢一点都没有雨的意思的下雨天也。——那种最高尔基式的时候，当然是他写得或者读得得意的时候。像果戈里所说，写不出来，在纸上乱画，写：

我今天写不出来，

我今天写不出来，

我今天写不出来！

的时候，自也有一种可以令人感动之处。不过画家雕刻家似乎看不到；看不到所以他们画不出，刻不出。这怕倒还是写小说的可以来表演一下子了。

因为栢写不出文章，我想到这些。我是说高尔基可能比栢稍为可以平和安定一些，有时间可以思索，不会那么要写而不能写。——我这想的有点怪么？

栢的《绿猫》，要写的，是一个孩子，小时极爱画画，可是大家都反对他。反对他画画，也反对他画的画。有一回，他画了一个得意杰作，是一头猫。他满腔热望，高高兴兴的拿给父亲看，父亲看也不看。拿给母亲看，母亲说："作算术去！"拿给图画老师看，图画老师不知道生了甚么气，打了他十个手心，大骂他一顿："那有这样的猫？那有这样的猫！"他画的是个绿猫。画了轮廓，他要为猫著色，打开颜色盒子，一得意，他调了一种绿色，把他的猫涂成了绿的。长大了，他作公务员，不得意。也没有甚么朋友，大家说他乖僻。他还想画画，可是画不成，乱七八糟的涂得他自己伤心。他想想毛某的《月亮和六辨士》更伤心。到后来他就老了。人家送他一个猫。猫，人家不要养了，硬说他喜欢猫，非送给他不可，没有办法，他就收养了。他整天就是抱着他的猫。有一天，他忽然把他的猫染成了绿的。看到别人看到绿猫的惊奇样子，他笑了。没有两天，他就死了。

虽然我曾经警告过他，说这样的小说我没有看见过。这算甚么呢，算心理小说？心理小说在中国还是个颇"危险"的东西。中国人大概都比较简单，也许我们的小说作家以为中国人很简单，反正，没有这个东西。我想劝他还是写写高尔基式的小说。不过，还是让他写下去吧。也许他有一天会写黑猫，白猫，狸花猫，玳瑁猫的。——你也知道的，他写的是他自己。

我担心的倒是，猫要是个绿的，他把猫眼睛弄成个甚么颜色呢？唔，我以为这很严重。

天倒是晴了。早晴，今天一定热得很。——隔壁那个老头子咳了整整一夜。——不得了，汽车都出来了，这个世界上充满了汽车！还有，那是无线电的流行歌曲，已经唱起来也！我想起那位乖戾的哲人叔本华的那一篇荒谬绝伦的文章：《论嘈杂》。

三十六年七月二日，上海

寂寞和温暖^①

※

这个女同志在这个农业科学研究所的科研人员当中显得有点特别。她有很多文学书。屠格涅夫的、契诃夫的、梅里美的。都保存得很干净。她的衣着、用物都很素净。白床单、白枕套,连洗脸盆都是白的。她住在一间四白落地的狭长的单身宿舍里,只有一面墙上一个四方块里有一点颜色。那是一个相当精致的画框,里面经常更换画片:列宾的《伏尔加纤夫》、列维坦的风景……

她叫沈沅,却不是湖南人。

她的家乡是福建的一个侨乡。她生在马来西亚的一个滨海的小城里。母亲死得早,她是跟父亲长大的。父亲开机帆船,往来运货,早出晚归。她从小就常常一个人过一天,坐在门外的海滩上,望着海,等着父亲回来。她后来想起父亲,首先想起的是父亲身上很咸的海水气味和他的五个趾头一般齐,几乎是长方形的脚。——常年在海船上生活的人的脚,大都是这样。

她在南洋读了小学,以后回国来上学。父亲还留在南洋。她从初中到大学,都是在学校的宿舍里度过的。她在国内没有亲人,只有一个舅舅。上初中时,放暑假,她还到舅舅家住一阵。舅舅家很穷。他们家炒什么菜都放虾油。多少年后,她还记得舅舅家自渍的

---

① 初刊于《北京文学》一九八一年第二期,初收于《汪曾祺短篇小说选》。

虾油的气味。高中以后，就是寒暑假，也是在学校里过了。一到节假日、星期天，她总是打一盆水洗洗头，然后拿一本小说，一边看小说，一边等风把头发吹干，嘴里咬着一个鲜橄榄。

她父亲是被贫瘠而狭小的土地抛到海外去的。他没有一寸土，却希望他的家乡人能吃到饱饭。她在高中毕业后，就按照父亲的天真而善良的愿望，考进了北京的农业大学。

大学毕业，就分配到了这个农业科学研究所。那年她二十五岁。

二十五岁，过得很平静。既没有生老病死（母亲死的时候，她还不大记事），也没有柴米油盐。她在学习上从来没有感到过吃力，从来没有做过因为考外文、考数学答不出题来而急得浑身出汗的那种梦。

她长得很高。在学校站队时，从来是女生的第一名。这个所里的女工、女干部，也没有一个她那样高的。

她长得很清秀。

这个所的农业工人有一个风气，爱给干部和科研人员起外号。

有一个年轻的技术员叫王作祜，工人们叫他王咋唬。

有一个中年的技师，叫俊哥儿李。有一个时期，所里有三个技师都姓李。为怕混淆，工人们就把他们区别为黑李、白李、俊哥儿李。黑李、白李，因为肤色不同（这二李后来都调走了）。俊哥儿李是因为他长得端正，衣着整齐，还因为他冬天也不戴帽子。这地方冬天有时冷到零下三十七八度，工人们花多少钱，也愿意置一顶狐皮的或者貉绒的皮帽。至不济，也要戴一顶山羊头的。俊哥儿李是不论什么天气也是光着脑袋，头发梳得一丝不乱。

有一个技师姓张，在所里年岁最大，资历也最老。工人们当面叫他张老，背后叫他早稻田。他是个水稻专家，每天起得最早，一起来就到水稻试验田去。他是日本留学生。这个所的历史很久了，有一些老工人敌伪时期就来了，他们多少知道一点日本的事。他们听说日本有个早稻田大学，就不管他是不是这个大学毕业的，派给他一个"早稻田"的外号。

沈沅来了不久，工人们也给她起了外号，叫沈三元。这是因为她刚来的时候，所里一个姓胡的支部书记在大会上把她的名字念错了，把"沅"字拆成了两个字，念成"沈三元"。工人们想起老年间的吉利话："连中三元"，就说"沈三元"，这名字不赖！他们还听说她在学校时先是团员，后是党员，刚来了又是技术员，于是又叫她"沈三员"。"沈三元"也罢，"沈三员"也罢，含意都差不多：少年得志，前程万里。

有一些年轻的技术员背后也叫她沈三员，那意味就不一样了。他们知道沈沅在政治条件上、业务能力上，都比他们优越，他们在提到"沈三员"时，就流露出相当复杂的情绪：嫉妒、羡慕，又有点讽刺。

沈沅来了之后，引起一些人的注目，也引起一些人侧目。

这些，沈沅自己都不知道。

她一直清清楚楚地记得第一天到这里时的情景。天刚刚亮，在一个小火车站下了车，空气很清凉。所里派了一个老工人赶了一辆单套车来接她。这老工人叫王栓。出了站，是一条很平整的碎石马路，两旁种着高高的加拿大白杨。她觉得这条路很美。不到半个钟头，王栓用鞭子一指："到了。过了石桥，就是农科所。"她放眼一望：整齐而结实的房屋，高大明亮的玻璃窗。一匹马在什么地方喷着响鼻。大树下原来亮着的植保研究室的诱捕灯忽然灭掉了。她心里非常感动。

这是一个地区一级的农科所，但是历史很久，积累的资料多，研究人员的水平也比较高，是全省的先进单位，在华北也是有数的。

她到各处看了看。大田、果园、菜园、苗圃、温室、种籽仓库、水闸、马号、羊舍、猪场……这些东西她是熟悉的。她参观过好几个这样的农科所，大体上都差不多。不过，过去，这对她说起来好像是一幅一幅画；现在，她走到画里来了。晚上，一个人躺在床上，想：我也许会在这里生活一辈子。

她的工作分配在大田作物研究组，主要是作早稻田的助手。她很高兴。她在学校时就读过张老的论文，对他很钦佩。

她到早稻田的研究室去见他。

张老摘下眼镜，站起来跟她握手。他的握手的姿态特别恳挚，有点像日本人。

"你的学习成绩我看过了，很好。你写的《京西水稻调查》，我读过，很好。我摘录了一部分。"

早稻田抽出几张卡片和沈沅写的调查报告的铅印本。报告上有几处用红铅笔划了道。

沈沅不知说什么好，只好说："很幼稚。"

"你很年轻，是个女同志。"

沈沅正捉摸着他这句话是什么意思，他说：

"搞农业科学研究，是寂寞的。要安于寂寞。——一个水稻良种培育成功，到真正确定它的种性，要几年？"

"正常的情况下，要八年。"

"八年。以后会缩短。作物一年只生长一次。不能性急。搞农业，不要想一鸣惊人。农业研究，有很大的连续性。路，是很长的。在这条漫长的路上，没有敲锣打鼓，也没有欢呼。是的，很寂寞。但是乐在其中。"

张老的话给她留下很深刻的印象。

从此以后，她每天一早起来，就跟着早稻田到稻田去观察、记录。白天整理资料。晚上看书，或者翻译一点外文资料。

除了早稻田，她比较接近的人是俊哥儿李。

俊哥儿李她早就认识了。老李也是农大的，比沈沅早好几年。沈沅进校时，老李早就毕业走了。但是他的爱人留在农大搞研究，沈沅跟她很熟。她姓褚，沈沅叫她褚大姐。沈沅在褚大姐那里见过俊哥儿李好多次。

俊哥儿李是个谷子专家。他认识好几个县的种谷能手。谷子是低产作物，可是这一带的农民习惯于吃小米。他们的共同愿望，就是想摘掉谷子的低产帽子。俊哥儿李经常下乡。这些种谷能手也常来找他。一来，就坐满了一屋子。看看俊哥儿李那样一个衣履整齐，衬衫的领口、袖口雪白，头发一丝不乱的人，坐在一些戴皮帽的、戴毡帽的、系着羊肚子手巾的，长着黑胡子、白胡子、花白胡子的老农之间，彼此却是那样的自然，那样的亲热，是很有趣的。

这些种谷能手来的时候，沈沅就到俊哥儿李屋里去。听他们谈话，同时也帮着做做记录。

老李离不开他的谷子；褚大姐离开了农大的设备，她的研究工作就无法进行。因此，他们多年来一直过着两地生活。有时褚大姐带着孩子来这里住几天，沈沅一定去看她。

她和工人的关系很好。在地里干活休息的时候，女工们都愿意和她挤在一起。——这些女工不愿和别的女技术员接近，说她们"很酸"①。放羊的、锄豆埂的"半工子"②也常来找她，掰两根不结玉米的"甜秆"，拔一把叫做酸苗的草根来叫她尝尝。"甜秆"真甜。酸苗酸得像醋，吃得人眼睛眉毛都皱在一起。下了工，从地里回来，工人的家属正在做饭，孩子缠着，绊手绊脚，她就把满脸鼻涕的娃娃抱过来，逗他玩半天。

她和那个赶单套车接她到所的老车倌王栓很谈得来。王栓没事时常上她屋里来，一聊半天。人们都奇怪：他俩有什么可聊的呢？这两个人有什么共同语言呢？主要是王栓说，她听着。王栓聊他过去的生活，这个所的历史，聊他和工人对这个所的干部和科研人员的评价。"早稻田"、"俊哥儿李"、"王咋唬"，包括她自己的外号"沈三元"，都是王栓告诉她的。沈沅听到"早稻田"、"俊哥儿李"，哈哈大笑了半天。

王栓走了，沈沅屋里好长时间还留着他身上带来的马汗的酸味。她一点也不讨厌这种气味。

稻子收割了，羊羔子抓了秋膘了，葡萄下了窖了，雪下来了。雪化了，茵陈蒿在乌黑的地里绿了，羊角葱露了嘴了，稻田的冻土翻了，葡萄出了窖了，母羊接了春羔了，育苗了，插秧了。沈沅在

---

① "很酸"是很高傲的意思。

② 半工子，即未成年的小工。

这个农科所生活了快一年了。

　　她不得不和他们接触的，还有一些人。一个是胡支书，一个是王作祐。胡支书是支部书记，王作祐是她们党小组的组长。

　　胡支书是个专职的支书。多少年来干部、工人，都称之为胡支书。他整天无所事事，想干点什么就干点什么。夏锄的时候，他高兴起来，会扛着大锄来锄两趟高粱；扬场的时候，扬几锨；下了西瓜、果子，他去过磅；春节包饺子，各人自己动手，他会系了个白围裙很热心地去分肉馅，分白面。他也可以什么都不干，和一个和他关系很亲密的老工人、老伙伴，在树林子里砍土圪垃，你追我躲、嘴里还笑着，骂着："我操你妈！"一玩半天，像两个孩子。他的本职工作，是给工人们开会讲话。他不读书，不看报，讲起话来没有准稿子。可以由国际形势讲到秋收要颗粒归仓，然后对一个爱披着衣服到处走的工人训斥半天："这是什么样子！你给我把两个袖子捅上！"此人身材瘦削，嗓音奇高。他有个口头语："如论无何"。不知道为什么，他总把"无论如何"说成"如论无何"，而且很爱说这句话。在他的高亢刺耳，语无伦次的讲话中，总要出现无数次"如论无何"。

　　他在所里威信很高，因为他可以盖一个图章就把一个工人送进劳改队。这一年里，经他的手，已经送了两个。一个因为打架，一个是查出了历史问题——参加过一贯道。这两个工人的家属还在所里劳动，拖着两个孩子。

　　他是个酒仙，顿顿饭离不开酒。这所里有一个酒厂。每天出酒之后，就看见他端着两壶新出淋的原汁烧酒，一手一壶，一壶四两，从酒厂走向他的宿舍，徜徉而过，旁若无人。

胡支书的得力助手是王作祜。

王作祜有两件本事，一是打扑克，一是做文章。

他是个百分大王，所向无敌。他的屋里随时都摆着一张空桌、四把椅子。拉开抽屉就是扑克牌和记分用的白纸、铅笔。每天晚上都能凑一点，烟茶自备，一直打到十一二点。

他是所里的笔杆子，人称"一秘"。年轻的科技人员的语文一般都不太通顺。他是在中学时就靠搞宣传、编板报起家的，笔下很快。因此，所里的总结、报告、介绍经验的稿子，多半由他起草。

他尤其擅长于写批判稿。不管给他一个什么题目，他从胡支书屋里抱了一堆报纸，东翻翻，西找找，不到两个小时，就能写出一篇文情并茂的批判发言。

所里有一个老木匠，说了一句怪话。有人问他一个月挣多少钱，他说："咳，挣一壶醋钱。"有人反映给支部，王作祜认为这是反党言论，建议开大会批判。王作祜作了长篇发言，引经据典，慷慨激昂。会开完了，老木匠回到宿舍，说："王作祜咋唬点啥咧？"王咋唬的名字，就是这么来的。

沈沅忽然被打成了右派。

究竟是因为什么呢？

因为她在整风的时候，在党内的会议上提了意见，批评了领导？

因为她提出所领导对科研人员不够关心，张老需要一个资料柜，就是不给，他的大量资料都堆在地下？

因为她提出对送去劳改的两个工人都处理过重，这样下去，是会使党脱离群众的？

因为她提出群众对胡支书从酒厂灌酒，公私不分，有反映？

因为她提出一个管农业的书记向所里要了一块韭菜皮①，铺在他的院子里，这值不了多少钱，但是传开了很不好听，工人说："这不真成了刮地皮了？"

也许什么都不为，就因为她在这个农业科学研究所。研究所，是知识分子成堆的地方，怎么也得抓出一两个右派，才能完成"指标"。经过领导上研究，认为派她当右派合适。

主要的问题，据以定性的主要根据，是她的一篇日记。

这是一篇七年以前写的日记。

她的父亲半生漂泊在异国的海上，他一直想有一小片自己的土地。他把历年攒下的钱寄回国，托沈沅的舅舅买了一点田，还盖了一座一楼一底的房子。他想晚年回家乡住几年，然后就埋在这块土地上，有一个坟头，坟头立一块小小的石碑，让后人知道他曾经辛苦了一辈子。一九五一年土改。土改的工作队长是个从东北南下的干部，对侨乡情况不太了解；又因为当地干部想征用他那座房子，把他划成了地主。沈沅那年还在读高中。她不相信她的被海风吹得脸色紫黑，五个脚趾一般齐的父亲是地主，就在日记里写下了她的困惑与不满。

问题本来已经解决了。在农大入党的时候，农大党组织为了核实她的家庭出身，曾经两次到她的家乡外调，认为她的父亲最多能划一个小土地出租者，她的成份没有问题，批准了她的入党要求。

---

① 韭菜是宿根生长，连根铲起一块土皮，移在别处，即可源源收割。这块土皮，就叫"韭菜皮"。

她对自己当时的困惑和不满也作了检查，认为是立场不稳，和党离心离德。

没想到……

这些天，有的干部和工人就觉得所里的空气有点不大对。胡支书屋里坐了一屋子人在开会，屋门从里面倒插着。王作祜晚上不打牌了。他屋里的灯十二点以后还亮着。党团员和积极分子的脸上都异样的紧张而严肃。他们知道，要出什么事了。

一个早上，安静平和的农科所变了样。居于全所中心的种籽仓库外面的墙上贴满了大字报："击退反党分子沈沅的猖狂进攻"，"不许沈沅污蔑党的领导"，"一个阶级异己分子的自供状——沈沅日记摘抄"，"一定要把农科所的一面白旗拔掉"，"剥下沈沅清高纯洁的外衣"，"铲除蒋介石反攻大陆的社会基础"。有文字，还有漫画。有一张漫画，画着一个少女向蒋介石低头屈膝。这个少女竟然只穿了乳罩和三角裤衩！这是王作祜的手笔。

沈沅一点思想准备都没有。她一早起来，要到稻田去。一看这么多大字报，她懵了。她硬着头皮把这些大字报看下去。她脸色煞白，带着一种奇怪的微笑。有两个女工迎面看见她，吓了一跳。她们小声说："坏了！她要疯！"看到那张戴着乳罩穿三角裤衩的漫画，她眼前一黑，几乎栽倒。一只大手从后面扶住了她。她定了定神，听见一个声音："真不像话！"那是王栓。她觉得干哕恶心，头晕。她摇摇晃晃地走向自己的宿舍。

她对于运动的突出的感觉是：莫名其妙。她也参加过几次政治运动，但是整到自己的头上，这还是第一次。她坐在会场里，听着、记着别人的批判发言，她始终觉得这不是真事，这是荒唐的，不可能的，她会忽然想起《格列佛游记》，想起大人国、小人国。

发言是各式各样的，大家分题作文。王作祐带着强烈的仇恨，用炸弹一样的语言和充满戏剧性的姿态大喊大叫。有一些发言把一些不相干的小事和一些本人平时没有觉察到的个人恩怨拉扯成了很长的一篇，而且都说成是严重的政治问题、世界观问题、立场问题。屠格涅夫、列宾和她的白脸盆都受到牵连，连她的长相、走路的姿势都受到批判。

写了无数次检查，听了无数次批判，在毫无自卫能力的情况下，忍受着各种离奇而难堪的侮辱，沈沅的精神完全垮了。她的神经麻木了。她听着那些锋利尖刻的语言，会不明白那是什么意思。她的脑子会出现一片空白，一点思想都没有，像是曝了光的底片。她有时一动不动地坐着，像一块石头。她不再觉得痛苦，只是非常的疲倦。她想：怎么都行，定一个什么罪名，给一个什么处分都行，只求快一点，快一点过去，不要再开会，不要再写检查。

总算，一个高亢尖厉的声音宣布："批判大会暂时开到这里。"

沈沅回到屋里，用一盆冷水洗了洗头，躺下来，立刻就睡着了。她睡得非常实在，连一个梦都没有。她好像消失了。什么也不知道。太阳偏西了，她不知道。卸了套、饮过水的骡马从她的窗外郭答郭答地走过，她不知道。晚归的麻雀在她的檐前吱喳吵闹着回窠了，她不知道。天黑了，她不知道。

她朦朦胧胧闻到一阵一阵马汗的酸味，感觉到床前坐着一个人。她拉开床头的灯，床前坐着王栓，泪流满面。

沈沅每天下班都到井边去洗脸，王栓也每天这时去饮马。马饮着水，得一会，他们就站着闲聊。马饮完了，王栓牵着马，沈沅端着一盆明天早上用的水，一同往回走（沈沅的宿舍离马号很近）。自从挨了批斗，她就改在天黑人静之后才去洗脸，因为那张恶劣的漫画就贴在井边的墙上。过了两天，沈沅发现她的门外有一个木桶，里面有半桶清水。她用了。第二天，水桶提走了。不到傍晚，水桶又送来了。她知道，这是王栓。她想：一个"粗人"，感情却是这样的细！

　　现在，王栓泪流满面地坐在她的面前。她觉得心里热烘烘的。

　　"我来看看你。你睡着了，睡得好实在！你受委屈了！他们为什么要这样整你，折磨你？听见他们说的那些话，我的心疼。他们欺负人！你不要难过。你要好好的。俺们，庄户人，知道什么是谷子，什么是秕子。俺们心里有杆秤。他们不要你，俺们要你！你要好好的，一定要好好的！你看你两眼塌成个啥样了！要好好的！你的光阴多得很，你要好好的。你还要做很多事，你要好好的！"

　　沈沅的眼泪流下来了。她一边流泪，一边点头。

　　"我走了。"

　　沈沅站起来送他。王栓走了两步，又停住，回头。

　　"你不要想死。千万不要想走那条路。"

　　沈沅点点头。

　　"你答应我。"

　　"我答应你，王栓，我不死。"

　　王栓走后，沈沅躺在床上，眼泪不断地涌出来。她听见自己的眼泪大滴大滴地落在枕头上，叭哒——叭哒……

沈沅的结论批下来了，定为一般右派，就在本所劳动。

她很镇定，甚至觉得轻松。她觉得这没有什么。就像一个人从水里的踏石上过河，原来怕湿了鞋袜；后来掉在河里，衣裤全湿了，觉得也不过就是这样，心里反而踏实了。

只有一次，她在火车站的墙上看到一条大标语：把"地富反坏右"列在一起，她才觉得心里很不好受。国庆节前夕，胡支书特地通知她这两天不要进城，她的心往下一沉。

她跟周围人的关系变了。

在路上碰到所里的人，她都是把头一低。

在地里干活休息时，她一个人远远地坐着。原来爱跟她挤在一起的女工故意找话跟她说，她只是简单地回答一两个字。收工的时候，她都是晚走一会，不和这些女工一同走进所里的大门。

她到稻田去拔草，看见早稻田站在一个小木板桥上。这是必经之路，她只好走过去。早稻田只对她说了一句话："沈沅，要注意身体。"她没有说话，点了点头。早稻田走了，沈沅望着他的背影，在心里说："谢谢您！"

她看见俊哥儿李的女儿在渠沿上玩，知道褚大姐来了。收工的时候，褚大姐在离所门很远的路边等着沈沅，一把抓住她的手："你为什么不来看我？"沈沅只是凄然一笑，摇摇头。——"你要什么书？我给你寄来。"沈沅想了一想，说："不要。"

但是她每天好像过得挺好。她喜欢干活。在田野里，晒着太阳，吹着风，呼吸着带着青草和庄稼的气味的空气，她觉得很舒畅。她使劲地干活，累得满脸通红，全身是汗，以至使跟她一块干活的女工喊叫起来："沈沅！沈沅！你干什么！"她这才醒悟过来："哦！"把手脚放慢一些。

她还能看书，每天晚上，走过她的窗前，都可以看到她坐在临窗的小桌上看书，精神很集中，脸上极其平静。

过了三年。

这三年真是热闹。

五八、五九，搞了两年大跃进。深翻地，翻到一丈二。用贵重的农药培养出二尺七寸长的大黄瓜，装在一个特制的玻璃匣子里，用福尔马林泡着。把两穗"大粒白"葡萄"靠接"起来当作一串，给葡萄注射葡萄糖。把牛的精子给母猪授上，希望能下一个麒麟一样的东西，——牛大的猪。"卫星"上天，"大王"升帐，敢想敢干，敲锣打鼓，天天像过年。

后来又闹了一阵"超声波"。什么东西都"超"一下。农、林、牧、副、渔，只要一"超"，就会奇迹一样地增长起来。"超"得鸡飞狗跳，小猪仔的鬃毛直竖，山丁子小树苗前仰后合。

胡支书、王咋唬忙得很，报喜，介绍经验，开展览会……

最后是大家都来研究代食品，研究小球藻和人造肉，因为大家都挨了饿了。

只有早稻田还是每天一早到稻田，俊哥儿李还是经常下乡，沈沅还是劳动、看书。

一九六一年夏天，调来一位新所长（原来的所长是个长期病号，很少到所里来），姓赵。所里很多工人都知道他。他在抗日战争期间是一个武工队长，常在这一带活动。老人们都说他"低头有计"，传诵着关于他的一些传奇性的故事。他的左太阳穴有一块圆形的伤疤，一咬东西就闪闪发亮。这是当年的枪伤。他在抗日战争时期就是县委一级的干部，现在还是县委一级。原因是：一贯右倾，犯了几次错误。

他是骑了一辆自己装了马达的自行车来上任的，还不失当年武工队长的风度。他来之后，所里就添了一种新的声音。只要听见马达突突的声音，人们就知道赵所长奔什么方向去了。

他一来，就下地干活。在大田、果园、菜园、苗圃，都干了几天。他一边干活，工人一边拿眼睛瞄着他。结论是："赵所长的农活——啧啧啧！"他跟工人在一起，说说笑笑，不分彼此。工人跟他也无拘无束，无话不谈。工人们背后议论："新来的赵所长，这人——不赖！"王栓说："敢是！这人心里没假。他的心是一块阳泉炭，划根火柴就能点着。烧完了是一堆白灰。"

干了差不多一个月的活，他把所里历年的总结，重要的会议记录都找来，关起门来看了十几天，校出了不少错字。

然后，到科研人员的家里挨门拜访。

访问了俊哥儿李。

"老褚的事，要解决。老是鹊桥相会，那怎么行！我们想把她的研究项目接过来。这个项目，我们地区需要。农大肯交给我们最好。不行的话，我们搞一套设备。我了解了一下，地区还有这个钱。等我和地委研究一下。"

看见老李屋里摆了好些凳子，知道他那些攻谷子低产关的农民朋友要来，老赵就留下来听了半天他们的座谈会。中午，他捧了一个串门大碗，盛了一碗高粱米饭，夹了几个腌辣椒和大家一同吃了饭。饭后，他问："他们的饭钱是怎么算的？"老李说："他们是我请来的客人。"——"这怎么行！"他转身就跑到总务处："这钱以后由公家报。出在什么项目里，你们研究！"

访问了早稻田。

"张老，张老！我来看看您，不打搅吗？"

"欢迎，欢迎！不打搅，不打搅！"

"我来拜师了。"

"不敢当！如果有什么关于水稻的普通的问题……"

"水稻我也想学。我是想来向您学日语。抗日战争时期，因为工作需要，我学了点日语，——那时要经常跟鬼子打交道嘛，现在几乎全忘光了。我想拾起来，就来找您这位早稻田了！"

"我不是早稻田毕业的。"

赵所长把"早稻田"的来由告诉早稻田，这位老科学家第一次知道他有这样一个外号，他哈哈大笑：

"我乐于接受这个外号。我认为这是对我个人工作的很高的评价。"

赵所长问张老工作中有什么困难，什么要求。

"我需要一个助手。"

"您看谁合适？"

"沈沅。"

"还需要什么？——需要一个柜子。"

"对！您看看我的这些资料！"

"柜子，马上可以解决，半个小时之内就给您送来。沈沅的问题，等我了解一下。"

"这里有一份俄文资料。我的俄文是自修的，恐怕理解得不准确，想请沈沅翻译一下，能吗？"

"交给我！"

沈沅正在菜地里收蔓菁，王栓赶着车下地，远远地就喊：

"哎，沈沅！"

沈沅抬起头来。

"叫我？什么事？"

"赵所长叫你上他屋里去一趟。"

"知道啦。"

什么事呢？她微微觉得有点不安。她听见女工们谈论过新来的所长，也知道王栓说这人的心是一块阳泉炭，她有点奇怪，这个人真有这么大的魅力么？

前几天，她从地里回来，迎面碰着这位所长推了自行车出门。赵所长扶着车把，问：

"你是沈沅吗？"

"是的。"

"你怎么这么瘦？"

沈沅心里一酸。好久了，没有人问她胖啦瘦的之类的话了。

"我要进城去。过两天你来找找我。"

说罢，他踩响了自行车的马达，上车走了。

现在，他找她，什么事呢？

沈沅在大渠里慢慢地洗了手，慢慢地往回走。

赵所长不在屋。门开着，一个五六岁的女孩子趴在桌上画小人。孩子听见有人进屋，并不回头，还是继续画小人。

"您是沈阿姨吗？爸爸说：他去接一个电话，请您等一等，他一会儿就回来，您请坐。"

孩子的声音像花瓣。她的有点紧张的心情完全松弛了下来。她看了看新所长的屋子。

墙上挂着一把剑，——一件真正的古代的兵器，不是舞台上和杂技团用的那种镀镍的道具。鲨鱼皮的剑鞘，剑柄和吞口都镂着细花。

一张书桌。桌上有好些书。一套《毛选》、很多农业科技书：作物栽培书、土壤、植保、果树栽培各论、马铃薯晚疫病……两本《古文观止》、一套《唐诗别裁》、一函装在蓝布套里的影印的《楚辞集注》、一本崭新的《日语初阶》。桌角放着一摞杂志，面上盖着一本《农大学报》的抽印本：《京西水稻调查——沈沅》。

一个深深的紫红砂盆，里面养着一块拳头大的上水石，盖着毛茸茸的一层厚厚的绿苔，长出一棵一点点大，只有七八个叶子的虎耳草。紫红的盆，碧绿的苔，墨绿色的虎耳草的圆叶，淡白的叶纹。沈沅不禁失声赞叹：

"真好看！"

"好看吗？——送你！"

"……赵所长，您找我？"

"你这篇《京西水稻调查》，写得不错呀！有材料，有见解，文笔也好。科学论文，也要讲究一点文笔嘛！——文如其人！朴素，准确，清秀。——你这样看着我，是说我这个打仗出身的人不该谈论文章风格吗？"

"……您不像个所长。"

"所长？所长是什么？——大概是从七品！——这是一篇俄文资料，张老想请你翻译出来。"

沈沅接过一本俄文杂志，说：

"我现在能做这样的事吗？"

"为什么不能？"

"好，我今天晚上赶一赶。"

"不用赶，你明天不要下地了。"

"好。"

"从明天起，你不要下地干活了。"

"……？"

"我这个人，存不住话。告诉你，准备给你摘掉右派的帽子。报告已经写上去了，估计不会有问题。本来可以晚几天告诉你，何必呢？早一天告诉你，让你高兴高兴，不好吗？有的同志，办事总是那么拖拉。他不知道，人家是度日如年呀！——祝贺你！"

他伸出手来。沈沅握着他的温暖的手，眼睛湿了。

"谢谢您！"

"谢我干什么？我们需要人，我们迫切地需要人！你是党培养出来的知识分子。种地的，哪有把自己种出来的好苗锄掉的呢？没这个道理嘛！你有什么想法，什么打算？"

"这事来得太突然了。"

"不突然。事情总要有一个过程。有的过程，付出的代价太大了！我这人，老犯错误。我这些话，叫别人听见，大概又是错误。

有一些话，我现在不能跟你讲呀！——我看，你先回去一趟。"

"回去？"

"对。回一趟你的老家。"

"我家里没有人了。"

"我知道。"

三个多月前，沈沅接到舅舅一封信，说她父亲得了严重的肺气肿，回国来了，想看看他的女儿。沈沅拿了信去找胡支书，问她能不能请假。胡支书说："……你现在这个情况。好吧，等我们研究研究。"过了一个星期。舅舅来了一封电报，她的父亲已经死了。她拿了电报去向胡支书汇报。胡支书说：

"死了。死了也好嘛！你可以少背一点包袱。——埋了吗？"

"埋了。"

"埋了就得了。——好好劳动。"

沈沅没有哭，也没有戴孝。白天还是下地干活，晚上一个人坐着。她想看书，看不下去。她觉得非常对不起她的父亲。父亲劳苦了一生，现在，他死了。她觉得父亲的病和死都是她所招致的。她没有把自己这些年的遭遇告诉父亲。但是她觉得他好像知道了，她觉得父亲的晚景和她划成右派有着直接的关系。好几天，她不停地胡思乱想。她觉得她的命不好。她自己也觉得很奇怪，一个年轻的，受过大学教育的共产党员，怎么会相信起命来呢？——人到了无可奈何的时候是很容易想起"命"这个东西来的。

好容易，她的伤痛才渐渐平息。

赵所长怎么会知道她家里已经没有人了呢？

"你还是回去看看。人死了，看看他的坟。我看可以给他立一块石碑。"

"您怎么知道我父亲想在坟头立一块石碑的？"

"你的档案材料里有嘛！你的右派结论里不也写着吗？——
'一心为其地主父亲树碑立传'。这都是什么话呢！一个老船工，
在海外漂泊多年，这样一点心愿为什么不能满足他呢？我们是无鬼
论者，我们并不真的相信泉下有知。但是人总是人嘛，人总有一颗
心嘛。共产党员也是人，也有心嘛。共产党员不是没有感情的。无
情的人，不是共产党员！——我有点激动了！你大概也知道我为什
么激动。本来，你没有直系亲属了，没有探亲假。我可以批准你这
次例外的探亲假。如果有人说这不合制度，我负责！你明天把资料
翻译出来，——不长。后天就走。我送你。叫王栓套车。"

沈沅哭了。

"哭什么？我们是同志嘛！"

沈沅哭得更厉害了。

"不要这样。你的工作，回来再谈。这盆虎耳草，我替你养着。
你回来，就端走。你那屋里，太素了！年轻人，需要一点颜色。"

一只绿豆大的通红的七星瓢虫飞进来，收起它的黑色的膜翅，
落在虎耳草墨绿色的圆叶上。赵所长的眼睛一亮，说：

"真美！"

不到假满，沈沅就回来了。

她的工作，和原先一样，还是做早稻田的助手。

很快到年底了。又开一年一度的先进工作者评比会了。赵所长
叫沈沅也参加。

沈沅走进大田作物研究组的大办公室。她已经五年没有走进这间屋子了。俊哥儿李主持会议。他拉着一张椅子，亲切地让沈沅坐下。

"这还是你的那张椅子。"

沈沅坐下，跟所有的人都打了招呼。别人也向她点头致意。王作祜装着低头削铅笔。

在酝酿候选人名单时，一向很少说话的早稻田头一个发言。

"我提一个人。"

"……谁？"

"沈沅。"

大家先是一愣，接着，都笑了。连沈沅自己也笑了。早稻田是很严肃的，他没有笑。

会议进行得很热烈。赵所长靠窗坐着，一面很注意地听着发言，一面好像想着什么事。会议快结束时，下雪了。好雪！赵所长半眯着眼睛，看着窗外大片大片的雪花无声地落在广阔的田野上。他是在赏雪么？

俊哥儿李叫他："赵所长，您讲讲吧！"

早稻田也说："是呀，您有什么指示呀？"

"指示？——没有。我在想：我，能不能附张老的议，投她——沈沅一票。好像不能。刚才张老提出来，大家不是都笑了吗？是呀，我们毕竟都还生活在现实的世界里，还不能摆脱世俗的习惯和观念。那，就等一年吧。"

他念了两句龚定盦的诗：

我劝天公重抖擞，

不拘一格降人才。

接着，又用沉重的声音，念了两句《离骚》：

亦余心之所善兮，

虽九死其犹未悔！

沈沅在心里想：

"你真不像个所长。"

一九八○年十二月十一日六稿

天鹅之死①

※

"阿姨，都白天了，怎么还有月亮呀？

"阿姨，月亮是白色的，跟云的颜色一样。

"阿姨，天真蓝呀。

"蓝色的天，白色的月亮，月亮里有蓝色的云，真好看呀！"

"真好看！"

"阿姨，树叶都落光了。树是紫色的。树干是紫色的。树枝也是紫色的。树上的风也是紫色的。真好看！"

"真好看！"

"阿姨，你好看！"

"我从前好看。"

"不！你现在也好看。你的眼睛好看。你的脖子，你的肩，你的腰，你的手，都好看。你的腿好看。你的腿多长呀。阿姨，我们爱你！"

"小朋友，我也爱你们！"

"阿姨，你的腿这两天疼了吗？"

"没有。要上坡了，小朋友，小心！"

"哦！看见玉渊潭了！"

"玉渊潭的水真清呀！"

---

① 初刊于一九八一年四月十四日《北京日报》，初收于《汪曾祺自选集》。文后标注"一九八七年六月七日校，泪不能禁"为初版本所加。

"阿姨，那是什么？雪白雪白的，像花一样的发亮，一，二，三，四。"

白蕤从心里发出一声惊呼：

"是天鹅！"

"是天鹅？"

"冬泳的叔叔，那是天鹅吗？"

"是的，小朋友。"

"它们是怎么来的？"

"它们是自己飞来的。"

"它们从哪儿飞来？"

"从很远很远的北方。"

"是吗？——欢迎你，白天鹅！"

"欢迎你到我们这儿来作客！"

天鹅在天上飞翔，

去寻找温暖的地方。

飞过了大兴安岭，

雪压的落叶松的密林里，闪动着鄂温克族狩猎队篝火的红光。

白蕤去看乌兰诺娃，去看天鹅。

大提琴的柔风托起了乌兰诺娃的双臂，钢琴的露珠从她的指尖流出。

她的柔弱的双臂伏下了。

又轻轻地挣扎着，抬起了脖颈。

钢琴流尽了最后的露滴，再也没有声音了。

天鹅死了。

白蕤像是在一个梦里。

她的眼睛里都是泪水。

她的眼泪流进了她的梦。

天鹅在天上飞翔，

去寻找温暖的地方。

飞过了呼伦贝尔草原，

草原一片白茫茫。

圈儿河依恋着家乡，

它流去又回头。

在雪白的草原上，

画出了一个又一个铁青色的圆圈。

白蕤考进了芭蕾舞校。经过刻苦的训练，她的全身都变成了音乐。

她跳《天鹅之死》。

大提琴和钢琴的旋律吹动着她的肢体，她的手指和足尖都在想象。

天鹅在天上飞翔，

去寻找温暖的地方。

某某去看了芭蕾。

他用猥亵的声音说：

"这他妈的小妞儿！那胸脯，那小腰，那么好看的大腿！……"

他满嘴喷着酒气。

他做了一个淫荡的梦。

天鹅在天上飞翔，

去寻找温暖的地方。

"文化大革命"。中国的森林起了火了。

白蕤被打成了现行反革命。因为她说：

"《天鹅之死》就是美！乌兰诺娃就是美！"

天鹅在天上飞翔。

某某成了"工宣队员"。他每天晚上都想出一种折磨演员的花样。

他叫她们背着床板在大街上跑步。

他叫她们做折损骨骼的苦工。

他命令白蕤跳《天鹅之死》。

"你不是说《天鹅之死》就是美吗？你给我跳，跳一夜！"

录音机放出了音乐。音乐使她忘记了眼前的一切。她快乐。

她跳《天鹅之死》。

她看看某某，发现他的下牙突出在上牙之外。北京人管这种长相叫"地包天"。

她跳《天鹅之死》。

她羞耻。

她跳《天鹅之死》。

她愤怒。

她跳《天鹅之死》。

她摔倒了。

她跳《天鹅之死》。

天鹅在天上飞翔，

去寻找温暖的地方。

飞过太阳岛，

飞过松花江。

飞过华北平原，

越冬的麦粒在松软的泥土里睡得正香。

经过长途飞行，天鹅的体重减轻了，但是翅膀上增添了力量。

天鹅在天上飞翔，

在天上飞翔，

玉渊潭在月光下发亮。

"这儿真好呀！这儿的水不冻，这儿暖和，咱们就在这儿过冬，好吗？"

四只天鹅翩然落在玉渊潭上。

白蕤转业了。她当了保育员。她还是那样美，只是因为左腿曾经骨折，每到阴天下雨，就隐隐发痛。

自从玉渊潭来了天鹅，她隔两三天就带着孩子们去看一次。

孩子们对天鹅说：

"天鹅天鹅你真美！"

"天鹅天鹅我爱你！"

"天鹅天鹅真好看，"

"我们和你来作伴！"

甲、乙两青年，带了一枝猎枪，偷偷走近玉渊潭。

天已经黑了。

一声枪响，一只天鹅毙命。其余的三只，惊恐万状，一夜哀鸣。

被打死的天鹅的伴侣第二天一天不鸣不食。

傍晚七点钟时还看见它。

半夜里，它飞走了。

白蕤看着报纸，她的眼前浮现出一张"地包天"的脸。

"阿姨，咱们去看天鹅。"

"今天不去了，今天风大，要感冒的。"

"不嘛！去！"

天鹅还在吗？

在！

在那儿，在靠近南岸的水面上。

"天鹅天鹅你害怕吗？"

"天鹅天鹅你别怕！"

湖岸上有好多人来看天鹅。

他们在议论。

"这个家伙，这么好看的东西，你打它干什么？"

"想吃天鹅肉。"

"想吃天鹅肉。"

"都是这场'文化大革命'闹的！把一些人变坏了，变得心狠了！不知爱惜美好的东西了！"

有人说，那一只也活不成。天鹅是非常恩爱的。死了一只，那一只就寻找一片结实的冰面，从高高的空中摔下来，把自己的胸脯在坚冰上撞碎。

孩子们听着大人的议论，他们好像是懂了，又像是没有懂。他们对着湖面呼喊：

"天鹅天鹅你在哪儿？"

"天鹅天鹅你快回来！"

孩子们的眼睛里有泪。

他们的眼睛发光，像钻石。

他们的眼泪飞到天上，变成了天上的星。

一九八〇年十二月二十九日清晨

一九八七年六月七日校，泪不能禁。

鸡毛①

※

西南联大有一个文嫂。

她不是西南联大的人。她不属于教职员工，更不是学生。西南联大的各种名册上都没有"文嫂"这个名字。她只是在西南联大里住着，是一个住在联大里的校外的人。然而她又的的确确是"西南联大"的一个组成部分。她住在西南联大的新校舍。

西南联大有许多部分：新校舍、昆中南院、昆中北院、昆华师范、工学院……其他部分都是借用的原有的房屋，新校舍是新建的，也是联大的主要部分。图书馆、大部分教室、各系的办公室、男生宿舍……都在新校舍。

新校舍在昆明大西门外，原是一片荒地。有很多坟，几户零零落落的人家。坟多无主。有的坟主大概已经绝了后，不难处理。有一个很大的坟头，一直还留着，四面环水，如一小岛，春夏之交，开满了野玫瑰，香气袭人，成了一处风景。其余的，都平了。坟前的墓碑，有的相当高大，都搭在几条水沟上，成了小桥。碑上显考显妣的姓名分明可见，全都平躺着了。每天有许多名师大儒、莘莘学子从上面走过。住户呢，由学校出几个钱，都搬迁了。文嫂也是这里的住户。她不搬。说什么也不搬。她说她在这里住惯了。联大的当局是很讲人道主义的，人家不愿搬，不能逼人家走。可是她这两间破破烂烂

---

① 初刊于《文汇月刊》一九八一年第九期，初收于《晚饭花集》。

的草屋，不当不间地戳在那里，实在也不成个样子。新校舍建筑虽然极其简陋，但是是经过土木工程系的名教授设计过的，房屋安排疏密有致，空间利用十分合理。那怎么办呢？主其事者跟文嫂商量，把她两间草房拆了，另外给她盖一间，质料比她原来的要好一些。她同意了，只要求再给她盖一个鸡窝。那好办。

　　她这间小屋，土墙草顶，有两个窗户（没有窗扇，只有一个窗洞，有几根直立着的带皮的树棍），一扇板门。紧靠西面围墙，离二十五号宿舍不远。

　　宿舍旁边住着这样一户人家，学生们倒也没有人觉得奇怪。学生叫她文嫂。她管这些学生叫"先生"。时间长了，也能分得出张先生、李先生、金先生、朱先生……但是，相处这些年了，竟没有一个先生知道文嫂的身世，只知道她是一个寡妇，有一个女儿。人很老实。虽然没有知识，但是洁身自好，不贪小便宜。除非你给她，她从不伸手要东西。学生丢了牙膏肥皂、小东小西，从来不会怀疑是她顺手牵羊拿了去。学生洗了衬衫，晾在外面，被风吹跑了，她必为捡了，等学生回来时交出："金先生，你的衣服。"除了下雨，她一天都是在屋外呆着。她的屋门也都是敞开着的。她的所作所为，都在天日之下，人人可以看到。

　　她靠给学生洗衣服、拆被窝维持生活。每天大盆大盆地洗。她在门前的两棵半大榆树之间拴了两根棕绳，拧成了麻花。洗得的衣服，夹紧在两绳之间。风把这些衣服吹得来回摆动，霍霍作响。大太阳的天气，常常看见她坐在草地上（昆明的草多丰茸齐整而极干净）做被窝，一针一针，专心致意。衣服被窝洗好做得了，为了避免嫌疑，她从不送到学生宿舍里去，只是叫女儿隔着窗户喊："张先生，来取衣服，"——"李先生，取被窝。"

她的女儿能帮上忙了，能到井边去提水，踮着脚往绳子上晾衣服，在床上把衣服抹煞平整了，叠起来。

文嫂养了二十来只鸡（也许她原是靠喂鸡过日子的）。联大到处是青草，草里有昆虫蚱蜢种种活食，这些鸡都长得极肥大，很肯下蛋。隔多半个月，文嫂就挎了半篮鸡蛋，领着女儿，上市去卖。蛋大，也红润好看，卖得很快。回来时，带了盐巴、辣子，有时还用马兰草提着一块够一个猫吃的肉。

每天一早，文嫂打开鸡窝门，这些鸡就急急忙忙，迫不及待地奔出来，散到草丛中去，不停地啄食。有时又抬起头来，把一个小脑袋很有节奏地转来转去，顾盼自若，——鸡转头不是一下子转过来，都是一顿一顿地那么转动。到觉得肚子里那个蛋快要坠下时，就赶紧跑回来，红着脸把一个蛋下在鸡窝里。随即得意非凡地高唱起来："郭格答！郭格答！"文嫂或她的女儿伸手到鸡窝里取出一颗热烘烘的蛋，顺手赏了母鸡一块土坷垃："去去去！先生要用功，莫吵！"这鸡婆子就只好咕咕地叫着，很不平地走到丛草里去了。到了傍晚，文嫂抓了一把碎米，一面撒着，一面"咽咽，咽咽"叫着，这些母鸡就都即即足足地回来了。它们把碎米啄尽，就鱼贯进入鸡窝。进窝时还故意把脑袋低一低，把尾巴向下套拉一下，以示雍容文雅，很有鸡教。鸡窝门有一道小坎，这些鸡还都一定两脚并齐，站在门坎上，然后向前一跳。这种礼节，其实大可不必。进窝以后，咕咕嚷嚷一会，就寂然了。于是夜色就降临抗战时期最高学府之一，国立西南联合大学的新校舍了。阿门。

文嫂虽然生活在大学的环境里，但是大学是什么，这有什么用，为什么要办它，这些，她可一点都不知道。只知道有许多"先生"，还有许多小姐，或按昆明当时的说法，有很多"摩登"，来来去去；或在一个洋铁皮房顶的屋子（她知道那叫"教室"）里，坐在木椅子上，呆呆地听一个"老倌"讲话。这些"老倌"讲话的神气有点像耶稣堂卖福音书的教士（她见过这种教士）。但是她隐隐约约地知道，先生们将来都是要做大事，赚大钱的。

先生们现在可没有赚大钱，做大事，而且越来越穷，找文嫂洗衣服、做被子的越来越少了。大部分先生非到万不得已，不拆被子。一年也不定拆洗一回。有的先生虽然看起来衣冠齐楚，西服皮鞋，但是皮鞋底下有洞。有一位先生还为此制了一则谜语："天不知地知，你不知我知。"他们的袜子没有后跟，穿的时候就把袜尖往前拽拽，窝在脚心里，这样后跟的破洞就露不出来了。他们的衬衫穿脏了，脱下来换一件。过两天新换的又脏了，看看还是原先脱下的一件干净些，于是又换回来。有时要去参加Party[1]，没有一件洁白的衬衫，灵机一动：有了！把衬衫反过来穿！打一条领带，把钮扣遮住，这样就看不出正反了。就这样，还很优美地跳着《蓝色的多瑙河》。有一些，就完全不修边幅，衣衫褴褛，囚首垢面，跟一个叫花子差不多了。他们的裤子破了，就用一根麻绳把破处系紧。文嫂看到这些先生，常常跟女儿说："可怜！"

来找文嫂洗衣的少了，她还有鸡，而且她的女儿已经大了。

女儿经人介绍，嫁了一个司机。这司机是下江人，除了他学着说云南话："为哪样"、"咋个整"，其余的话，她听不懂。但她

---

① 英文：社交聚会。

觉得这女婿人很好。他来看过老丈母，穿了麂皮夹克，大皮鞋，头上抹了发蜡。女儿按月给妈送钱。女婿跑仰光、腊戌，也跑贵州、重庆。每趟回来，还给文嫂带点曲靖韭菜花，贵州盐酸菜，甚至宣威火腿。有一次还带了一盒遵义板桥的化风丹，她不知道这有什么用。他还带来一些奇形怪状的果子。有一种果子，香得她的头都疼。下江人女婿答应养她一辈子。

文嫂胖了。

男生宿舍全都一样，是一个窄长的大屋子，土墼墙，房顶铺着木板，木板都没有刨过，留着锯齿的痕迹，上盖稻草；两面的墙上开着一列像文嫂的窗洞一样的窗洞。每间宿舍里摆着二十张双层木床。这些床很笨重结实，一个大学生可以在上面放放心心地睡四年，一直睡到毕业，无须修理。床本来都是规规矩矩地靠墙排列着的，一边十张。可是这些大学生需要自己的单独的环境，于是把它们重新调动了一下，有的两张床摆成一个曲尺形，有的三张床摆成一个凹字形，就成了一个一个小天地。按规定，每一间住四十人，实际都住不满。有人占了一个铺位，或由别人替他占了一个铺位而根本不来住；也有不是铺主却长期睡在这张铺上的；有根本不是联大学生，却在新校舍住了好几年的。这些曲尺形或凹字形的单元里，大都只有两三个人。个别的，只有一个。一间宿舍住的学生，各系的都有。有一些互相熟悉，白天一同进出，晚上联床夜话；也有些老死不相往来，连贵姓都不打听。二十五号南头一张双层床上住着一个历史系学生，一个中文系学生，一个上铺，一个下铺，两个人合住了一年，彼此连面都没有见过：因为这二位的作息时间完全不同。中文系学生是个夜猫子，每晚在系图书馆夜读，天亮才回来；而历史系学生却是个早起早睡的正常的人。因此，上铺的铺主睡觉时，下铺是空的；下铺在酣睡时，上铺没有人。

联大的人都有点怪。"正常"在联大不是一个褒词。一个人很正常，就会被其余的怪人认为"很怪"。即以二十五号宿舍而论，如果把这些先生的事情写下来，将会是一部很长的小说。如今且说一个人。

此人姓金，名昌焕，是经济系的。他独占北边的一个凹字形的单元。他不欢迎别人来住，别人也不想和他搭伙。他不知从哪里弄来一些木板，把双层床的一边都钉了木板，就成了一间屋中之屋，成了他的一统天下。凹字形的当中，摞着几个装肥皂的木箱——昆明这种木箱很多，到处有得卖，这就是他的书桌。他是相当正常的。一二年级时，按时听讲，从不缺课。联大的学生大都很狂，讥弹时事，品藻人物，语带酸咸，辞锋很锐。金先生全不这样。他不发狂论。事实上他很少跟人说话。其特异处有以下几点：一是他所有的东西都挂着，二是从不买纸，三是每天吃一块肉。他在他的床上拉了几根铁丝，什么都挂在这些铁丝上，领带、袜子、针线包、墨水瓶……他每天就睡在这些丁丁当当的东西的下面。学生离不开纸。怎么穷的学生，也得买一点纸。联大的学生时兴用一种灰绿色布制的夹子，里面夹着一叠白片艳纸，用来记笔记，做习题。金先生从不花这个钱。为什么要花钱买呢？纸有的是！联大大门两侧墙上贴了许多壁报，学术演讲的通告，寻找失物、出让衣鞋的启事，形形色色，琳琅满目。这些启事、告白总不是顶天立地满满写着字，总有一些空白的地方。金先生每天晚上就带了一把剪刀，把这些空白的地方剪下来。他还把这些纸片，按大小、纸质、颜色，分门别类，裁剪整齐，留作不同用处。他大概是相当笨的，因此每晚都开夜车。开夜车伤神，需要补一补。他按期买了猪肉，切成大小相等的方块，借了文嫂的鼎罐（他借用了鼎罐，都是洗都不洗就还给人家了），在学校茶水炉上炖熟了，密封在一个有盖的瓷坛里。每夜用完了功，就打开坛盖，用一只一头削尖了的筷子，瞅准了，扎出一块，闭目而食之。然后，躺在丁丁当当的什物之下，酣然睡去。

这样过了三年。到了四年级，他在聚兴诚银行里兼了职，当会计。其时他已经学了簿记、普通会计、成本会计、银行会计、统计……这些学问当一个银行职员，已是足用的了。至于经济思想史、经济地理……这些空空洞洞的课程，他觉得没有什么用处，只要能混上学分就行，不必苦苦攻读，可以缺课。他上午还在学校听课，下午上班。晚上仍是开夜车，搜罗纸片，吃肉。自从当了会计，他添了两样毛病。一是每天提了一把黑布阳伞进出，无论冬夏，天天如此。二是穿两件衬衫，打两条领带。穿好了衬衫，打好领带；又加一件衬衫，再打一条领带。这是干什么呢？若说是显示他有不止一件衬衫、一条领带吧，里面的衬衫和领带别人又看不见；再说这鼓鼓囊囊的，舒服吗？真是令人百思不得其解。因此，同屋的那位中文系夜游神送给他一个外号，这外号很长："二十年目睹之怪现状"。

金先生很快就要毕业了。毕业以前，他想到要做两件事。一件是加入国民党，这已经着手办了；一件是追求一个女同学，这可难。他在学校里进进出出，一向像马二先生逛西湖：他不看女人，女人也不看他。

谁知天缘凑巧，金昌焕先生竟有了一段风流韵事。一天，他正提着阳伞到聚兴诚去上班，前面走着两个女同学，她们交头接耳地谈着话。一个告诉另一个：这人穿两件衬衫，打两条领带，而且介绍他有一个很长的外号："二十年目睹之怪现状"。听话的那个不禁回头看了金昌焕一眼，嫣然一笑。金昌焕误会了：谁知一段姻缘却落在这里。当晚，他给这女同学写了一封情书。开头写道："××女士芳鉴，迳启者……"接着说了很多仰慕的话，最后直截了当地提出："倘蒙慧眼垂青，允订白首之约，不胜荣幸之至。随函附赠金戒指一枚，务祈笑纳为荷。"在"金戒指"三字的旁边还加了一个括弧，括弧里注明："重一钱五"。这封情书把金先生累得够呛，到他套起钢笔，吃下一块肉时，文嫂的鸡都已经即即足足地发出声音了。

这封情书是当面递交的。

这位女同学很对得起金昌焕。她把这封信公布在校长办公室外面的布告栏里，把这枚金戒指也用一枚大头钉钉在布告栏的墨绿色的绒布上。于是金昌焕一下子出了大名了。

金昌焕倒不在乎。他当着很多人，把信和戒指都取下来，收回了。

你们爱谈论，谈论去吧！爱当笑话说，说去吧！于金昌焕何有哉！金昌焕已经在重庆找好了事，过两天就要离开西南联大，上任去了。

文嫂丢了三只鸡，一只笋壳鸡，一只黑母鸡，一只芦花鸡。这三只鸡不是一次丢的，而是隔一个多星期丢一只。不知怎么丢的。早上开鸡窝放鸡时还在，晚上回窝时就少了。文嫂到处找，也找不着。她又不能像王婆骂鸡那样坐在门口骂——她知道这种泼辣作法在一个大学里很不合适，只是一个人叨叨："我呗（的）鸡呢？我呗鸡呢？……"

文嫂的女儿回来了。文嫂吓了一跳：女儿戴得一头重孝。她明白出了大事了。她的女婿从重庆回来，车过贵州的十八盘，翻到山沟里了。女婿的同事带了信来。母女俩顾不上抱头痛哭，女儿还得赶紧搭便车到十八盘去收尸。

女儿走了，文嫂失魂落魄，有点傻了。但是她还得活下去，还得过日子，还得吃饭，还得每天把鸡放出去，关鸡窝。还得洗衣服，做被子。有很多先生都毕业了，要离开昆明，临走总得干净干净，来找文嫂洗衣服、拆被子的多了。

这几天文嫂常上先生们的宿舍里去。有的先生要走了，行李收拾好了，总还有一些带不了的破旧衣物，一件鱼网似的毛衣，一个压扁了的脸盆，几只配不成对的皮鞋——那有洞的鞋底至少掌鞋还有用……这些先生就把文嫂叫了来，随她自己去挑拣。挑完了，文嫂必让先生看一看，然后就替他们把曲尺形或凹字形的单元打扫一下。

因为洗衣服、拣破烂，文嫂还能岔乎岔乎，心里不至太乱。不过她明显地瘦了。

金昌焕不声不响地走了。二十五号的朱先生叫文嫂也来看看，这位"怪现状"是不是也留下一些还值得一拣的东西。

什么都没有。金先生把一根布丝都带走了。他的凹形王国里空空如也，只留下一个跟文嫂借用的鼎罐。文嫂毫无所得，然而她也照样替金先生打扫了一下。她的笤帚扫到床下，失声惊叫了起来：床底下有三堆鸡毛，一堆笋壳色的，一堆黑的，一堆芦花的！

文嫂把三堆鸡毛抱出来，一屁股坐在地下，大哭起来。

"啊呀天呐，这是我呣鸡呀！我呣笋壳鸡呀！我呣黑母鸡，我呣芦花鸡呀！……"

"我寡妇失业几十年哪，你咋个要偷我呣鸡呀！……"

"我风里来雨里去呀，我的命多苦，多艰难呀，你咋个要偷我呣鸡呀！……"

"你先生是要做大事，赚大钱的呀，你咋个要偷我呣鸡呀！……"

"我呣女婿死在贵州十八盘，连尸都还没有收呀，你咋个要偷我呣鸡呀！……"

她哭得很伤心，很悲痛。

她好像要把一辈子所受的委屈、不幸、孤单和无告全都哭了出来。

这金昌焕真是缺德，偷了文嫂的鸡，还借了文嫂的鼎罐来炖了。至于他怎么偷的鸡，怎样宰了，怎样退的鸡毛，谁都无从想象。

林子大了，什么鸟都有。

一九八一年六月六日

晚饭后的故事①

※

　　京剧导演郭庆春就着一碟猪耳朵喝了二两酒，咬着一条顶花带刺的黄瓜吃了半斤过了凉水的麻酱面，叼着前门烟，捏了一把芭蕉扇，坐在阳台上的竹躺椅上乘凉。他脱了个光脊梁，露出半身白肉。天渐渐黑下来了。楼下的马缨花散发着一阵一阵的清香。衡水老白干的饮后回甘和马缨花的香味，使得郭导演有点醺醺然了……

　　郭庆春小时候，家里很穷苦。父亲死得早，母亲靠缝穷维持一家三口的生活，——郭庆春还有个弟弟，比他小四岁。每天早上，母亲蒸好一屉窝头，留给他们哥俩，就夹着一个针线笸箩，上市去了。地点没有定准，哪里穿破衣服的人多就奔哪里。但总也不出那几个地方。郭庆春就留在家里看着弟弟。他有时也领着弟弟出去玩，去看过妈给人缝穷。妈靠墙坐在街边的一个马扎子上，在闹市之中，在车尘马足之间，在人们的腿脚之下，挣着他们明天要吃的杂和面儿。穷人家的孩子懂事早。冬天，郭庆春知道妈一定很冷；夏天，妈一定很热，很渴，很困。缝穷的冬天和夏天都特别长。郭庆春的街坊、亲戚都比较贫苦，但是郭庆春从小就知道缝穷的比许多人更卑屈，更低贱。他跟着大人和比他大些的孩子学会了说许多北京的俏皮话、歇后语："武大郎盘杠子——上下够不着"，"户

---

　　①　初刊于《人民文学》一九八一年第八期，初收于《晚饭花集》。

不拉喂饭——不正经玩儿"……等等，有一句歇后语他绝对不说，小时候不说，长大以后也不说："缝穷的撒尿——瞅不冷子"。有一回一个大孩子当他面说了一句，他满脸通红，跟他打了一架。那孩子其实是无心说的，他不明白郭庆春为什么生那么大的气。

这个穷苦的出身，日后给他带来了无限的好处。

郭庆春十二三岁就开始出去奔自己的衣食了。

他有个舅舅，是在剧场（那会不叫剧场，叫戏园子，或者更古老一些，叫戏馆子）里"写字"的。写字是写剧场门口的海报，和由失业的闲汉扛着走遍九城的海报牌。那会已有报纸，剧场都在报上登了广告，可是很多人还是看了海报牌，知道哪家剧场今天演什么戏，才去买票的。舅舅的光景比郭家好些，也好不到哪里去。他时常来瞧瞧他的唯一的妹妹。他提出，庆春长得快齐他的肩膀高了（舅舅是个矮子），能把自己吃的窝头挣出来了。舅舅出面向放印子的借了一笔本钱，趸了一担西瓜。郭庆春在陕西巷口外摆了一个西瓜摊，把瓜切成块，卖西瓜。

他穿了条大裤衩，腰里插着一把芭蕉扇，学着吆唤：

"唉，闹块来！

脆沙瓢喉，

赛冰糖喉，

唉，闹块来！……"

他头一回听见自己吆唤，有一种说不出来的新鲜感。他竟能吆唤得那样像。这不是学着玩，这是真事！他的弟弟坐在小板凳上看哥哥做买卖，也觉得很新鲜。他佩服哥哥。晚上，哥俩收了摊子，飞跑回家，把卖得的钱往妈面前一放：

"妈！钱！我挣的！"

妈这天给他们炒了个麻豆腐吃。

这种新鲜感很快就消失了。西瓜生意并不那样好。尤其是下雨天。他恨下雨。

有一天，倒是大太阳，卖了不少钱。从陕西巷里面开出一辆军用卡车，一下子把他的西瓜摊带翻了，西瓜滚了一地。他顾不上看摔破了、压烂了多少，纵起身来一把抓住卡车挡板后面的铁把手，哭喊着：

"你赔我！你赔我瓜！你赔我！"

卡车不理碴，尽快地往前开。

"你赔我！你赔我瓜！"

他的小弟弟迈着小腿在后面追：

"哥哥！哥哥！"

路旁行人大声喊：

"孩子，你撒手！他们不会赔你的！他们不讲理！孩子，撒手！快撒手！"

卡车飞快地开着，快开到珠市口了。郭庆春的胳臂吃不住劲了。他一松手，面朝下平拍在马路上。缓了半天，才坐起来。脸上、胸脯拉了好些的道道。围了好些人看。弟弟直哭："哥哥！唔，哥哥！"郭庆春拉着弟弟的手往回走，一面回头向卡车开去的方向骂："我操你妈！操你臭大兵的妈！"

在水管龙头上冲了冲，用擦西瓜刀的布擦擦脸，他还得做买卖。——他的滚散了的瓜已经有好心的大爷给他捡回来了。他接着吆喝：

"唉，闹块来!

我操你妈!

闹块来!

我操你臭大兵的妈!

闹块来!"

…………

舅舅又来了。舅舅听说外甥摔了的事了。他跟妹妹说："庆春到底还小，在街面上混饭吃，还早了点。我看叫他学戏吧。没准儿将来有个出息。这孩长相不错，有个人缘儿，扮上了，不难看。我听他的吆唤，有点膛音。马连良家原先不也是挺苦的吗？你瞧人家这会儿，净吃蹦虾仁!"

妈知道学戏很苦，有点舍不得。经舅舅再三开导，同意了。舅舅带他到华春社科班报了名，立了"关书"。舅舅是常常写关书的，写完了，念给妹妹听听。郭庆春的妈听到："生死由命，概不负责。若有逃亡，两家寻找。"她听懂了，眼泪直往下掉。她说："孩子，你要肚里长牙，千万可不能半途而废! 我就指着你了。你还有个弟弟!"郭庆春点头，说："妈，您放心!"

学戏比卖西瓜有意思!

耗顶，撕腿。耗顶得耗一炷香，大汗珠子叭叭地往下滴，滴得地下湿了一片。撕腿，单这个"撕"字就叫人肝颤。把腿楞给撕开，撕得能伸到常人达不到的角度。学生疼得直掉眼泪，抄功的董老师还是使劲地把孩子们的两只小腿往两边掰，毫不怜惜，一面嘴里说："若要人前显贵，必得人后受罪，小子，忍着点!"

接着，开小翻、开虎跳、前扑、蹿毛、倒插虎、乌龙搅柱、拧旋子、练云里翻……

这比卖西瓜有意思。

吃的是棒子面窝头、"三合油"——韭菜花、青椒糊、酱油，倒在一个木桶里，拿开水一沏，这就是菜。学生们都吃得很香。郭庆春在出科以后多少年，在大城市的大旅馆里，甚至在国外，还会有时忽然想起三合油的香味，非常想喝一碗。大白菜下来的时候，就顿顿都是大白菜。有的时候，师父——班主忽然高了兴，在他的生日，或是买了几件得意的古董玉器，就吩咐厨子："给他们炒蛋炒饭！"蛋炒饭油汪汪的，装在一个大缸里，管饱！撑得这些孩子一个一个挺腰凸肚。

师父是个喜怒无常的人。高了兴，给蛋炒饭吃，稍不高兴，就"打通堂"。全科学生，每人十板子，平均对待，无一幸免。这板子平常就供在祖师爷龛子的旁边，谁也不许碰，神圣得很。到要用的时候，"请"下来。掌刑的，就是抄功的董老师。他打学生很有功夫，节奏分明，不紧不慢，轻重如一，不偏不向。师父说一声"搬板凳！"董老师在鼻孔里塞两撮鼻烟，抹了个蝴蝶，用一块大手绢把右手腕子缠住（防止闪了腕子），学生就很自觉地从大到小挨着个儿撩起衣服，趴到板凳上，老老实实，规规矩矩，挨那份内应得的重重的十下。

"打通堂"的原因很多。几个馋嘴师哥把师父买回来放在冰箱里准备第二天吃的熏鸡偷出来分吃了；一个调皮捣蛋的学生在董老师的鼻烟壶里倒进了胡椒面了；一个小学生在台上尿了裤子了……都可以连累大家挨一顿打。

"打通堂"给同科的师兄师弟留下极其甘美的回忆。他们日后聚在一起，常常谈起某一次"打通堂"的经过，彼此互相补充，谈得津津有味。"打通堂"使他们的同学意识变得非常深刻，非常坚实。这对于维系他们的感情，作用比一册印刷精美的同学录要大得多。

一同喝三合油，一同挨"打通堂"，还一同生虮子，一同长疥，三四年很快过去了。孩子们都学会了几出戏，能应堂会，能上戏园子演出了。郭庆春学的是武生，能唱《哪吒闹海》、《蜈蚣岭》、《恶虎村》……（后来他当了教师，给学生开蒙，也是这几出）。因为他是个小白胖子（吃那种伙食也能长胖，真也是奇迹），长得挺好玩，在节日应景戏《天河配》里又总扮一个洗澡的小仙女，因此到他已经四十几岁，有儿有女的时候，旧日的同学还动不动以此事来取笑："你得了吧！到天河里洗你的澡去吧！"

他们每天排着队上剧场。都穿的长衫、棉袍，冬天戴着小帽头，夏天露着刮得发青的光脑袋。从科班到剧场，要经过一个胡同。胡同里有一家卖炒疙瘩的，掌柜的是个跟郭庆春的妈差不多岁数的大娘，姓许。许大娘特别喜欢孩子，——男孩子。科班的孩子经过胡同时，她总站在门口一个一个地看他们。孩子们也知道许大娘喜欢他们，一个一个嘴很甜，走过跟前，都叫她：

"大娘！"

"哎！"

"大娘！"

"哎！"

许大娘知道科班里吃得很苦，就常常抓机会拉一两个孩子上她铺子里吃一盘炒疙瘩。轮流请。华春社的学生几乎全吃过她的炒疙疸。以后他们只要吃炒疙疸，就会想起许大娘。吃的次数最多的是郭庆春。科班学生排队从许大娘铺子门前走过，大娘常常扬声叫庆春："庆春哪，你放假回家的时候，到大娘这儿弯一下。"——"哎。"

许大娘有个女儿，叫招弟，比郭庆春小两岁。她很爱和庆春一块玩。许大娘家后面有一个很小的院子，院里有一棵马缨花，两盆茉莉，还有几盆草花。郭庆春吃完了炒疙疸（许大娘在疙疸里放了好些牛肉，加了半勺油），他们就在小院里玩。郭庆春陪她玩女孩子玩的抓子儿，跳房子；招弟也陪庆春玩男孩子玩的弹球。谁输了，就让赢家弹一下脑绷，或是拧一下耳朵，刮一下鼻子，或是亲一下。庆春赢了，招弟歪着脑袋等他来亲。庆春只是尖着嘴，在她脸上碰一下。

"亲都不会！饶你一下，重来！"

郭庆春看见招弟耳垂后面有一颗红痣（他头二年就看到了），就在那个地方使劲地亲了一下。招弟格格地笑个不停：

"痒痒！"

从此每次庆春赢了，就亲那儿。招弟也愿意让他亲这儿。每次都格格地笑，都说"痒痒"。

有一次许大娘看见郭庆春亲招弟，说："哪有这样玩的！"许大娘心里一沉：孩子们自己不知道，他们一天一天大了哇！

渐渐的，他们也知道自己大了，就不再这么玩了。招弟爱瞧戏。她家离戏园子近，跟戏园子的人都很熟，她可以随时钻进去看一会。她看郭庆春的《恶虎村》，也看别人的戏，尤其爱看旦角戏。看得多了，她自己也能唱两段。郭庆春会拉一点胡琴。后两年吃完了炒疙疸，就是庆春拉胡琴，招弟唱"苏三离了洪洞县"、"儿的父去投军无音信"……招弟嗓子很好。郭庆春松了琴弦，合上弓，常说："你该唱戏去的，耽误了，可惜！"

人大了，懂事了。他们有时眼对眼看着，看半天，不说话。马缨花一阵一阵地散发着清香。

许大娘也有了点心事。她很喜欢庆春。她也知道，如果由她做主把招弟许给庆春，招弟是愿意的。可是，庆春日后能成气候么？唱戏这玩意，唱红了，荣华富贵；唱不红，流落街头。等二年再说吧！

残酷的现实把许大娘的这点淡淡的梦砸得粉碎：庆春在快毕业的那年倒了仓，倒得很苦，——一字不出！"子弟无音客无本"，郭庆春见过多少师哥，在科班里是好角儿，一旦倒了仓，倒不过来，拉洋车，卖落花生，卖大碗茶。他惊恐万状，一身一身地出汗。他天不亮就到窑台喊嗓子，他听见自己那一点点病猫一样的嘶哑的声音，心都凉了。夜里做梦，念了一整出《连环套》，"愚下保镖，路过马兰关口……"脆亮响堂，高兴得从床上跳起来。一醒来，仍然是一字不出。祖师爷把他的饭碗收去了，他该怎么办呢？许大娘也知道庆春倒仓没倒过来了。招弟也知道了。她们也反反复复想了许多。

郭庆春只有两条路可走：当底包龙套，或是改行。

郭庆春坐科学戏是在敌伪时期，到他该出科时已经是抗战胜利，国民党中央军来了。"想中央，盼中央，中央来了更遭殃。"物价飞涨，剧场不上座。很多人连赶两包（在两处剧场赶两个角色），也奔不出一天的嚼裹儿。有人唱了一天戏，开的份儿只够买两个茄子，一家几口，就只好吃这两个熬茄子。满街都是伤兵，开口就是"老子抗战八年！"动不动就举起双拐打人。没开戏，他们就坐满了戏园子。没法子，就只好唱一出极其寡淡无味的戏，把他们唱走。有一出戏，叫《老道游山》，就一个角色——老道，拿着云帚，游山。游到哪里，"真好景致也"，唱一段，接着再游。没有别的人物，也没有一点故事情节，要唱多长唱多长。这出戏本来是评剧唱，后来京剧也唱。唱得这些兵大爷不耐烦了："他妈的，这叫什么戏！"一哄而去。等他们走了，再开正戏。

很多戏曲演员都改了行了。郭庆春的前几科的师哥，有的到保定、石家庄贩鸡蛋，有的在北海管租船，有的卖了糊盐，——盐炒糊了，北京还有极少数人家用它来刷牙，可是这能卖几个钱？……

有嗓子的都没了辙了，何况他这没嗓子的？他在科班虽然不是数一数二的好角儿，可是是能唱一出的。当底包龙套，他不甘心！再说，当底包龙套也吃不饱呀！郭庆春把心一横：干脆，改行！

春秋两季，拉菜车，从广渠门外拉到城里。夏天，卖西瓜。冬天，卖柿子。一车青菜，两千多斤。头几回拉，累得他要吐血。咬咬牙，也就挺过来了。卖西瓜，是他的老行当。西瓜摊还是摆在陕西巷口外。因为嗓子没音，他很少吆唤。但是人大了，有了经验，隔皮知瓤，挑来的瓜个个熟。西瓜片切得很薄，显得块儿大。木板上铺了蓝布，溮了水，显着这些瓜鲜亮水淋，飕飕地往外冒着凉气。卖柿子没有三天的"力笨"，人家咋卖咱咋卖。找个背风的旮旯儿，把柿子挨个儿排在地上，就着路灯的光，照得柿子一个一个黄澄澄的，饱满鼓立，精神好看，谁看了都想到围着火炉嚼着带着冰碴的凉柿子的那股舒服劲儿。卖柿子的怕回暖，尤其怕刮风。一刮风，冻柿子就流了汤了。风再把尘土涂在柿子皮上，又脏又黑，满完！因此，郭庆春就盼着一冬天都是那么干冷干冷的。

卖力气，做小买卖，不丢人！街坊邻居不笑话他。他的还在唱戏和已经改了行的师兄弟有时路过，还停下来跟他聊一会。有的师哥劝他别把功撂下，早上起来也到陶然亭喊两嗓子。说是有人倒仓好几年，后来又缓过来的。没准儿，有那一天，还能归到梨园行来。郭庆春听了师哥的话，间长不短的，耗耗腿，拉拉山膀，无非是解闷而已。

郭庆春没有再去看许大娘。他拉菜车、卖西瓜、卖柿子，不怕碰见别的熟人，可就怕碰见许大娘母女。听说，许大娘搬了家了，搬到哪里，他也没打听。北京城那样大，人一分开，就像树上落下两片叶子，风一吹，各自西东了。

北京城并不大。

一天晚上，干冷干冷的。郭庆春穿了件小棉袄，蹲在墙旮旯。地面上的冷气从裆下一直透进他的后脊梁。一辆三轮车蹬了过来，车上坐了一个女的。

"三轮，停停。"

女的揭开盖在腿上的毛毯，下了车。

"这柿子不错，给我包四个。"

她扔下一条手绢，郭庆春挑了四个大的，包上了。他抬起头来，把手绢往上递：是许招弟！穿了一件长毛绒大衣。

许招弟一看，是郭庆春。

"你……这样了！"

郭庆春把脑袋低了下去。

许招弟把柿子钱丢在地下，坐上车，走了。

转过年来，夏天，郭庆春在陕西巷口卖西瓜，正吆唤着（他嗓子有了一点音了），巷里走出一个人来：

"卖西瓜的，递两个瓜来。——要好的。"

"没错！"

郭庆春挑了两个大黑皮瓜，对旁边的纸烟阁子的掌柜说："劳您驾，给照看一下瓜摊。"——"你走吧。"郭庆春跟着要瓜的那人走，到了一家，这家正办喜事。堂屋正面挂着大红双喜幔帐，屋里屋外一股炮仗硝烟气味。两边摆着两桌酒。已经行过礼，客人入席了。郭庆春一看，新娘子是许招弟！她烫了发，抹了胭脂口红，耳朵下垂着水钻坠子。郭庆春把两个瓜放在旁边的小方桌上，拔腿就跑。听到后面有人喊：

"卖西瓜的，给你瓜钱！"

这是一个张恨水式的故事，一点小市民的悲欢离合。这样的故事在北京城每天都有。

北京解放了。

解放，使许多人的生活发生了急转直下的变化。许多故事产生了一个原来意想不到的结尾。

郭庆春万万没有想到，他会和一个老干部，一个科长结了婚，并且在结婚以后变成现在的郭导演。

北京解放以后，物价稳定，没有伤兵，剧场上座很好。很多改了行的演员又纷纷搭班唱戏了。他到他曾经唱过多次戏的剧场去听过几次蹭戏，紧锣密鼓，使他兴奋激动，筋肉伸张。随着锣经，他直替台上的同行使劲。

一个外地剧经到北京来约人。那个贩卖鸡蛋的师哥来找郭庆春：

"庆春，他们来找了我。我想去。我提了你。北京的戏不好唱。咱先到外地转转。你的功底我知道，这些年没有全撂下，稍稍练练，能捡回来。听你吆唤，嗓子出来了。咱们一块去吧。学了那些年，能就扔下吗？就你那几出戏，管保能震他们一下子。"

郭庆春沉吟了一会，说："去！"

到了那儿，安顿下了，剧团团长领他们几个新从北京约来的演员去见见当地文化局的领导。戏改科的杨科长接见了他们。杨科长很忙，一会儿接电话，一会在秘书送来的文件收文簿上签字，显得很果断，很有气魄。杨科长勉励了他们几句，说他们是剧团的"新血液"，希望他们发挥自己的专长，为人民服务。郭庆春连连称是。他对杨科长油然产生一种敬重之情。一个女的，能当科长，了不起！他觉得杨科长的举止动作，言谈话语，都像一个男人，不像是个女的。

重返舞台，心情紧张。一生成败，在此一举。三天"打炮"，提心吊胆。没有想到，一"炮"而红。他第一次听到台下的掌声，好像在做梦。第三天《恶虎村》，出来就有碰头好。以后"四记头"亮相，都有掌声。他扮相好，身上规矩，在台上很有人缘。他也的确是"卯上"了。经过了生活上的一番波折，他这才真正懂得在进科班时他妈跟他说的话："要肚里长牙"。他在台上从不偷工惜力，他深深知道把戏唱砸了，出溜下来，会有什么后果。他的戏码逐渐往后挪，从开场头一二出挪到中间，又挪到了倒第二。他很知足了，这就到了头。在科班时他就知道自己唱不了大轴，不是那材料。一个人能吃几碗干饭，自己清楚，别人也清楚。

杨科长常去看京剧团的戏。一半由于职务，一半出于爱好。他万万没有想到，她后来竟成了他的爱人。

郭庆春在阳台上忽然一个人失声笑了出来。他的女儿在屋里问："爸爸，你笑什么？"

他笑他们那个讲习会。市里举办了第一届全市旧艺人讲习会。局长是主任，杨科长是副主任。讲《新民主主义论》、社会发展史、政治经济学。小组讨论，真是笑话百出。杨科长一次在讲课时说："列宁说过……"一个拉胡琴的老艺人问："列宁是唱什么的？"——"列宁不是唱戏的。"——"哦，不是唱戏的，那咱们不知道。"又有一次，杨科长鼓励大家要有主人翁思想，这位老艺人没有听明白前言后语，站起来说："咱们是从旧社会来的，什么坏思想都有，就这主人翁思想，咱没有！"原来他以为主人翁思想就是想当班主的思想。

讲习会要发展一批党员。郭庆春被列为培养对象。杨科长时常找他个别谈话。鼓励他建立革命人生观，提高阶级觉悟，提高政治水平，要在政治上有表现，会上积极发言。郭庆春很认真也很诚恳地照办了。他大小会都发言。讲的最多的是新旧社会对比。他有切身感受，无须准备，讲得很真实，很生动。同行的艺人多有类似经历，容易产生共鸣。讲的人、听的人个个热泪盈眶，效果很好。讲习班结业时，讨论发展党员名单，他因为出身好，政治表现突出，很顺利地通过了。他的入党介绍人是杨科长和局长。

第一批发展的党员，回到剧团，全都成了剧团的骨干。郭庆春被提升为副团长、艺委会主任。

因为时常要到局里请示汇报工作，他和杨科长接触的机会就更多了。熟了，就不那么拘谨了，有时也说点笑话，聊点闲天。局里很多人叫杨科长叫杨大姐或大姐，郭庆春也随着叫。虽然叫大姐，他还是觉得大姐很有男子气。

没想到，大姐提出要跟他结婚。他目瞪口呆，结结巴巴，不知说什么好。他觉得和一个领导结婚，简直有点乱伦的味道，他想也没有想过。天地良心，他在大姐面前从来没有起过邪念。他当然同意。

杨科长的老战友们听说她结了婚，很诧异。听说是和一个京剧演员结婚，尤其诧异。她们想：她这是图什么呢？她喜欢他什么？

虽然结了婚，他们的关系还是上下级。不论是在工作上，在家里，她是领导，他是被领导。他习惯于"服从命令听指挥"，觉得这样很舒服，很幸福。

杨科长是个目光远大的人，她得给庆春（和她自己）安排一个远景规划的蓝图。庆春目前一切都很顺利，但要看到下一步。唱武生的，能在台上蹦跶多少年呢？照戏班里的说法，要找一个"落劲"。中央戏剧学院举办导演训练班，学员由各省推荐。市里分到一个名额，杨科长提出给郭庆春，科里、局里都同意。郭庆春在导演训练班学了两年，听过苏联专家的课，比较系统地知道斯坦尼斯拉夫斯基体系。毕业之后，回到剧团，大家自然刮目相看。这个剧团原来没有导演，要排新戏，排《三打祝家庄》、《红娘子》，不是向外地剧团学，"刻模子"，就是请话剧团的导演来排。郭庆春学成归来，就成了专职导演。剧团里的人，有人希望他露两手，有人等着看他的笑话。接连排了两个戏，他全"拿"下来了。他并没有用一些斯坦尼的术语去唬人，他知道那样会招人反感。他用一些戏曲演员所熟悉，所能接受的行话临场指挥。比如，他不说"交流"，却说"过电"，——"你们俩得过电哪！"他不说什么"情绪的记忆"这样很玄妙的词儿，他只说是"神气"。"你要长神气。——长一点，再长一点！"他用的舞台调度也无非还是斜胡同、蛇蜕皮……但是变了一下，就使得演员既"过得去"、"走得上来"，又觉得新鲜。郭导演的威信建立起来了。从此，他不上舞台了。有时，有演员病了，他上去顶一角，人们就要竖大拇指："瞧人家郭导演，不拿导演架子！好样儿的！"

不但在本剧团，外剧团也常请他。京剧、评剧、梆子，他全导过。一通百通，应付裕如。他导的戏，已经不止一出拍成了戏曲艺术片。"郭庆春"三个字印在影片的片头，街头的广告上。

他不会再卖西瓜，卖柿子了。

他曾经两次参加戏剧代表团出国，到过东欧、苏联，到过朝鲜。他听了曾经出过国的师哥的建议，带了一包五香粉，一盒固体酱油，于是什么高加索烤羊肉、带血的煎牛排，他都能对付。他很想带一罐臭豆腐，经同行团员的劝阻，才没有带。量服装的时候，问他大衣要什么料子，他毫不迟疑地说："长毛绒！"服装厂的同志说在外国，男人没有穿长毛绒的，这才改为海军呢。

他在国外照了好多照片，黑白的，还有彩色的。他的爱人一张一张地贴在仿古缎面的相册上。这些照片上的郭庆春全都是器宇轩昂，很像个大导演。

由于爱人的活动（通过各种"老战友"的关系），他已经调到北京的剧团里来了。他的母亲还健在。他的弟弟由于他的资助，上了学，现在在一家工厂当出纳。他有了一个女儿，已经上小学了。他有一套三居室的单元。他在剧团里自然也有气儿不顺的时候：为一个戏置景置装的费用，演员的"人位"，和领导争得面红耳赤，摔门，拍桌子；偶尔有很"葛"的演员调皮捣蛋"吊腰子"，当面顶撞，出言不逊，气得他要休克，但是这样的时候不多，一年也只是七八次。总的说来，一切都很顺利。他对自己的生活很满意。因为满意，就没有理由不发胖，于是就发胖了。

　　他的感情是平稳的、柔软的、滑润的，像一块奶油（从国外回来，他养成爱吃奶油的习惯）。

　　今天遇见了一件事，使他的情绪有一点小小的波动。

　　剧团招收学员，他是主考。排练厅里摆了一张乒乓案子，几把椅子。他坐在正中的一把上。像当初他进科班时被教师考察一样，一个一个考察着来应试的男孩子、女孩子。看看他们的相貌，体格，叫他们唱两句，拉一个山膀，踢踢腿，——来应试的孩子多半在家里请人教过，都能唱几句，走几个"身上"。然后在名单上用铅笔做一些记号。来应试的女孩子里有一个叫于小玲。这孩子一走出来，郭庆春就一愣，这孩长得太像一个人了。他有点走神。于小玲的唱（她唱的是"苏三离了洪洞县"），所走的"身子"，他都没有认真地听，看，名单上于小玲的名字底下，什么记号也没有做。

　　学员都考完了，于小玲往外走。郭庆春叫住她：

　　"于小玲。"

于小玲站住：

"您叫我？"

"……你妈姓什么？"

"姓许。"

没错，是许招弟的女儿。

"你爸爸……对，姓于。他还好吗？"

"我爸死了，有五年了。"

"你妈挺好？"

"还可以。"

"……她还是那样吗？"

"您认得我妈？"

"认得。"

"我妈就在外面。妈——！"

于小玲走出排练厅，郭庆春也跟着走出来。

迎面走过来许招弟。

许招弟还那样，只是憔悴瘦削，显老了。

"妈，这是郭导演。"

许招弟看着郭庆春，很客气地称呼一声：

"郭导演！"

郭庆春不知怎么称呼她好，也不能像小时候一样叫她招弟，只好含含糊糊地应了一声，问道：

"您倒好？"

"还凑合。"

"多年不见了。"

"有年头了。——这孩子，您多关照。"

"她不错。条件挺好。"

"回见啦。"

"回见！"

许招弟领着女儿转身走了。郭庆春看见她耳垂后面那颗红痣，有些怅惘。

　

以上，是京剧导演郭庆春在晚饭之后，微醺之中，闻着一阵一阵的马缨花的香味时所想的一些事。想的时候自然是飘飘忽忽，断断续续的。如果用意识流方法照实地记录下来，将会很长。为省篇幅，只能挑挑拣拣，加以剪裁，简单地勾出一个轮廓。

郭导演想：……一个人走过的路真是很难预料。如果不是解放了，他会是什么样子呢？也许还是卖西瓜、卖柿子、拉菜车？……如果他出科时不倒仓，又会是什么样子呢？也许他就唱红了，也许就会和许招弟结了婚。那么于小玲就会是他的女儿，她会不姓于，而姓郭？……

他正在这样漫无边际地想下去，他的女儿在屋里娇声喊道：

"爸，你进来，我要你！"

正好夹在手里的大前门已经吸完，烟头烧痛了他的手指，他把烟头往楼下的马缨花树帽上一扔，进屋去了。

第二天，郭导演上午导了一场戏，中午，几个小青年拉他去挑西瓜。

"郭导演，给我们挑一个瓜。"

"去一边去！当导演的还管挑西瓜呀！"

但还是被他们连推带拽地去了。他站在一堆西瓜前面巡视一下，挑了一个，用右手大拇指按在瓜皮上，用力往前一蹭，放在耳朵边听一听，轻轻拍一下：

"就这个！保证脆沙瓤。生了，瘪了，我给钱！"

他抄起案子上的西瓜刀，一刀切过去，只听见咯嚓一声，瓜裂开了：薄皮、红瓤、黑籽。

卖瓜的惊奇地问：

"您卖过瓜？"

"我卖瓜的那阵，还没有你哪！哈哈哈哈……"

他大笑着走回剧团。谁也不知道他的笑声里包含了多少东西。

过了几天，招考学员发了榜，于小玲考取了。人们都说，是郭导演给她使了劲。

徙①

※

北溟有鱼，其名为鲲。鲲之大，不知其几千里也；化而为鸟，其名为鹏，鹏之背，不知其几千里也。怒而飞，其翼若垂天之云。是鸟也，海运则将徙于南溟。

《庄子·逍遥游》

很多歌消失了。

许多歌的词、曲的作者没有人知道。

有些歌只有极少数的人唱，别人都不知道。比如一些学校的校歌。

县立第五小学历年毕业了不少学生。他们多数已经是过六十的人了。他们之中不少人还记得母校的校歌，有人能够一字不差地唱出来。

西挹神山爽气，
东来邻寺疏钟，
看吾校巍巍峻峻，
连云栉比列其中。
半城半郭成调元，

---

① 初刊于《北京文学》一九八一年第十期，初收于《晚饭花集》。

无女无男教育同。

桃红李白，

芬芳馥郁，

一堂济济坐春风。

愿少年，

乘风破浪，

他日毋忘化雨功！

　　每逢"纪念周"，每天上课前的"朝会"，放学前的"晚会"，开头照例是唱"党歌"，最后是唱校歌。一个担任司仪的高年级同学高声喊道："唱——校——歌！"全校学生，三百来个孩子，就用玻璃一样脆亮的童音，拼足了力气，高唱起来。好像屋上的瓦片、树上的树叶都在唱。他们接连唱了六年，直到毕业离校，真是深深地印在脑子里了。说不定临死的时候还会想起这支歌。

　　歌词的意思是没有人解释过的。低年级的学生几乎完全不懂它说的是什么。他们只是使劲地唱，并且倾注了全部感情。到了四五年级，就逐渐明白了，因为唱的次数太多，天天就生活在这首歌里，慢慢地自己就琢磨出来了。最先懂得的是第二句。学校的东边紧挨一个寺，叫做承天寺。承天寺有一口钟。钟撞起来嗡嗡地响。"神山爽气"是这个县的"八景"之一。神山在哪里，"爽气"是什么样的"气"，小学生不知道，只是无端地觉得很美，而且有一种神秘感。下面的歌词也朦朦胧胧地理解了：是说学校有很多房屋，在城外，是个男女合校，有很多同学。总的说来是说这个学校很好。十来岁的孩子很为自己的学校骄傲，觉得它很了不起，并且相信别的学校一定没有这样一首歌。到了六年级，他们才真正理解了这首歌。毕业典礼上（这是他们第一次"毕业"），几位老师们讲过了话，司仪高声喊道："唱——校——歌！"这是他们最后一次大家聚在一起唱这支歌了。他们唱得异常庄重，异常激动。玻璃一样的童声高唱起来：

西挹神山爽气，

东来邻寺疏钟……

唱到"愿少年，乘风破浪，他日毋忘化雨功"，大家的心里都是酸酸的。眼泪在乌黑的眼睛里发光。这是这首歌的立意所在，点睛之笔，其余的，不过是敷陈其事。从语气看，像是少年对自己的勖勉，同时又像是学校老师对教了六年的学生的嘱咐，一种遗憾、悲哀而酸苦的嘱咐。他们知道，毕业出去的学生，日后多半是会把他们忘记的。

毕业生中有一些是乘风破浪，做了一番事业的；有的离校后就成为泯然众人，为衣食奔走了一生；有的，死掉了。

这不是一支了不起的歌，但很贴切。朴朴实实，平平常常，和学校很相称。一个在寺庙的废基上改建成的普通的六年制小学，又能写出多少诗情画意呢？人们有时想起，只是为了从干枯的记忆里找回一点淡淡的童年，在歌声中想起那些校园里的蔷薇花，冬青树，擦了无数次的教室的玻璃，上课下课的钟声，和球场上像烟火一样升到空中的一阵一阵的明亮的欢笑……

校歌的作者是高先生，有些人知道，有些人不知道。

先生名鹏，字北溟，三十后，以字行。家世业儒。祖父、父亲都没有考取功名，靠当塾师、教蒙学，以维生计。三代都住在东街租来的一所百年老屋之中，临街有两扇白木的板门，真是所谓寒门。先生少孤。尝受业于邑中名士谈甓渔，为谈先生之高足。

这谈甓渔是个诗人，也是个怪人。他功名不高，只中过举人，名气却很大。中举之后，累考不进，无意仕途，就在江南江北，沭阳溧阳等地就馆。他教出来的学生，有不少中了进士，谈先生于是身价百倍，高门大族，争相延致。晚年惮于舟车，就用学生谢师的银子，回乡盖了一处很大的房子，闭户著书。书是著了，门却是大开着的。他家门楼特别高大。为什么盖得这样高大？据说是盖窄了怕碰了他的那些做了大官的学生的纱帽翅儿。其实，哪会呢？清朝的官戴的都是顶子，缨帽花翎，没有帽翅。地方上人这样的口传，无非是说谈老先生的阔学生很多。这座大门里每年进出的知县、知府，确实不在少数。门楼宽大，是为了供轿夫休息用的。往年，两边放了极其宽长的条凳，柏木的凳面都被人的屁股磨得光光滑滑的了。谈家门楼巍然突出，老远的就能看见，成了指明方位的一个标志，一个地名。一说"谈家门楼"东边，"谈家门楼"斜对过，人们就立刻明白了。谈甓渔的故事很多。他念了很多书，学问很大，可是不识数，不会数钱。他家里什么都有，可是他愿意到处闲逛，到茶馆里喝茶，到酒馆里喝酒，烟馆里抽烟。每天出门，家里都要把他需用的烟钱、茶钱、酒钱分别装在布口袋里，给他挂在拐杖上，成了名副其实的"杖头钱"。他常常傍花随柳，信步所之，喝得半醉，找不到自己的家。他爱吃螃蟹，可是自己不会剥，得由家里人把蟹肉剥好，又装回蟹壳里，原样摆成一个完整的螃蟹。两个螃蟹能吃三四个小时，热了凉，凉了又热。他一边吃蟹，一边喝酒，一边看书。他没有架子，没大没小，无分贵贱，三教九流，贩夫走卒，都谈得来，是个很通达的人。然而，品望很高。就是点过翰林的李三麻子远远从轿帘里看见谈老先生曳杖而来，也要赶紧下轿，避立道侧。他教学生，教时文八股，也教古文词赋，经史百家。他说："我不愿谈甓渔教出来的学生，如郑板桥所说，对案至不能就一札！"他大概很会教书，经他教过的学生，不通的很少。

谈老先生知道高家很穷，他教高先生书，不受修金。每回高先生的母亲封了节敬送去，谈老先生必亲自上门退回，说：

"老嫂子，我与高鹏的父亲是贫贱之交，总角之交，你千万不要这样！我一定格外用心地教他，不负故人。高鹏的天资，虽只是中上，但很知发愤。他深知先人为他取的名、字的用意。他的诗文都很有可观，高氏有子矣。北溟之鹏终将徙于南溟。高了，不敢说。青一衿，我看，如拾芥耳。我好歹要让他中一名秀才。"

果然，高先生在十六岁的时候，高高地中了一名秀才。众人说：高家的风水转了。

不想，第二年就停了科举。

废科举，兴学校，这个小县城里增添了几个疯子。有人投河跳井，有人跑到明伦堂①去痛哭。就在高先生所住的东街的最东头，有一姓徐的呆子。这人不知应考了多少次，到头来还是一个白丁。平常就有点迂迂磨磨，颠颠倒倒。说起话满嘴之乎者也。他老婆骂

---

① 明伦堂是孔庙的正殿，供着至圣先师的牌位。

他："晚饭米都没得一颗，还你妈的之乎——者也！"徐呆子全然不顾，朗吟道："之乎者也矣焉哉，七字安排好秀才！"自从停了科举，他又添了一宗新花样。每逢初一、十五，或不是正日，而受了老婆的气，邻居的奚落，他就双手捧了一个木盘，盘中置一香炉，点了几根香，到大街上去背诵他的八股窗稿。穿着油腻的长衫，靸着破鞋，一边走，一边念。随着文气的起承转合，步履忽快忽慢；词句的抑扬顿挫，声音时高时低。念到曾经业师浓圈密点的得意之处，摇头晃脑，昂首向天，面带微笑，如醉如痴，仿佛大街上没有一个人，天地间只有他的字字珠玑的好文章。一直念到两颊绯红，双眼出火，口沫横飞，声嘶气竭。长歌当哭，其声冤苦。街上人给他这种举动起了一个名字，叫做"哭圣人"。

他这样哭了几年，一口气上不来，死在街上了。

高北溟坐在百年老屋之中，常常听到徐呆子从门外哭过来，哭过去。他恍恍惚惚觉得，哭的是他自己。

功名道断，高北溟怎么办呢？

头二年，他还能靠笔耕生活。谈先生还没有死。有人求谈先生的文字，碑文墓志，寿序挽联，谈先生都推给了高先生。所得润笔，尚可馇粥。谈先生寿终，高北溟缌麻服孝，尽礼致哀，写了一篇长长的祭文，泣读之后，忧心如焚。

他也曾像他的祖父和父亲一样，开设私塾教几个小小蒙童，教他们读三（字经）、百（家姓）、千（字文），《幼学琼林》、《龙文鞭影》。然而除了少数极其守旧的人家，都已经把孩子送进学校了。他也曾挂牌行医看眼科。谈甓渔老先生的祖上本是眼科医生。他中举之后，还偶尔为人看眼疾。他劝高鹏也看看眼科医书，给他讲过平热泻肝之道。万一功名不就，也有一技之长，能够糊口。可是城里近年害眼的不多。有患赤红火眼的，多半到药店里买一副鹅翎眼药（装在一根鹅毛翎管里的红色的眼药），清水化开，用灯草点进眼内，就好了。眼科，不像"男妇内外大小方脉"那样有"走时"的时候。文章不能锅里煮，百无一用是书生，一家四口，每天至少要升半米下锅，如之何？如之何？

正在书空咄咄，百无聊赖，有一个平素很少来往的世交沈石君来看他。沈石君比高北溟大几岁，也曾跟谈甓渔读过书，开笔成篇以后，到苏州进了书院。书院改成学堂，革命、"光复"……他就成了新派，多年在外边做事。他有志办教育，在省里当督学。回乡视察了几个小学之后，拍开了高家的白木板门。他劝高北溟去读两年简易师范，取得一个资格，教书。

读师范是被人看不起的。师范不收学费，每月还可有伙食津贴，师范生被人称为"师范花子"，但这在高北溟是一条可行的路，虽然现在还来入学读书，岁数实在太大些了。好在同学中年纪差近的也还有，而且"简师"只有两年，一晃也就过去了。

简师毕业，高先生在"五小"任教。

高先生有了职业，有了虽不丰厚但却可靠的收入，可以免于冻饿，不致像徐呆子似的死在街上了。

按规定，简师毕业，只能教初、中年级，因为高先生是谈甓渔的高足，中过秀才，声名籍籍，叫他去教"大狗跳，小狗叫，大狗跳一跳，小狗叫一叫"，实在说不过去，因此，破格担任了五、六年级的国文。即使是这样，当然也还不能展其所长，尽其所学。高先生并不意满志得。然而高先生教书是认真的。讲课、改作文，郑重其事，一丝不苟。

同事起初对他很敬重，渐渐地在背后议论起来，说这个人的脾气很"方"。是这样。高先生落落寡合，不苟言笑，不爱闲谈，不喜交际。他按时到校，到教务处和大家略点一点头，拿了粉笔、点名册就上教室。下了课就走。有时当中一节没有课，就坐在教务处看书。小学教师的品类也很杂。有正派的教师；也有头上涂着司丹康、脸上搽着雪花膏的纨绔子弟；戴着瓜皮秋帽、留着小胡子，琵琶襟坎肩的纽子挂着青天白日徽章，一说话不停地挤鼓眼的幕僚式的人物。他们时常凑在一起谈牌经，评"花榜"①，交换庸俗无聊的社会新闻，说猥亵下流的荤笑话。高先生总是正襟危坐，不作一声。同事之间为了"联络感情"，时常轮流做东，约好了在星期天早上"吃早茶"。这地方"吃早茶"不是喝茶，主要是吃各种点心——蟹肉包子、火腿烧麦、冬笋蒸馒、脂油千层糕。还可叫一个三鲜煮干丝，小酌两杯。这种聚会，高先生概不参加。小学校的人事说简单也简单，说复杂也挺复杂。教员当中也有派别，为了一点小小私利，排挤倾轧，勾心斗角，飞短流长，造谣中伤。这些派别之间的明暗斗争，又与地方上的党政权势息息相关，且和省中当局遥相呼应。千丝万缕，变幻无常。高先生对这种派别之争，从不介入。有人曾试图对他笼络（高先生素负文名，受人景仰，拉过来是个"实力"），被高先生冷冷地拒绝了。他教学生，也是因材施教，无所阿私，只看品学，不问家庭。每一班都有一两个他特别心爱的学生。高先生看来是个冷面寡情的人，其实不是这样，只是他

---

① 把城中妓女加以品评，定出状元、榜眼、探花、一甲、二甲，在小报上公布，谓之"花榜"。嫖客中的才子同时还写了一些很香艳的诗来咏这些"花"。

对得意的学生的喜爱不形于色，不像有些婆婆妈妈的教员，时常摸着学生的头，拉着他的手，满脸含笑，问长问短。他只是把他的热情倾注在教学之中。他讲书，眼睛首先看着这一两个学生，看他们领会了没有。改作文，改得特别仔细。听这一两个学生回讲课文，批改他们的作文课卷，是他的一大乐事。只有在这样的时候，他觉得不负此生，做了一点有意义的事。对于平常的学生，他亦以平常的精力对待之。对于资质顽劣，不守校规的学生，他常常痛加训斥，不管他的爸爸是什么局长还是什么党部委员。有些话说得比较厉害，甚至侵及他们的家长。因这些，校中同事不喜欢他，又有点怕他。他们为他和自己的不同处而忿忿不平，说他是自命清高，沽名钓誉，不近人情，有的干脆说："这是绝户脾气！"

高先生没有儿子，只有两个女儿。

高先生性子很急，爱生气。生起气来不说话，满脸通红，脑袋不停地剧烈地摇动。他家世寒微，资格不高，故多疑。有时别人说了一两句不中听的话，或有意，或无意，高先生都会多心。比如有的教员为一点不顺心的事而牢骚，说："家有三担粮，不当孩子王！我祖上还有几亩薄田，饿不死。不为五斗米折腰，我辞职，不干了！"——"老子不是那不花钱的学校毕业的，我不受这份窝囊气！"高先生都以为这是敲打他，他气得太阳穴的青筋都绷起来了。看样子他就会拍桌大骂，和人吵一架，然而他强忍下了，他只是不停地剧烈地摇着脑袋。

高先生很孤僻，不出人情，不随份子，几乎与人不通庆吊。他家从不请客，他也从不赴宴。他教书之外，也还为人写寿序，撰挽联，委托的人家照例都得请请他。知单①送到，他照例都在自己的名字下书一"谢"字。久而久之，都知道他这脾气，也就不来多此一举了。

他不吃烟，不饮酒，不打牌，不看戏。除了学校和自己的家，哪里也不去。每天他清早出门，傍晚回家。拍拍白木的板门，过了一会，门开了。进门是一条狭长的过道，砖缝里长着扫帚苗，苦艾，和一种名叫"七里香"其实是闻不出什么气味，开着蓝色的碎花的野草，有两个黄蝴蝶寂寞地飞着。高先生就从这些野草丛中踏着沉重的步子走进去，走进里面一个小门，好像走进了一个深深的洞穴，高大的背影消失了。木板门又关了，把门上的一副春联关在外面。

高先生家的春联都是自撰的，逐年更换。不像一般人家是迎祥纳福的吉利话，都是述怀抱、舒愤懑的词句，全城少见。

这年是辛未年，板门上贴的春联嵌了高先生自己的名、字：

辛夸高岭桂
未徙北溟鹏

也许这是一个好兆，"未徙"者"将徙"也。第二年，即壬申年，高北溟竟真的"徙"了。

这县里有一个初级中学。除了初中，还有一所初级师范，一所女子师范，都是为了培养小学师资的。只有初中生，是准备将来出

---

① 请客的单子，上面开列了要请的客。被请的人如在自己的姓名下写"敬陪末座"或一"知"字，即表示准时赴席；写一"谢"字是表示不到。

外升学的，因此这初中俨然是本县的最高学府。可是一向办得很糟。名义上的校长是李三麻子，根本不来视事。教导主任张维谷（这个名字很怪）是个出名的吃白食的人。他有几句名言："不愿我请人，不愿人请我，只愿人请人，当中有个我。"人品如此，学问可知。数学教员外号"杨半本"，他讲代数、几何，从来没有把一本书讲完过，大概后半本他自己也不甚了了。历史教员姓居，是个律师，学问还不如高尔础。他讲唐代的艺术一节，教科书上说唐代的书法分"方笔"和"圆笔"，他竟然望文生义，说方笔的笔杆是方的，圆笔的笔杆是圆的。连初中的孩子略想一想，也觉得无此道理。一个学生当时就站起来问："笔杆是方的，那么笔头是不是也是方的呢？"这帮学混子简直是在误人子弟。学生家长，意见很大。到了暑假，学生闹了一次风潮（这是他们第一次参加的"学潮"）。事情还是从居大律师那里引起的。平日，学生在课堂上有什么不明白的问题问他，他的回答总是"书上有"。到学期考试时，学生搞了一次变相的罢考。卷子发下来，不到五分钟，一个学生以关窗为号，大家一起把卷子交了上去，每道试题下面一律写了三个字："书上有"！张维谷及其一伙，实在有点"维谷"，混不下去了。

教育局长不得不下决心对这个学校进行改组，——否则只怕连他这个局长也坐不稳。

恰好沈石君因和厅里一个科长意见不合，愤而辞职，回家闲居，正在四处写信，托人找事，地方上人挽他出山来长初中。沈石君再三推辞，禁不住不断有人踵门劝说，也就答应了。他只提出一个条件：所有教员，由他决定。教育局长沉吟了一会，说：

"可以。"

沈石君是想有一番作为的。他自然要考虑各种关系，也明知局长的口袋里装了几个人，想往初中里塞，不得不适当照顾，但是几门主要课程的教员绝对不能迁就。

国文教员，他聘了高北溟。许多人都感到意外。

高先生自然欣然同意。他谈了一些他对教学的想法。沈石君认为很有道理。

高先生要求"随班走"。教一班学生，从初一教到初三，一直到送他们毕业，考上高中。他说别人教过的学生让他来教，如垦生荒，重头来起，事倍功半。教书教人，要了解学生，知己知彼。不管学生的程度，照本宣科，是为瞎教。学生已经懂得的，再来教他，是白费；暂时不能接受的，勉强教他，是徒劳。他要看着、守着他的学生，看到他是不是一月有一月的进步，一年有一年的进步。如同注水入瓶，随时知其深浅。他说当初谈老先生就是这样教他的。

他要求在部定课本之外，自选教材。他说教的是书，教书是高北溟。"只有我自己熟读，真懂，我所喜爱的文章，我自己为之感动过的，我才讲得好。"他强调教材要有一定的系统性，要有重点。他也讲《苛政猛于虎》、《晏子使楚》、《项羽本纪》、《出师表》、《陈情表》、韩、柳、欧、苏。集中地讲的是白居易、归有光、郑板桥。最后一学期讲的是朱自清的《背影》、都德的《磨坊文札》。他好像特别喜欢归有光的文章。一个学期内把《先妣事略》、《项脊轩志》、《寒花葬志》都讲了。他要把课堂讲授和课外阅读结合起来。课上讲了《卖炭翁》、《新丰折臂翁》，同时把白居易的新乐府全部印发给学生。讲了一篇《潍县署中寄弟墨》，把郑板桥的几封主要的家书、道情和一些题画的诗也都印发下去。学生看了，很有兴趣。这种做法，在当时的初中国文教员中极为少见。他选的文章看来有一个标准：有感慨，有性情，平易自然。这些文章有一个贯串性的思想倾向，这种倾向大体上可以归结为：人道主义。

他非常重视作文。他说学国文的最终的目的，是把文章写通。学生作文他先眉批一道，指出好处和不好处，发下去由学生自己改一遍，或同学间互相改；交上来，他再改一遍，加点批，再发给学生，让学生自己誊一遍，留起来；要学生随时回过头来看看自己的文章。他说，作文要如使船，撑一篙是一篙，作一篇是一篇。不能像驴转磨，走了三年，只在磨道里转。

为了帮助学生将来升学，他还自编了三种辅助教材。一年级是《字形音义辨》，二年级是《成语运用》，三年级是《国学常识》。

在县立初中读了三年的学生，大部分文字清通，知识丰富，他们在考高中，甚至日后在考大学时，国文分数都比较高，是高先生给他们打下的底子。更重要的是他们学会了欣赏文学——高先生讲过的文章的若干片段，许多学生过了三十年还背得；他们接受了高先生通过那些选文所传播的思想——人道主义，影响到他们一生的立身为人。呜呼，先生之泽远矣！

（玻璃一样脆亮的童声高唱着。瓦片和树叶都在唱。）

高先生的家也搬了。搬到老屋对面的一条巷子里。高先生用历年的积蓄，买了一所小小的四合院。房屋虽也旧了，但间架砖木都还结实。天井里花木扶疏，苔痕上阶，草色入帘，很是幽静。

高先生这几年心境很好，人也变随和了一些。他和沈石君以及一般同事相处甚得。沈石君每年暑假要请一次客，对校中同仁表示慰劳，席间也谈谈校务。高先生是不须催请，早早就到的。他还备了几样便菜，约几个志同道合的教员，在家里赏荷小聚。（五小的那位师爷式的教员听到此事，编了一条歇后语："高北溟请客——破天荒"。）这几年，很少看到高先生气得脑袋不停地剧烈地摇动。

高先生有两件心事。

一件是想把谈老师的诗文刻印出来。

谈老先生死后，后人很没出息，游手好闲，坐吃山空，几年工夫，把谈先生挣下的家业败得精光，最后竟至靠拆卖房屋的砖瓦维持生活。谈老先生的宅第几乎变成一片瓦砾，旧池乔木，荡然无存。门楼倒还在，也破落不堪了。供轿夫休息的长凳早没有了，剩了一个空空的架子。里面有一算卦的摆了一个卦摊。条桌上放着签筒。桌前系着桌帏，白色的圆"光"里写了四个字："文王神课"。算卦的伏在桌上打盹。这地方还叫做"谈家门楼"。过路人走过，都有不胜今昔之感，觉得沧海桑田，人生如梦。

谈老先生的哲嗣名叫幼渔。到无米下锅时，就到谈先生的学生家去打秋风。到了高北溟家，高先生总要周济他一块、两块、三块、五块。总不让他空着手回去。每年腊月，还得为他准备几斗米，一方腌肉，两条风鱼，否则这个年幼渔师弟过不去。

高北溟和谈先生的学生周济谈幼渔，是为了不忘师恩，是怕他把谈先生的文稿卖了。他已经几次要卖这部文稿。买主是有的，就是李三麻子（此人老而不死）。高先生知道，李三麻子买到文稿，改头换面，就成了他的著作。李三麻子惯于欺世盗名，这种事干得出。李三麻子出价一百，告诉幼渔，稿到即付。

高先生狠了狠心，拿出一百块钱，跟谈幼渔把稿子买了。

想刻印，却很难。松华斋可以铅印，尚古房可以雕板。问了问价钱，都贵得吓人，为高北溟力所不及。稿子放在架上，逐年摊晒。高先生觉得对不起老师，心里很不安。

另一件心事是女儿高雪的前途和婚事。

高先生的两个女儿，长名高冰，次名高雪。

高雪从小很受宠，一家子都惯她，很娇。她用的东西都和姐姐不一样。姐姐夏天穿的衣是府绸的，她穿的是湖纺。姐姐穿白麻纱袜，她却有两条长筒丝袜。姐姐穿自己做的布鞋，她却一会是"千底一带"，一会是白网球鞋，并且在初中二年级就穿了从上海买回来的皮鞋。姐姐不嫉妒，倒说："你的脚好看，应该穿好鞋。"姐姐冬天烘黄铜的手炉，她的手炉是白铜的。姐姐扇细芭蕉扇，她扇檀香扇。东西也一样。吃鱼，脊梁、肚皮是她的（姐姐吃鱼头、鱼尾，且说她爱吃），吃鸡，一只鸡腿归她（另一只是高先生的）。她还爱吃陈皮梅、嘉应子、橄榄。她一个人吃。家务事也不管。扫地、抹桌、买菜、煮饭，都是姐姐。高起兴来，打了井水，把家里什么都洗一遍，砖地也洗一遍，大门也洗一遍，弄得家里水漫金山，人人只好缩着脚坐在凳子上。除了自己的衣服，她不洗别人的。被褥帐子，都是姐姐洗。姐姐在天井里一大盆一大盆，洗得汗马淋漓，她却躺在高先生的藤椅上看《茵梦湖》。高先生的藤椅，除了她，谁也不坐，这是一家之主的象征。只有一件事，她乐意做：浇花。这是她的特权，别人不许浇。

高先生治家很严，高师母、高冰都怕他。只有对高雪，从未碰过一指头。在外面生了一点气，回来看看这个"欢喜团"，气也就消了。她要什么，高先生都依她。只有一次例外。

　　高雪初三毕业，要升学（高冰没有读中学，小学毕业，就在本城读了女师，已经在教书）。她要考高中，将来到北平上大学。高先生不同意，只许她报师范。高雪哭，不吃饭。妈妈和姐姐坐在床前轮流劝她。

　　"不要这样。多不好。爸爸不是不想让你向高处飞，爸爸没有钱。三年高中，四年大学，路费、学费、膳费、宿费，得好一笔钱。"

　　"他有钱！"

　　"他哪有钱呀！"

　　"在柜子里锁着！"

　　"那是攒起来要给谈老先生刻文集的。"

　　"干嘛要给他刻！"

　　"这孩子，没有谈老先生，爸爸就没有本事。上大学呢！你连小学也上不了。知恩必报，人不能无情无义。"

　　"再说那笔钱也不够你上大学。好妹妹，想开一点。师范毕业，教两年，不是还可以考大学吗？你自己攒一点，没准爸爸这时候收入会更多一些。我跟爸爸说说，我挣的薪水，一半交家里，一半给你存起来，三四年下来，也是个数目。"

　　"你不用？"

　　"我？——不用！"

　　高雪被姐姐的真诚感动了，眼泪晶晶的。

姐姐说得也有理。国民党教育部有个规定，师范毕业，教两年小学，算是补偿了师范三年的学杂费，然后可以考大学。那时大学生里岁数大，老成持重的，多半曾是师范生。

"快起来吧！不要叫爸爸心里难过。你看看他：整天不说话，脑袋又不停地摇了。"

高雪虽然娇纵任性，这点清清楚楚的事理她是明白的。她起来洗洗脸，走到书房里，叫了一声：

"爸爸！"

并盛了一碗饭，用茶水淘淘，就着榨菜，吃了。好像吃得很香。

高先生知道女儿回心转意了，他心里倒酸渍渍的，很不好受。

高雪考了苏州师范。

高雪小时候没有显出怎么好看。没有想到，女大十八变，两三年工夫，变成了一个美人。每年暑假回家，一身白。白旗袍（在学校只能穿制服：白上衣，黑短裙），漂白细草帽，白纱手套，白丁字平跟皮鞋。丰姿楚楚，行步婀娜，态度安静，顾盼有光。不论在火车站月台上，轮船甲板上，男人女人都朝她看。男人看了她，敞开法兰绒西服上衣的扣，露出新买的时式领带，频频回首，自作多情。女的看了她，从手提包里取出小圆镜照照自己。各依年貌，生出不同的轻轻感触。

她在学校里唱歌、弹琴，都很出色。唱的歌是《茶花女》的《饮酒歌》，弹的是肖邦的小夜曲。

她一回本城，城里的女孩子都觉得自己很土。她们说高雪有一种说不出来的派头。

有女儿的人说："高北溟生了这样一个女儿，这个爸爸当得过！"

任何小城都是有风波的。因为省长易人，直接影响到这个小县的人事。县长、党部、各局，统统来了一个大换班。公职人员，凡靠领薪水吃饭的，无不人心惶惶。

一县的人事更代，自然会波及到县立初中。

三十几个教育界人士，联名写信告了沈石君。一式两份，分送厅、局。执笔起草的就是居大律师。他虽分不清方笔、圆笔，却颇善于刀笔。主要的罪名是："把持学政，任用私人，倡导民主，宣传赤化"。后两条是初中图书馆里买了鲁迅、高尔基的书，订了《生活周刊》，"纪念周"上讲时事。"任用私人"牵涉到高北溟。信中说："简师毕业，而教中学，纵观全国，无此特例。只为同门受业，不惜破格躐等，遂使寰城父老疾首，而令方帽学士寒心。"指摘高北溟的教学是"不依规矩，自作主张，藐视部厅，搅乱学制"。

有人把这封信的底稿抄了一份送给沈石君。沈石君看了，置之一笑。他知道这个初中校长的位置，早已有人觊觎，自厅至局，已经内定。这封控告信，不过是制造一个查办的口实。此种官场小伎俩，是三岁小儿都知道的。和这些人纠缠，味同嚼蜡。何况他已在安徽找到事，毫无恋栈之心。为了给当局一个下马台阶，彼此不伤和气，他自己主动递了一封辞职书。不两天，批复照准。继任校长，叫尹同霖，原是办党务的。——新换上的各局首脑也都是清一色，是县党部的委员。这一调整充分体现了"以党治国"精神。没有等办理交代，尹同霖先来拜会了沈石君，这是给他一个很大的面子，免得彼此心存芥蒂。尹同霖问沈石君有什么托咐，沈石君只希望他能留高北溟。尹同霖满口答应。

沈石君束装就道之前，来看了高北溟，说他已和同霖提了，这点面子料想他会给的，他叫高北溟不要另外找事，安心在家等聘书。

不料，快开学了，聘书还不下来。同时，却收到第五小学的聘书。聘书后盖着五小新校长的签名章：张维谷。这是怎么回事呢？他并未向张维谷谋过职呀。

高先生只得再回五小去教书。

高先生到教务处看看，教员大半还是熟人。他和大家点点头，拿了粉笔、点名册往教室里走。纨绔子弟和幕僚在他身后努努嘴，演了一出双簧。一个说："好马不吃回头草"，一个说："前度刘郎今又来"。高北溟只当没有听见。

五年级有一个学生叫申潜，是现任教育局长的儿子，异常顽劣，上课时常捣乱。有一次他乘高先生回身写黑板时，用弹弓纸弹打人，一弹打在高先生的后脑勺上。高先生勃然大怒，把他训斥了一顿。不想申潜毫不认错，反而睬着眼睛看着高先生，眼睛里充满了鄙视。他没有说一句话，但是高先生从他的眼睛里清清楚楚听得到："你有什么了不起！我爸爸动一动手指头，你们的饭碗就完蛋！"高先生狂吼起来："你仗你老子的势！你们！你们这些党棍子，你们欺人太甚！"他的脑袋剧烈地摇动起来。一堂学生被高先生的神气吓呆了，鸦雀无声。

谈甓渔的文稿没有刻印出来。永远也没有刻印出来的希望了。

高雪病了。

按规定，师范毕业，还要实习一年，才能正式任教。高雪在实习一年的下学期，发现自己下午潮热（同学们都看出她到下午两颊微红，特别好看），夜间盗汗，浑身没有力气。撑到学期终了，回了家，高师母知道女儿病状，说是："可了不得！"这地方讳言这种病的病名，但是大家心里都明白。高先生请了汪厚基来给高雪看病。

汪厚基是高先生最喜欢的学生，说他"绝顶聪明"。他从一年级到六年级，各门功课都是全班第一。全县的作文比赛，书法比赛，他都是第一名。他临毕业的那年，高先生为人撰了一篇寿序。经寿翁的亲友过目之后，大家商量请谁来写。高先生一时高兴，推荐了他这个得意的学生。大家觉得叫一个孩子来写，倒很别致，而且可以沾一沾返老还童的喜气，就说不妨一试。汪厚基用多宝塔体写了十六幅寿屏，字径二寸，笔力饱满。张挂起来，满座宾客，无不诧为神童。高先生满以为这个学生一定会升学，将来一定会出人头地。他家里开爿米店，家道小康，升学没有多大困难。不想他家里决定叫他学医——学中医。高先生听说，废书而叹，连声说："可惜，可惜！"

汪厚基跟一个姓刘的老先生学了几年，在东街赁了一间房，挂牌行医了。他看起来完全不像个中医。中医宜老不宜少，而且最好是行动蹒跚，相貌奇古，这样病家才相信。东街有一个老中医就是这样。此人外号李花脸，满脸的红记，一年多半穿着紫红色的哆啰呢夹袍，黑羽纱马褂，说话是个齉鼻儿，浑身发出樟木气味，好像本人也才从樟木箱子里拿出来。汪厚基全不是这样，既不弯腰，也不驼背，英俊倜傥，衣着入时，像一个大学毕业生。他开了方子，总把笔套上。——中医开方之后，照例不套笔，这是一种迷信，套了笔以后就不再有人找他看病了。汪厚基不管这一套，他会写字，爱笔。他这个中医还订了好几份杂志，并且还看屠格涅夫的小说。这些都是对行医不利的。但是也许沾了"神童"的名誉的光，请他看病的不少，收入颇为可观。他家里觉得叫他学医这一步走对了。

他该成家了。来保媒的一年都有几起。汪厚基看不上。他私心爱慕着高雪。

他和高雪小学同班。两家住得不远。上学，放学，天天一起走，小时候感情很好。街上的野孩子有时欺负高雪，向她扔土坷垃，汪厚基就给她当保镖。他还时常做高雪掉在河里，他跳下去把她救起来这样的英雄的梦。高雪读了初中，师范，他看她一天比一天长得漂亮起来。隔几天看见她，都使他觉得惊奇。高雪上师范三年级时，他曾托人到高家去说媒。

高师母是很喜欢汪厚基的。高冰说："不行！妹妹是个心高的人，她要飞到很远的地方去。她要上大学。她不会嫁一个中医。妈，您别跟妹妹说！"高北溟想了一天，对媒人说："高雪还小。她还有一年实习，再说吧。"媒人自然知道，这是一种委婉的推托。

汪厚基每天来给高雪看病。汪厚基觉得这是一种福。高雪也很感激他。看了病，汪厚基常坐在床前，陪高雪闲谈。他们谈了好多小时候的事，彼此都记得那么清楚。高雪一天一天地好起来了。

高雪病愈之后，就在本县一小教书，——她没有能在外地找到事。她一面补习功课，准备考大学。

接连考了两年，没有考取。

第三年，七七事变、抗日战争爆发，她所向往的大学，都迁到了四川、云南。日本人占领了江南，本县外出的交通断了。她想冒险通过敌占区，往云南、四川去。全家人都激烈反对。她只好在这个小城里困着。

高雪的岁数一年比一年大，该嫁人了。多少双眼睛都看着她。她老不结婚，大家就都觉得奇怪。城里渐渐有了一些流言。轻嘴薄舌的人很多。对一个漂亮的少女，有人特别爱用自己肮脏的舌头来糟蹋她，话说得很难听，说她外面有人，还说……唉，别提这些了吧。

高雪在学校是经常收到情书。有的摘录了李后主、秦少游的词，满纸伤感惆怅。有的抄了一些外国诗。有一位抄了一大段拜伦的情诗的原文，害得她还得查字典。这些信大都也有一点感情，但又都不像很认真。高雪有时也回信，写的也是一些虚无缥缈的话。她并没有一个真正的情人。

本县的小学里不断有人向她献殷勤，她一个也看不上，觉得他们讨厌。

汪厚基又托媒人来说了几次媒，都被用不同的委婉言词拒绝了。——每次家里问高雪，她都是摇摇头。

一次又一次，高家全家的心都活了，连高冰也改变了态度。她和高雪谈了半夜。

"行了吧。汪厚基对你是真心。他说他非你不娶，是实话。他脾气好，一定会对你很体贴。人也不俗。你们不是也还谈得来么？你还挑什么呢？你想要一个什么人？你想要的，这个县城里没有！妹妹，你不小了。听姐姐话，再拖下去，你真要留在家里当老姑娘？这是命，你心高命薄。退一步看，想宽一点。花开堪折直须折，莫待无花空折枝呀……"

高雪一直没有说话。

高雪同意和汪厚基结婚了。婚后的生活是平静的。汪厚基待高雪，真是含在口里怕她化了，体贴到不能再体贴。每天下床，都是厚基给她穿袜子，穿鞋。她梳头，厚基在后面捧着镜子。天凉了，天热了，厚基早给她把该换的衣服找出来放着。嫂子们常常偷偷在窗外看这小两口的无穷无尽的蜜月新婚，抿着嘴笑。

然而高雪并不快乐，她的笑总有点凄凉。半年之后，她病了。

汪厚基自己给她看病，亲自到药店去抓药，亲自煎药，还亲自尝一尝。他把全部学识都拿了出来了。然而高雪的病没有起色。他把全城同行名医，包括几个西医，都请来给高雪看病。可是大家都说不出一个所以然，连一个准病名都说不出，一人一个说法。一个西医说了一个很长的拉丁病名，汪厚基请教是什么意思，这位西医说："忧郁症"。

病了半年，百药罔效，高雪瘦得剩了一把骨头。厚基抱她起来，轻得像一个孩子。高雪觉得自己不行了，叫厚基给她穿衣裳。衣裳穿好了，袜子也穿好了，高雪微微皱了皱眉，说左边的袜跟没有拉平。厚基给她把袜跟拉平了，她用非常温柔的眼光看着厚基，说："厚基，你真好！"随即闭了眼睛。

汪厚基到高先生家去报信。他详详细细叙说了高雪临死的情形，说她到最后还很清醒，"我给她穿袜子，她还说左边的袜跟没有拉平。"高师母忍不住，到房里坐在床上痛哭。高冰的眼泪不断流出来，喊了一声："妹妹，你想飞，你没有飞出去呀！"高先生捶着书桌说："怪我！怪我！怪我！"他的脑袋不停地摇动起来。——高先生近年不只在生气的时候，只要感情一激动，就摇脑袋。

汪厚基把牌子摘了下来，他不再行医了。"我连高雪的病都看不好，我还给别人看什么？"这位医生对医药彻底发生怀疑："医道，没有用！——骗人！"他变得有点傻了，遇见熟人就说："她到最后还很清醒，我给她穿袜子，她还说左边袜跟没有拉平……"他不知道，他已经跟这人说过几次了。他的眼光呆滞，反应也很迟钝了。他的那点聪明灵气已经全部消失。他整天无所事事，一起来就到处乱走。家里人等他吃饭，每回看不见他，一找，他都在高雪的坟旁坐着。

高先生已经死了几年了。

五小的学生还在唱：

西挹神山爽气，
东来邻寺疏钟……

墓草萋萋，落照昏黄，歌声犹在，斯人邈矣。

高先生在东街住过的老屋倒塌了，临街的墙壁和白木板门倒还没有倒。板门上高先生写的春联也还在。大红朱笺被风雨漂得几乎是白色的了，墨写的字迹却还很浓，很黑。

辛夸高岭桂
未徙北溟鹏

一九八一年八月四日于青岛黄岛

钓人的孩子①

※

钓人的孩子

抗日战争时期。昆明大西门外。

米市，菜市，肉市。柴驮子，炭驮子。马粪。粗细瓷碗，砂锅铁锅；闷鸡米线，烧饵块。金钱片腿，牛干巴。炒菜的油烟，炸辣子的呛人的气味。红黄蓝白黑，酸甜苦辣咸。

每个人带着一生的历史，半个月的哀乐，在街上走。栖栖惶惶，忙忙碌碌。谁都希望意外地发一笔小财，在路上捡到一笔钱。

一张对摺着的钞票躺在人行道上。

用这张钞票可以量五升米，割三斤肉，或扯六尺细白布，——够做一件汗褂，或到大西门里牛肉馆要一盘冷片、一碗汤片、一大碗饭、四两酒，美美地吃一顿。

一个人弯腰去捡钞票。

噌——，钞票飞进了一家店铺的门里。

一个胖胖的孩子坐在门背后。他把钞票丢在人行道上，钞票上拴了一根黑线，线头捏在他的手里。他偷看着钞票，只等有人弯腰来拾，他就猛地一抽线头。

他玩着这种捉弄人的游戏，已经玩了半天。上当的已经有好几个人了。

---

① 初刊于《海燕》一九八二年第四期，初收于《晚饭花集》。

胖孩子满脸是狡猾的笑容。

这是一个小魔鬼。

这孩子长大了，将会变成一个什么人呢？日后如果有人提起他的恶作剧，他多半会否认。——也许他真的已经忘了。

捡金子

这是一个怪人，很孤傲，跟谁也不来往，尤其是女同学。他是哲学系的研究生。他只有两个"听众"，都是中文系四年级的学生。他们每天一起坐茶馆，在茶馆里喝清茶，嗑葵花子，看书，谈天，骂人。哲学研究生高谈阔论的时候多，那两位只有插话的份儿，所以是"听众"。他们都有点玩世不恭。哲学研究生的玩世不恭是真的，那两位有点是装出来的。他们说话很尖刻，动不动骂人是"卑劣的动物"。他们有一套独特的语言。他们把漂亮的女同学叫做"虎"，把谈恋爱叫做"杀虎"，把钱叫做"刀"。有刀则可以杀虎，无刀则不能。诸如此类。他们都没有杀过一次虎。

这个怪人做过一件怪事，捡金子。昆明经常有日本飞机来空袭。一有空袭就拉警报。一有警报人们就都跑到城外的山野里躲避，叫做"逃警报"。哲学研究生推论：逃警报的人一定会把值钱的东西带在身边，包括金子；有人带金子，就会有人丢掉金子；有人丢掉金子，一定会有人捡到；人会捡到金子；我是人，故我可以捡到金子。这一套逻辑推理实在是无懈可击。于是在逃警报时他就沿路注意。他当真捡到金戒指，而且不止一次，不止一枚。

此人后来不知所终。

有人说他到了重庆，给《中央日报》写社论，骂共产党。

航空奖券

国民党的中央政府发行了一种航空救国奖券，头奖二百五十万元，月月开奖。虽然通货膨胀，钞票贬值，这二百五十万元一直还是一个相当大的数目。这就是说，在国民党统治范围的中国，每个月要凭空出现一个财主。花不多的钱，买一个很大的希望，因此人们趋之若鹜，代卖奖券的店铺的生意很兴隆。

中文系学生彭振铎高中毕业后曾教过两年小学，岁数比同班同学都大。他相貌平常，衣装朴素，为人端谨。他除了每月领助学金（当时叫做"贷金"），还在中学兼课，有一点微薄的薪水。他过得很俭省，除了买买书，买肥皂牙膏，从不乱花钱。不抽烟，不饮酒。只有他的一个表哥来的时候，他的生活才有一点变化。这位表哥往来重庆、贵阳、昆明，跑买卖。虽是做生意的人，却不忘情诗书，谈吐不俗。他来了，总是住在爱群旅社，必把彭振铎邀去，洗洗澡，吃吃馆子，然后在旅馆里长谈一夜。谈家乡往事，物价行情，也谈诗。平常，彭振铎总是吃食堂，吃有耗子屎的发霉的红米饭，吃炒芸豆，还有一种叫做芋磨豆腐的紫灰色的烂糊糊的东西。他读书很用功，但是没有一个教授特别赏识他，没有人把他当作才子来看。然而他在内心深处却是一个诗人，一个忠实的浪漫主义者。在中国诗人里他喜欢李商隐，外国诗人里喜欢雪莱，现代作家里喜欢何其芳。他把《预言》和《画梦录》读得几乎能背下来。他自己也不断地写一些格律严谨的诗和满纸烟云的散文。定稿后抄在一个黑漆布面的厚练习本里，抄得很工整。这些作品，偶尔也拿出来给人看，但只限于少数他所钦服而嘴又不太损的同学。同班同学中有一个写小说的，他就请他看过。这位小说家认真地看了一遍，说："很像何其芳。"

然而这位浪漫主义诗人却干了一件不大有诗意的事：他按月购买一条航空奖券。

他买航空奖券不是为了自己。

系里有个女同学名叫柳曦，长得很漂亮。然而天然不俗，落落大方，不像那些漂亮的或自以为漂亮的女同学整天浓妆艳抹，有明星气、少奶奶气或教会气。她并不怎样着意打扮，总是一件蓝阴丹士林旗袍，——天凉了则加一件玫瑰红的毛衣。她走起路来微微偏着一点脑袋，两只脚几乎走在一条线上，有一种说不出来的风致，真是一株风前柳，不枉了小名儿唤做柳曦。彭振铎和她一同上创作课。她写的散文也极清秀，文如其人，彭振铎自愧弗如。

尤其使彭振铎动心的是她有一段不幸的身世。有一个男的时常来找她。这个男的比柳曦要大五六岁，有时穿一件藏青哔叽的中山装，有时穿一套咖啡色西服。这是柳曦的未婚夫，在资源委员会当科长。柳曦的婚姻是勉强的。她的父亲早故，家境贫寒。这个男人看上了柳曦，拿钱供柳曦读了中学，又读了大学，还负担她的母亲和弟妹的生活。柳曦在高中一年级就跟他订婚了。她实际上是卖给了这个男人。怪不道彭振铎觉得柳曦的眉头总有点蹙着（虽然这更增加了她的美的深度），而且那位未婚夫来找她，两人一同往外走她总是和他离得远远的。

这是那位写小说的同学告诉彭振铎的。小说家和柳曦是小同乡，中学同学。

彭振铎很不平了。他要搞一笔钱，让柳曦把那个男人在她身上花的钱全部还清，把自己赎出来，恢复自由。于是他就按月购买航空奖券。他老是梦想他中了头奖，把二百五十万元连同那一册诗文一起捧给柳曦。这些诗文都是写给柳曦的。柳曦感动了，流了眼泪。投在他的怀里。

彭振铎的表哥又来了。彭振铎去看表哥，顺便买了一条航空奖券。到了爱群旅社，适逢表哥因事外出，留字请他少候。彭振铎躺在床上看书。房门开着。

彭振铎看见两个人从门外走过，是柳曦和她的未婚夫！他们走进隔壁的房间。不大一会儿，就听见柳曦的放浪的笑声。

彭振铎如遭电殛。

他觉得心里很不是滋味。

而且他渐渐觉得柳曦的不幸的身世、勉强的婚姻，都是那个写小说的同学编出来的。这个玩笑开得可太大了！

他怎么坐得住呢？只有走。

他回到宿舍，把那一册诗文翻出来看看。他并没有把它们烧掉。这些诗文虽然几乎篇篇都有柳，柳风、柳影、柳絮、杨花、浮萍……但并未点出柳曦的名字。留着，将来有机会献给另外一个人，也还是可以的。

航空奖券，他还是按月买，因为已经成了习惯。

一九八二年二月二日

尾巴①

※

　　人事顾问老黄是个很有意思的人。工厂里本来没有"人事顾问"这种奇怪的职务，只是因为他曾经做过多年人事工作，肚子里有一部活档案；近二年岁数大了，身体也不太好，时常闹一点腰酸腿疼，血压偏高，就自己要求当了顾问，所顾的也还多半是人事方面的问题，因此大家叫他人事顾问。这本是个外号，但是听起来倒像是个正式职称似的。有关人事工作的会议，只要他能来，他是都来的。来了，有时也发言，有时不发言。他的发言有人爱听，有人不爱听。他看的杂书很多，爱讲故事。在很严肃的会上有时也讲故事。下面就是他讲的故事之一。

　　厂里准备把一个姓林的工程师提升为总工程师，领导层意见不一，有赞成的，有反对的，已经开了多次会，定不下来。赞成的意见不必说了，反对的意见，归纳起来，有以下几条：

　　一、他家庭出身不好，是资本家；

　　二、社会关系复杂，有海外关系；有个堂兄还在台湾；

　　三、反右时有右派言论；

　　四、群众关系不太好，说话有时很尖刻……

　　其中反对最力的是一个姓董的人事科长，此人爱激动，他又说不出什么理由，只是每次都是满脸通红地说："知识分子！哼！知

---

　　①　初刊于《百花园》一九八三年第四期，初收于《晚饭花集》。

识分子！"翻来覆去，只是这一句话。

人事顾问听了几次会，没有表态。党委书记说："老黄，你也说两句！"老黄慢条斯理地说：

"我讲一个故事吧——

"从前，有一个人，叫做艾子。艾子有一回坐船，船停在江边。半夜里，艾子听见江底下一片哭声。仔细一听，是一群水族在哭。艾子问：'你们哭什么？'水族们说：'龙王有令，水族中凡是有尾巴的都要杀掉，我们都是有尾巴的，所以在这里哭。'艾子听了，深表同情。艾子看看，有一只蛤蟆也在哭，艾子很奇怪，问这蛤蟆：'你哭什么呢？你又没有尾巴！'蛤蟆说：'我怕龙王要追查起我当蝌蚪时候的事儿呀！'"

云致秋行状①

※

云致秋是个乐天派，凡事看得开，生死荣辱都不太往心里去，要不他活不到他那个岁数。

我认识致秋时，他差不多已经死过一次。肺病。很严重了。医院通知了剧团，剧团的办公室主任上他家给他送了一百块钱。云致秋明白啦：这是让我想叫点什么吃点什么呀！——吃！涮牛肉，一天涮二斤。那阵牛肉便宜，也好买。卖牛肉的和致秋是老街坊，"发孩"，又是个戏迷，致秋常给他找票看戏。他知道致秋得的这个病，就每天给他留二斤嫩的，切得跟纸片儿似的，拿荷叶包着，等着致秋来拿。致秋把一百块钱牛肉涮完了，上医院一检查，你猜怎么着：好啦！大夫直纳闷：这是怎么回事呢？致秋说："我的火炉子好！"他说的"火炉子"指的是消化器官。当然他的病也不完全是涮牛肉涮好了的，组织上还让他上小汤山疗养了一阵。致秋说："还是共产党好啊！要不，就凭我，一个唱戏的，上小汤山，疗养——姥姥！"肺病是好了，但是肺活量小了。他说："我这肺里好些地方都是死膛儿，存不了多少气！"上一趟四楼，到了二楼，他总得停下来，摆摆手，意思是告诉和他一起走的人先走，他缓一缓，一会就来。就是这样，他还照样到楼梓庄参加劳动，到番字牌搞四清，上井冈山去体验生活，什么也没有落下。

---

① 初刊于《北京文学》一九八三年第十一期，初收于《晚饭花集》。

除了肺不好，他还有个"犯肝阳"的毛病。"肝阳"一上来，两眼一黑，什么都看不见了。他从口袋里摸出一个干辣椒（他口袋里随时都带几个干辣椒）放到嘴里嚼嚼，闭闭眼，一会就好了。他说他平时不吃辣，"肝阳"一犯，多辣的辣椒嚼起来也不辣。这病我没听说过，不知是一种什么怪病。说来就来，一会儿又没事了。原来在起草一个什么材料，戴上花镜接碴儿下笔千言离题万里地写下去；原来在给人拉胡琴说戏，把合上的弓子抽开，定定弦，接碴儿说；原来在聊天，接碴儿往下聊。海聊穷逗，谈笑风生，一点不像刚刚犯过病。

致秋家贫，少孤。他家原先开一个小杂货铺，不是唱戏的，是外行。——梨园行把本行以外的人和人家都称为"外行"。"外行"就是不是唱戏的，并无褒贬之意。谁家说了一门亲事，俩老太太遇见了，聊起来。一个问："姑娘家里是干什么的？"另一个回答是干嘛干嘛的，完了还得找补一句："是外行。"为什么要找补一句呢？因为梨园行的嫁娶，大都在本行之内选择。门当户对，知根知底。因此剧团的演员大都沾点亲，"论"得上，"私底下"都按亲戚辈分称呼。这自然会影响到剧团内部人跟人的关系。剧团领导曾召开大会反过这种习气，但是到了还是没有改过来。

致秋上过学，读到初中，还在青年会学了两年英文。他文笔通顺，字也写得很清秀，而且写得很快。照戏班里的说法是写得很"溜"。他有一桩本事，听报告的时候能把报告人讲的话一字不落地记下来。他曾在邮局当过一年练习生，后来才改了学戏。因此他和一般出身于梨园世家的演员有些不同，有点"书卷气"。

原先在致兴成科班。致兴成散了，他拜了于连萱。于先生原先也是"好角"，后来塌了中①，就不再登台，在家教戏为生。

那阵拜师学戏，有三种。一种是按月致送束脩的。先生按时到学生家去，或隔日一次，或一个月去个十来次。一种本来已经坐了科，能唱了，拜师是图个名，借先生一点"仙气"，到哪儿搭班，一说是谁谁谁的徒弟，"那没错！"台上台下都有个照应。这就说不上固定报酬了，只是三节两寿——五月节，八月节，年下，师父、师娘生日，送一笔礼。另一种，是"写"给先生的。拜师时立了字据。教戏期间，分文不取。学成之后，给先生效几年力。搭了班，唱戏了，头天晚上开了戏份——那阵都是当天开份，戏没有打住，后台管事都把各人的戏份封好了，第二天，原封交给先生。先生留下若干，下剩的给学生。也有的时候，班里为了照顾学生，会单开一个"小份"，另外封一封，这就不必交先生了。先生教这样的学生，是实授的，真教给东西。这种学生叫做"把手"的徒弟。师徒之间，情义很深。学生在先生家早晚出入，如一家人。

云致秋很聪明，摹仿能力很强，他又有文化，能抄本子，这比口传心授自然学得快得多，于先生很喜欢他。没学几年，就搭班了。他是学"二旦"的，但是他能唱青衣，——一般二旦都只会花旦戏，而且文的武的都能来，《得意缘》的郎霞玉，《银空山》的代战公主，都行。《四郎探母》，他的太后。——那阵班里派戏，都有规矩。比如《探母》，班里的旦角，除了铁镜公主，下来便是萧太后，再下来是四夫人，再下来才是八姐、九妹。谁来什么，都

---

① 中年嗓子失音，谓之"塌中"。

有一定。所开戏份，自有差别。致秋唱了几年戏，不管搭什么班，只要唱《探母》，太后都是他的。

致秋有一条好嗓子。据说年轻时扮相不错，——我有点怀疑。他是一副窄长脸，眼睛不大，鼻子挺长，鼻子尖还有点翘。我认识他时，他已经是干部，除了主演特忙或领导上安排布置，他不再粉墨登场了。我一共看过他两出戏：《得意缘》和《探母》。他那很多地方是死膛肺里的氧气实在不够使，我看他扮着郎霞玉，拿着大枪在台上一通折腾，不停地呼嗤呼嗤喘气，真够他一呛！不过他还是把一出《得意缘》唱下来了。《探母》那回是"大合作"，在京的有名的须生、青衣都参加了，在中山公园音乐堂。那么多的"好角"，可是他的萧太后还真能压得住，一出场就来个碰头好。观众也有点起哄。一来，他确实有个太后的气派，"身上"，穿着花盆底那两步走，都是样儿；再则，他那扮相实在太绝了。京剧演员扮戏，早就改了用油彩。梅兰芳、程砚秋、尚小云，后来都是用油彩。他可还是用粉彩，鹅蛋粉、胭脂，眉毛描得笔直，樱桃小口一点红，活脱是一幅"同光十三绝"，俨然陈德霖再世。

云致秋到底为什么要用粉彩化妆，这是出于一种什么心理，我一直没有捉摸透。问他，他说："粉彩好看！油彩哪有粉彩精神呀！"这是真话么？这是标新（旧）立异？玩世不恭？都不太像。致秋说："粉彩怎么啦，公安局管吗？"公安局不管，领导上不提意见，就许他用粉彩扮戏。致秋是个凡事从众随俗的人，有的时候，在无害于人，无损于事的情况下，也应该容许他发一点小小的狂。这会使他得到一点快乐，一点满足："这就是我——云致秋！"

致秋有个习惯，说着说着话，会忽然把眉毛、眼睛、鼻子"纵"在一起，嘴唇紧闭；然后又用力把嘴张开，把眼睛鼻子挣回原处。这是用粉彩落下的毛病。小时在科班里，化妆，哪儿给你准备蜜呀，用一大块冰糖，拿开水一沏，师父给你抹一脸冰糖水，就往上扑粉。冰糖水干了，脸上绷得难受，老想活动活动肌肉，好松快些，久而久之，成了习惯，几十年也改不了。看惯了，不觉得。生人见面，一定很奇怪。我曾跟致秋说过："你当不了外交部长！——接见外宾，正说着世界大事，你来这么一下，那怎么行？"致秋说："对对对，我当不了外交部长！——我会当外交部长吗？"

　　致秋一辈子走南闯北，跑了不少码头，搭过不少班，"傍"过不少名角。他给金少山、叶盛章、唐韵笙都挎过刀①。他会的戏多，见过的也多，记性又好，甭管是谁家的私房秘本，什么四大名旦，哪叫麒派、马派，什么戏缺人，他都来顶一角，而且不用对戏，拿起来就唱。他很有戏德，在台上保管能把主角傍得严严实实，不撒汤，不漏水，叫你唱得舒舒服服。该你得好的地方，他事前给你垫足了，主角略微一使劲，"好儿"就下来了；主角今天嗓音有点失润，他也能想法帮你"遮"过去，不特别"卯上"，存心"啃"你一下。临时有个演员，或是病了，或是家里出了点事，上不去，戏都开了，后台管事急得乱转："云老板，您来一个！""救场如救火"，甭管什么大小角色，致秋二话不说，包上头就扮戏。他好说话。后台嘱咐"马前"，他就可以掐掉几句；"马后"，他能在台上多"绷"一会。有一次唱《桑园会》，老生误了场，他的罗敷，

---

　　① 当主要配角，叫做"挎刀"。

愣在台上多唱出四句大慢板！——临时旋编词儿。一边唱，一边想，唱了上句，想下句。打鼓佬和拉胡琴的直纳闷：他怎还唱呀！下来了，问他："您这是哪一派？"——"云派！"他聪明，脑子快，能"钻锅"，没唱过的戏，说说，就上去了，还保管不会出错。他台下人缘也好。从来不"拿糖"、"吊腰子"。为了戏份、包银不合适，临时把戏"砍"下啦，这种事他从来没干过。戏班里的事，也挺复杂，三叔二大爷，师兄，师弟，你厚啦，我薄啦，你鼓啦，我瘪啦，仨一群，俩一伙，你踩和我，我挤兑你，又合啦，又"咧"啦……经常闹纠纷。常言说："宁带千军，不带一班。"这种事，致秋从来不往里掺和。戏班里流传两句"名贤集"式的处世格言，一是"小心干活，大胆拿钱"，一是"不多说，不少道"，致秋是身体力行的。他爱说，但都是海聊穷逗，从不勾心斗角，播弄是非。因此，从南到北，都愿意用他，来约的人不少，他在家赋闲当"散仙"的时候不多。

他给言菊朋挂过二牌，有时在头里唱一出，也有时陪着言菊朋唱唱《汾河湾》一类的"对儿戏"。这大概是云致秋的艺术生涯登峰造极的时候了。

我曾问过致秋："你为什么不自己挑班？"致秋说："有人撺掇过我。我也想过。不成，我就这半碗。唱二路，我有富裕，挑大梁，我不够。不要小鸡吃绿豆，强努。挑班，来钱多，事儿还多哪。挑班，约人，处好了，火炉子，热烘烘的；处不好，'虱子皮袄'，还得穿它，又咬得慌。还得到处请客、应酬、拜门子，我淘不了这份神。这样多好，我一个唱二旦的，不招风，不惹事。黄金荣、杜月笙、袁良、日本宪兵队，都找寻不到我头上。得，有碗醋卤面吃就行啦！"

致秋在外码头搭班唱戏了，所得包银，就归自己了。不过到哪儿，回北京，总得给于先生带回点什么。于先生病故，他出钱买了口好棺材，披麻戴孝，致礼尽哀。

攒了点钱，成了家。媳妇相貌平常，但是性情温厚，待致秋很好，净变法子给他做点好吃的，好让他的"火炉子"烧得旺旺的。

跟云致秋在一起，呆一天，你也不会闷得慌。他爱聊天，也会聊。他的聊天没有什么目的。聊天还有什么目的？——有。有人爱聊，是在显示他的多知多懂。剧团有一位就是这样，他聊完了一段，往往要来这么几句："这种事你们哪知道啊！爷们，学着点吧！"致秋的爱聊，只是反映出他对生活，对人，充满了近于童心的兴趣。致秋聊天，极少臧否人物。"闲谈莫论人非"，他从不发人阴私，传播别人一点不大见得人的秘闻，以博大家一笑。有时说到某人某事，也会发一点善意的嘲笑，但都很有分寸，决不流于挖苦刻薄。他的嘴不损。他的语言很生动，但不装腔作势，故弄玄虚。有些话说得很逗，但不是"膈肢"人，不"贫"。他走南闯北，知道的事情很多，而且每个细节都记得非常清楚，——这真是一种少有的才能，一个小说家必备的才能！这事发生在哪一年，那年洋面多少钱一袋；是樱桃、桑椹下来的时候，还是韭花开的时候，一点错不了。我写过一个关于裘盛戎的剧本，把初稿送给他看过，为了核对一些事实，主要是盛戎到底跟杨小楼合演过《阳平关》没有。他那时正在生病，给我写了一个字条：

"盛戎和杨老板合演《阳平关》实有其事。那是一九三五年，盛戎二十，我十七。在华乐。那天杨老板的三出。头里一出是朱琴心的《采花赶府》（我的丫环）。盛戎那时就有观众，一个引子满堂好。……"

这大概是致秋留在我这里的唯一的一张"遗墨"了。头些日子我翻出来看过，不胜感慨。

致秋是北京解放后戏曲界第一批入党的党员。在第一届戏曲演员讲习会的时候就入党了。他在讲习会表现好，他有文化，接受新事物快。许多闻所未闻的革命道理，他听来很新鲜，但是立刻就明白了，"是这么个理儿！"许多老艺人对"猴变人"，怎么也想不通。在学习"谁养活谁"时，很多底包演员一死儿认定了是"角儿"养活了底包。他就掰开揉碎地给他们讲，他成了一个实际上的学习辅导员，——虽然讲了半天，很多老艺人还是似通不通。解放，对于云致秋，真正是一次解放，他的翻身感是很强烈的。唱戏的不再是"唱戏低"了，不是下九流了。他一辈子傍角儿。他和挑班的角儿关系处得不错，但他毕竟是个唱二旦的，不能和角儿平起平坐。"是龙有性"，角儿都有角儿的脾气。角儿今天脸色不好，全班都像顶着个雷。入了党，致秋觉得精神上长了一块，打心眼儿里痛快。"从今往后，我不再傍角儿！我傍领导！傍组织！"

他回剧团办过扫盲班。这个"盲"真不好扫呀。

舞台工作队有个跟包打杂的，名叫赵旺。他本叫赵旺财。《荷珠配》里有个家人，叫赵旺，专门伺候员外吃饭。员外后来穷了，还是一来就叫"赵旺！——我要吃饭了"。"赵旺"和"吃饭"变成了同义语。剧团有时开会快到中午了，有人就提出："咱们该赵旺了吧！"这就是说：该吃饭了。大家就把赵旺财的财字省了，上上下下都叫他赵旺。赵旺出身很苦（他是个流浪孤儿，连自己的出生年月都不知道）。又是"工人阶级"，"文化大革命"中就成了几个战斗组争相罗致的招牌，响当当的造反派。

就是这位赵旺老兄，曾经上过扫盲班。那时扫盲没有新课本，还是沿用"人手足刀尺"。云致秋在黑板上写了个"足"字，叫赵旺读。赵旺对着它相了半天面。旁边有个演员把脚伸出来，提醒他。赵旺读出来了："鞋！"云致秋摇摇头。那位把鞋脱了，赵旺又读出来了："哦，袜子。"云致秋又摇摇头。那位把袜子也脱了，赵旺大声地读了出来："脚巴丫子！"

（云致秋想：你真行！一个字会读成四个字！）

扫盲班结束了，除了赵旺，其余的大都认识了不少字，后来大都能看《北京晚报》了。

后来，又办了一期学员班。

学员班只有三个人是脱产的，都是从演员里抽出来的，一个贾世荣，是唱里子老生的，一个云致秋，算是正副主任。还有一个看功的老师马四喜。

马四喜原是唱武花脸的，台上不是样儿，看功却有经验。他父亲就是在科班里抄功的。他有几个特点。一是抽关东烟，闻鼻烟，绝对不抽纸烟。二是肚子里很宽，能读"三列国"、《永庆升平》、《三侠剑》，倒背如流。另一个特点是讲话爱用成语，又把成语的最后一个字甚至几个字"歇"掉。他在学员练功前总要讲几句话：

"同志们，你们可都是含苞待，大家都有锦绣前！这练功，一定要硬砍实，可不能偷工减！千万不要少壮不，将来可就要老大徒啦！——踢腿！走！"

贾世荣是个慢性子，什么都慢。台上一场戏，他一上去，总要比别人长出三五分钟。他说话又喜欢咬文嚼字，引经据典。所据经典，都是戏。他跟一个学员谈话，告诫他不要骄傲："可记得关云长败走麦城之故耳？……"下面就讲开了《走麦城》。从科班到戏班，除此以外，他哪儿也没去过。不知道谁的主意，学员班要军事化。他带操，"立正！报数！齐步走！"这都不错。队伍走到墙根了，他不叫"左转弯走"或"右转弯走"，也不知道叫"立定"，一下子慌了，就大声叫："吁……！"云致秋和马四喜也跟在队后面走。马四喜炸了："怎么碴！把我们全当成牲口啦！"

贾世荣和马四喜各执其事，不负全面责任，学员班的一切行政事务，全面由云致秋一个人操持。借房子，招生，考试，政审，请教员。谁的五音不全，谁的上下身不合。谁正在倒仓，能倒过来不能。谁的半月板扭伤了，谁撕裂了韧带，请大夫，上医院。男生干架，女生斗嘴……事无巨细，都得要管。每天还要说戏。凡是小嗓的，他全包了，青衣、花旦、刀马，唱做念打，手眼身法步，一招一式地教。

学员班结业，举行了汇报演出。剧团的负责人，主要演员都到场看了，——一半是冲着云致秋的面子去的。"咱们捧捧致秋！办个学员班，不易！"——"捧捧！"党委书记讲话，说学员班办得很有成绩，为剧团输送了新的血液。实际上是输送了一些"院子过道"、宫女丫环。真能唱一出的，没有两个。当初办学员班，目的就在招"院子过道"、宫女丫环，没打算让他们唱一出。这一期学员，后来在"文化大革命"中可没少热闹。

致秋后来又当了一任排练科长。排练科是剧团最敏感的部门。演员们说，剧团只有两件事是"过真格"的。一是"拿顶"。"拿顶"就是领工资，——剧团叫"开支"。过去领工资不兴签字，都要盖戳。戳子都是字朝下，如拿顶，故名"戳子拿顶"。一简化，就光剩下"拿顶"了。"嗨，快去，拿顶来！"另一件，是排戏。一个演员接连排出几出戏，观众认可了，嘤嘤嘤，就许能红了。几年不演戏，本来有两下子的，就许窝了回去。给谁排啦，不给谁排啦；派谁什么角色啦，讨俏不讨俏，费力不费力，广告上登不登，戏单上有没有名字……剧团到处喊喊喳喳，交头接耳，咬牙跺脚，两眼发直，整天就是这些事儿。排练科长，官不大，权不小。权这个东西是个古怪东西，人手里有它，就要变人性。说话调门儿也高啦，用的字眼儿也不同啦，神气也变啦。谁跟我不错，"好，有在那里！"谁得罪过我，"小子，你等着吧，只要我当一天科长，你就甭打算痛快！"因此，两任排练科长，没有不招恨的。有人甚至在死后还挨骂："×××，真他妈不是个东西！"云致秋当了两年排练科长，风平浪静。他排出来的戏码，定下的"人位"（戏班把分派角色叫做"定人位"），一碗水端平，谁也挑不出什么来。有人给他家装了一条好烟，提了两瓶酒，几斤苹果，致秋一概婉词拒绝："哥们！咱们不兴这个！我要不想抽您那条大中华，喝您那两瓶西凤，我是孙子！可我现在在这个位置上，不能让人戳我的脊梁骨。您拿回去！咱们天知地知，你知我知，就当没有这回事！"

后来致秋调任了办公室副主任，——主任是贾世荣。

他这个副主任没地儿办公。办公室里会计、出纳、总务、打字员，还有贾主任独据一张演《林则徐》时候特制的维多利亚时代硬木雕花的大写字台（剧团很多家具都是舞台上撤下来的大道具），都满了。党委办公室还有一张空桌子，"得来，我就这儿就乎就乎吧！"我们很欢迎他来，他来了热闹。他不把我们看成"外行"，对于从老解放区来的，部队下来的，老郭、老吴、小冯、小梁，还有像我这样的"秀才"，天生来有一种好感。我们很谈得来。他事实上成了党委会的一名秘书。党委和办公室的工作原也不大划得清。在党委会工作的几个人，没有十分明确的分工。有了事，大家一齐动手；没事，也可以瞎聊。致秋给自己的工作概括成为四句话：跑跑颠颠，上传下达，送往迎来，喜庆堂会。

党委会经常要派人出去开会。有的会，谁也不愿去，就说："嗨，致秋，你去吧！""好，我去！"市里或区里布置春季卫生运动大检查、植树、"交通安全宣传周"以及参加刑事杀人犯公审（公审后立即枪决）……这都是他的事。回来，传达。他的笔记记得非常详细，有闻必录。让他念念笔记，他开始念了："张主任主持会议。张主任说：'老王，你的糖尿病好了一点没有？'……"问他会议的主要精神是什么，什么是张主任讲话的要点，答曰："不知道。"他经常起草一些向上面汇报的材料，翻翻笔记本，摊开横格纸就写，一写就是十来张。写到后来，写不下去了，就叫我："老汪，你给我瞧瞧，我这写的是什么呀？"我一看：逦逦拉拉，噜苏重复，不知所云。他写东西还有个特点，不分段，从第一个字到末一个句号，一气到底，一大篇！经常得由我给他"归置归置"，重新整理一遍。他看了说："行！你真有两下。"我说："你写之前得先想想，想清楚再写呀。李笠翁说，要袖手于前，才能疾书于后哪！"——"对对对！我这是疾书于前，袖手于后！写到后来，没了辙了！"

他的主要任务，实际是两件。一是做上层演员的统战工作。剧团的党委书记曾有一句名言：剧团的工作，只要把几大头牌的工作做好，就算搞好了一半（这句话不能算是全无道理，可是在"文化大革命"中成为群众演员最为痛恨的一条罪状）。云致秋就是搞这种工作的工具。另一件，是搞保卫工作。

致秋经常出入于头牌之门，所要解决的都是些难题。主要演员彼此常为一些事情争，争剧场（谁都愿上工人俱乐部、长安、吉祥，谁也不愿去海淀，去圆恩寺……），争日子口（争节假日，争星期六、星期天），争配角，争胡琴，争打鼓的。致秋得去说服其中的一个顾全大局，让一让。最近"业务"不好，希望哪位头牌把本来预订的"歇工戏"改成重头戏；为了提拔后进，要请哪位头牌"捧捧"一个青年演员，跟她合唱一出"对儿戏"；领导上决定，让哪几个青年演员"拜"哪几位头牌，希望头牌能"收"他们……这些等等，都得致秋去说。致秋的工作方法是进门先不说正事，三叔二舅地叫一气，插科打诨，嘻嘻哈哈，然后才说："我今儿来，一来是瞧瞧您，再，还有这么档事……"他还有一个偏方，是走内线。不找团长（头牌都是团长、副团长），却找"团太"。——这是戏班里兴出来的特殊称呼，管团长的太太叫"团太"。团太知道他无事不登三宝殿，有时绷着脸："三婶今儿不高兴，给三婶学一个！"致秋有一手绝活：学人。甭管是台上、台下，几个动作，神情毕肖。凡熟悉梨园行的，一看就知道是谁。他经常学的是四大须生出场报名，四人的台步各有特色，音色各异，对比鲜明："漾

（杨）抱（宝）森"（声音浑厚，有气无力）；"谭富音（英）"（又高又急又快，"英"字抵颚不穿鼻，读成"鬼音"）；"奚啸伯"（嗓音很细，"奚、啸"皆读尖字，"伯"字读为入声）；"马——连——良呃！"（吊儿郎当，满不在乎）。逗得三婶哈哈一乐："什么事？说吧！"致秋把事情一说。"就这么点事儿呀？嘻！没什么大不了的！行了，等老头子回来，我跟他说说！"事情就算办成了。

党委会的同志对他这作法很有意见。有时小冯或小梁跟他一同去，出了门就跟他发作："云致秋！你这是干什么！——小丑！"——"是小丑！咱们不是为把这点事办圆全了吗？这是党委交给我的任务，我有什么办法？你当我愿意哪！"

云致秋上班有两个专用的包。一个是普通双梁人造革黑提包，一个是带拉链、有一把小锁的公文包。他一出门，只要看他的自行车把上挂的是什么包，就知道大概是上哪里去。如果是双梁提包，就不外是到区里去，到文化局或是市委宣传部去。如果是拉锁公文包，就一定是到公安局去。大家还知道公文包里有一个蓝皮的笔记本。这笔记本是编了号的，并且每一页都用打号机打了页码。这里记的都是有关治安保卫的材料。材料有的是公安局传达的，有的是他向公安局汇报的。这些笔记本是绝对保密的。他从公安局开完会，立刻回家，把笔记本锁在一口小皮箱里。云致秋那么爱说，可是这些笔记本里的材料，他绝对守口如瓶，没有跟任何人谈过。谁也不知道这里面写的是什么，不少人都很想知道。因为他们知道这些材料关系到很多人的命运。出国或赴港演出，谁能去，谁不能去；谁不能进人民大会堂，谁不能到小礼堂演出；到中南海给毛主席演戏，名单是怎么定的……这些等等，云致秋的小本本都起着作用。因为那只拉锁公文包和包里的蓝皮笔记本，使很多人暗暗地对云致秋另眼相看，一看见他登上车，车把上挂着那个包，就彼此努努嘴，暗使眼色。这些笔记本，在云致秋心里，是很有分量的。他感到党对自己的信任，也为此觉得骄傲，有时甚至有点心潮澎湃，壮怀激烈。

因为工作关系，致秋不但和党委书记、团长随时联系，和文化局的几位局长也都常有联系。主管戏曲的、主管演出的和主管外事的副局长，经常来电话找他。这几位局长的办公室，家里，他都是推门就进。找他，有时是谈工作，有时是托他办点私事，——在全聚德订两只烤鸭，到前门饭店买点好烟、好酒……有时甚至什么也不为，只是找他来瞎聊聊，解解闷（少不得要喝两盅）。他和局长们虽未到了称兄道弟的程度，但也可以说是"忘形到尔汝"了。他对局长，从来不称官衔，人前人后，都是直呼其名。他在局长们面前这种自由随便的态度很为剧团许多演员所羡慕，甚至嫉妒。他们很纳闷：云致秋怎么能和头儿们混得这样熟呢？

致秋自己说的"四大任务"之一的"喜庆堂会"，不是真的张罗唱堂会，——现在还有谁家唱堂会呢？第一是张罗拜师。有一阵戏曲界大兴拜师之风。领导上提倡，剧团出钱。只要是看来有点出息的演员，剧团都会由一个老演员把他（她）们带着，到北京来拜一个名师。名演员哪有工夫教戏呀？他们大都有一个没有嗓子可是戏很熟的大徒弟当助教。外地的青年演员来了，在北京住个把月，跟着大师哥学一两出本门的戏，由名演员的琴师说说唱腔，临了，走给老师看看，老师略加指点，说是"不错！"这就高高兴兴地回去，在海报上印上"×××老师亲授"字样，顿时身价十倍，提级加薪。到北京来，必须有人"引见"。剧团的老演员很多都是先报云致秋，因为北京的名演员的家里，致秋哪家都能推门就进。拜师照例要请客。文化局的局长、科长，剧团的主要演员、琴师、鼓师，都得请到。云致秋自然少不了。致秋这辈子经手操办过的拜师仪式，真是不计其数了。如果你愿意听，他可以给你报一笔总账，保管落不下一笔。

致秋忙乎的另一件事是帮着名角办生日。办生日不过是借名请一次客。致秋是每请必到，大都是头一个。他既是客人，也一半是主人，——负责招待。他是不会忘记去吃这一顿的，名角们的生辰他都记得烂熟。谁今年多大，属什么的，问他，张口就能给你报出来。

我们对致秋这种到处吃喝的作风提过意见。他说："他们愿意请，不吃白不吃！"

致秋火炉子好，爱吃喝，但平常家里的饭食也很简单。有一小包天福的酱肘子，一碟炒麻豆腐，就酒菜、饭菜全齐了。他特别爱吃醋卤面。跟我吹过几次，他一做醋卤，半条胡同都闻见香。直到他死后，我才弄清楚醋卤面是一种什么面。这是山西"吃儿"（致秋原籍山西）。我问过山西人，山西人告诉我："嗐！茄子打卤，搁上醋！"这能好吃到哪里去么？然而我没能吃上致秋亲手做的醋卤面，想想还是有些怅然，因为他是诚心请我的。

"文化大革命"一来，什么全乱了。

京剧团是个凡事落后的地方，这回可是跑到前面去了。一夜之间，剧团变了模样。成立了各色各样，名称奇奇怪怪的战斗组。所有的办公室、练功厅、会议室、传达室，甚至堆煤的屋子、烧暖气的锅炉间、做刀枪靶子的作坊……全都给瓜分占领了。不管是什么人，找一个地方，打扫一番，搬来一些箱箱柜柜，都贴了封条，在门口挂出一块牌子，这就是他们的领地了。——只有会计办公室留下了，因为大家知道每个月月初还得"拿顶"，得有个地方让会计算账。大标语，大字报，高音喇叭，语录歌，五颜六色，乱七八糟。所有的人都变了人性。"小心干活，大胆拿钱"，"不多说，不少道"，全都不时兴了。平常挺斯文的小姑娘，会站在板凳上跳着脚跟人辩论，口沫横飞，满嘴脏字，完全成了一个泼妇。连贾世荣也上台发言搞大批判了。不过他批远不批近，不批团领导、局领导，他批刘少奇，批彭真。他说的都是报上的话，但到了他嘴里都有点"上韵"的味道。他批判这些大头头，不用"反革命修正主义"之类的帽子，他一律称之为"××老儿"！云致秋在下面听着，心想：真有你的！大家听着他满口"××老儿"，都绷着。一个从音乐学院附中调来的弹琵琶的女孩终于忍不住噗嗤一声笑出来了。有一回，他又批了半天"××老儿"，下面忽然有人大声嚷嚷："去你的'××老儿'吧！你给他们捧的臭脚还少哇！——下去啵你！"这是马四喜。从此，贾世荣就不再出头露面。他自动地走进了牛棚。进来跟"黑帮"们抱拳打招呼，说："我还是这儿好。"

　　从学员班毕业出来的这帮小爷可真是神仙一样的快活。他们这辈子没有这样自由过，没有这样随心所欲，想干什么就干什么过。他们跟社会上的造反团体挂钩，跟"三司"，跟"西纠"，跟"全艺造"，到处拉关系。他们学得很快。社会上有什么，剧团里有什么。不过什么事到了他们手里，就都还有所发明，有所创造，有所前进，就都带上了京剧团的特点，也更加闹剧化。京剧团真是藏龙卧虎哇！一下子出了那么多司令、副司令，出了那么多理论家，出了那么多笔杆子（他们被称为刀笔）和那么多"浆子手"。——这称谓是京剧团以外所没有的，即专门刷大字报浆糊的。戏台上有"牢子手"、"刽子手"，专刷浆子的于是被称为"浆子手"。赵旺就是一名"浆子手"。外面兴给黑帮挂牌子了，他们也挂！可是他们给黑帮挂的牌子却是外面见不到的：《拿高登》里的石锁，《空城计》诸葛亮抚的瑶琴，《女起解》苏三戴的鱼枷。——这些"砌末"上自然都写了黑帮的姓名过犯。外面兴游街，他们也得让黑帮游游。几个战斗组开了联席会议，会上决定，给黑帮"扮上"：给这些"敌人"勾上阴阳脸，戴上反王盔，插一根翎子，穿上各色各样古怪戏装，让黑帮打着锣，自己大声报名，谁声音小了，就从后腰眼狠狠地杵一锣槌。

马四喜跟这些小将不一样。他一个人成立一个战斗组。他这个战斗组随时改换名称，这些名称多半与"独"字有关，一会叫"独立寒秋战斗组"，一会叫"风景这边独好战斗组"。用得较久的是"不顺南不顺北战士"（北京有一句俗话："骑着城墙骂鞑子，不顺南不顺北"）。团里分为两大派，他哪一派不参加，所以叫"不顺南不顺北"。他上午睡觉，下午写大字报。天天写，谁都骂，逮谁骂谁。晚上是他最来精神的时候。他自愿值夜，看守黑帮。看黑帮，他并不闲着，每天找一名黑帮"单个教练"。他喝完了酒，沏上一壶酽茶，抽上关东烟，就开始"单个教练"了。所谓"单个教练"，是他给黑帮上课，讲马列主义。黑帮站着，他坐着。一"教练"就是两个小时，从十二点到次日凌晨两点，准时不误。

（不知道为什么，他没有把我叫去"教练"过，因此，我不知道他讲马列主义时是不是也是满口的歇后成语。要是那样，那可真受不了！）

云致秋完全懵了。他从旧社会到新社会形成的、维持他的心理平衡的为人处世哲学彻底崩溃了。他不但不知道怎么说话，怎么待人，甚至也不知道怎么思想。他习惯了依靠组织，依靠领导，现在组织砸烂了，领导都被揪了出来。他习惯于有事和同志们商量商量，现在同志们一个个都难于自保，谁也怕担干系，谁也不给谁拿什么主意。他想和老伴谈谈，老伴吓得犯了心脏病躺在床上，他什么也不敢跟她说。他发现他是孤孤仃仃一个人活在这个乱糟糟的世界上，这可真是难哪！每天都听到熟人横死的消息。言慧珠上吊了（他是看着她长大的）。叶盛章投了河（他和他合演过《酒丐》）。侯喜瑞一对爱如性命的翎子叫红卫兵撅了（他知道这对翎子有多长）。裘盛戎演《姚期》的白满叫人给铰了（他知道那是多少块现大洋买的）。……"今夜脱了鞋，不知明天来不来"。谁也保不齐今天会发生什么事。过一天，算一日！云致秋倒不太担心被打死，他担心被打残废了，那可就恶心了！每天他还得上团里去。老伴每天都嘱咐："早点回来！"——"晚不了！"每天回家，老伴都得问一句："回来了？——没什么事？"——"没事。全须全尾！——吃饭！"好像一吃饭，他今天就胜利了，这会至少不会有人把他手里的这杯二锅头夺过去泼在地上！不过，他喝着喝着酒，又不禁重重地叹气:"唉!这乱到多会儿算一站?"

云致秋在"文化大革命"中做了三件他在平时绝不会做的事。这三件事对致秋以后的生活产生了相当深远的影响。

一件是揭发批判剧团的党委书记。他是书记的亲信,书记有些直送某某首长"亲启"的机密信件都是由致秋用毛笔抄写出的。他不揭发,就成了保皇派。他揭发了半天,下面倒都没有太强烈的反应,有一个地方,忽然爆发出哄堂的笑声。致秋说:"你还叫我保你!——我保你,谁保我呀!"这本来是一句大实话,这不仅是云致秋的真实思想,也是许多人灵魂深处的秘密,很多人"造反"其实都是为了保住自己。不过这种话怎么可以公开地,在大庭广众之前说出来呢?于是大家觉得可笑,就大声地笑了,笑得非常高兴。他们不是笑自己的自私,而是笑云致秋的老实。

第二件,是他把有关治安保卫工作的材料,就是他到公安局开会时记了本团有关人事的蓝皮笔记本,交出去了。那天他下班回家,正吃饭,突然来了十几个红卫兵:"云致秋!你他妈的还喝酒!跪下!"红卫兵随即展读了一道"勒令",大意谓:云致秋平日专与人民为敌,向反动的公检法多次提供诬陷危害革命群众的黑材料。是可忍熟(原文如此)不可忍。云致秋必须立即将该项黑材料交出,否则后果自负。"后果自负"是具有很大威力的恐吓性的词句,云致秋糊里糊涂地把放这些材料的皮箱的钥匙交给了革命群众。革命群众拿到材料,点点数目,几个人分别装在挎包里,登上自行车,呼啸而去。

第二天上班,几个党员就批评他。"这种材料怎么可以交出去?"——"他们说这是黑材料。"——"这是黑材料吗?你太软弱了！如果国民党来了，你怎么办！你还算个党员吗？"——"我怕他们把我媳妇吓死。"这也是一句实情话，可是别人是不会因此而原谅他的。当时事情也就过去了，后来到整党时，他为这件事多次通不过，他痛哭流涕地检查了好多回。他为这件事后悔了一辈子。他知道，以后他再也不适合干带机要性质的工作了。

第三件，是写了不少揭发材料，关于局领导的，团领导的。这些材料大都不是什么重大政治问题，都是些鸡毛蒜皮的生活小事。但是这些材料都成了斗争会上的炮弹，虽然打不中要害，但是经过添油加醋，对"搞臭"一个人却有作用。被批判的人心里明白，这些材料是云致秋提供的，只有他能把时间、地点、事情的经过记得那样清楚。

除了陪着黑帮游了两回街，听了几次马四喜的"单个教练"，云致秋在"文化大革命"中没有受太大的罪。他是旧党委的"黑班底"，但够不上是走资派，他没有进牛棚，只是由革命群众把他和一些中层干部集中在"干部学习班"学习，学毛选，写材料。后来两派群众热中于打派仗，也不大管他们，他觉得心里踏实下来，在没人注意他们时，他又悄悄传播一些外面的传闻，而且又开始学人、逗乐了。干部学习班的空气有时相当活跃。

云致秋"解放"得比较早。

成立了革委会。上面指示：要恢复演出。团里的几出样板戏，原来都是云致秋领着到样板团去"刻模子"刻出来的，他记性好，能把原剧复排出来。剧中有几个角色有政治问题，得由别人顶替，这得有人给说。还有几个红五类的青年演员要培养出来接班。军代表、工宣队和革委会的委员们一起研究：还得把云致秋"请"出来。说是排戏，实际上是教戏。

云致秋爱教戏，教戏有瘾，也会教。有的在北京、天津、南京已经颇有名气的演员，有时还特意来找致秋请教。不管哪一出，他都能说出个么二三，官中大路是怎样的，梅在哪里改了改，程在哪里走的是什么，简明扼要，如数家珍。单是《长坂坡》的"抓帔"，我就见他给不下七八个演员说过。只要高盛麟来北京演出《长坂坡》，给盛麟配戏的旦角都得来找致秋。他教戏还是有教无类，什么人都给说。连在党委会工作的小梁，他都愣给她说了一出《玉堂春》，一出《思凡》。

不过培养这几个红五类接班人，可把云致秋给累苦了。这几个接班人完全是"小老斗"①，连脚步都不会走，致秋等于给她们重新开蒙。他给她们"掰扯"嘴里，"抠嗖"身上，得给她们说"范儿"。"要先有身上，后有手"，"劲儿在腰里，不在肩膀上"，"先出左脚，重心在右脚，再出右脚，把重心移过来"……他帮她们找共鸣，纠正发音位置，哪些字要用丹田，哪些字"嘴里唱"就行了。有一个演员嗓音缺乏弹性，唱不出"擞音"，声音老是直的，他恨不得钻进她的嗓子，提喽着她的声带让它颤动。好不容易，有一天，这个演员有了一点"擞"，云致秋大叫了一声："我的妈呀，你总算找着了！"致秋一天三班，轮番给这几位接班人说戏，每说一个"工时"，得喝一壶开水。

致秋教学生不收礼，不受学生一杯茶。剧团有这么一个不成文

---

① 未经严格训练，一举一动都不是样儿，叫做"老斗"。

的规矩，老师来教戏，学生得给预备一包好茶叶。先生把保温杯拿出来，学生立刻把茶叶折在里面，给沏上，闷着。有的老师就有一个杯子由学生保存，由学生在提兜里装着，老师来到，茶已沏好。致秋从不如此，他从来是自己带着一个"瓶杯"——玻璃水果罐头改制的，里面装好了茶叶。他倒有几个很好看的杯套，是女生用玻璃丝编了送他的。

于是云致秋又成了受人尊敬的"云老师"，"云老师"长，"云老师"短，叫得很亲热。因为他教学有功，几出样板戏都已上演，有时有关部门招待外国文化名人的宴会，他也收到请柬。他的名字偶尔在报上出现，放在"知名人士"类的最后一名。"还有知名人士×××、×××、云致秋"。干部学习班的"同学"有时遇见他，便叫他"知名人士"，云致秋："别逗啦！我是'还有'！"

在云致秋又"走正字"的时候，他得了一次中风，口眼歪斜。他找了小孔。孔家世代给梨园行瞧病，演员们都很信服。致秋跟小孔大夫很熟。小孔说："你去找两丸安宫牛黄来，你这病，我包治！"两丸安宫牛黄下去，吃了几剂药，真好了。致秋拄了几天拐棍，后来拐棍也扔了，他又来上班了。

"致秋，又活啦！"

"又活啦。我寻思这回该上八宝山了，没想到，到了五棵松，我又回来啦！"

"还喝吗？"

"还喝！——少点。"

打倒"四人帮"，百废俱兴，政策落实，没想到云致秋倒成了闲人。

原来的党委书记兼团长调走了。新由别的剧团调来一位党委书记兼团长。辛团长（他姓辛）和云致秋原来也是老熟人，但是他带来了全部班底，从副书记到办公室、政工、行政各部门的主任、会计出纳、医务室的大夫，直到扫楼道的工人、看传达室的……他没有给云致秋安排工作。局里的几位副局长全都"起复"了，原来分工干什么的还干什么。有人劝致秋去找找他们，致秋说："没意思。"这几位头头，原来三天不见云致秋，就有点想他。现在，他们想不起他来了。局长们的胸怀不会那样狭窄，他们不会因为致秋曾经揭发过他们的问题而耿耿于怀，只是他们对云致秋的感情已经很薄了。有时有人在他们面前提起致秋，他们只是淡淡地说："云致秋，还是那么爱逗吗？"

致秋是个热闹惯了、忙活惯了的人，他闲不住。闲着闲着，就闲出病来了。病走熟路，他那些老毛病挨着个儿来找他，他于是就在家里歇病假，哪儿也不去。他的工资还是团里领，每月月初，由他的女儿来"拿顶"，他连团里大门也不想迈。

他的老伴忽然死了，死于急性心肌梗死。这对于致秋的打击是难以想象的。他整个的垮了。在他老伴的追悼会上，他站不起来，只是瘫坐在一张椅子里，不停地流泪。熟人走过，跟他握手，他反复地说："我完了！我完了！"老伴火化了，他也就被送进了医院。

他出院后，我和小冯、小梁去看他。他精神还好，见了我们挺高兴。

"哎呀，你们几位还来呀！——我这儿现在没有什么人来了！"

我们给他带了一点水果，一只烧鸡，还有一瓶酒。他用手把烧鸡撕开，喝起来。

喝着酒，他说："老汪，小冯，小梁，我告诉你们，我活不了多久了。"

我们都说："别瞎说！你现在挺好的。"

"不骗你们！这一阵我老是做梦，梦见我媳妇。昨儿夜里还梦见。我出外，她送我。跟真事一模一样。那年，李世芳坐飞机摔死那年，我要上青岛去。下大雨。前门火车站前面水深没脚脖子。她蹚着水送我。火车快开了，她说：'咱们别去了！咱们不挣那份钱！'那回她是这么说来着。一样！清清楚楚，说话的声音，神气！快了，我们就要见面了。"

小冯说："你是一个人在家里闷的，胡思乱想！身体再好些，外边走走，找找熟人，聊聊！"

"我原说我走在她头里，没想到她倒走在我头里。一辈子的夫妻，没红过脸。现在我要换衣服，得自己找了。——我女儿她们不知道在哪儿。这是怎么说话的，就那么走了！"

又喝了两杯酒，他说，像是问我们，又像是自言自语：

"我这也是一辈子。我算个什么人呢？"

小冯调到戏校管人事，她和戏校的石校长说：

"云致秋为什么老让他闲着？他还能发挥作用。咱们还缺教员，是不是把他调过来？"

石校长一听，立刻同意："这个人很有用！他们不要，我们要！你就去办这件事！"

小冯找到致秋，致秋欣然同意。他说："过了冬天，等我身体好一点，不太喘了，就去上班。"

我因事到南方去转了一圈，回来时，听小梁说："云致秋死了。"

"什么病？"

"他的病多了！前一阵他觉得身体好了些，想到戏校上班。别人劝他再休息休息。他弄了一架录音机，对着录音机说戏，想拿到戏校给学生先听着。接连说了五天，第六天，不行了。家里没有人。邻居老关发现了，赶紧叫了几个人，弄了一辆车，把他送到医院。到了医院，已经没有脉了。他在车上人还清楚，还说了一句话：'给我一条手绢。'车上人很急乱，他的声音很小，谁也没注意，只老关听见了。"

这时候，他要一条手绢干什么？"给我一条手绢"是他最后说的一句话，但是这大概不能算是"遗言"。

要给致秋开追悼会。我们几个人算是他的老战友了，大家都说："去！一定去！别人的追悼会可以不去，致秋的追悼会一定得去！"

我们商量着要给致秋送一副挽联。我想了想，拟了两句。小梁到荣宝斋买了两张云南宣，粘接好了，我试了试笔，就写起来：

跟着谁，傍着谁，立志甘当二路角；

会几出，教几出，课徒不受一杯茶。

大家看了，都说："贴切"。

论演员，不过是二路；论职务，只是办公室副主任和戏校教员，我们知道，致秋的追悼会的规格是不会高的，——追悼会也讲规格，真是叫人丧气！但是没有想到会是这样凄惨。来的人很少。一个小礼堂，稀稀落落地站了不满半堂人。戏曲界的名人，致秋的"生前友好"，甚至他教过的学生，很多都没有来。来的都是剧团的一些老熟人：贾世荣、马四喜、赵旺……花圈倒不少，把两边墙壁都摆满了。这是向火葬场一总租来的。落款的人名好些是操办追悼会的人自作主张地写上去的，本人都未必知道。挽联却只有我们送的一副，孤零零的，看起来颇有点嘲笑的味道。石校长致悼词。上面供着致秋的遗像。致秋大概第一次把照片放得这样大。小冯入神地看着致秋的像，轻轻地说："致秋这张像拍得很像。"小梁点点头："很像！"

我们到后面去向致秋的遗体告别。我参加追悼会，向来不向遗体告别，这次是破例。致秋和生前一样，只是好像瘦小了些。头发干了，干得像草。脸上很平静。一个平日爱跟致秋逗的演员对着致秋的脸端详了很久，好像在想什么。他在想什么呢？该不会是想：你再也不能把眉毛眼睛鼻子纵在一起了吧？

天很晴朗。

我坐在回去的汽车里，听见一个演员说了一句什么笑话，车里一半人都笑了起来。我不禁想起陶渊明的《拟挽歌辞》："向来相送人，各自还其家。亲戚或余悲，他人亦已歌。"不过，在云致秋的追悼会后说说笑话，似乎是无可非议的，甚至是很自然的。

致秋死后，偶尔还有人谈起他：

"致秋人不错。"

"致秋教戏有瘾。他也会教，说得都是地方，能说到点子上。——他会得多，见得也多。"

最近剧团要到香港演出，还有人念叨：

"这会要是有云致秋这样一个又懂业务，又能做保卫工作的党员，就好了！"

一个人死了，还会有人想起他，就算不错。

　　　　一九八三年七月二日写完，为纪念一位亡友而作。

（这是小说，不是报告文学。文中所写，并不都是真事。）

讲用①

※

　　郝有才一辈子没有什么露脸的事。也没有多少现眼的事。他是
个极其普通的人，没有什么特点。要说特点，那就是他过日子特别
仔细，爱打个小算盘。话说回来了，一个人过日子仔细一点，爱打
个小算盘，这碍着别人什么了？为什么有些人总爱拿他的一些小事
当笑话说呢？

　　他是三分队的。三分队是舞台工作队。一分队是演员队，二分
队是乐队。管箱的，——大衣箱、二衣箱、旗包箱，梳头的，检
场的……这都归三分队。郝有才没有坐过科，拜过师，是个"外
行"，什么都不会，他只会装车、卸车、搬布景、挂吊杆，干一
点杂活。这些活，看看就会，没有三天力巴。三分队的都是"苦
哈哈"，他们的工资都比较低。不像演员里的"好角"，一月能
拿二百多、三百。也不像乐队里的名琴师、打鼓佬，一月也能拿
一百八九。他们每月都只有几十块钱。"开支"的时候，工资袋里
薄薄的一叠，数起来很省事。他们的家累也都比较重，孩子多。因
此，三分队的过日子都比较简省，郝有才是其尤甚者。

　　他们家的饭食很简单。不过能够吃饱。一年难得吃几次鱼，都
是带鱼，熬一大盆，一家子吃一顿。他们家的孩子没有吃过虾。至
于螃蟹，更不知道是什么滋味了。中午饭有什么吃什么，窝头、贴

---

　　① 初刊于《大西南文学》一九八五年第九期，题作"郝有才趣事"，初收于《汪曾祺自
选集》。

饼子、烙饼、馒头、米饭。有时也蒸几屉包子，菠菜馅的、韭菜馅的、茴香馅的，肉少菜多。这样可以变变花样，也省粮食。晚饭一般是吃面。炸酱面、麻酱面。茄子便宜的时候，茄子打卤。扁豆老了的时候，闷扁豆面，——扁豆闷熟了，把面往锅里一下，一翻个儿，得！吃面浇什么，不论，但是必须得有蒜。"吃面不就蒜，好比杀人不见血！"他吃的蒜也都是紫皮大瓣。"青皮萝卜紫皮蒜，抬头的老婆低头的汉，这是上讲的！"他的蒜都是很磁棒，很鼓立的，一头是一头，上得了画，能拿到展览会上去展览。每一头都是他精心挑选过，挨着个儿用手捏过的。

不但是蒜，他们家吃的菜也都是经他精心挑选的。他每天中午、晚晌下班，顺便买菜。从剧团到他们家共有七家菜摊，经过每一个菜摊，他都要下车——他骑车，问问价，看看菜的成色。七家都考察完了，然后决定买哪一家的，再骑车翻回去选购。卖菜的约完了，他都要再复一次秤，——他的自行车后架上随时带着一杆小秤。他买菜回来，邻居见了他买的菜都羡慕："你瞧有才买的这菜，又水灵，又便宜！"郝有才翻腿下车，说："货买三家不吃亏，——您得挑！"

郝有才干了一件稀罕事。他对他们家附近的烧饼、焦圈作了一次周密的调查研究。他早点爱吃个芝麻烧饼夹焦圈。他家在西河沿。他曾骑车西至牛街，东至珠市口，把这段路上每家卖烧饼焦圈的铺子都走遍，每一家买两个烧饼、两个焦圈，回家用戥子一一约过。经过细品，得出结论：以陕西巷口大庆和的质量最高。烧饼分量足，焦圈炸得透。他把这结论公诸于众，并买了几套大庆和的烧饼焦圈，请大家品尝。大家嚼食之后，一致同意他的结论。于是纷纷托他代买。他也乐于跑这个小腿。好在西河沿离陕西巷不远，骑车十分钟就到了。他的这一番调查给大家留下深刻印象，因为别人都没有想到。

剧团外出，他不吃团里的食堂。每次都是烙了几十张烙饼，用包袱皮一包，带着。另外带了好些卤虾酱、韭菜花、臭豆腐、秦椒糊、豆儿酱、芥菜疙瘩、小酱萝卜，瓶瓶罐罐，丁令当琅。他就用这些小菜就干烙饼。一到烙饼吃完，他就想家了，想北京，想北京的"吃儿"。他说，在北京，哪怕就是虾米皮熬白菜，也比外地的香。"为什么呢？因为，——五味神在北京！""五味神"是什么神？至今尚未有人考证过，不见于载籍。

他抽烟，抽烟袋，关东。他对于烟叶，要算个行家。什么黑龙江的亚布利、吉林的交河烟、易县小叶，乃至云南烤烟，他只要看看，捏一撮闻闻，准能说出个子午卯酉。不过他一般不上烟铺买烟，他逛烟摊。这摊上的烟叶子厚不厚，口劲强不强，是不是"灰白火亮"，他老远地一眼就能瞧出来。卖烟的耍的"手彩"别想瞒过他。什么"插翎儿"、"洒药"，全都逃不过他的眼睛。"几捆烟摆在地下，你一瞧，色气好，叶儿挺厚实，拐子不多，不赖！卖烟的打一捆里，噌——抽出了一根：'尝尝！尝尝！'你揉一揉往烟袋里一摁，点火，抽！真不赖，'满口烟'，喷香！其实他这几捆里就这一根是好的，是插进去的，——卖烟的知道。你再抽抽别的叶子，不是这个味儿了！——这为'插翎'。要说，这个'侃儿'①起得挺有个意思，烟叶可不有点像鸟的翎毛么？还有一种，归'洒药'。地下

---

① 侃儿即行话，甚至可说是"黑话"。

一堆碎烟叶。你来了，卖烟的抢过你的烟袋：'来一袋，尝尝！试试！'给你装了一袋，一抽：真好！其实这一袋，是他一转身的那工夫，从怀里掏出来给你装上的，——这是好烟。你就买吧！买了一包，地下的，一抽，咳！——屁烟！——'洒药'！"

他爱喝一口酒。不多，最多二两。他在家不喝。家里不预备酒，免得老想喝。在小铺里喝。不就菜，抽关东烟就酒。这有个名目，叫做"云彩酒"。

他爱逛寄卖行。他家大人孩子们的鞋、袜、手套、帽子，都是处理品。剧团外出，他爱逛商店，遛地摊，买"俏货"。他买的俏货都不是什么贵重东西。凉席、雨伞、马莲根的炊帚、铁丝笊篱……他买俏货，也有吃亏上当的时候。有一次，他从汉口买了一套套盆，——绿釉的陶盆，一个套着一个，一套五个，外面最大的可以洗被窝，里面最小的可以和面。他就像收藏家买了一张唐伯虎的画似的，高兴得不得了。费了半天劲，才把这套宝贝弄上车。不想到了北京，出了前门火车站，对面一家山货店里就有，东西和他买的一样，价钱比汉口便宜。他一气之下，恨不能把这套套盆摔碎了。——当然没有，他还是咬着嘴唇把这几十斤重的东西背回去了。"郝有才千里买套盆"落下一个"哏"，供剧团的很多人说笑了个把月。

说话，到了"文化大革命"。"文化大革命"乍一起来的时候，郝有才也矇了。这是怎么回事呢？昨天还是书记、团长，三叔、二大爷，一宵的工夫，都成了走资派、"三名三高"。大字报铺天盖地。小伙子们都像"上了法"，一个个杀气腾腾，瞧着都瘆得慌。大家都学会了嚷嚷。平日言迟语拙的人忽然都长了口才，说起话一套一套的。郝有才心想：这算哪一出呢？渐渐地他心里踏实了。他知道"革命"革不到他头上。他头一回知道：三分队的都是红五类——工人阶级。各战斗组都拉他们。三分队的队员顿时身价十倍。有的人趾高气扬，走进走出都把头抬得很高。他们原来是人下人，现在翻身了！也有老实巴交的，还跟原来一样，每天上班，抽烟喝水，低头听会。郝有才基本上属于后一类。他也参加大批判，大辩论，跟着喊口号，叫"打倒"，但是他没有动手打过人，往谁脸上啐过唾沫，给谁嘴里抹过浆糊。他心里想：干嘛呀，有朝一日，还要见面。只有一件事少不了他。造反派上谁家抄家时总得叫上他，让他蹬平板三轮，去拉抄出来的"四旧"。他翻翻抄出来的东西，不免生一点感慨：真有好东西呀！

没多久，派来了军、工宣队，搞大联合，成立了革命委员会。

又没多久，这个团被指定为样板团。

样板团有什么好处？——好处多了！

样板团吃样板饭。炊事班每天变着样给大伙做好吃的。番茄焖牛肉、香酥鸡、糖醋鱼、包饺子、炸油饼……郝有才觉得天天过年。肚子里油水足，他胖了。

样板团发样板服。每年两套的确良制服，一套深灰，一套浅灰。穿得仔细一点，一年可以不用添置衣裳。——三分队还有工作服。到了冬天，还发一件棉军大衣。领大衣时，郝有才闹了一点小笑话。

棉大衣共有三个号：一号、二号、三号——大、中、小。一般身材，穿二号。矮小一点的，三号就行了。能穿一号的，全团没有几个。三分队的队长拿了一张表格，叫大家报自己的大衣号，好汇总了报上去。到了郝有才，他要求登记一件一号的。队长愣了："你多高？"——"一米六二。"——"那你要一号的？你穿三号的！——你穿上一号的像什么样子，那不成了道袍啦？"——"一号的，一号的！您给我登一件一号的！劳您驾！劳您驾！"队长纳了闷了，问他："你这是什么意思？"他说了实话："我拿回去，改改。下摆铰下来，能缝一副手套。"——"呸！什么人呐！全团有你这样的吗？领一件大衣，还饶一副手套！亏你想得出来！"队长把这事汇报了上去，军代表把他叫去训了一通。到底还是给他登记了一件三号的。

郝有才干了一件不大露脸的事，拿了人家五个羊蹄。他到一家回民食堂挑了五个羊蹄，趁着人多，售货员没注意，拿了就走，——没给钱。不想售货员早注意上他了，一把拽住："你给钱了吗？"——"给啦！"——"给了多少？我还没约呐，你就给了钱啦？"——"我现在给！"——"现在给？——晚啦！"旁边围了一圈人，都说："真不像话！""还是样板团的哪！"（他穿着样板服哪。）售货员非把他拉到公安局去不可。公安局的人一看，就五个羊蹄，事不大，就说："你写个检查吧！"——"写不了！我不认字。"公安局给剧团打了个电话，让剧团把他领回去。

军、工宣队研究了一下，觉得问题不大，影响不好，决定开一个小会，在队里批评批评他。

会上发言很热烈，每个人都说了。有人念了好几段毛主席语录。有一位能看"三列国"①的管箱的师傅掏出一本《雷锋日记》，念了好几篇，说："你瞧人家雷锋，风格多高。你瞧你，什么风格！——你简直的没有格！你好好找找差距吧！拿人家五个羊蹄。

---

① 《三国演义》及《东周列国志》，合称《三列国》。凡能读《三列国》的，在戏班里即为有学问的圣人。

五个羊蹄，能值多少钱！你这么大的人了！小孩子也干不出这种事来！哎哟哎哟，你叫我说你什么好噢！我都替你寒碜。"军代表参加了这次会，看大家发言差不多了，就说："郝有才，你也说说。"

"说说。我这叫'爱小'，贪小便宜。贪小便宜吃大亏呀！我怎么会贪小便宜？我打小就穷。我爸死得早，我妈是换取灯的^①……"

军代表不知道什么是"换取灯的"，旁边有人给他解释半天，军代表明白了，"哦。"

"我打小什么都干过。拣煤核，打执事^②……"

什么是打执事，军代表也不懂，又得给他解释半天。

"哦。"

"后来，我拉排子车，——拉小绊，我力气小，驾不了辕，只能拉小绊。

"有一回，大夏天，我发了痧，死过去了。也不知是哪位好心的，把我搭在前门门洞里。我醒过来了，瞅着甕券上的城砖：'我这是在哪儿呐？'……"

三分队的出身都比较苦，类似的经历，他们也都有过，听了心里都有点难受，有人眼圈都红了。

"后来，我拉了两年洋车。

"后来，给陈××拉包月。"陈××是个名演员，唱老生的。

---

① 取灯即早先的火柴。换取灯的即收破烂的。收得破烂，或以取灯偿值，也有给钱的。

② 执事是出殡和迎亲的仪仗，金瓜斧钺朝天凳，旌锣伞扇……出殡有幡、雪柳。打执事的都是穷人家的孩子。打一回执事，所得够一顿饭钱。

"拉包月，倒不累。除了拉大爷上馆子——"

"上馆子？陈××爱吃馆子？"军代表不明白。

又得给他解释："上馆子就是上剧场。"

"除了拉大爷上馆子，就是拉大奶奶上东安市场买买东西。"

军代表听到"大爷"、"大奶奶"，觉得很不舒服，就打断了他："不要说'大爷'、'大奶奶'。"

"对！他是老板，我是拉车的。我跟他是两路人。除了，……咳，陈××爱吃红菜汤，他老让我到大地餐厅去给他端红菜汤。放在车上给他拉回来。我拉车、拉人，还拉红菜汤，你说这叫什么事！"

军代表听着，不知道他要说到哪里去，就又打断了他："不要扯得太远，不要离题，说说你对自己的错误的认识。"

"对，说认识。我这就要回到本题上来了。好容易，解放了，我参加了剧团。剧团改国营，我每月有了准收入，冻不着、饿不死了。这都亏了共产党呀！——中国共产党万岁！"

他抽不冷子来了这么一句，大伙不能不举起手来跟着他喊：

"中国共产党万岁！"

"这以后，剧团归为样板团，咱们是一步登天哪！'板儿饭'，'板儿服'，真是没的说！可我居然干出这种丢人现眼的事，我给样板团抹了黑。我对得起谁？你们说：我对得起谁？嗯？……"

他问得理直气壮，简直有点咄咄逼人。

军代表觉得他再也说不出什么了，就做了简短的结论：

"郝有才同志的检查不够深刻。不过态度还是好的，也有沉痛感，一个人犯了错误，不要紧，只要改正了就好。对于犯错误的同志，我们不应该歧视他，轻视他，而是要热情地帮助他。"接着又说："对于任何人，都要一分为二。比如郝有才同志，他有缺点，爱打个小算盘。他也有优点嘛！比如，他每天给大家打开水，这就是优点。这也是为人民服务嘛！希望他今后能发扬优点，克服缺点，做一名无愧于样板团称号的文艺战士！"

会就开到了这里。

过了没多久，郝有才可干了一件十分露脸的事。他早起上班打开水，上楼梯的时候绊了一下，暖壶碰在栏干上，"砰！"把一个暖壶胆甏①了。暖壶胆甏了，照例是可以拿到总务科去领一个的。郝有才不知怎么一想，他没去总务科去领，自己掏钱，到菜市口配了一个。——而且没有告诉任何人。不过人们还是知道了，大家传开了："有才这回干了一件漂亮事！"——"他这样的人，干出这样的事，尤其难得！"见了他，都说："有才！好样儿的！"——"有才！你这进步可是不小哇！——我简直都不敢相信。"郝有才觉得美不滋儿的。

军、工宣队知道了，也都认为这是他们的思想工作的成果。事情不大，意义不小，于是决定让他在全团大会上作一次讲用。

要他讲用，可是有点困难。他不认字，不能写讲稿。让别人替他写讲稿也不成，他念不下来。只好凭他用口讲。军代表把他叫去，启发了半天，让他讲讲自己的活思想，——当时是怎么想的，怎样让公字占领了自己的思想，克服了私心，最好能引用两段毛主席语录。军代表心想，他虽不识字，可是大家整天念语录，他听也

---

① 甏，北京土话，打碎了的意思。

应该听会几段了。

那天讲用一共三个人。前面两个，都讲得不错，博得全场掌声。第三个是郝有才。郝有才上了台，向毛主席像行了一个礼，然后转过身来，大声地说：

"毛主席教导我们说：瓶了就瓶了！"

大家先是一愣，接着都忍不住哈哈大笑起来。主持会议的军代表原来还绷着，终于憋不住，随着大家一同哈哈大笑。他一边大笑，一边挥手："散会！"

八月骄阳①

※

　　张百顺年轻时拉过洋车，后来卖了多年烤白薯。德胜门豁口内外没有吃过张百顺的烤白薯的人不多。后来取缔了小商小贩，许多做小买卖的都改了行，张百顺托人谋了个事由儿，到太平湖公园来看门。一晃，十来年了。

　　太平湖公园应名儿也叫做公园，实在什么都没有。既没有亭台楼阁，也没有游船茶座，就是一片野水，好些大柳树。前湖有几张长椅子，后湖都是荒草。灰菜、马苋菜都长得很肥。牵牛花，野茉莉。飞着好些粉蝶儿，还有北京人叫做"老道"的黄蝴蝶。一到晚不晌，往后湖一走，都瘆得慌。平常是不大有人去的。孩子们来掏蛐蛐。遛鸟的爱来，给画眉抓点活食：油葫芦、蚂蚱，还有一种叫做"马蜥儿"的小四脚蛇。看门，看什么呢？这个公园不卖门票。谁来，啥时候来，都行。除非怕有人把柳树锯倒了扛回去。不过这种事还从来没有发生过。因此张百顺非常闲在。他没事时就到湖里捞点鱼虫、苲草，卖给养鱼的主。进项不大。但是够他抽关东烟的。"文化大革命"一起来，很多养鱼的都把鱼"处理"了，鱼虫、苲草没人买，他就到湖边摸点螺蛳，淘洗干净了，加点盐，搁两个大料瓣，煮咸螺蛳卖。

　　后湖边上住着两户打鱼的。他们这打鱼，真是三天打鱼，两天

---

　　① 初刊于《人民文学》一九八六年第八期，初收于《汪曾祺自选集》。

晒网，有一搭无一搭。打得的鱼随时就在湖边卖了。

每天到园子里来遛早的，都是熟人。他们进园子，都有准钟点。

来得最早的是刘宝利。他是个唱戏的。坐科学的是武生。因为个头矬点，扮相也欠英俊，缺少大将风度，来不了"当间儿的"。不过他会的多，给好几位名角打过"下串"，"傍"得挺严实。他粗通文字，爱抄本儿。他家里有两箱子本子，其中不少是已经失传了的。他还爱收藏剧照，有的很名贵。杨老板《青石山》的关平、尚和玉的《四平山》、路玉珊的《醉酒》、梅兰芳的《红线盗盒》、金少山的《李七长亭》、余叔岩的《盗宗卷》……有人出过高价，想买他的本子和剧照，他回绝了："对不起，我留着殉葬。"剧团演开了革命现代戏，台上没有他的活儿，领导上动员他提前退休，——他还不到退休年龄。他一想：早退、晚退，早晚得退，退！退了休，他买了两只画眉，每天天一亮就到太平湖遛鸟。他戏瘾还挺大。把鸟笼子挂了，还拉拉山膀，起两个云手，踢踢腿，耗耗腿。有时还念念戏词。他老念的是《挑滑车》的《闹帐》：

"且慢！"

"高王爷为何阻令？"

"末将有一事不明，愿在元帅台前领教。"

"高王爷有话请讲，何言领教二字。"

"岳元帅！想俺高宠，既已将身许国，理当报效皇家。今逢大敌，满营将官，俱有差遣，单单把俺高宠，一字不提，是何理也？"

…………

"吓、吓、吓吓吓吓……岳元帅！大丈夫临阵交锋，不死而带伤，生而何欢，死而何惧！"

跟他差不多时候进园子遛弯的顾止庵曾经劝过他：

"爷们！您这戏词，可不要再念了哇！"

"怎么啦？"

"如今晚儿演了革命现代戏，您念老戏词——韵白！再说，您这不是借题发挥吗？'满营将官，俱有差遣，单单把俺高宠，一字不提，是何理也？'这是什么意思？这不是说台上不用您，把您刷了吗？这要有人听出来，您这是'对党不满'呀！这是什么时候啊，爷们！"

"这么一大早，不是没人听见吗！"

"隔墙有耳！——小心无大错。"

顾止庵，八十岁了。花白胡须，精神很好。他早年在豁口外设帐授徒，——教私塾。后来学生都改了上学堂了，他的私塾停了，他就给人抄书，抄稿子。他的字写得不错，欧底赵面。抄书、抄稿子有点委屈了这笔字。后来找他抄书、抄稿子的也少了，他就在邮局门外树荫底下摆一张小桌子，代写家信。解放后，又添了一项业务：代写检讨。"老爷子，求您代写一份检讨。"——"写检讨？这检讨还能由别人代写呀？"——"劳您驾！我写不了。您写完了，我摁个手印，一样！"——"什么事儿？"因为他的检讨写得清楚，也深刻，比较容易通过，来求的越来越多，业务挺兴旺。后来他的孩子都成家立业，混得不错，就跟老爷子说："我们几个养活得起您。您一枝笔挣了不少杂和面儿，该清闲几年了。"顾止庵于是搁了笔。每天就是遛遛弯儿，找几个年岁跟他相仿佛的老友一块堆儿坐坐、聊聊、下下棋。他爱瞧报，——站在阅报栏前一句一句地瞧。早晚听"匣子"。因此他知道的事多，成了豁口内外的"伏地圣人"①。

这天他进了太平湖，刘宝利已经练了一遍功，正把一条腿压在树上耗着。

"老爷子今儿早！"

"宝利！今儿好像没听您念《闹帐》？"

"不能再念啦！"

"怎么啦？"

"呆会儿跟您说。"

顾止庵向四边的树上看看：

"您的鸟呢？"

"放啦！"

"放啦？"

"您先慢慢往外溜达着。今儿我带着一包高末。百顺大哥那儿有开水，叶子已经闷上了。我耗耗腿。一会儿就来。咱们爷儿仨喝一壶，聊聊。"

顾止庵遛到门口，张百顺正在湖边淘洗螺蛳。

"顾先生！椅子上坐。茶正好出味儿了，来一碗。"

"来一碗！"

"顾先生，您说这'文化大革命'，它是怎么回子事？"

---

① 伏地，北京土话。本地生产的叫"伏地"，如"伏地小米"、"伏地蒜苗"。

"您问我？——有人知道。"

"这红卫兵，又是怎么回子事。呼啦——全起来了。它也不用登记，不用批准，也没有个手续，自己个儿就拉起来了。我真没见过。一戴上红袖箍，就变人性。想怎么着就怎么着，想揪谁就揪谁。他们怎么有这么大的权？谁给他们的权？"

"头几天，八·一八，不是刚刚接见了吗？"

"当大官的，原来都是坐小汽车的主，都挺威风，一个一个全都头朝了下了。您说，他们心里是怎么想的？"

"他们怎么想，我哪儿知道。反正这心里不大那么好受。"

"还有个章程没有？我可是当了一辈子安善良民，从来奉公守法。这会儿，全乱了。我这眼面前就跟'下黄土'似的，简直的，分不清东西南北了。"

"您多余操这份儿心。粮店还卖不卖棒子面？"

"卖！"

"还是的。有棒子面就行。咱们都不在单位，都这岁数了。咱们不会去揪谁，斗谁，红卫兵大概也斗不到咱们头上。过一天，算一日。这太平湖眼下不还挺太平不是？"

"那是！那是！"

刘宝利来了。

"宝利，您说要告诉我什么事？"

"昨儿，我可瞧了一场热闹！"

"什么热闹？"

"烧行头。我到交道口一个师哥家串门子，听说成贤街孔庙要烧行头——烧戏装。我跟师哥说：咱们瞧瞧去！嗬！堆成一座小山哪！大红官衣、青褶子，这没什么！'帅盔'、'八面威'、'相貂'、'驸马套'……这也没有什么！大蟒大靠，苏绣平金，都是新的，太可惜了！点翠'头面'，水钻'头面'，这值多少钱哪！一把火，全烧啦！火苗儿蹿起老高。烧糊了的碎绸子片飞得哪儿哪儿都是。"

"唉！"

"火边上还围了一圈人，都是文艺界的头头脑脑。有跪着的，有撅着的。有的挂着牌子，有的脊背贴了一张大纸，写着字。都是满头大汗。您想想：这么热的天，又烤着大火，能不出汗吗？一群红卫兵，攥着宽皮带，挨着个抽他们。披头盖脸！有的，一皮带下去，登时，脑袋就开了，血就下来了。——皮带上带着大铜头子哪！哎呀，我长这么大，没见过这么打人的。哪能这么打呢？您要我这么打，我还真不会！这帮孩子，从哪儿学来的呢？有的还是小妞儿。他们怎么能下得去这么狠的手呢？"

"唉！"

"回来，我一捉摸，把两箱子剧本、剧照，捆巴捆巴，借了一辆平板三轮，我就都送到街道办事处去了。他们爱怎么处理怎么处理，我不能自己烧。留着，招事！"

"唉！"

"那两只画眉，'口'多全！今儿一早起来，我也放了。——开笼放鸟！'提笼架鸟'，这也是个事儿！"

"唉！"

这工夫，园门口进来一个人。六十七八岁，戴着眼镜，一身干干净净的藏青制服，礼服呢千层底布鞋，挂着一根角把棕竹手杖，一看是个有身份的人。这人见了顾止庵，略略点了点头，往后面走去了。这人眼神有点直勾勾的，脸上气色也不大好。不过这年头，两眼发直的人多的是。这人走到靠近后湖的一张长椅旁边，坐下来，望着湖水。

顾止庵说："茶也喝透了，咱们也该散了。"

张百顺说："我把这点螺蛳送回去，叫他们煮煮。回见！"

"回见！"

"回见！"

张百顺把螺蛳送回家。回来，那个人还在长椅上坐着，望着湖水。

柳树上知了叫得非常欢势。天越热，它们叫得越欢。赛着叫。整个太平湖全归了它们了。

张百顺回家吃了中午饭。回来，那个人还在椅子上坐着，望着湖水。

粉蝶儿、黄蝴蝶乱飞。忽上，忽下。忽起，忽落。黄蝴蝶，白蝴蝶。白蝴蝶，黄蝴蝶……

天黑了。张百顺要回家了。那人还在椅子上坐着，望着湖水。

蛐蛐、油葫芦叫成一片。还有金铃子。野茉莉散发着一阵一阵的清香。一条大鱼跃出了水面，潋的一声，又没到水里。星星出来了。

第二天天一亮，刘宝利到太平湖练功。走到后湖：湖里一团黑乎乎的，什么？哟，是个人！这是他的后脑勺！有人投湖啦！

刘宝利叫了两个打鱼的人，把尸首捞了上来，放在湖边草地上。这工夫，顾止庵也来了。张百顺也赶了过来。

顾止庵对打鱼的说："您二位到派出所报案。我们仨在这儿看着。"

"您受累！"

顾止庵四下里看看，说：

"这人想死的心是下铁了的。要不，怎么会找到这么个荒凉偏僻的地方来呢？他投湖的时候，神智很清醒，不是迷迷糊糊一头扎下去的。你们看，他的上衣还整整齐齐地搭在椅背上，手杖也好好地靠在一边。咱们掏掏他的兜儿，看看有什么，好知道死者是谁呀。"

顾止庵从死者的上衣兜里掏出一个工作证，是北京市文联发的：

姓名：舒舍予

职务：主席

顾止庵看看工作证上的相片，又看看死者的脸，拍了拍工作证：

"这人，我认得！"

"您认得？"

"怪不得昨儿他进园子的时候，好像跟我招呼了一下。他原先叫舒庆春。这话有小五十年了！那会儿我教私塾，他是劝学员，正管着德胜门这一片的私塾。他住在华严寺。我还上他那儿聊过几次。人挺好，有学问！他对德胜门这一带挺熟，知道太平湖这么个地方！您怎么走南闯北，又转回来啦？这可真是：树高千丈，叶落归根哪！"

"您等等！他到底是谁呀？"

"他后来出了大名，是个作家，他，就是老舍呀！"

张百顺问："老舍是谁？"

刘宝利："老舍您都不知道？瞧过《骆驼祥子》没有？"

"匣子里听过。好！是写拉洋车的。祥子，我认识。——'骆驼祥子'嘛！"

"您认识？不能吧！这是把好些拉洋车的搁一块堆儿，抟巴抟巴，捏出来的。"

"唔！不对！祥子，拉车的谁不知道！他和虎妞结婚，我还随了份子。"

"您八成是做梦了吧？"

"做梦？——许是。岁数大了，真事、梦景，常往一块掺和。——他还写过什么？"

"《龙须沟》哇！"

"《龙须沟》，瞧过，瞧过！电影！程疯子、娘子、二妞……这不是金鱼池，这就是咱这德胜门豁口！太真了！太真了，就叫人掉泪。"

"您还没瞧过《茶馆》哪！太棒了！王利发！'硬硬朗朗的，我硬硬朗朗地干什么？'我心里这酸呀！"

"合着这位老舍他净写卖力气的、耍手艺的、做小买卖的。苦哈哈、命穷人？"

"那没错！"

"那他是个好人！"

"没错！"

刘宝利说："这么个人，我看他本心是想说共产党好啊！"

"没错！"

刘宝利看看死者：

"我认出来啦！在孔庙挨打的，就有他！您瞧，脑袋上还有伤，身上净是血嘎巴！——我真不明白。这么个人，旧社会能容得他，怎么咱这新社会倒容不得他呢？"

顾止庵说："'我本将心托明月，谁知明月照沟渠'，这大概就是他想不通的地方。"

张百顺撅了两根柳条，在老舍的脸上摇晃着，怕有苍蝇。

"他从昨儿早起就坐在这张椅子上，心里来回来去，不知道想了多少事哪！"

"'千古艰难唯一死'呀！"

张百顺问："这市文联主席够个什么爵位？"

"要在前清，这相当个翰林院大学士。"

"那干吗要走了这条路呢？忍过一阵肚子疼！这秋老虎虽毒，它不也有凉快的时候不？"

顾止庵环顾左右，沉沉地叹了一口气："'士可杀，而不可辱'啊！"

刘宝利说："我去找张席，给您盖上点儿！"

一九八六年六月二十二日　二稿

荷兰奶牛肉①

※

　　中午收工，农业科学研究所的工人都听说，荷兰奶牛叫火车撞死了。大家心里暗暗高兴。

　　农业科学研究所是"农业"科学研究所，不是畜牧业科学研究所。主要研究的是大田作物——谷子、水稻，果树，蔬菜，马铃薯晚疫病防治，土壤改良，植物保护……。但是它也兼管牧业。养了一群羊，大概有四百多只。为什么养羊呢？因为有一只纯种高加索种公羊。这只公羊体态雄伟，神情高傲。它的精子被授与了很多母羊，母羊生下的小羊全都变了样子，毛厚，肉多，尾巴从扁不塌塌的变成了垂挂着的一条。这一带的羊都是这头种公羊的第二代或第三代。养羊是为了改良羊种，这有点科学意义。所里还养了不少猪，因为有两只种公猪，一只巴克夏，一只约克夏。这两只公猪相貌狞恶，长着獠牙，雄性十足。它们的后代也很多了，附近的小猪也都变了样子，都是短嘴，大腮，长得很快，只是没有猪鬃。养猪是为了改良猪种，这也有科学价值。为什么要弄来一头荷兰奶牛呢？谁也不明白。是为了改良牛种？它是母牛，没有精子。为了挤奶？挤了奶拿到堡（这里把镇子叫做"堡"）里去卖？这里的农民没有喝牛奶的习惯；而且中国农民的生活水平距离喝牛奶还差得很远。为了改善所里职工生活？也不像。领导上再关心所里的职工，

---

　　① 初刊于《钟山》一九八九年第二期，初收于北师大版《汪曾祺全集》第二卷。

也不会特意弄了一条奶牛来让大家每天喝牛奶。这牛是所里从研究经费里拿出钱来买的呢？还是农业局拨到这里喂养的呢？工人们都不清楚，只听说牛是进口的，要花很多钱。花了多少钱呢，不打听。打听这个干啥？没用！

大家起初对这头奶牛很稀罕。很多工人还没见过这种白地黑斑粉红肚皮的牲口，上工下工路过牛圈，总爱看两眼。这种兴趣很快就淡了。应名儿叫个"奶牛"，可是不出奶！这怪不得它。没生小牛，哪里来的奶呢？它可是吃得很多，很好。除了干草，喂的全是精饲料：加了盐煮熟的黑豆、玉米、高粱。有的工人看见它卧在牛圈里倒嚼，会无缘无故地骂它一声："毯东西！"

干嘛生它的气呢？因为牛吃得足，人吃不饱。这是什么时候？一九六〇年。农科所本来吃得不错。这个所里的工人，除了固定的长期工，多一半是从各公社调来的合同工。合同工愿意来，一是每月有二十九块六毛四的工资，同时也因为农科所伙食好。过去，出来当长工，对于主家的要求，无非是：一、大工价；二、好饭食。农科所两样都不缺。二十九块六毛四，在当地的农民看起来，是个"可以"的数目。所里有自己的菜地，自己的猪，自己的羊，自己的粉坊，自己的酒厂。不但伙食好，也便宜。主食通常都是白面、莜面。食堂里每天供应两个菜，甲菜和乙菜。甲菜是肉菜。猪肉炖粉条子，山药（即土豆）西葫芦炖羊肉。乙菜是熬大白菜，炒疙瘩白，油不少。五八年大跃进，天天像过年。

五八年折腾了一年，五九年就不行了。

春节吃过一顿包饺子。插秧，锄地吃了两顿莜面压饸饹。照规矩锄地是应该吃油糕（油煎黄米糕）的。"锄地不吃糕，锄了大大留小小"（锄去壮苗，留下弱苗）。不吃油糕，也得给顿莜面吃。除此之外，再没见过个莜面、白面，都是吃红高粱面饼子。到了下半年，连高粱糠一起和在面里，吃得人拉不出屎来。所里一个总务员和食堂的大师傅创制出十好几样粗粮细做的点心：谷糠做的桃酥、苹果树叶子磨碎了加了白面做的"八件"，等等。还开了个展览会，请有关单位的负责人来参观、品尝。这些负责人都交口称赞："好吃！""好吃！"那能不好吃？放了那么多白糖、胡麻油！这个展览会还在报上发了消息，可是这能大量做，天天吃，能推广吗？几位技师、技术员把日常研究工作都停了，集中力量鼓捣小球藻、人造肉。工人们对此不感兴趣，认为是瞎白。这点灰绿色的稀汤汤，带点味精味儿的凉粉一样的东西就能顶粮食？顶肉？

　　农科所向例对职工间长不短地有福利照顾。苹果下来的时候，每人卖给二十斤苹果。收萝卜的时候，卖给三十斤心里美。起葱的时候，卖给一捆大葱，五十来斤。苹果，用网兜装了挂在床头墙上，饿了，就摸出一个嚼嚼。三十斤萝卜，值不当窖起来，堆在床底下又容易糠了，工人们大都用一堆砂把萝卜埋起来，隔两三天浇一点水，想吃的时候，掏出一个来，总是脆的。大葱，怎么吃呢？——烧葱。这时候天冷了，已经生了炉子，把葱搁在炉盘上，翻几个个儿，就熟了。一间工人宿舍，两头都有炉子，二十多人一起烧葱，一屋子都是葱香。葱烧熟了，是甜的。苹果、萝卜、葱，都好吃，但是"不解决问题"。怎么才"解决问题"？得吃肉。

　　五九年一年，很少吃肉。甲菜早就没有了。连乙菜也由"下搭油"（油煸锅）改为"上搭油"（白水熬白菜，菜熟了舀一勺油浇在上面）。七月间吃过一次猪肉。是因为猪场有几个"克郎"实在弱得不行了，用手轻轻一推，就倒了，再不杀，也活不了几天。开开膛一看，连皮带膘加上瘦肉，还不到半寸厚。煮出来没有一点肉香。而且一个人分不到几片。国庆节杀了两只羊。羊倒还好。羊吃百样草，不喂它饲料，单吃一点槐树叶子，它也长肉。这还算是个肉。从吃了那一顿肉到今天，几个月了？工人们都非常想吃肉。想得要命。很多工人夜里做梦吃肉，吃得非常痛快，非常过瘾。

农科所的工人的生活其实比一般社员要好多了。农科所没有饿死一个人，得浮肿的也没有几个。堡里可是死了一些人。多一半是老头老奶奶。堡里原来有个"木业社"（木业生产合作社），是打家具的，改成了做棺材。铁道两边种的都是榆树，榆树皮都叫人剥了，露出雪白雪白的光秃的树干。榆皮磨粉是可以吃的。平常年月，压荞面饸饹，要加一点榆皮面，这才滑溜，好吃。那是为了好吃。现在剥榆皮磨成面，是为了充饥。

农科所的党支部书记老季，季支书，看了铁路两旁雪白雪白的榆树树干，大声说："这成了什么样子！"

铁路两旁的榆树光秃秃的，雪白雪白的。

这成了什么样子！农科所的工人想吃肉，想得要命。他们做梦吃肉。

谁也没料到，荷兰奶牛会叫火车撞死了。

大概的经过是这样：牛不知道怎么把牛圈的栅栏弄开了，自己走了出来。干部在办公室，工人在地里，谁也没发现。它自己溜溜达达，溜到火车站（以上是想象）。恰好一列客车进站，已经过了扬旗，牛忽就从月台上跳下了轨道。火车已经拉了闸，还用余力滑行了一段。牛用头去顶火车。火车停了，牛死了。牛身上没流一滴血，连皮都没破（以上是火车站的人目击）。车站的搬运工把牛抬上来，火车又开走了。这次事故是奶牛自找的，谁也没有责任。

火车站通知农科所。所里派了几个工人，用一辆三套大车把牛拉了回来。

所领导开了一个简短的会，研究如何处理荷兰奶牛的遗骸。只有一个办法：皮剥下来，肉吃掉。卖给干部家属一部分，一户三斤；其余的肉，切块，炖了。

下午出工后不久，牛肉已经下了锅。工人们在地里好像已经闻到牛肉香味。这天各组收工特别的早。工人们早早就拿了两个大海碗（工人都有两个海碗，一个装菜，一个装饭），用筷子敲着碗进了食堂，在买饭的窗口排成了两行，等着。到点了，咋还不开窗，等啥？

等季支书。季支书要来对大家进行教育。

季支书来了，讲话。略谓：

"荷兰奶牛被火车撞死了，你们有人很高兴，这是什么思想！这是国家财产多大的损失？你们知道这头奶牛是多少钱买的吗？"

有个叫王全的工人有个毛病，喜欢在领导讲话时插嘴。王全说："知不道。"

"知不道！你就知道个吃！你知道这牛肉按成本，得多少钱一斤？一碗炖牛肉要是按本收费，得多少钱一碗？"

王全本来还想回答一句"知不道"，旁边有个工人拉了他一把，他才不说了。

季支书接着批评了工人的劳动态度：

"下了地，先坐在地头抽烟。等抽够了烟，半个小时过去了，这才拿起铁锹动弹！"

王全又忍不住插嘴：

"不动弹，不好看；一动弹，一身汗！"

季支书不理他，接着说：

"下地比划两下，又该歇息了。一息又是半个小时。再起来，再比划比划，该收工了！你们这样，对得起党，对得起人民，对得起这碗炖牛肉吗？——王全，你不要瞎插嘴！"

季支书接着把我们的生活和苏联作了比较，说是有一个国际列车的乘务员从苏联带回来一个黑列巴，里面掺了锯末，还有一根钉子，说："咱们现在吃红高粱饼子，总比黑列巴要好些嘛！不要身在福中不知福。古话说：能忍自安，要知足。"

接着又说到国际形势："今天，你们吃炖牛肉，要想到世界上还有三分之二的人，还处在水深火热之中。我们要支援他们，解放他们。要放眼世界，胸怀全地球……"

他天上一句，地下一句，讲了半天。牛肉在锅里咕嘟咕嘟冒着泡，香味一阵一阵地往外飘，工人们嘴里的清水一阵一阵往外漾，肚里的馋虫一阵一阵往上拱。好容易，他讲完了，对着窗口喊了一声："开饭！给大伙盛肉！"

这天，还蒸了白面馒头。半斤一个，像个小枕头似的，一人俩。所里还一人卖给半斤酒。这酒是甜菜疙瘩、高粱糠还有菜帮子一块蒸的，味道不咋的，但是度数不低，很有劲。工人们把牛肉、馒头都拿回宿舍里去吃。他们习惯盘腿坐在炕上吃饭。霎时间，几间宿舍里酒香、肉香、葱香，搅作一团。炉子烧得旺旺的。气氛好极了。他们既不猜拳，也不说笑，只是埋着头，努力地吃着。

季支书离了工人大食堂，直奔干部小食堂。小食堂里气氛也极好。副所长姓黄，精于烹饪。他每隔二十分钟就要到小食堂去转一次，指导大师傅烧水、下肉、撇沫子，下葱姜大料，尝咸淡味儿、压火、收汤。他还吩咐到温室起出五斤蒜黄，到蘑菇房摘五斤鲜蘑菇，分别炒了骨堆堆两大盘。等到技师、技术员、行政干部都就座后，他当场表演，炒了一个生炒牛百叶，脆嫩无比。酒敞开了喝。酒库的钥匙归季支书掌握，随时可以开库取酒。他们喝的是存下的纯粮食酒。季支书是个酒仙。平常每顿都要喝四两。这天，他喝了一斤。

　　荷兰奶牛肉好吃么？非常好吃。细，嫩，鲜，香。

　　时一九六〇年初春，元旦已过，春节将临。

一九八八年十二月七日

尴尬①

※

农业科学研究是寂寞的事业。作物一年只生长一次。搞一项研究课题，没有三年五载看不出成绩。工作非常单调。每天到田间观察、记录，整理资料，查数据，翻参考书。有了成果，写成学术报告，送到《农业科学通讯》，大都要压很长时间才能发表。发表了，也只是同行看看，不可能产生轰动效应。因此农业科学研究人员老得比较快。刚入所的青年技术员，原来都是胸怀大志，朝气蓬勃的，几年磨下来，就蔫了。有的就找了对象，成家生子，准备终老于斯了。

生活条件倒还好。宿舍、办公室都挺宽敞，设备也还可以。所里有菜园、果园、羊舍、猪舍、养鸡场、鱼塘、蘑菇房，还有一个小酒厂，一个漏粉丝的粉坊。鱼、肉、禽、蛋、蔬菜、水果不缺，白酒、粉丝都比外边便宜。只是精神生活贫乏。农科所在镇外，镇上连一家小电影院都没有。有时请放映队来放电影，都是老片子。晚上，大家都没有什么事。几个青年技术员每天晚上打百分，打到半夜。上了年纪的干部在屋里喝酒。有一个栽培蘑菇的技术员老张，是个手很巧的人，他会织毛衣，各种针法都会，比女同志织得好，他就每天晚上打毛衣。很多女同志身上穿的毛衣，都是他织的。有一个学植保的刚出校门的技术员，一心想改行当电影编剧，

---

① 初刊于《收获》一九九三年第一期，初收于《矮纸集》。

每天开夜车写电影剧本。一到216次上行夜车（农科所在一个小火车站旁边）开过之后，农科所就非常安静。谁家的孩子哭，家家都听得见。

只有小魏来的那几天，农科所才热闹起来。小魏是省农科院的技术员。她搞农业科学是走错了门（因为她父亲是农大教授），她应该去演话剧，演电影。小魏长得很漂亮，大眼睛，目光烁烁，脸上表情很丰富，性格健康、开朗。她话很多，说话很快。到处听见她大声说话，哈哈大笑。这女孩子（其实她也不小了，已经结了婚，生过孩子）是一阵小旋风。她爱跳舞，跳得很好。她教青年技术员跳舞，把他们一个一个都拉下了海。他们在大食堂里跳，所里的农业工人，尤其女工，就围在边上看。她拉一个女工下来跳，女工笑着摇摇头，说："俺们学不会！"

小魏是到所里来抄资料的，她每次来都要住半个月。这半个月，农科所生气勃勃。她一走，就又沉寂下来。

这个所里有几个岁数比较大的高级研究人员——技师。照日本和台湾的说法是"资深"科技人员。

一个是岑春明。他在本地区、本省威信都很高。他是谷子专家，培养出好几个谷子良种，从"冀农一号"到"冀农七号"。谷子是低产作物。他培养的良种都推广了，对整个专区的谷子增产起了很大作用。他一生的志愿是摘掉谷子的"低产作物"的帽子。青年技术员都很尊重他。他不拿专家的架子，对谁都很亲切、谦虚。有时也和小青年们打打百分，打打乒乓球。照农业工人的说法，他"人缘很好"。他写的论文质量很高，但是明白易懂，不卖弄。他有个外号，叫"俊哥儿"，因为他年轻时长得很漂亮。这外号是农业工人给他起的。现在四十几岁了，也还是很挺拔。他穿衣服总是很整齐，很干净，衬衫领袖都是雪白的。他的头发梳得一丝不乱。冬天也不戴帽子。他的夫人也很漂亮，高高的个儿，衣着高雅，很有风度。他的夫人是研究遗传工程的，这是尖端科学，需要精密仪器，她只能在省院工作，不能调到地区，因为地区没有这样的研究条件。他们两地分居有好几年了。她只能每个月来住三四天。每回岑春明到火车站去接她，他们并肩走在两边长了糖槭树的路上，农业工人就啧啧称赞："啧啧啧！这真是天造地设的一对！"

岑春明会拉小提琴，以前晚上常拉几个曲子。后来提琴的E弦断了，他懒得到大城市去配，就搁下了。

另外两个技师是洪思迈和顾艳芬。他们是两口子。

洪思迈说话总是慢条斯理，显得很深刻。他爱在所里的业务会议上作长篇发言。他说的话是报纸刊物上的话，即"雅言"。所里的工人说他说的是"字儿话"。他写的学术报告也很长，引用了许多李森科和巴甫洛夫的原话。他的学问很渊博。他常常在办公室里向青年技术员分析国际形势，评论三门峡水利工程的得失，甚至市里开书法展览会，他也会对"颜柳欧苏"发表一通宏论。他很有优越感。但是青年技术员并不佩服他，甚至对他很讨厌。他是蔬菜专家，蔬菜研究室主任。技术员叫岑春明为老岑，对他却总称之为洪主任。洪主任大跃进时出了很大的风头：培养出三尺长的大黄瓜，装在特制的玻璃盒子里，泡了福尔马林，送到市里、专区、省里展览过。农业工人说："这样大的黄瓜能吃吗？好吃吗！"这些年他的研究课题是"蔬菜排开供应"，要让本市、本地区任何时期都能吃到新鲜蔬菜。青年技术员都认为这是纸上谈兵，没有实际意义。

什么时候种什么菜，菜农不知道吗？"头伏萝卜、二伏菜"！因为他知识全面，因此常常代表所里出去开会，到省里，出省，往往一去二十来天、一个月。

顾艳芬是研究马铃薯的，主要是研究马铃薯晚疫病。这几年的研究项目是"马铃薯秋播留种"。她也自以为很有学问。有一次所里搞了一个"超声波展览馆"。布置展览馆的是一个下放在所里劳动的诗人兼画家。布置就绪，请所领导、技术人员来审查。展览馆外面有一块横匾，写着："超声波展览馆"。顾艳芬看了，说"馆"字写得不对。应该是"舍"字边，不是"食"字边。图书馆、博物馆都只能写作"舍"字边，只有饭馆的馆字才能写"食"字边。在场多人，都认为她的意见很对，"应该改一改，改一改"。诗人兼画家不想和这群知识分子争辩，只好拿起刷子把"食"字边涂了，改成"舍"字边。诗人兼画家觉得非常憋气。

顾艳芬长得相当难看。个儿很矮。两个朝天鼻孔，嘴很鼓，给人的印象像一只母猴。穿的衣服也不起眼，干部服，不合体。周年穿一双厚胶底的系带的老式黑皮鞋，鞋尖微翘，像两只船。

洪思迈原来结过婚，家里有媳妇。媳妇到所里来过，据工人们说：头是头，脚是脚，很是样儿。他和原来的媳妇离了婚，和顾艳芬结了婚。大家都纳闷，他为什么要跟原来的媳妇离婚，和顾艳芬结婚呢？大家都觉得是顾艳芬追的他。顾艳芬怎么把洪思迈追到手的呢？不便猜测。

她和洪思迈生了两个女儿，前后只差一岁。真没想到顾艳芬会生出这么两个好看的女儿。镇上没有幼儿园，两个孩子就在所里到处玩。下过雨，泥软了，她们坐在阶沿上搓泥球玩，搓了好多，摆了一溜。一边搓，一边念当地小孩子的童谣：

圆圆，

弹弹，

里头住个神仙。

神仙神仙不出来，

两条黄狗拉出来。

拉到那个哪啦？

拉到姑姑洼啦。

姑姑出来骂啦。

骂谁家？

骂王家，

王家不是好人家！

岑春明和洪思迈两家的宿舍紧挨着，在一座小楼上。小楼的二层只他们两家，还有一间是标本室。两家关系很好，很客气。岑春明的夫人来的时候，洪思迈和顾艳芬都要过来说说话。

顾艳芬怀孕了！她已经过了四十岁，一般这样的年龄是不会怀孕的，但也不是绝对没有。已经怀了三个月，顾艳芬的肚子很显了，瞒不住了。

洪思迈非常恼火，他找到所长兼党委书记去反映，说："我患阳痿，已经有两年没有性生活，她怎么会怀孕？"所长请顾艳芬去谈谈。顾艳芬只好承认，孩子是岑春明的。

这件事真是非常尴尬。三个人都是技师，事情不好公开。党委开了会，并由所长亲自到省里找领导研究这个问题。最后这样决定：顾艳芬提前退休，由一个女干部陪她带着两个女儿回家乡去；岑春明调到省农科院，省里前几年就要调他。

顾艳芬在家乡把孩子生下来了。是个男孩。

对于这回事，所里议论纷纷：

"真没有想到。"

"老岑怎么会跟她！"

"发现怀了孕不做人流？还把孩子生下来了。真不可理解！她是怎么想的？"

岑春明到省院还是继续搞谷子良种栽培。他是省劳模，因为他得了肺癌，还坚持研究，到田间观察记录。省电视台还为他拍了专题报导片。

顾艳芬四十几岁就退休，这不合乎干部政策，经省里研究，调她到另一个专区，还是研究马铃薯晚疫病。

洪思迈提升了所长，但是他得了老年痴呆症。他还不到六十，怎么会得了这种病呢？他后来十分健忘，说话颠三倒四，神情呆滞，整天傻坐着。有一次有电话来找他，对方问他是哪一位，他竟然答不出，急忙问旁边的人："我是谁？我是谁？"

一九九二年七月二十七日

红旗牌轿车^①

袁大夫是剧团的正骨推拿大夫。京剧团总要有一个正骨大夫。演员，特别是武戏演员，在台上，在练功棚里，常常会扭了腰，闪了腿，甚至折了大筋。正骨大夫是必不可少的。袁大夫推拿正骨是家传，没有上过学。但是手艺（一个演员说过，他那不能算是医术，只能叫做"手艺"）是挺不错的。有一次一个演员演《金钱豹》，从三张桌上一个"台漫"翻下来，桌子有点晃，演员"恍了范"，落地时右脚五个脚趾头全窝了。当时搭到后台，"快请袁大夫！"袁大夫赶到（他是每有演出都在后台呆着的）叫别人把演员的袜子脱了，说了声："爷们，忍着点！"咯吧咯吧咯吧咯吧咯吧，登时就把演员的五个脚趾捋直了。演员当时就能下地行走。一般的小伤，对袁大夫说起来，不在话下。当然，像折了大筋，他也没有办法，只有送医院。

演员身上一般都有旧伤，即使没有闪失，腰腿也常酸痛。这就得求袁大夫拿拿，捏捏，搓搓，揉揉。因此医务所有袁大夫一间单独的诊室，诊室内外等候的人很多。谁都知道，袁大夫有个毛病：看人下菜碟。"角儿"来了，他用心按摩，精神内敛，掌下有力，有时触到要害，又酸又麻，觉得血脉畅通，舒服无比。给的膏药是加了麝香特制的止痛膏。"底帏子"、"打下串"的来了："躺

---

① 初刊于《北京文学》一九九八年第一期，初收于北师大版《汪曾祺全集》第二卷。

下！"三下五除二，就完事了。给的膏药是一般的伤湿止痛膏。因此一般演员都跟他"套磁"，开口"哥们"，常给他送一条"外烟"，两瓶西凤。

袁大夫名气大了，时常出诊。他时常骑一辆三枪牌自行车走遍全城。

一次，他骑车过六部口，闯了红灯，交通警大喝一声："站住！"跳下岗亭，一把攥住他的自行车后座。

"你没长眼睛吗？红灯，你还闯！"

"我有急事。"

"急事？谁没急事！"

"我去给人看病，病人等着我。"

"你是哪个单位的？"

"剧团的。"

"剧团的？"

交通警抄了他的车号，说：

"把工作证、车留下，明天叫你们单位来取。"

"病人等着我哪！——我认罚。"

"认罚？十块！"

袁大夫掏出一张大团结，交通警划拉了一张收据，交给了他。

"走吧！"

袁大夫看了看交通警，交通警右眉下有一颗很大的痦子。

"我记住你！"

袁大夫心里这窝火！

袁大夫名气越来越大，常有高级干部派车来接他去按摩。

这天他坐了一辆红旗牌轿车到一个部长家去按摩。

车到六部口，他在车里一看，交通岗岗亭上正是那个右眉下有一颗大黑瘊子的交通警。这时正是红灯。袁大夫叫司机："停！"他开了车门下车，问交通警：

"认得我吗？"

"——你呀！"

"混蛋！"

"你怎么骂人！"

"我操你妈！"

他跳上车，叫司机："开！"

红灯不能拦红旗车，红旗牌轿车吱的一声，风驰电掣而去。

报了一箭之仇，袁大夫靠在后座上，心里这舒坦就甭提了！

窥浴①

※

岑明是吹黑管的，吹得很好。在音乐学院附中学习的时候，教黑管的老师虞芳就很欣赏他，认为他聪明，有乐感，吹奏有感情。在虞芳教过的几班学生中，她认为只有岑明可以达到独奏水平。音乐是需要天才的。

附中毕业后，岑明被分配到样板团。自从排练样板戏以后，各团都成立了洋乐队。黑管在仍以"四大件"为主的乐队里只是必不可少的装饰，一晚上吹不了几个旋律。岑明一天很清闲。他爱看小说。看《红与黑》，看D.H.劳伦斯。

岑明是个高个儿，瘦瘦的，卷发。

他不爱说话，不爱和剧团演员、剧场职员说一些很无聊的荤素笑话。演员、职员都不喜欢他，认为他高傲。他觉得很寂寞。

俱乐部练功厅上有一个平台，堆放着纸箱、木板等等杂物。从一个角度，可以下窥女浴室，岑明不知道怎么发现了这个角落。他爬到平台上去看女同志洗澡。已经不止一次。他的行动叫一个电工和一个剧场的领票员发现了，他们对剧场的建筑结构很熟悉。电工和领票员揪住岑明的衣领，把他拉到练功厅下面，打他。

一群人围过来，问：

"为什么打他？"

---

① 初刊于《作品》一九九五年第九期，初收于《矮纸集》。

"他偷看女同志洗澡！"

"偷看女同志洗澡？——打！"

七八个好事的武戏演员一齐打岑明。

恰好虞芳从这里经过。

虞芳看到，也听到了。

虞芳在乐团吹黑管，兼在附中教黑管。她有时到乐团练乐，或到几个剧团去辅导她原来的学生，常从俱乐部前经过，她行步端庄，很有风度。演员和俱乐部职工都认识她。

这些演员、职员为什么要打岑明呢？说不清楚。

他们觉得岑明的行为不道德？

他们是无所谓道德的观念的。

他们觉得自己受到了侵犯，甚至是污辱（他们的家属是常到女浴室洗澡的）。

或者只是因为他们讨厌岑明，痛恨他的高傲，他的落落寡合，他的自以为有文化，有修养的劲儿。这些人都有一种潜藏的，严重的自卑心理，因为他们自己也知道，他们是庸俗的，没有文化的，没有才华的，被人看不起的。他们打岑明，是为了报复，对音乐的，对艺术的报复。

虞芳走过去，很平静地说：

"你们不要打他了。"

她的平静的声音产生了一种震慑的力量。

因为她的平静，或者还因为她的端庄，她的风度，使这群野蛮人撒开了手，悻悻然地散开了。

虞芳把岑明带到自己的家里。

虞芳没有结过婚，她有过两次恋爱，都失败了，她一直过着单身的生活。音乐学院附中分配给她一个一间居室的宿舍，就在俱乐部附近。

"打坏了没有？有没有哪儿伤着？"

"没事。"

虞芳看看他的肩背，给他做了热敷，给他倒了一杯马蒂尼酒。

"他们为什么打你？"

岑明不语。

"你为什么要爬到那么个地方去看女人洗澡？"

岑明不语。

"有好看的么？"

岑明摇摇头。

"她们身上有没有音乐？"

岑明坚决地摇了摇头："没有！"

"你想看女人，来看我吧。我让你看。"

她乳房隆起，还很年轻。双腿修长。脚很美。

岑明一直很爱看虞老师的脚。特别是夏天，虞芳穿了平底的凉鞋，不穿袜子。

虞芳也感觉到他爱看她的脚。

她把他的手放在自己的胸上。

他有点晕眩。

他发抖。

她使他渐渐镇定了下来。

（肖邦的小夜曲，乐声低缓，温柔如梦……）

唐门三杰①

※

《淮南子·泰族训》："故智过万人者谓之英，千人者谓之俊，百人者谓之豪，十人者谓之杰。"《诗·周颂·载芟》："有厌其杰。"孔颖达疏："厌者苗茂盛之貌。杰，谓其中特美者。"

唐老大、唐老二、唐老三。唐杰秀、唐杰芬、唐杰球。他们是"门里出身"，坐科时学的就是场面。他们的老爷子就是场面。他们学艺的时候，老爷子认为他们还是吃场面饭。要嗓子没嗓子，要扮相没扮相，想将来台上唱一出，当角儿，没门！还是傍角儿，干场面。来钱少，稳当！有他在，同行有个照应，不会给他们使绊子，给小鞋穿。出了科，哥仨在一个剧团做活。老大打鼓，老二打大锣，老三打小锣。

我认识唐老大时他还在天坛拔草。是怎么回事呢？同性恋。他去女的。他是个高个子，块头不小，却愿意让人弄其后庭，有这口累。有人向人事科反映了他的问题。怎么处理呢？没什么文件可以参考。人事科开了个小会，决定给予行政处分，让他去拔草，这也算是在劳动中改造。拔了半个月草，又把他调回来了，因为剧团需要他打鼓。他打鼓当然比不了杭子和、白登云，但也打得四平八稳，不大出错。他在剧团算是一号司鼓。这几年剧团的职务名称雅

---

① 初刊于《天涯》一九九六年第四期，初收于北师大版《汪曾祺全集》第二卷。

化了。拉胡琴的原来就叫"拉胡琴的",或者简称"胡琴",现在改成了"操琴"。打鼓的原来叫做"打鼓佬",现在叫"司鼓"。有些角儿愿意叫他司鼓,有几出名角合作的大戏更得找他,这样角儿唱起来心里才踏实。唐老大在梨园行"有那么一号"。

他回剧团跟大家招呼招呼,就到练功厅排戏,抽出鼓箭子,聚精会神,若无其事。这种"男男关系"在梨园行不算什么大不了的事。只有在和谁意见不和,吵起来了(这种时候很少),对方才揭他的短:"到你的天坛,拔你的草去吧!"唐杰秀"不以为然"(剧团的话很多不通,"不以为然"的意思不是说对事物持不同看法,而是不当一回事;这种不通的话在京剧界全国通行),只是说:"你管得着吗!"

唐杰秀是剧团第一批发展的党员,是个老党员了。怎么会把他发展成党员?他并不关心群众。"群众"(几个党员都爱称未入党的人为"群众",这意味着他们在政治上比群众要高一头)有一点病,他不去看看。群众生活上有困难,他"管不着"。他开会积极,但只是不停地在一个笔记本上记录领导讲话。他到底记了些什么?不知道。他真只是听会。极少发言。偶尔重复领导意见,但说不出一句整话。他有点齉鼻儿,说起话来呜噜呜噜的,简直不知道说什么。为什么发展他,找不到原因。也许因为他不停地记笔记?也许因为他说不出一句整话?

他很注意穿着。内联陞礼服呢圆口便鞋,白单丝袜。到剧团、回家,进门就抄起布掸子,浑身上下抽一通,擦干掸净。夏天,穿了直罗长裤。直罗做外裤,只有梨园界时兴这种穿法。

他自奉不薄,吃喝上比较讲究,左不过也只是芝麻酱拌面、炸酱面。但是芝麻酱面得炸一点花椒油，顶花带刺的黄瓜。炸酱面要菜码齐全：青蒜、萝卜缨、苣荬菜、青豆嘴、白菜心、掐菜……。他爱吃天福的酱肘子。下班回家，常带一包酱肘子，挂在无名指上，回去烙两张荷叶饼一卷，来一碗棒糁粥，没治！酱肘子只他一个人吃，孩子们，干瞧着。他觉得心安理得，一家子就指着他一人挣钱！

说话，"文化大革命"。"文化大革命"是大倒退、大破坏、大自私。最大自私是当革命派，最大的怯懦是怕当权派，当反动派。简单地说，为了利己大家狠毒地损人。

唐杰芬外号"二喷子"，是说他满口乱喷，胡说八道。他曾随剧团到香港演出，看到过夏梦，说："这他妈的小妞儿！让她跟我睡一夜，油炸了我都干！""油炸"、"干煸"，这在后来没有什么，在二喷子说这样话的当时却颇为悲壮。

唐杰秀也"革命"，他参加了一个战斗组，也跟着喊"万岁"，喊"打倒"，"大辩论"也说话，还是呜哩呜噜，不知道说了些什么。他还是记笔记，现在又加了一项，抄大字报。不知道抄些什么。大家都知道，他的字写得很慢，只有"最新指示"下来时，他可以出一回风头。每次有"最新指示"都要上街游行。乐队前导，敲锣打鼓。剧团乐队的锣鼓比起副食店、百货店的自然要像样得多。唐杰秀把大堂鼓搬出来，两个武行小伙子背着，他擂动鼓槌，迟疾顿挫，打出许多花点子，神采飞扬，路人驻足，都说："还是剧团的锣鼓！"唐杰秀犹如吃了半斤天福酱肘子，——"文革"期间，天福酱肘子已经停产，因为这是"资产阶级生活方式"。

唐杰球，剧团都叫他"唐混球"。这家伙是个"闹儿"，最爱起哄架秧子，一点点小事，就："噢哦！噢哦！给他一大哄噢！"他文化程度不高，比不了几个"刀笔"，可以连篇累牍地写大字报，他是"浆子手"（戏台上有"刽子手"、"牢子手"）。专门给人刷浆子，贴大字报。"刀笔"写好了大字报，一声令下："得，浆子手！"他答应一声："在！——噫！"就挟了一卷大字报，一桶浆糊，找地方实贴起来。他爱给走资派推阴阳头，勾上花脸，扎了靠，戴上一只翎子的"反王盔"，让他们在院子里游行。不游行，不贴大字报的时候，就在"战斗组"用一卷旧报纸练字。他生活得很快活，希望永远这么热热闹闹下去。

　　赶上唐山地震，好几天余震未停。一有震感，在二楼三楼的就蜂拥下楼，在一楼大食堂或当街站着。唐杰芬也混在人群里跟着下楼。忽然有个洋乐队吹小号的一回头："咳！你怎么这样就下来了！"二喷子没有穿衣服，光着身子，那东西当郎着。他这才醒悟过来，两手捂着往回走。也奇怪，从此他不"喷"了，变得老实了。

　　谁都可以"揪"人，也随时有可能被"揪"。"×××，出来！"这个人就被揪出组——离开战斗组。谁都可以审查人，命令该人交待问题，这叫"群众专政"。揪过来，审过去，完全乱了套，"杀乱了"。唐杰球对揪人最热心，没有想到他也被揪出来了。

　　前已说过，在没有什么热闹时，唐混球就用一沓旧报纸在战斗组练字。他练的字总是那几个："毛主席万岁"。练完了，还要反复看看，自我欣赏一番。有一天写了一条"毛主席万岁"标语，自己很不满意："毛主席"的"席"字写得太长，而且写歪了。他拿起笔来用私塾"判仿"的办法在"席"字的"巾"字下面打了一个叉。打完叉就随手丢在一边，没当回事。不想和唐杰球同一战斗组的一个人叫大俞潮，趁唐杰球不注意时把这张标语叠起来藏在自己的箱底。事情早过去了，在清队（清理阶级队伍）时大俞潮把唐杰球写的标语找出来交给了军代表。全团大哗，揪出了一桩特大反革命案件！"清队"本来有点沉闷，这一下可好了，大家全都动员起来，忙忙碌碌，异常兴奋。

首先让他"出组"，参加被清查对象的大组学习，交待问题。

让他交待什么呢？他是个混球。

好不容易写了一篇交待，他请大组的同志给他看看，这样行不行，倒是都看了一遍，都没有说什么。只有一个女演员说："你这样准通不过！你得上纲，挖出你的心理话，你得说说你为什么对毛主席有仇恨，为什么要在'席'字的最后一笔打了叉。要写得沉痛，你要深挖，总可以挖出一些别人不知道的思想，要不怕疼，要刺刀见红！"于是，他就挖起来。他说："我本来想打锣。毛主席搞革命现代戏，我打不成锣了，所以我恨他。"我看过他的交待，在楼梯拐角处小声对唐老大说："叫你们老三交待要实事求是，不要瞎说。"唐老大含含糊糊。我跟唐老二也说过同样的话，老二说："管不着！"过了几天，公安局来了人，把他铐走了。

大俞潮这样做真可谓处心积虑，存心害人。为什么呢？他和唐杰球往日无冤，近日无仇。他是洋乐队拉大提琴的，唐混球是打小锣的，业务上井水不犯河水，他干嘛给他来这么一手？他自己也没有得什么好处，军代表并没有表扬他。他落得一个结果：谁也不敢理他。见面也点点头，但是"卖羊头肉的回家，不过细盐（言）"，因为捉摸不透这人心里想什么，他为什么把唐老三的标语藏了那么多日子，又为什么选择一个节骨眼交出来。大俞潮弄得自己非常孤立。不多日子，他就请调到别的单位去了，很少再看到他。

唐杰球到公安局，先是被臭揍了一顿，然后过了几次堂，叫他交待问题。他实在交待不出什么问题。他本来没有什么问题，屎盆子是他自己扣在头上的。在公安局拘留审查了一阵，发到团河劳改农场劳动。一去几年，没有人再过问他的事。他先是度日如年，猫爪抓心，不知道他的问题是个什么结果。到后来"过一天算一日"，一早干活，傍晚吃饭，什么也不想了。

唐杰球关在团河农场劳动的漫长岁月，他的两个哥哥，唐老大、唐老二没有去探视过一次。

他们还算是弟兄吗？

一直到"文化大革命"结束，唐杰球放回来了。他还是打小锣，人变傻了。见人龇牙笑一笑，连话都不说。有人问他前前后后是怎么回事，他不回答，只是一龇牙。

唐老大添了一宗毛病：他把头发染黑了，而且烫了。有人问他："你染了发？烫了？"他瓮声瓮气地说："谁教咱们有那个条件呢！"条件，是头发好，不秃。他皮色也好，白里透红，——只是细看就看出脸上有密密的细皱纹。他五十几了，挺高的个儿。一头烫得蓬蓬松松的黑头发。看了他的黑发、白脸，叫人感到恶心。

然而，"你管得着吗？"

当代野人^①

※

可有可无的人

谁都是可有可无的。

戏曲界多数演员学戏、唱戏。实在是一场误会，根本不够条件，要嗓子没嗓子，要扮相没扮相，要个头没个头。只是因为几代都是唱戏的，一出娘胎就注定是唱戏的命，别无选择。孩子到了岁数，托托人，就往科班里一送。科班是管吃住的。孩子坐了科，家里就少一张嘴。出了科，能来个活，开个戏份，且比拉洋车、捡破烂强。唱红，是没有指望的。庹世荣就是这样一块料。蹲了八年大狱^②，只能当个底包，来个边边沿沿的角，"滴沬零碎"。后台管事在派角时，总是先考虑别人，剩下的，才在牙笏上写上他凑数。他学的是架子花，至多来个"曹八将"、"反王"。他唱"点将"，有字无音，只在最后一句"要把，狼烟扫"随着别人吼一嗓子。^③他的"玩艺儿"从来没有得过"好"，只有一次在一个小评剧团赶了一"包"，把评剧管彩匣子的"镇"了一下。评剧原来没有武打，没有勾脸的架

---

① 初刊于《当代》一九九六年第六期，初收于北师大版《汪曾祺全集》第二卷。
② 科班一般是八年毕业，生活很苦，规矩很严，学戏的都说这是八年大狱。
③ "点将"本是唢呐曲牌《点绛唇》，因多用于元帅升帐、豪客排山，故通称"点将"。"点将"的通用"大字"是："将士英豪，儿郎虎豹，军威耀，地动山摇，要把狼烟扫。"但"大字"常不唱，只在最后齐唱："——狼烟扫。"庹世荣亦依常例，不能算错。

子花，为了吸引观众，有时也穿插一两场武戏。武打演员都是从京剧班子里约的。没有"总讲"，更没有"单提"，演员连自己演的人物姓什么叫什么，都不知道，只要记住谁是"正的"，谁是"反的"，上去打一个"小五套"，"漫头"，"鼻子"，"正的"打"反的"一个抢背，"反的"搔耳瞪眼，作惊恐状，"四记头"亮住，"反的"拖枪急下，"正的"大笑三声："啊哈，啊哈，啊喝哈哈……——追！""枪下场"或"刀下场"，这一场就算完了。庹世荣勾了脸，管彩匣子的连声赞叹："还是人家京剧班的，这脸勾得多干净！"这件事庹世荣屡屡提起，正如他的名字，是一世之荣。就算他的脸勾得不错，这又有什么了不起呢？

解放后他参加了国营剧团。国营剧团定员、定工资，庹世荣有了固定收入，每月月初拿戳子到会计室领钱，再不用一晚上四处赶包，生活安定了。吃食上也好多了，除了熬白菜、炒麻豆腐，间长不短的来一顿炖肉。他爱吃猪下水、肠子、肚子、猪心、肺头，吃起来没个够。大夫跟他说："这不是什么好东西，高胆固醇。"——"管那个呢！"照吃不误。他有时一晚上没有活，也不用说戏排戏，进门应个卯，得机会就出去满世界遛弯，买点俏货，到南横街"小肠陈"来两个卤煮火烧，垫补垫补。时不常的，也到练功厅练练功。他的开蒙老师常说："'艺术'、'艺术'，有艺还得有术。""艺术"还可以这样拆开来讲，这是京剧界的一大发明。怎么练，他的功也不会长了，但是活动活动也有好处，——吃饭香。他的练功，不过是拉个山膀，踢踢腿，耗耗腿，"大跟头"是绝对不翻了。他过得很舒坦，很满足。

"文化大革命"，他忽然出了一次大风头。他写不出大字报，也不能参加大辩论。但是他还是很积极，跑进跑出，传递消息，跟着喊"万岁"，喊"打倒"，满脸通红，浑身流汗。革命战士逐渐形成两大派，甲派和乙派，成天打派仗。庹世荣经过观察考虑，决定参加甲派效力，在热火朝天的漩涡中乱转。

一辆"解放"牌疾驰而来，在剧团门口停住，从车上跳下几个乙派，还有几个着军装，扎皮带，套着大红袖箍的红卫兵，闯进牛棚，把几个走资派推推搡搡押上车。原来乙派勾结了"西纠"（红卫兵西城纠察队），要把走资派劫走。甲派战士蜂拥冲出大门，坚决不同意他们押走走资派。"西纠"所以支持乙派，押走剧团走资派，因想通过批斗剧团走资派，捣出本市乃至中央的走资派，立一大功。甲派不同意劫走走资派，是因为走资派都没有了，还叫他们批斗谁？那甲派就完蛋了。双方展开激烈的争辩，剑拔弩张。一个"西纠"小头领对司机下了命令："开走！别管他们！"正在千钧一发之际，庹世荣挟了一条席子往汽车前一铺："开走？姥姥！"他往席子上一躺："有种的从我身上轧过去！"司机犯不上为这么点事招惹一场人命，没有开动。甲派几个战士跳上车，把本团走资派夺下来，押回牛棚去了。司机倒车，从另一条路走了。

庹世荣这一壮举使全团为之刮目相看。不怕一万，就怕万一，万一司机是个混愣的小伙子，真把车开过来，庹世荣可是吃什么也不香了。

庹世荣的形象高大起来，他自己也觉得俨然是黄继光、董存瑞式的英雄，进进出出，趾高气扬。

但是好景不长，没有多少日子，他身上耀眼的光辉就暗淡了。他参加了革委会，无建树。后来又参加"五一六"的调查、逼供信，愣把一个三八式的干部逼得承认自己是"五一六"。但是"五一六"是"文革"中的一大糊涂公案，根本是"老虎闻鼻烟，没有那宗事"。他还回演员队演曹八将，吼半句"要把狼烟扫"，谁也不承认他真的是黄继光、董存瑞。

他得了病，血压高得异乎寻常，低压一百二，高压二百三。医生告诫他不能再吃肉。有时家里吃炖肉，他媳妇给他买两根顶花带刺的嫩黄瓜。这两根黄瓜给了他很大安慰：在家里，他还算个人物。

他死了，死于多种病并发症。一个也是唱架子花脸的二路角演员说医院的护士长告诉他，说："你们那位庹同志，给他验血，抽了一试管血，竟有半试管是油！"这似乎不大可能。

要给他开追悼会，他媳妇不同意马上开，她提出条件，要追认庹世荣为党员。她以为如果老庹被追认为党员，则在分房子、子女就业等问题上，就会得到照顾。

她的想法不是毫无道理，但是新产生的党委会没有同意，认为他不够党员条件。

遗体告别，生前友好大部分都去了，庹世荣比平常瘦小了好些，他抽抽了。

一九九六年五月二十七日

吃饭

关荣魁行二，他又姓关，后台演员戏称他为关二爷，或二爷。

他在科班学的是花脸，按说是铜锤、架子两门抱。他会的戏不少，但都不"咬人"，演员队长叶德麟派戏时，最多给他派一个"八大拿"里的大大个儿、二大个儿、何路通、金大力、关泰。他觉得这真是屈才！他自己觉得"好不了角儿"，都是由于叶德麟不捧他。剧团要排"革命现代戏"《杜鹃山》，他向叶德麟请战，他要演雷刚。叶德麟白了他一眼："你？"——"咱们有嗓子呀！"——"去去去，一边儿凉快去！"关二爷出得门来，打了一个"哇呀"："有眼不识金镶玉，错把茶壶当夜壶，哇呀……"

关二爷在外面，在剧团里虽然没多少人捧他，在家里可是绝对权威，一切由他说了算。据他说，想吃什么，上班临走给媳妇嘱咐一声：

"是米饭、炒菜，是包饺子——韭菜的还是茴香的，是煎锅贴儿、瓠榻子，——熬点小米粥或者棒楂儿粥、小酱萝卜，还是臭豆腐……"

"她要是不给做呢？"

"那就给什么吃什么呗！"

关二爷回答得很麻利。

"哦，力巴捽跤①！"

申元镇会的戏很多，文武昆乱不挡，但台上只能来一个中军、家院，他没有嗓子。他要算一个戏曲鉴赏家，甭管是老生戏、花脸戏，什么叫马派、谭派，哪叫裘派，他都能说得头头是道。小声示

---

① 北京的歇后语，"力巴捽跤，给嘛吃嘛"。

范，韵味十足。只是大声一唱，什么也没有！青年演员、中年演员，很爱听他谈戏。关二爷对他尤其佩服得五体投地，老是纠缠他，让他说裘派戏，整出整出地说，一说两个小时。说完了"红绣鞋"牌子，他站起要走，关二爷拽着他："师哥，别走！师哥师哥，再给说说！师哥师哥！……"——"不行，我得回家吃饭！"别人劝关二爷，"荣魁，你别老是死乞白赖，元镇有他的难处！"大家交了交眼神，心照不宣。

申元镇回家，媳妇拉长着脸：

"饭在锅里，自己盛！"

为什么媳妇对他没好脸子？因为他阳痿。女人曾经当着人大声地喊叫："我算倒了血霉，嫁了这么个东西，害得我守一辈子活寡！"

但是他们也一直没有离婚。

叶德麟是唱丑的，"玩艺儿"平常。嗓子不响堂，逢高不起，嘴皮子不脆，在北京他唱不了方巾丑、袍带丑，汤勤、蒋干，都轮不到他唱；贾桂读状，不能读得炒蹦豆似的；婆子戏也不见精彩；来个《卖马》的王老好、《空城计》的老军还对付。老是老军、王老好，吃不了蹦虾仁。树挪死，人挪活，他和几个拜把子弟兄一合计：到南方去闯闯！就凭"京角"这块金字招牌，虽不能大红大紫，怎么着也卖不了胰子①。到杭嘉湖、里下河一带去转转，捎带着看看风景，尝尝南边的吃食。商定了路线，先到济南、青岛，沿运

----

① 北京的军乐队混不下去，解散了，落魄奏乐手只能拿一只小号在胡同口吹奏，卖肥皂，戏班里称他们"卖了胰子"。

河到里下河，然后到杭嘉湖。说走就走！回家跟媳妇说一声，就到前门车站买票。

南方山明水秀，吃食各有风味。镇江的肴肉、扬州富春的三丁包子、嘉兴的肉粽、宁波的黄鱼鲞笃肉、绍兴的梅干菜肉、都蛮"崭"。使叶德麟称道不已的是在高邮吃的嗬嗤鱼糁汤，味道很鲜，而价钱极其便宜。

南方饭菜好吃，戏可并不好唱。里下河的人不大懂戏，他们爱看《九更天》、《杀子报》这一类剖肚开膛剁脑袋的戏，对"京字京韵"不欣赏。杭嘉湖人看戏要火爆，真刀真枪，不管书文戏理。包公竟会从三张桌上翻"台漫"下来。观众对从北京来的角儿不满意，认为他们唱戏"弗卖力"。哥几个一商量：回去吧！买了一些土特产，苏州采芝斋的松子糖、陆稿荐的酱肘子、东台的醉泥螺、鞭尖笋、黄鱼鲞、梅干菜，大包小包，瓶瓶罐罐上了火车。刨去路费，所剩无几。

进了门，洗了一把脸，就叫媳妇拿碗出门去买芝麻酱，带两根黄瓜、一块豆腐、一瓶二锅头。嚼着黄瓜喝着酒，叶德麟喟然有感：回家了！

"要饱还是家常饭"，叶德麟爱吃面，炸酱面、打卤面、芝麻酱花椒油拌面，全行。他爱吃拌豆腐，就酒。小葱拌豆腐、香椿拌豆腐，什么都没有，一块白豆腐也成，撒点盐、味精，滴几滴香油！

叶德麟这些年走的是"正字"。他参加了国营剧团。他谢绝舞台了，因为他是个汗包，动动就出汗，连来个《野猪林》的解差都是一身汗，连水衣子都湿透了。他得另外走一条路。他是党员，解放初期就入了党。台上没戏，却很有组织行政才能。几届党委都很信任他。他担任了演员队队长。演员队长，手里有权。日常排戏、派活，外出巡回演出、"跑小组"，谁去，谁不去，都得由他决定。谁能到中南海演出，谁不能去，他说了算。到香港演出、到日本演出，更是演员都关心，都想争取的美事，——可以长戏份、吃海鲜、开洋荤、看外国娘们，有谁、没谁，全在队长掂量。叶队长的笔记本是演员的生死簿。演员多数想走叶德麟的门子，逢年过节，得提了一包东西登门问候，水果、月饼、酒。叶德麟一推再推，到了还是收下来了。"下不为例！"——"那是那是！这点东西没花钱，是朋友送我的。"

叶德麟一帆风顺。"文化大革命"后，原来的党委、团长都头朝下了，团里的事由"四人帮"的亲信——文化部副部长兼剧团总导演虞桧一手掌握，他带来几个"外行"[①]驻进各团监督，有问题随时向他汇报。但是他还得有个处理日常工作的班底，他不能把原来党委的老班底全部踢开，叶德麟留下来仍旧当演员队的队长。虞部长不时还会叫他去谈话，听意见，备咨询。叶德麟觉得虞部长还是很信任他，心中暗暗得意，觉得他还能顺着这根竿子往上爬几年。

叶德麟也有不顺心的事。

一是儿子老在家里跟他闹。儿子中学毕业，没考上大学，也找不到合适的工作，只能到处打游击，这儿干两天，那儿干两天。儿子认为他混成这相，全得由他老子负责。他说老子对他的事不使

---

① 戏班里把不是演员出身的人都叫做"外行"。

劲，只顾自己保官，不管儿女前途。他变得脾气暴躁，蛮不讲理，一点小事就大喊大叫，说话非常难听。动不动就摔盘子打碗。叶德麟气得浑身发抖，无可奈何。

一件是出国演出没有他。剧团要去澳大利亚演出，叶德麟忙活了好一阵，添置服装、灯光器械、定"人位"，——出国名额要压缩，有些群众演员必须赶两三个角色。他向虞部长汇报了初步设想，虞部长基本同意。叶德麟满以为要派他去打前站，——过去剧团到香港、日本演出，都是他打前站，不想虞部长派他的秘书宣布去澳名单，却没有叶德麟！这对他的打击可太大了。他差一点当场晕死过去。这不是一次出国的事，他知道虞桧压根儿没把他当作自己的人，完了！他被送进了医院：血压猛增，心绞痛发作。

住了半个月院，出院了。

他有时还到团里来，到医务室量量血压、要点速效救心丸。自我解嘲：血压高了，降压灵加点剂量；心脏不大舒服，多来一瓶"速效救心"！他坐在小会议室里，翻翻报。他也希望有人陪他聊聊，路过的爷们跟他也招呼招呼，只是都是淡淡的，"卖羊头的回家——不过细盐（言）"。

快过年了。他儿子给他买了两瓶好酒，一瓶"古井贡"，一瓶"五粮液"，他儿子的工作问题解决了，他学会开车，在一个公司当司机，有了稳定的收入。叶德麟拿了这两瓶酒，说："得唻！"这句话说得很凄凉。这里面有多重意义、无限感慨。一是有这两瓶酒，这个年就可以过得美美的。儿子还是儿子，还有点孝心；二是他使尽一辈子心机，到了有此结局，也就可以了。

叶德麟死了，大面积心肌梗死急性发作。

照例要开个追悼会，但是参加的人稀稀落落，叶德麟人缘不好，大家对他都没有什么感情。为什么会这样呢？

因为他对谁都也没有感情。他是一个无情的人。

靳元戎也是唱丑的，岁数和叶德麟差不多，脾气秉性可很不相同。

靳元戎凡事看得开。"四人帮"时期，他被精简了下来，下放干校劳动。他没有满腹牢骚，唉声叹气，而是活得有滋有味，自得其乐。干校地里有很多麻雀，他结了一副拦网，逮麻雀，一天可以逮百十只，撕了皮，酱油、料酒、花椒大料腌透，入油酥炸，下酒。干校有很多蚂蚱，一会儿可捉一口袋，摘去翅膀，在瓦片上焙干，卷烙饼。

他说话很"葛"。

干校来了个"领导"。他也没有什么名义，不知道为什么当了"领导"。此人姓高，在市委下面的机关转来转去，都是没有名义的"领导"，搞政治工作，这位老兄专会讲《毛选》，说空空洞洞的蠢话，俨然是个马列主义理论家。他是搞政治工作的，干校都称之为"高政工"。他常常出一些莫名其妙的馊点子。《地道战》里有一句词："各村都有高招"，于是大家又称之为"高招"。干校本来是让大家来锻炼的，不要求产量，高招却一再宣传增产。年初定生产计划，是他一再要求提高指标。指标一提再提，高政工总是说："低！太低！"靳元戎提出："我提一个增产措施：咱们把地掏空了，种两层，上面一层，下面一层。"高政工认真听取了靳元荣的建议，还很严肃地说："这是个办法！是个办法！"

逮逮麻雀，捉蚂蚱，跟高政工逗逗，几年一晃也就过去了。

"四人帮"垮台，虞部长自杀，干校解散，各回原单位，靳元戎也回到了剧团。他接替叶德麟，当了演员队队长。

他群众关系不错。他的处世原则只有两条：一，秉公办事；二，平等待人。对谁的称呼都一样："爷们儿"。

他好吃，也会做。有时做几个菜，约几个人上家里来一顿。他是回民，做的当然都是清真菜：炸卷果、炮糊（炮羊肉炮至微糊）、它似蜜、烧羊腿、羊尾巴油炒麻豆腐。有一次煎了几铛鸡肉馅的锅贴，是从在鸡场当场长的老朋友那儿提回来的大骟鸡，撕净筋皮，用刀背细剁成茸，加葱汁、盐、黄酒，其余什么都不搁，那叫一个绝！

他好喝，四两衡水老白干没有问题。他得过心绞痛，还是照喝不误。有人劝他少喝一点，他说："没事，我喝足了，就心绞不疼了。"——这是一种奇怪的语法。他常用这种不通的语言讲话，有个小青年说："'心绞不疼'，这叫什么话！"他的似乎不通的语言多着呢！比如"文革"期间，有一个也是唱丑的狠斗马富禄，他认为太过火，就说："你就是把马富禄斗死了，你也马富禄不了啊！"什么叫"马富禄不了啊"？真是欠通，欠通至极点！他喝酒有个习惯，先铺好炕，喝完了，把炕桌往边上一踢，伸开腿就进被窝，随即鼾声大作。熟人知道他这个脾气，见他一钻被窝，也就放筷子走人，明儿见！

他现在还活着，但已是满头白发，老矣。

一九九六年九月初

当代野人系列三篇①

三列马

"三"是《三国演义》，"列"是《东周列国志》，"马"是马克思主义。

耿四喜是梨园世家，几代都是吃戏饭的。他父亲是在科班抄功的，他善于抄功，还善于"打通堂"。科班里的孩子嘴馋，有的很调皮，把老板放在冰箱里的烧鸡偷出来，撕巴撕巴吃了，老板知道了，"打通堂！"一个孩子在台上尿了裤子，"打通堂！"全科班的孩子都打屁股，叫做"打通堂"。耿四喜的父亲在鼻窝里用鼻烟抹了个蝴蝶，用一条大白手绢缠了手腕，叫学生挨个儿趴在板凳上，把供在祖师爷牌位前的板子"请"下来，一人五板或十板。用手绢缠腕子是防备把腕子闪了。每人每板，都一样轻重，不偏不向，打得很有节奏。打完一个，提上裤子走人，"下一个！"这些孩子挨打次数多了，有了经验，姿势都很准确利落。"打通堂"培养了他们的同学意识，觉得很甘美。日后长大了，聚在一起，还津津乐道，哪次怎么挨的打，然后举杯共进一杯二锅头："干！"

耿四喜是个"人物"。

他长得跟他父亲完全一样，四楞子脑袋，大鼻子，阔嘴，浑身

---

① 初刊于《小说》一九九七年第一期，初收于《去年属马》。

肌肉都很结实，脚也像。这双脚宽，厚，筋骨突出，看起来不大像人脚，像一种什么兽物的蹄子。他走路脚步重，抓着地走。凡是"练家"都是这样走，十趾抓地。他很能吃，如《西游记》所说"食肠大"。早点四两包子，两碗炒肝；中午半斤猪头肉，一斤烙饼；晚上少一点，喝两大碗棒子粥就得。

他学的是武花脸，能唱《白水滩》这样的摔打戏，也演过几场，但是台上不是样儿，上下身不合，"山东胳臂直隶腿"，以后就一直没有演出。剧团成立了学员班，他当了学员班抄功的老师。几代家学，抄功很有经验。他说话有个特点，爱用成语，而且把成语的最后一个字甚至几个字"歇"掉。学员练功，他总要说几句话勉励动员：

"同学们，你们都是含苞待，将来都有锦绣前。练功要硬砍实，万万不可偷工减。现在要是少壮不，将来可就老大徒了！踢腿！——走！"

他爱瞧书，《三国演义》、《东周列国志》看得很熟。京剧界把《三国演义》和《东周列国志》合列为"三列国"。三国戏和列国戏很多，不少人常看这两部书，但是看得像耿四喜这样滚瓜烂熟、倒背如流的，全团无第二人。提出"三列国"上的大小问题，想考耿四喜，绝对考不倒！全团对他都很佩服，送了他一个外号："耿三列"。没事时常有人围着要他说一段，耿四喜于是绘声绘色，口若悬河，不打一个"拨儿"，一讲半天。于是耿四喜除了"耿三列"之外，还博得另一个外号："耿大学问"。

"文化大革命"，天下大乱，一塌糊涂。成立了很多"战斗队"。几个人一捏估，起一个组名："红长缨"、"东方红"、

"追穷寇"……找一间屋子，门外贴出一条浓墨大字，就可以占山为王，革起命来："勒令""黑帮"交待问题，写大字报，违反宪法，闯入民宅，翻箱倒笼，搜查罪证。耿四喜也成立了一个战斗组。他的战斗组的名字随时改变，但大都有个"独"字："独立寒秋战斗组"、"风景这边独好战斗组"，因为他的战斗组只有他一个人，他既是组长，又是组员。他不需要扩大队伍，增长势力。后来"革命群众"逐渐形成两大派，天天打派仗，他哪一派也不参加，自称"不顺南不顺北战士"。北京有一句土话，叫做"骑着城墙骂鞑子——不顺南不顺北"。不过斗"黑帮"的会，不论是哪一派召开的，他倒都参加的。同仇敌忾，义愤填膺，口沫横飞，声色俱厉。他斗"黑帮"永远只是一句话，"黑帮"交待问题，他总是说："说那没用！说你们是怎么黑的！"

中国的事情也真是怪，先给犯错误、有问题的人定了性，确立了罪名，然后发动群众，对"分子"围攻，迫使"有"问题的人自己承认各种莫须有的问题，轮番轰炸，疲劳战术，"七斗八斗"，斗得"该人"心力交瘁，只好胡说八道，把自己说成狗屎堆，才休会一两天，听候处理。这种办法叫做"搞运动"。这大概是中国的一大发明。

黑帮对耿四喜还真有点怵。不是怕他大喊大叫，而是怕他的"个别教练"。他每天晚上提出一个"黑帮"，给他们轮流讲马列主义。他喝了三两二锅头、一瓶啤酒，就到"牛棚"门外叫："×××，出来！"这×××就很听话地随着他到他的战斗组，耿四喜就给他一个人讲马列主义，这叫"单个教练"。耿四喜坐着，"黑帮"站着。每次讲一个小时，十二点开始，一点下课。

耿四喜真是个"大学问"，他把十二本"干部必读"都精读了一遍。"剩余价值论"、"政治经济学"、"上层建筑与经济基础"……都能讲得下来。《矛盾论》、《实践论》更不在话下。他讲马列主义也是爱用歇后语："剩余价"、"上层建"、"经济基"……

因为耿四喜熟读马列主义经典著作，使剧团很多人更加五体投地，他们把他的外号"耿三列"修改了一下，变成了"三列马"。

"文化大革命"结束后，耿四喜调到戏校抄功，他说话还是爱用歇后语。

耿四喜忽然死了，大面积心肌梗塞，抢救无效，呜呼哀哉了。

开追悼会时，火葬场把蒙着他的白布单盖横了，露出他的两只像某种兽物的蹄子的脚，颜色发黄。

一九九六年八月十四日

大尾巴猫

"文化大革命"调动了很多人出奇的洞察力和想象力，每天都产生各色各样的反革命事件和新闻。华君武画过一张漫画，画两位爱说空话的先生没完没了地长谈，从黑胡子聊到白胡子拖地，还在聊。有人看出一老的枕头上的皱褶很像国民党的党徽——反革命！有人从小说《欧阳海之歌》的封面下面的丛草的乱绕中寻出一条反革命标语："蒋介石万岁！"有人从塑料凉鞋的鞋底的压纹里认出一个"毛"字，越看越像。风声鹤唳，草木皆兵，神经过敏，疑神疑鬼。有人上班，不干别的事，就传播听信这种莫须有的谣言，并希望自己也能发现奇迹，好立一功。剧团的造反派的头头郝大锣（他是打大锣的）听到这些新闻，慨然叹曰："咱们为什么就不能发现这样的问题呢！"他曾希望，"'文化大革命'胜利了，咱们还不都弄个局长、处长的当当？"他把希望寄托在挖反革命上，但是暂时还没有。

剧团有个音乐设计，姓范名宜之，他是文工团出身，没有受过正规的音乐训练。他对京剧不熟，不能创腔，只能写一点序幕和幕间曲，也没有什么特点，不好听。演员挖苦他，说他写的曲子像杂技团耍坛子的。他气得不行，说："下回我再写个耍盘子的！"他才能平庸，但是很不服气。他郁郁不得志，很想做出一点什么事，一鸣惊人。业务上不受尊重，政治上求发展。他整天翻看报纸文件，想从字里行间揪出一个反革命。——他揪出来了！

剧团有个编剧，名齐卓人，把《聊斋志异》的《小翠》改编成为剧本，故事大体如下：御史王煦，生有一子，名唤元丰，是个傻子。一只小狐狸在王煦家后花园树杈上睡着了。王煦的紧邻太师王潜是个奸臣。王潜的儿子很调皮，他用弹弓对小狐狸打了一弹，小狐狸腿上受伤，跌在地上。王元丰虽然呆傻，却很善良，很爱小动物，就把小狐狸抱到前堂，给它裹伤敷药，他说这是一只猫。僮儿八哥说："这不是猫，你瞧它是尖嘴。"王元丰说："尖嘴猫！"八哥又说："它是个大尾巴！"元丰说："大尾巴猫！"八哥说他认死理儿，"猫定了"，毫无办法。（下略）

范宜之双眼一亮："'大尾巴猫'说的是什么？这不是反革命是什么？"他拿了油印的剧本去找郝大锣，郝大锣听了范宜之的分析，大叫了一声："好！"范宜之洋洋得意，郝大锣欣喜若狂。当即召集各战斗组小组长开紧急会议，布置战斗任务，连夜赶写大字报，准备战斗发言。

大字报铺天盖地，批斗会大喊大叫。一开头齐卓人真有点招架不住。这是无中生有，胡说八道！有一个编导，是个老剧人了，齐卓人希望他出来说几句公道话，说文艺作品不能这样牵强附会地分析，不料他不但不主持公道，反而火上加油，用绍兴师爷的手法，离开事实，架空立论。他是写过杂文的，用笔极其毒辣。齐卓人叫他气得咬牙出血，要跟他赌一个手指头：只要他说一句，他说的话都不是违背良心的，齐卓人愿意当众剁下左手的小拇指，挂在门框上！造反派要审查《小翠》的原稿，原稿找不到。造反派说他把原稿藏起来了，毁了。齐卓人急得要跳楼。其实原稿早就交给资料室收进艺术档案了，可是资料员就是不说。问他为什么不说，他说他不敢！"文化大革命"大部分"战士"都是这样：气壮如牛，胆小如鼠，只求自保，不问良心。开了几次批判会，有个"牛棚"里的"难友"是个"老运动员"，从延安时期就一直不断挨整，至今安然无恙，给他传授了一条经验：自我批判，可以把自个儿臭骂一通，事实寸步不让，不能瞎交待，那样会造成无穷的麻烦。齐卓人心领神会。每次开批判会，都很沉痛，但都是空话，而且是车轱辘话来回转，把一点背景、过程重新安排组织，一二三四五是一篇，五四三二一又是一篇。而且他看透郝大锣、范宜之都是在那里唱《空城计》，只是穷咋唬，手里一点真实材料没有（也不可能有），批判会实际上是空对空。批判会开的次数多了，齐卓人已经厌烦，最后一次，他带了两页横格纸，还挟了一本《辞海》，走上被告席，说："郝大锣同志，范宜之同志，咱们把话挑明了，你们的意思无非是说'大尾巴猫'指的是毛主席，你们真是研究象形文字的专家。我希望你们把你们的意思都写下来。为了省事，我给你们写了一个初稿：

> 我们认为《小翠》一剧中写的'大尾巴猫'指的是伟大领袖毛主席！如有诬告不实，愿受'反坐'之责，恐后无凭，立此存照。

郝大锣　范宜之

月　　日

"你们知道什么叫'反坐'吗？请翻到《辞海》六〇五页：

> 反坐，法律用语，指按诬告别人的罪名对诬告人施行惩罚。如诬告他人杀人者，以杀人罪反坐。

"请你们在这两页纸上签一个名。"

郝大锣、范宜之面面相觑，不知道怎么办。

齐卓人扫视在场"革命群众"，问："大家还有什么意见没有？没有，我建议散会。"

事情已经过了好几年，剧团演职员有时还会聊起旧事，范宜之看到周围的许多眼睛，讪讪地说："……那个时候嘛！"

郝大锣没有当上局长，倒得了小脑萎缩，对过去的事什么也想不起来了。

一九九六年八月十三日

去年属马

　　造反派到我家去抄家，名义上是帮助我"破四旧"，实际上是搜查反革命罪证。夏构丕蹬了一辆平板三轮随队前往。我拿钥匙开了门，请他们随便检查。造反派到处乱翻，夏构丕拿了我的一个剧本仔仔细细地看。我有点紧张，怕他鸡蛋里挑骨头，找出什么反革命的问题。还好，他逐字逐句看过，把剧本还给了我。

　　第二天上班，我向牛棚里的战友说起夏构丕检查我的剧本时的紧张心情，几位"难友"齐说："嘻！你紧张什么？他不识字！"

　　我渐渐了解夏构丕的身世。他是山西人，不知道父亲母亲是谁，是个流浪孤儿，靠讨吃为生。后来在阎锡山队伍上当了几天兵。新兵造花名册，问他"姓什？"——"夏！""叫什么？"他说："知不道。"——"一个人连自己的名字都不知道，真是狗屁！你就叫夏狗屁吧！"他叫了几年夏狗屁。八路军打下了太原，夏狗屁被俘虏过来，成了"解放战士"。解放战士照例也要登记填表，人事干部问他叫什么，"夏狗屁。"——"夏狗屁？"人事干部觉得这名字实在不像话，就给他改成"夏构丕"——"多大岁数？"——"知不道。"——"那你属什么？"——"去年属马。"人事干部只好看看他的貌相，在"年龄"一栏里估摸着填了一个数目。

夏构丕在"三分队"干杂活，扛衣箱，挂大幕，很卖块儿。

一晃几年，有一天上班他忽然异常兴奋，大声喊叫："同志们，同志们，以后咱们吃炸油饼可以不交油票了！"（那时买油饼需交油票）

"为什么？"

"大庆油田出油了！"

"大庆的油可不能炸油饼！"

"咋啦？"

又有一次，他又异常兴奋地走进战斗组，大声说："刘少奇真坏！"

"他怎么又真坏了？"

"他又改了名字了！"

"改成了什么？"

"他又改名叫'刘邓陶'啦！"

夏构丕成了红人，各战斗组都想吸收他。为什么呢？因为他去年属马。

一九九六年八月十七日

〔题记〕

有一个外国的心理学家说过：所谓想象，其实是记忆的复合和延伸，我同意。作家执笔为文，总要有一点生活的依据，完全向壁虚构，是很困难的。这几篇小说是有实在的感受和材料的，但是都已经经过了"复合和延伸"，不是照搬生活。有熟知我所写的生活的，可以指出这是谁的事，那是谁的事，但不能确指这是写的谁，那是写的谁。希望不要有人索隐，更不要对号入座，那样就会引出无穷的麻烦，打不清的官司。近几年自我对号的诉讼屡有所闻，希望法院不要再受理此类案件。否则就会使作家举步荆棘，临笔踟蹰，最后只好什么都不写。你们有没有考虑过，多管闲事，对文艺创作是不利的。

我最近写的小说，背景都是"文化大革命"。是不是"文化大革命"不让再提了？或者，"最好"少写或不写？不会吧。"文化大革命"怎么能从历史上，从人的记忆上抹去呢？"文化大革命"是我们这个民族的扭曲的文化心理的一次大暴露。盲从、自私、残忍、野蛮……

这一组小说所以以"当代野人"为标题，原因在此。

应该使我们这个民族文明起来。

一九九六年八月二十一日

膝行的人①

企鹅因为翅膀而存在，否则，北极洋，一片白，分不开鸟与其他。企鹅的翅膀是黑的。——是黑的么？

我看了看桌上一本小书。企鹅丛书。

商标。谁定的。甚么意思。人都有个名字。雁过留声，企鹅不叫唤。不叫唤？我没听，——我没看见过，企鹅。（我又看了看封面蓝颜色上面那个鸟。）那个鸟其实整个是白的也自有它的地位。然而它可是比原来的鸟更有黑，更有轮廓。画！甚么叫忠实。企鹅大概不飞，是的，不。……

我忽然感到窒息，透不过气来。我像是粘了一身很粘很粘的蜘蛛网。我在心里十分狂野的喊了，"企——鹅——"这个声音形成了一句十分无礼的话：

"嗨，张，你为甚么带了这么一本书来，带来，不看？"

我话里充满恶意，充满一种复仇之感。我话未出口，张却用指头蘸了桌上茶写了一个字："刖"。

"怎么读？"

"刂"很快干去，"月"汇成了一片，这个字可真不像，不像张的字。我恶意并未消去，我死死瞅定他那双微向外扇的耳朵，我知道只是微微的，然而我心里说"招风耳"！一片小小的笑映在我眉

---

① 初刊于一九四五年三月十七日第二十期《自由论坛周报》。

尖。我想起小时候常唱的一首谣歌，嘲弄招风耳的。这一笑笑得很好。它融开我，点亮我了。我想起一架紫藤花，我们在花下唱歌，摇着头，摇着头上的蝴蝶结。我几乎想问张"你们家也有紫藤花么？"而且我声音一定带点女孩子气。我告诉他那个字的读音。要是我稍微对那个字有点好感，我也许要用指头给他那个不成形的字描得好好的。我小时老和妹妹收拾零落的洋娃娃，用宽紧线连好洋娃娃胳臂腿。可是我一点都不喜欢这个字。

我晓得张为甚么忽然问起这个字，那个没有脚的人从门外经过了。

我和张在一家小茶馆泡茶，星期天下午。

写历史的人将来会不漏掉这一笔。这几年大学生十有七八有泡茶馆的习惯，直到他们离开学校三五年后还保留这个生理习惯。即使不再进茶馆，许多影响还有在他们身上寻见。比如，他总喜欢找一个靠墙的座位，即使在一个宽大明亮的客厅中。他能半天不说话，周身发散一种懒散的骄傲一种深入肌理，难以捉摸的骄傲，即使在一个极其典重庄严的礼堂会场中。当然，他会嘲笑的，他不会放过你的招风耳朵，尽管你的耳朵招得并不难看：尽管他自己也是招风，尽管，根本招风的就是他的耳朵，尽管，他没有耳朵，两边光光的，一个西瓜或一个短冬瓜。他会一下子抛弃你，坐到一个云深不知处的地方。他多超越，回视下界，如苍蝇声。他可以直视你，如看一个碑。眯着眼睛，把你挤扁在睫毛之间那道缝里。我劝你别，如果你要，他立刻发现，立刻警告你："像你这样自作聪明的人很多，你晓得一个名词，虚无主义，到处乱用！"

先生，你背吧，阿Q，唐吉科德，沙宁，你甚连贝多芬和拿破仑多拉上，他会看着你，像一个教员对一个只记得结论的学生。

然而他会被融开与点亮的。只要一句谣歌，一瓣紫藤花，他会开向你，开向世界，整个的。

现在，天和企鹅丛书一样蓝。太阳明亮而鲜艳。野外蚕豆花发，麦色青青。小石板街上流着人马，草鞋，包谷，蜡烛，金堂烟，蒸米饭和炒保肉的气味。一架碾米机坚定的吞进去，吐出来。一条黑狗急急的奔过去，不为甚么，就只为告诉你他跑得多好。老槐树的影子高高的撒下来，一顶草帽的影子圆圆的撒下来。麻雀在簷前噪鸣。

我把张写的那个字描成一个小猫的头，两只耳朵，两只眼睛。我偏着头欣赏了一会如猫看人。

那个没有脚的人膝行回家了，他走尽小石板街，走出那个赭绿斑驳的小牌坊，走在蚕豆花和麦鬣之间的田坡上，回到他神秘的草屋里去了。

一个大学生在日记上写道：

"这条街早晨走起来短，晚上长。"

早晨，晚上，……他迷胡了。他的眼镜片上落了许多灰尘，他擦了擦。他想得很多，直到他听见自己血在血管里流，汩汩的流。企鹅的轮廓没了。我抽一支烟，说那个膝行人，那个没有脚的人的故事。

他曾经是个无赖，流氓，土匪，杀人犯，……总之，一个无恶不作的人。

因为他没有宗教，没有信仰，没有家，没有爱，没有春天，也没有坟，总之他没有一切"关系"，所以世界是一个。他孑然一身，无怙无恃，无姓无名。他活到十八岁，没掐过一朵花，也从未有人教他唱过，所以他眼睛漆黑，嘴唇侵闭，虽然没有一面镜子照过他。他不要甚么，但是他有一次哭了，因为甚么都不要他。

于是，他来了，像一场灾难。

于是，这一带的香烛消耗增加了，慈善事业的捐款收入也增加了。太太更爱丈夫，县长不敢让小舅子做保安队长了。旅行人用毛巾在箱子上做甚么记号也没有用，他不懂一切江湖上规矩。敲洋琴的瞎子为他编起一支弹词，混和恐怖与美丽。听唱的人时常偷眼四下看看，说不定他就在纸莲花灯下听着，闭目抱膝如其他人。而忽然一下子不见了，在瞎子口袋里留下一束酬金。还有那句老话："妇女用其名止小儿夜哭"。（现在他有了名字了，是别人给他的，也许出于一家小茶馆由一张嘴到一张嘴传了出去。）有一天一个女孩子到舅母家玩了一天，时候晏了，就和表妹一处睡了，两个人忽然谈起"假如那个人忽然来了？"真的他来了，怎么办呢？那时候，许多女孩子做了许多种奇怪诞的梦，醒来十分兴奋，又十分疲倦。他是一条龙，一只天鹅。

那架碾米机忽然停住，天地一时静了许多，一队卸了鞍的驮马奔出小牌坊，在草场里滚，嘶叫，踢蹬，饮水。小茶馆门前晒的花生米也由紫红转成粉绛。"小老二，回家——。"老母鸡的眼睛昏花了。某处有音乐会开始，《蓝色的多瑙河》，忧愁而感激，一只凤头龙爪点子鸽子从麦垛间飞起，打了个回旋，落下来，咕咕的进了窠。

后来，有一次，他由于沉重的疲倦和酒，他把身边十四个同伴都杀了，可是留下一个十二岁的娃子。也许由于那孩子的眼睛，也许由于他自己的眼睛，他的胳臂再举不起来。而那孩子串通他的仇家，有一天，捉住他，砍去了他两只脚。

断去的部分长得尖尖的，圆圆的，光光滑滑的，如同两只红色茄子。他并不包扎起来，让他露在外面。他不像一般没有脚的人，要用木脚，拄杖，或以手代足，爬着走。他在膝盖包了一层薄薄的布，他跪着走。而他的上身，直立着。他决不比谁走得慢，也不让他的手改变样子，他仍是大摇大摆的，听说现在他上起屋来比常人还快捷的多。有一次有人家失火，有人看见他在火光中上下，不过火势稍息，就再也找不到他了。

他每天到市里来，来一趟，买点东西，嘴还总是闭着，不说话，也没有人和他交谈。谁也没有走近他那所孤立的草屋旁边看过。于是那成了神秘的草屋。其实那间草屋决住不下两个人，容不下比一张床更大的东西。

据说，他现在制一点纸糊的风车，泥捏的公鸡蛤蟆，鸢子和弹弓，一些孩子们化他们可得的钱可买得的玩意儿，给一些人满街吹着的卖。贩他东西的人说他卖得不比别人贵，也不便宜，此外，甚么也不知道。因为在街上卖那种玩意的常常是瞎子。

卖唱的瞎子该还有能唱他的故事。

一个中学生在作文本子上写他的游记：

"历来已万证家人矣。"

可真是，一盏一盏的灯点起来。点灯的手。我和张泡了一下午的茶！"这条街，早晨走起来短，晚上，长，"那个没有脚的人点不点灯？我画的那个小猫头已经干了。张忽然大声说，

"嗨汪！那是个个人主义者。"

"谁？"我几乎为他的声音吓得仓皇失措。

"那个膝行的人。"

"哦"。我的眉毛抬起，在比原来地位高四分许处停住很久。额上皱纹往里刻。我脑子有点乱。胡里胡涂的，我说，

"张，该回去了，这是你的书，你的企鹅丛书！"

我不知道我为甚么不高兴，在这句话里还洩出我的余愤如余烬。

张站起来，跟老板娘说了一句话，无疑的这句话早在他心头了，他语音平稳，决不旁顾。

"老板娘，你的草鞋卖多少钱一双？"

老鲁①

　　去年夏天我们过的那一段日子实在很好玩。我想不起别的恰当的词儿，只有说它好玩。学校四个月发不出薪水，饭也是有一顿没一顿的吃。——这个学校是一个私立中学，是西南联大的同学办的。校长、教务主任、训育主任、事务主任、教员，全部都是联大的同学。有那么几个有"事业心"的好事人物，不知怎么心血来潮，说是咱们办个中学吧，居然就办起来了。基金是靠暑假中演了一暑期话剧卖票筹集起来的。校址是资源委员会的一个废弃的仓库，有那么几排土墼墙的房子。教员都是熟人。到这里来教书，只是因为找不到，或懒得找别的工作。这也算是一个可以栖身吃饭的去处。上这儿来，也无须通过什么关系，说一句话，就来了，也还有一张聘书，聘书上写明每月敬奉薪金若干。薪金的来源，是靠从学生那里收来的学杂费。物价飞涨，那几个学杂费早就教那位当校长的同学捣腾得精光了，于是教员们只好枵腹从教。校长天天在外面跑，通过各种关系想法挪借。起先回来还发发空头支票，说是有了办法，哪儿哪儿能弄到多少，什么时候能发一点钱。说了多次，总未兑现。大家不免发牢骚，出怨言。然而生气的是他说谎，至于发不发薪水本身倒还其次。我们已经穷到了极限，再穷下去也不过如此。薪水发下来原也无济于事，顶多能约几个人到城里吃一顿。

　　① 初刊于《文艺复兴》一九四七年第三卷第二期，初收于《邂逅集》。此据《汪曾祺短篇小说选》所收作者修改本排印，文后写作时间为作者修改时所注。

这个情形，没有在昆明，在我们那个中学教过书的，大概无法明白。好容易学校挨到暑假，没有中途关门。可是一到暑假，我们的日子就更特别了。钱，不用说，毫无指望。我们已好像把这件事忘了。校长能做到的事是给我们零零碎碎的弄一餐两餐米，买二三十斤柴。有时弄不到，就只有断炊。菜呢，对不起，校长实在想不出办法。可是我们不能吃白斋呀！有了，有人在学校荒草之间发现了很多野生的苋菜（这个学校虽有土筑的围墙，墙内照例是不除庭草，跟野地也差不多）。这个菜云南人叫做小米菜，人不吃，大都是摘来喂猪，或是在胡萝卜田的堆锦积绣的丛绿之中留一两棵，到深秋时，在夕阳光中红晶晶的，看着好玩。——昆明的胡萝卜田里几乎都有一两棵通红的苋菜，这是种菜人的超乎功利，纯为观赏的有意安排。学校里的苋菜多肥大而嫩，自己动手去摘，半天可得一大口袋。借一二百元买点油，多加大蒜，爆炒一下，连锅子掇上桌，味道实在极好。能赊得到，有时还能到学校附近小酒店里赊半斤土制烧酒来，大家就着碗轮流大口大口地喝！小米菜虽多，经不起十几个正在盛年的为人师者每天食用，渐渐地，被我们吃光了。于是有人又认出一种野菜，说也可以吃的。这种菜，或不如说这种草更恰当些，枝叶深绿色，如猫耳大小而有缺刻，有小毛如粉，放在舌头上拉拉的。这玩意北方也有，叫做"灰藋菜"，也有叫讹了叫成"回回菜"的。按即庄子所说"逃蓬藋者闻人足音则跫然喜"之"藋"也。据一个山东同学说，如果裹了面，和以葱汁蒜泥，蒸了吃，也怪好吃的。可是我们买不起面粉，只有少施油盐如炒苋菜办法炒了吃。味道比起苋菜，可是差远了。还有一种菜，独茎直生，周附柳叶状而较为绵软的叶子，长在墙角阴湿处，如一根脱了毛的鸡毛掸子，也能吃。不知为什么没有尝试过。大概这种很古雅的灰藋菜还足够我们吃一气。学校所在地名观音寺，是一荒村，也没有什么地方可去。时在暑假，我们的眠起居食，皆无定时。早起来，各在屋里看书，或到山上四处走走，看看时间差不多了，就相互招呼去"采薇"了。下午常在校门外不远处一家可欠账的小茶棚中喝茶，看远山近草，车马行人，看一阵大风卷起一股极细的黄土，映在太阳光中如轻霞薄绮，看黄土后面蓝得好像要流下来的天空。到太阳一偏西，例当想法寻找晚饭菜了。晚上无灯，——变不出电灯费教电灯公司把线给铰了，大家把口袋里的存款倒出来，集资买一根蜡烛，会聚在一个未来的学者、教授的屋里，在凌乱的衣物书籍之间各自找一块空间，躺下坐好，天南地北，乱聊一气。或回忆故乡风物，或臧否一代名流，行云流水，不知所从来，也不知向何处去，高谈阔论，聊起来没完，而以一烛为度，烛尽则散。生活过成这样，却也无忧无虑，兴致不浅，而且还读了那么多书！

阿呀，题目是《老鲁》，我一开头就哩哩拉拉扯了这么些闲话干什么？我还没有说得尽兴，但只得打住了。再说多了，不但喧宾夺主，文章不成格局（现在势必如此，已经如此），且亦是不知趣了。

但这些事与老鲁实有些关系，老鲁就是那时候来的。学校弄成那样，大家纷纷求去，真为校长担心，下学期不但请不到教员，即工役校警亦将无人敢来，而老鲁偏在这时会来了。没事在空空落落的学校各处走走，有一天，似乎看见校警们所住的房间热闹起来。看看，似乎多了两个人。想，大概是哪个来了从前队伍上的朋友了（学校校警多是退伍的兵）。到吃晚饭时常听到那边有欢笑的声音。这声音一听即知道是烧酒所翻搅出来的。嗷，这些校警有办法，还招待得起朋友啊？要不，是朋友自己花钱请客，翻作主人？走过门前，有人说："汪老师，来喝一杯"，我只说："你们喝，你们喝"，就过去了，是哪几个人也没有看清。再过几天，我们在挑菜时看见一个光头瘦长个子穿半旧草绿军服的人也在那里低着头掐灰藋菜的嫩头。走过去，他歪了头似笑不笑地笑了一下。这是一种世故，也不失其淳朴。这个"校警的朋友"有五十岁了，额上一抬眉有细而密的皱纹。看他摘菜，极其内行，既迅速且准确。我们之中有一位至今对摘菜还未入门，摘苋菜摘了些野茉莉叶子，摘灰藋菜则更不知道什么麻啦蓟啦的都来了，总要别人再给鉴定一番。有时拣不胜拣，觉得麻烦，就不管三七二十一，花啦一起倒下锅。这样，在摘菜时每天见面，即心仪神往起来，有点熟了。他不时给我们指点指点，说哪些菜吃得，哪些吃不得。照他说，可吃的简直太多了。这人是一部活的《救荒本草》！他打着一嘴山东话，说话神情和所用字眼都很有趣。

后来不但是蔬菜，即荤菜亦能随地找得到了。这大概可以说是老鲁的发明。——说"发明"，不对，该说什么呢？在我看，那简直就是发明：是一种甲虫，形状略似金龟子，略长微扁，有一粒蚕豆大，村里人即叫它为蚕豆虫或豆壳虫。这东西自首夏至秋初从土里钻出来，黄昏时候，漫天飞，地下留下一个一个小圆洞。飞时鼓翅作声，声如黄蜂而微细，如蜜蜂而稍粗。走出门散步，满耳是这种营营的单调而温和的音乐。它们这样营营的，忙碌地飞，是择配。这东西一出土即迫切地去完成它的生物的义务。等到一找到对象，便在篱落枝头息下。或前或后于交合的是吃，极其起劲地吃。

所吃的东西却只有一种：柏树的叶子。也许它并不太挑嘴，不过爱吃柏叶，是可以断言的。学校后面小山上有一片柏林，向晚时这种昆虫成千上万。老鲁上山挑水，——老鲁到朋友处闲住，但不能整天抄手坐着，总得找点事做做，挑水就成了他的义务劳动，——回来说，这种虫子可吃。当晚他就捉了好多。这一点不费事，带一个可以封盖的瓶罐，走到哪里，随便在一个柏枝上一捋，即可有三五七八个不等。这东西是既不挣扎也不逃避的，也不咬人螫人。老鲁笑嘻嘻地拿回来，掐了头，撕去甲翅，动作非常熟练。热锅里下一点油，煸炸一下，三颠出锅，上盘之后，洒上重重的花椒盐，这就是菜。老鲁举起酒杯，一连吃了几个。我们在一旁看着，对这种没有见过的甲虫能否佐餐下酒，表示怀疑。老鲁用筷子敲敲盘边，说："老师，请两个嘛！"有一个胆大的，当真尝了两个，闭着眼睛嚼了下去："唔，好吃！"我们都是"有毛的不吃掸子，有腿的不吃板凳"的，于是饭桌上就多了一道菜，而学校外面的小铺的酒债就日渐其多起来了。这酒账是到下学期快要开学时才由校长弄了一笔钱一总代付了的。豆壳虫味道有点像虾，还有点柏叶的香味。因为它只吃柏叶，不但干净，而且很"雅"。这和果子狸，松花鸡一样，顾名思义即可知道一定是别具风味的山珍。不过，尽管它的味道有点像虾，我若是有一盘油爆虾，就决不吃它。以后，即使在没有虾的时候也不会有吃这玩意的时候了。老鲁呢，则不可知了。不管以后吃不吃吧，他大概还会念及观音寺这地方，会跟人说："俺们那时候吃过一种东西，叫豆壳虫……"

　　不久，老鲁即由一个姓刘的旧校警领着见了校长，在校警队补了一个名子。校长说："饷是一两个月发不出来的哩"，老刘自然知道，说不要紧的，他只想清清静静地住下，在队伍上时间久了，不想干了，能吃一口这样的饭就行（他说到"这样的饭"时，在场的人都笑了）。他姓鲁，叫鲁庭胜（究竟该怎么写，不知道，他有个领饷用的小木头戳子，上头刻的是这三个字），我们都叫他老鲁，只有事务主任一个人叫他的姓名（似乎这样连名带姓的叫他的下属，这才像个主任）。济南府人氏。何县，不详。和他同时来的一个，也"补上"了，姓吴，河北人。

什么叫"校警"，这恐怕得解释一下，免得过了一二十年，读者无从索解。"校警"者，学校之警卫也。学校何须警卫？因为那时昆明的许多学校都在乡下，地方荒僻，恐有匪盗惊扰也。那时多数学校都有校警。其实只是有几个穿军服的人（也算一个队），弄几枝旧枪，壮壮胆子。无非是告诉宵小之徒：这里有兵，你们别来！年长日久，一向又没有发生过什么事情，这个队近于有名无实了。他们也上下班。上班时抱着一根老捷克式，搬一条长凳，坐在门口晒太阳，或看学生打篮球。没事时就到处走来走去，嘴里咬着一根狗尾巴草草，"朵朵来米西"，唱着不成腔调的无字曲。这地方没有什么热闹好瞧。附近有一个很奇怪的机关，叫做"灭虱站"，是专给国民党军队消灭虱子的。他们就常常去看一队瘦得脖子挺长的弟兄开进门去，大概在里面洗了一通，喷了什么药粉，又开出来，走了。附近还有个难童收容所。有二三十也是饿得脖子挺长的孩子，还有个所长。这所长还教难童唱歌，唱的是"一马离了西凉界，不由人一阵阵泪洒胸怀"，而且每天都唱这个。大概是该所长只会唱这一段。这些校警也愿意趴在破墙上去欣赏这些瘦孩子童声齐唱《武家坡》。他们和卖花生的老头搭讪，帮赶马车的半大孩子钉马掌，去看胡萝卜，看蝌蚪，看青苔，看屎克螂，日子过得极其从容。有的住上一一阵，耐不住了，就说一声"没意思"，告假走了。学校负责人也觉这样一个只有六班学生的学校，设置校警大可不必，这两枝老枪还是收起来吧，就一并捆起来靠在校长宿舍的墙角上锈生灰去了。校警呢，愿去则去，愿留的，全都屈才做了本来是工友所做的事了。人各有志，留下来的都是喜爱这里的生活方式的。这里的生活方式，就是：随便。你别说，原来有一件制服在身上，多少有点拘束，现在脱下了二尺半，想穿什么就穿什么，就更添了一分自在。可是他们过于喜爱这种方式，对我们就不大方便。他们每天必作的事是挑水。当教员的，水多重要！上了两节课，唇干舌燥。到茶炉间去看看，水缸是空的。挑水的呢？他正在软草浅沙之中躺着，眯着眼在看天上的云哩。毫无办法，这学校上上下下都透着一股相当浓厚的老庄哲学的味道：适性自然。自从老吴和老鲁来了，气象才不同起来。

老吴留长发，梳了一个背头。头顶微秃，看起来脑门子很高。高眉直鼻、瘦长身材，微微驼背。走路步子很碎，稍急一点就像是在小跑。这样的人让他穿一件干干净净的蓝布长衫比穿军服要合适得多（他怎么会去当兵，是一个谜）。他的家乡大概离北京不远，说的是相当标准的"国语"，张嘴就是"您哪，您哪"的。他还颇识字，能读书报，字也写得不错，酒后曾在墙上题诗一首：

　　山上青松山下花

　　花笑青松不及他

　　有朝一日狂风起

只见青松不见花

兴犹未尽，又题了两句：

贫居闹市无人问
富在深山有远亲

"补上"不久，有发愤做人之意，又写了一副对联：

烟酒不戒哉
不可为人也

老吴岁数不比老鲁小多少，也是望五十的人了，而能如此立志，实在难得。——不过他似乎并未真的戒掉。而且，何必呢！因为他知书识字，所管工作是进城送公函信件。在家时则有什么做什么，从不让自己闲着。哪里地不平，下雨时容易使人摔交，他借了一把铁锹平了，垫了。谁的窗户纸破了（这学校里没有一扇玻璃，窗户上都是糊着皮纸），他瞧在眼里，不一会就打了浆糊来糊上了，糊得端端正正，平平展展，连一个褶子都没有。而且出主意教主人出钱买一点清油来抹上，说这样结实，也透亮。果然！他爱整洁，路上有草屑废纸，他见到，必要捡去。整天看见他在院里不慌不忙而快快地走来走去。他大概是很勤快的。当然，也有点故示勤快。有一天，须派人到城里一个什么机关交涉一宗公事，教员里都是不入官衙的，谁也不愿去。有人说："让老吴去！"校长把自己的一套旧西服取下来，说："行！"老吴换了那身咖啡色西服，梳梳头，就去了。结果自然满好，比我们哪个去都好。因此，老吴实际上是介乎工友与职员之间的那么一个人物。老吴所以要戒除嗜好，立志为人，所争取的，暂时也无非是这样的地位。他已经争取到了。

　　一到快放暑假时，大家说：完了，准备瘦吧。不是别的，每年春末夏初，几乎全校都要泻一次肚，泻肚的同时，大家的眼睛又必一起通红发痒。是水的关系。这村子叫观音寺，按说应该不缺水，——观音不是跟水总是有点联系的么？可是这一带的大地名又叫做黄土坡，这倒真是名副其实的。昆明春天不下雨，是风季，或称干季，灰沙很大。黄土坡尤其厉害。我们穿的衣服，在家里看看还过得去。一进城就觉得脏得一塌胡涂。你即使新换了衣服进城，人家一看就知道是从哪里来的：我们的头发总是黄的！学校附近没有河，——有一条很古老的狭窄的水渠，雨季时渠里流着清水，渠的两岸开满了雪白的木香花，可是平常是干涸的，也没有井，我们食用的水只能从两处挑来：一个是前面胡萝卜田地里的一口塘，一个是后面山顶上的一个"龙潭"。龙潭，昆明人叫泉水为龙潭。那也是一口塘，想是下面有泉水冒上来，故终年盈满，水清可鉴。在龙泉边坐一坐，便觉得水气沁人，眼目明爽。如果从山上龙潭里挑水来吃，自然极好。但是，我们平日饮用、炊煮、漱口、洗面的水其实都是田地里的塘水。塘水是雨水所潴积，大小虽不止半亩，但并无源头，乃是死水，照一学生物的同学的说法：浮游生物很多。他去舀了一杯水，放在显微镜下，只见草履虫、阿米巴来来往往，十分活跃。向学校抗议呀！是的。找事务主任，主任说："我是管事务的，我也是×××呀！"这意思是说他也是一个人，也有不耐烦的时候。他跟由校警转业的工友三番两次说："上山挑！"没用。说一次，上山挑两天；第三天，仍旧是塘水。你不能看着他，不能每次都跟着去。实在的，上山路远，路又不好走。也难怪，我们有时去散散步，来回一趟，还怪累的，何况挑了一担水乎？再说，山下风景不错，可是没人没伴，一个人挑着两桶水，斤共斤共走着，有什么意思？田里塘边常常有几个姑娘媳妇锄地薅草，漂衣洗菜，谈谈笑笑，热闹得多。教员们呢，不到眼红肚泻时也想不起这码事。等想起来，则已经红都红了，泻都泻了。到时候每人一包六味地黄丸或舒发什么片，倒了一杯（还是塘里挑来的）水，相对吞食起来。自从老鲁来了，情况才有所改变。老鲁到山上、田里两处都看了看，说底下那个水"要不的"。——老鲁的专职是挑水。全校三百人连吃带用的水由他一个人挑，真也够瞧的。老鲁天一模糊亮就起来，来回不停地挑。一担两桶。有时用得急，一担四桶。四桶水，走山路、用山东话说："斤半锅盔，——够呛"，可是老鲁像不在意。水挑回来，还得劈柴。劈了柴，一个人关在茶炉间里烧。自此，我们之间竟有人买了茶叶，泡起茶来了！因为水实在太方便。老鲁提了一个很大的铅铁水壶，挨着个儿往各个房间里送，一天送三次。

下一学期开始后，学校情况有所好转。昆明气候好，秋来无一点萧瑟之感，只是百物似乎更老熟深沉了一些。早晚稍凉，半夜读书写字须加一件衣服。白天太阳照着，温暖平和，完全像一个稍稍删改过一番的春天。经过了雨季，草木都极旺盛。波斯菊开犹未尽，绮丽如昔。美人蕉结了籽，远看猩红一片，仍旧像开着花。饭能像一顿饭那样开出，破旧的藤箱里还有一件毛衣，就允许人们对未来做一点梦。饭后课余，在屋前小草坪上，各人搬一把椅子，又漫无边际地聊开了。昆明七八年，都只是一群游子，谁也没有想到在这里落地生根。包括老吴和老鲁。教员里有的是想出国的，有的想到清华、北大当助教，也有想回家乡办一种什么事业……有一位老兄似乎自己是注定了要当副教授的。他还设想他有一所小住宅，三间北房，四白落地，后面还有一个小园子，可以种花种菜。他还把老吴、老鲁也都设计在他的住宅里。老吴住前院，管洒扫应对。主人不在，有客人来，沏茶奉烟，请客人留字留言。他可以偷空到天桥落子馆里坐坐。他去买东西，会跟铺子里要一个二八回扣。老鲁呢，挑水，还可以把左邻右舍的用水都包下来，包括对门卖柿子的老太婆的。唔，老鲁多半还要回家种两年地。到地里庄稼被蝗虫吃光了时，又会坐在老吴的屋里等主人回来，请求还在这里吃一碗饭……他把将来的生活设想这样具体，而且梦寐以求，有点像契诃夫小说《醋栗》中的主人，于是大家就叫他"醋栗"。醋栗先生对这个称呼毫不在意。这时正好老吴给他送来两封远地来信和一卷报刊，老鲁提了铅壶来送水，他还当真把他们叫住，把这个设想告诉他们，征求他们的同意。一个说"好唉好唉"，一个说"那敢情好！"

醋栗先生的设想，不是毫无道理。他自己能不能当副教授，我不敢替他下保证，他所设想老吴和老鲁的前途，倒是相当有根据，合乎实际的。世界上会有很多副教授，会有那么一所小宅子，会有一定数量的能够洒扫应对的老吴和一辈子挑水的老鲁的。

自从老吴和老鲁来了，学校的教员中竟分成了两派。一派拥护老吴，一派拥护老鲁。有时为了他们的优劣竟展开了辩论（其实人是不能论优劣的，优劣只能用于钢笔、手表、热水壶，这些东西可以有个绝对标准）。人之爱恶，各不相同，不能勉强。从拥护老鲁和老吴上，也可以看出两派人的特点，一派重实际，讲功利；一派重感情，多幻想。人以群分，物以类聚，什么地方都有这两类人。我是拥鲁一派。老鲁来了，我们且问问他：

"老鲁，你累不累？"

"累什么，我的精神是顶年幼儿的来！"

这个"顶年幼儿的"，好新鲜的词儿！老鲁身体很好（老吴有时显得有点衰颓）。他并不高大，但很结实。他不是像一个运动员那样浑身都是练出来的腱子肉，他是瘦长的，连他的微微向外的八字脚也是瘦瘦长长且是薄薄的，然而他一天挑那么多的水！他哪里来的那么多的力气呢？老鲁是从沙土里长起来的一棵枣树。说像枣树好像不大合适。然而像什么呢？得，就是枣树！

老鲁是见过世面的。有一天，学校派我进城买米（我们那个学校，教员都要轮流做这一类的事），我让老鲁跟我一同去，因为我实在不善于做这一类事。老鲁挟着两个麻袋，走到米市上，这一家抄起一把看看，那一家抄起一把看看，显得很活泼。米有成色粗细，砂多砂少，干湿之分，这些我都不懂，只是很有兴趣跟在他后面，等他看定了付钱。他跟一个掌柜的论了半天价，没有成交。"不卖？好，不卖咱们走下家！"其实他是看中了这份米。哪里走什么下家呢，他领着我去看了半天猪秧子，评头论足了半天，转身又走回原来那家铺子，偏着身子（像是准备买不成立刻就走），扬着头（掌柜的高高地爬在米垛子上），"哎，胡子！卖不卖，就是那个数，二八，卖，咱就量来！"掌柜的乐了乐，当真就卖了。大概是因为一则"二八"这个数他并不吃亏；二则这掌柜显然也极中意这个称呼，他有一嘴乌青匝密的牙刷胡子！——诸位，我说的这些有点是题外之言。我真的要说的是另外一件事。就是买米的这一天，我知道老鲁是见过世面的。我们在进城的马车上，马车上坐的是庄稼人、保长、小茶棚的老板娘（进城去买办芝麻糖葵花子），还有两个穿军装的小伙子。这两个小伙子大概是机械士或勤务兵，显得很时髦。一个的手腕上戴着手表（我仔细瞧了瞧，这只表不走，只能装装样子），一个的左边犬齿上镶了金牙，金牙上嵌了绿色的桃形饰物。这两个低声说话，忽然无缘无故地大声说："我们哪里没有去过，什么'交通工具'没有坐过！飞机、火车、坦克车，法国大菜钢丝床！"老鲁没有什么表示，只是低着头抽他的烟。等这两个下了车，端着肩膀走了，老鲁说："两个烧包子！"好！这真是老鲁说的话！

老鲁十几岁就当兵了。他在过的部队的番号，数起来就有一长串。这人的生活写出来将是一部骇人的历史。我跟老鲁说："老鲁，什么时候你来，弄一点酒，谈谈你自己的事情。"老鲁说："有什么可谈的？作孽受苦就是了。好唉，哪天。今儿不行，事多。"说了几次，始终没有找到适当机会。

我只是片片段段地知道：老鲁在张宗昌手下当过兵。"童子队"，他说。我到现在还不知道这三个字怎样写，是"童子队"，还是"筒子队"。听那意思大概是马弁。"童子队，都挑一些年轻漂亮小伙子，才出头二十岁。"老鲁说。大家微笑。笑什么呢？笑老鲁过去的模样。大家自然相信老鲁曾经是个年轻漂亮的小伙子，盒子炮，两尺长的鹅黄色的丝穗子！他说了一点张大帅的事，也不妨说是老鲁自己的事吧："大帅烧窑子。北京。大帅走进胡同。一个最红的窑姐儿。窑姐儿叼了枝烟（老鲁摆了个架势，跷起二郎腿，抬眉细眼，眼角迤斜），让大帅点火。大帅说：'俺是个土暴子，俺不会点火。'嚯呵，窑姐儿慌了，跪下咧，问你这位，是什么官衔。大帅说：'俺是山东梗，梗，梗！'（老鲁翘起大拇指，圆睁两眼，嘴微张开。从他的神情中，我们大概知道'梗梗梗'是一个什么东西，但是这三个字实在不知道该怎么写。大帅的同乡们，你们贵处有此说法么？）窑姐儿说，你老开恩带我走吧。大帅说：'好唉！'（大帅也说'好唉'？）真凄惨（老鲁用了一个形容词），烧！大帅有令：十四岁以下，出来；十四岁过了的，一个不许走，烧！一烧烧了三条街，都烧死咧。"老鲁的叙述方法有点特别。你也许不大明白。可不是，我也不知这究竟是咋一回事，大帅为什么要烧窑子？这是什么年头的事？我们就大概晓得那么一回事就得了。当然，老鲁也是点火烧的一个了，他是"童子队"嘛。

另外，我们还知道一点老鲁吃过的东西。其一是猪食。队伍到了一个地方，什么都没有了。饿了好几天了，老百姓不见影子，粮食没有一颗。老鲁一看，咳！有个猪圈。猪是早没有了，猪食盆在呐。没有办法，用手捧了两把。嘻，"还有两爿儿整个包谷一剖俩的呢，怪好吃！"老鲁说，这比羊肉好吃多了。"比羊肉好吃？"有人奇怪。唉，什么羊肉，白煮羊肉。"也是，老百姓都逃了，拖到一只羊，杀倒了，架上火呼烂了，没盐！"没盐的羊肉，你没吃过，你就无法知道那多难吃，何况，又是瘪了多少日子的肚子！啧啧，老鲁吃过棉花。那年，败了，一阵一阵地退。饿得太凶了，都走不动，有的，老鲁说："像一个空口袋似的就出溜下去了。"昏昏糊糊的。"队伍像一根烂草绳穿了一绳子烂草鞋，"（老鲁的描写真是奇绝！）实在饿极了。老鲁说："不觉得那是自己。"可是得走呀。在那个一眼看不到一棵矮树一块石头的大平地上走。（这是什么地方？）浑身没一丝力气，光眼皮那还有点动（很难想象），不撑住，就搭拉下来了。老鲁看见前头一个人的衣服破了一块，露出了白花花的棉花，"吃棉花！前后肚皮都贴上了。棉花啊！也就是填到肚里，有点儿东西。吃下去什么样儿，拉出来还是个什么样儿！"我知道棉花只有纤维，纤维是不易溶解的，没想到这点科学常识却在一个人的肚肠里得到证实。

老鲁的行伍生活，我所知道的，只有这些。

老鲁这辈子"下来"过好几次。用他的话说，当兵叫"补上"，不当了，叫"下来"。他到过很多大城市，在上海、南京都住过。下来时，自然是都攒了一些钱。他说他在上海曾经有过两间房子。"有过"是什么意思呢？是从二房东那里租来的？还是在蕴藻浜那样的地方自己用茅草盖的呢？我没有问清楚。在南京，他弄过一个磨坊。这是抗战以前的事。一打仗，他摔下就跑了。临走时磨坊里还有一百六十多担麦子！离开南京，身上还有一点钱，钱慢慢花完了，"又干上咧"。老鲁是"活过来的"，他对过去不太怀念。只有一次，我见他似乎颇有点惘然的样子。黄昏时候，在那个小茶棚前，一队驮马过去。赶马的是个小姑娘。呵叱一声，十头八匹马一起撒开步子，马背上的木鞍敲得马脊梁郭答郭答地响。老鲁眯着眼睛，目送驮马走过，兀立良久，若有所思。但是在他脱下军帽，抓一抓光头时，他已经笑了："南京城外赶驴子的，都是小姑娘，一根小鞭子，哈哧哈哧，不打站，不歇力，一口气赶三四十里地，一串几十个，光着脚巴丫子，戴得一头的花！"老鲁似乎在他的描叙中得到一点快乐。"戴得一头的花"，他说得真好。这样一来，那一百六十担麦子就再也不能折磨他了。

可是话说回来了，一百六十担麦子是一百六十担麦子呀，不是别的。一百六十担麦子比起一斗四升豆子，就更多了，也难怪老鲁提起过好几次。且说这一斗四升豆子。老鲁爱钱。他那样出力地挑水，也一半是为了钱。"公家用的"水挑完之后，他还给几个成了家，有了孩子，自己起火的教员家里挑私人用的水，多少可以得一点钱。老鲁这回"下来"，本有几个钱，约有十万多一点（我们那学期的薪水一月二万五）。他一下来时请老校警喝酒，花了一些。又为一个老朋友花了四万元。那个朋友从队伍上下来，带了一枝枪，路上让人查到了，关了起来。老鲁得为他花钱，把他赎出来。一块在枪子里蹦过来的，他能不吐这个血么？剩下那点钱，再加上挑水的钱，他就买了一斗四升豆子屯积起来。他这大概是世界上规模最小的屯积了。不过，有了一斗四，就不愁没有一百六。他等着行情涨，希望重新挣起一座磨坊。不料，什么都涨，豆子直跌！没法，就只好卖给在门口路上拉马车的。他自己常常看到那匹瘦骨嶙峋的白马，掀动着大嘴，格蹦格蹦地嚼他的豆子。可真是气人，一脱手，豆子的价钱就抬起来了！

有人问老鲁，"你要钱干什么？"意思是说：你活了大半辈子，看过多少事情，还对这个东西认识不清么？有人还告诉他几个故事：某人某人，白手起家，弄了三部卡车，跑缅甸仰光，几千万的家私，一炮就完了。护国路有一所大楼，黄铜窗槛，绿绒窗帘，里面住了一个"扁担"（昆明人管挑夫叫"扁担"）。这扁担挑了二十年，忽然发了一笔横财，钱是有了，可是生活过得很无意思。家里的白磁澡盆他觉得光滑冰冷，牛奶面包他吃不惯。从前在车站码头上一同吃猪耳朵、闷小肠的老朋友又没有人敢来高攀他，他觉得孤独寂寞，连一个能说说话的人都没有。又有一家，原是个马车夫，得了法，房子盖得半条街，又怎么呢？儿子们整天为一块瓦片吵架，一家子鸡犬不宁……总而言之，钱不是什么好东西。老鲁说："话不是这么说。眼珠子是黑的，洋钱是白的。我家里挣下的几亩地，一定叫叔叔舅舅占了，卖了。我回去，我老娘不介意（老鲁还有个老娘，想当有七十多岁了），欢欢喜喜的，'啊！我儿子回来了！'我就是光着屁股也不要紧。别人喂，我回去吃什么？"

寒假以后，学校搬了家，从观音寺搬到白马庙。我是跟老鲁坐一个马车去的。老鲁早已到那边看过，远远的就指给我们看："那边，树郁郁的，喂，是了，就是那儿！"老鲁好像很喜欢，很兴奋。原因是"那边有一口大井，就在开水炉子旁边，方便！"

自从学校迁到白马庙，我不在学校里住，在学校附近租了一间民房，除了上课，很少到学校来。下了课，就回宿舍了。对老鲁的情况就不大了解了。

转眼过年了。一清早，到学校去看看。学校里打扫得很干净，台阶上还有几盆花！老吴在他的房间的门上贴了一副春联：

一夜连双岁
五更分二年

这是记实，又似乎有点感慨。我去看看老鲁，彼此作了一个揖，算是拜年。我听说老鲁最近不大快乐。原因是，一，和老吴的关系处得不好。老吴很受重用。事务主任近来不到校，他俨然是大总管。他穿着校长送他的咖啡色西服，叼着一个烟斗，背着手各处看来看去，有时站在办公室门口，大叫："老鲁——！""耳朵上哪去了？"——"要关照你多少次！"——得，醋栗先生的计划大概要吹，老鲁和老吴不会同时呆在一个小宅子里！二，是他有一笔钱又要漂。老鲁苦巴苦做，积积攒攒，也有了卯二十万样子。这钱为一个事务员借去，合资买了谷子。不知怎么弄的，久久未有下文。原因究竟是否如此，也说不清。只是老鲁的脾气变得坏了。他离群索居，吃饭睡觉都在他的看炉间里。校警之中只有一个老刘还有时带了一条大狗上他屋里坐坐，有时跟他一处吃饭。老鲁现在几乎顿顿喝酒。"吃了，喝了，都在我肚子里，谁也别想！"意思是有谁想他的钱似的。老鲁哪里来的这么多的牢骚呢？

后来，我看老鲁脾气又好了一些，常常请客吃包子。一盘二三十个，请老刘，请一个女教员雇用的女工。我想，这可不得了，老鲁这个花法！他是怎么啦？不过了？慢慢地，我才听说，老鲁做了老板了。这包子是从学校旁边的包子铺端来的。铺子里有老鲁的十多万股本。

果然，老鲁常常蹲在包子铺的门口抽他的烟筒，呼噜呼噜。他拿着新买的烟筒向我照了照：

"我买了个高射炮！"

佛笃——吹着了纸枚，抽了一筒，非常满意的样子。

"到云南来，有钱没钱的，带两样东西回去。有钱的，带斗鸡。云南出斗鸡。没钱，带个水烟筒，——高射炮！"

　　今春看又过，何日是归年？老鲁啊，咱们什么时候回去呢？

一九四五年写，在昆明白马庙

最响的炮仗①

※

孟家炮仗店的孟老板，孟和，走出巷口。

唉，孟老板这一趟走出巷口跟哪一趟都不大同。

一切都还是差不多。一出他家的门，向北，一爿油烛店。砖头路。左边一堵人家的院墙，墙上两条南瓜藤，南瓜藤早枯透了。右边一堵墙，突出了肚子，上面一张红纸条：出卖重伤风。自然这是个公厕，一个老厕所。老厕所原有的味儿。孟老板在这里撒过几十年的尿。砖头路。一个破洋瓷脸盆半埋在垃圾堆中。一个小旅馆，黑洞洞的，黑洞洞的梁上还挂一个旧灯笼，灯笼上画了几个蝙蝠，五福迎门。路上到处是草屑，有人挑过草。两行水滴，有人挑过水。一个布招，孟老板多年习惯的从那个布招下低头而过。再过去，一个小小理发店，墙壁上是公安局冬防布告："照得年关岁暮，宵小匪盗堪猖，……"白纸黑字，字是筋骨饱满的颜体，旁边还贴有个城隍大会建会疏启，黄表纸。凡多招贴处皆为巷口，这里正是个人来人往的巷口。

孟老板看了一眼"照得……"，一跳便至"中华民国"了。他搔搔头，似乎想弄清楚现在究竟是民国几年。巷口一亮。亮出那面老蓝布招子，上了年纪的蓝布招上三个大白字：古月楼。这才听见古月楼茶房老五一声"加蟹一笼——"阿，老五的嗓子，由尖锐到

---

① 初刊于一九四六年十二月二十八日天津《益世报》，初收于人民文学版《汪曾祺全集》第一卷。

嘶哑，三十年了，一切那么熟悉。所以古月楼三个字终日也不见得有几个客人仰面一看，而大家却和孟老板一样，知道那是古月楼，一个茶楼。那是老五的嗓子，喊了近三十年。

太阳落在古月楼楼板上。一片阳光之中，尘埃野鸟浮动。

孟老板从前是这里的老主顾，几乎每天必到。来喝喝茶，吃吃点心，跟几个熟人见见面，拱拱手，由天气时事谈下去。谈谈生意上事情，地方上事情。如何承办冬防，开济贫粥厂；河工，水龙，施药，摆渡船，通阴沟，挑公厕里的粪，无所不谈。照例凡有须孟老板出力处他没有不站出来的，有须出钱处，也从不肯后人。凡事有个面子，人是为人活下来的，对自己呢，面子得顾。

孟老板在这条巷子有一个名字，在这个小城中，也有一块牌子。（北京的大树，南京沈万山，人的名儿，树的影儿。）

孟老板走到巷口，停了一停。他本应现在即坐到古月楼上等起来，但是他拐弯了。

这一趟走出巷口跟哪一趟可都不同。他要跟一个人接头关于嫁他的女儿的事去。

孟老板拐了弯，便看见自己家的那个炮仗店。孟老板从他的炮仗店门前而过。关着门，像是静静的，过年似的。这是孟老板要嫁女儿的缘故。

从前，从前孟家炮仗店门前总拥着一堆孩子，男孩子，女孩子，歪着脖子，吮着指头，看两个老师傅做炮仗。老师傅在三副木架子（多不平常的东西啊）之中的两个上车炮仗筒子。郭槖，一个，郭槖，一个。一簇小而明亮的眼睛随老师傅的手而动。炮仗店的地面特别的干，空气也特别的干。白木架子，干干净净。有的地方发亮，手摸得发亮。老师傅还向人说过，一辈子没有用过这么趁手的架子。这是天下最好的架子。天下有多大，多宽？老师傅自不明白，也不怎么想明白。

这个城实在小，放一个炮仗全城都可听见！一到快吃午饭时候，这一带的人必听到"砰——訇！"照例十来声，都知道孟家试炮仗，试双响。双响在空中一声，落地一声，又名天地响。试炮仗有一定的地方，一片荒地，广阔无边，从巷口不拐弯，一直向北，一直下去就是了。你每天可以看到孟老板在一棵柳树旁边，有时带着他的孩子，把炮仗一个一个试放。这是这个小城市每天的招呼。保安队天一亮就练号，承天寺到晚上必撞钟，中午孟家放炮仗。这几种声音，在春天，在冬天，在远处近处，在风中雨中，继续存在，消失，而共同保留在一切人的印象中，记忆中。人都慢慢长大了。

全城不止三家炮仗店，而孟家三代以来比任何一家的炮仗都响。四乡八镇，甚至邻近县城，娶媳妇，嫁女儿，讲究人家，都讲究用孟家炮仗，好像才算是放炮仗。

香期，庙会，盂兰焰口，地藏王生日，清明，冬至，过年，孟家架上没有"连日货"。满堂红万点桃花一千八百响落在雪地上真是一种气象。这得先订。老师傅一个下半年总要打夜作，一面喝酒，一面工作到天明。还有著名的孟家烟火，全城没得第二家。

烟火是秘传，孟老板自己配药串信子，老师傅都帮不了忙。一堂烟火抵一季鞭炮。一堂，或三套或五套不等。年丰岁月，迎灵出会，人神共乐，晚上少不了放烟火。放烟火在那片荒地上。荒地上两个高架子。不知道的人猜不出那是缢死囚用还是干甚么别的用的。就在烟火上，孟老板损了一只眼睛。

某年，城中大赛会，烟火共计有五堂之多，孟家所做，有外县一家所做。十年恰逢金满斗，不能白白放过！好，有得看了。烟火教这阖城的人有一个今天的晚上：老妈子洗碗洗得特别快，姑娘在灯前插一朵鬓边花。妈多给了孩子几个铜子儿，生意经纪坐在坟前吃一碗豆腐脑。杀猪的已穿上新羽绫马褂，花兜肚里装满了银钱，再不浑身油臭，泥水匠的手干干净净，卖鲜货的手里一串山里红，"来了？""来了。刚来？""三姨，三姨，——""狗子你别乱跑呀！"各人占好地方，十番"锣鼓飞动"放了！"炮打泗州城"，"芦蜂追秃子"……遂看得人欢声雷动，尽力喝吼，如醉如狂，踏的野地里草都平了。——最后，两套"天下太平"牵上去，等着看高下了。孟家烟火放紫光绿光，黄色橘色，喷兰花珠子，落飞蛾雪花，具草木虫鱼百状情形。"好。""好，是好！"而忽然，熄了。怎么回事？熄了？熄了。熄了！接火引信子嗤嗤有声，可是发不出火来。等！不着。等，不着！起先大众中还只吃吃喳喳，后来，大家那个叫呀，闹呀，吆喝呀，拍手吹哨呀。孟和那时年纪还小，咽得下这个吗？"拿梯子来！"攀上颤巍巍三十二档竹梯，看看到底是怎么回事。整了整信子，再看，正在他觑近时，一个"天鹅蛋"打出来，正中左眼，一脚摔了下来。左眼从此废去了，成为一个独眼龙。

　　大家看烟火。大家都认得孟老板这个人了！"这么一个人，这么一个人"，心里不由不感叹。一个小学生第二天作文"若孟君者，真乃一勇敢之人也"，先生给加了一个双圈。孟老板一只眼睛虽已废去，孟家烟火也从此站住了。五百里方圆，凡有死丧庆吊红白喜事，用烟火必找孟家。孟家炮仗店有个字号，但知道的不多，只晓得孟家炮仗店。一到过年，孟家炮仗店排挞门上贴上万年红春联，联上抹熟桐油，亮得个发欢，刘石庵体，八个大字：

生财大道　处世中和

门边柱子上的那一条是全城最长的，从"自造"到"发客"计三十余字。孟老板手上一个汉玉扳指。孟老板旱烟袋上一个玻璃翠葫芦嘴子。孟老板每天在这个巷子里走好多回。从家里到店里，从店里到家里。"孟老板"这个称呼跟孟老板本人是一个。天下有若干姓孟的老板，然而天下只有这么一个孟老板。个子不高，方方正正的脸，走路慢慢的，说话慢慢的，坏了一只眼睛也并无人介意，小孩子看到那个脸上的笑也仍是一个极好的笑。在这个巷子里熟悉亲切的笑。

孟老板差不多每天要到古月楼坐坐。喝喝茶，吃吃点心，跟几个熟人见见面，谈谈。古月楼中有他一个长定座儿。吃茶时老五还是个小孩子，来古月楼做学徒还由孟老板作的保。老五当年有个癞痢头，如今一头黑发，人走了运。

但是孟老板这一趟走出巷口跟哪一趟都不同。孟家炮仗店的门关上了。孟老板要把女儿嫁出去。

北伐成功，破除了迷信，神像推倒，庙产充公，和尚尼姑还俗，鞭炮业自然大受影响。虽然"打倒列强，打倒列强"唱了一阵之后，委员们又都自称信士弟子，忙着给肉身菩萨披红上匾，可是地方连年水旱兵灾，百姓越来越苦，有兴致放鞭炮的究竟少了，烟火更是谈不上。二十年河堤决口，生意更淡。接着是硝磺缺售，成本高，货源少，一年卖不出几挂千子红。后来，保安队贴出大布告，不许民间燃放炮竹，风声鹤唳，容易引起误会云云！

渐渐的，孟老板简直不容易在古月楼茶客中见到了。

店开不下去。家里耗了个空。背得一身的债。

这一带的人多久已不听见试炮声音。

孟老板还在这条巷子里走出走进。所欠的债务多半是一个姓宋的做的中保。姓宋的专是一个说是打合，牵线接头，陪人家借字，吃白食，拿干钱角色！

今天，现在孟老板就是要碰这个姓宋的去，谈谈嫁女儿的事情。早先约好，在古月楼见面，再谈一趟，就定聘了。

古月楼呀，孟老板像是从来没有上这个地方去过，完全是个陌生。孟老板出了巷口而拐弯了。他要上哪里去呢？是的，上哪儿去呢？他好像是在转了一会儿，也不问一问他自己。他只是信步而行，过了东街。数十年如一日，铺在这里的东街。烧饼店的烧饼，石灰店里的石灰，染坊师傅的蓝指甲，测字先生的缺嘴紫砂茶壶，……每一块砖头在左边一块的右边，右边一块的左边，孟老板从这里过去。这些东西要全撤去，孟老板仍是一个孟老板，他现在也没有一句话要向世人说。

一个糕饼店小伙计懒声懒气的唱，听声音他脸多黄：

"我好比……"这个声音孟老板必然也听到，却越走越远，混杂到人之中去了。

约莫两个多钟头之后，孟老板下了楼来。脸上蜡渣黄，他身边是那个姓宋的，两人走到屋檐口，站了一站。姓宋的帽子取下来，搔了搔头，想说甚么，想想，又不说了。仍旧把帽子戴上。"回见。""回见。"

孟老板看姓宋的走到巷口，立在那里欣赏公安局布告。他其实也没看进去。这布告贴了一星期，一共十二句，早都知道说的甚么。他是老看定那一行"照得年关岁暮"。他也看见最后"民国二十六"，"年"字上面一颗朱印，肥肥壮壮的假瘗鹤铭体。孟老板忽然发现这家伙的头真小！一种说不出的厌恶，他想摸上去一口把他耳朵咬下来。孟老板一生不骂人，现在一句话停在他嘴边：

"我×你十八代祖宗！"他一肚子愤怒，他要狂叫，痛哭，要喊，要把头撞在墙上，要拔掉自己头发，要跳起脚来呼天抢地。

但这只是一霎眼之间的事，马上平息下去。他感到腿上有点冷，一个寒噤。年老了，快五十了。

这时甚么地方突地来了一声，"孟老板！"孟老板遽然问："甚么事？"这才看出是挑水的老王。这人愣头愣脑。一对水桶摆呀摆的，扁担上挂了一条牛鞭子，一绺青蒜。自然是"没有事"。眼看着这人愣着眼睛过去后，自言自语："没有事，没有事，有甚么事呢？"这教孟老板想起回家了。

孟老板把女儿嫁给保安队一个班长。姓宋的做媒，明天过门。

"唉，老孟，老孟，你真狠心，实在是把女儿卖了。"

孟家的房子真黑。女儿的妈陪着女儿做点衣裳，用从"聘礼"中抽出来的钱，制两件衬衣，一件花布棉袍子。剪刀声中不时夹杂着母亲一声干咳。女儿不说话。孟老板也不说话。

他这两天脾气非常的好。好得特别。两个小的孩子，也分外的乖，安安静静的。爸爸给他们还剪了剪指甲。

一个孩子找两个铜钱，剪纸做了个毽子，踢了两下，又靠着妈坐下来。一切都似乎给甚么冻着了，天气可还不太冷。

过了三天，日子到了。妈还买了两支"牙寸"烛点上，黑黑的堂屋里烛火闪闪的跳跃。换上新式初上头的女儿来跟爸爸辞行："爸爸，我走了。"

爸爸看看女儿，圆圆的脸。新花布棉袍。眉毛新经收拾弯弯的。"走吧，好好的。到人家去要……你妈呢？"孟老板娘原躲在门后拉衣袖拭眼泪，忙走出来，"大妹你放心去喔，要听话喔！"

大家都像再也无话可说，那么静了一会儿。一同听到街上卖油豆腐的声音。

孟老板女儿的出门是坐洋车去的。遮了把伞送出大门。大门边站了两个看热闹的邻居。两个邻居老太太谈起这件事，叹一口气，"也罢了！"女儿一走，孟老板即出门去，一直向北。

这两天他找到一点废材料，一个人，做了三个特大双响，问他干甚么，他一声不说。现在他带了这三个大炮仗出去，一直走到荒地。

他一直走到荒地。荒地辽阔无边，一棵秃树，两个木架子，衰草斜阳，北风哀动。孟老板把三个双响一个一个点上，随即拼命把炮仗向天上扔。真是一个最响的炮仗。多少日子以来没有过的新鲜声音。这一带人全都听到了。没有一个人知道是怎么回事。

你们贵处有没有这样的风俗：不作兴向炮仗店借火抽烟？这是犯忌讳的事。你去借，店里人跟你笑笑，"我们这里没有火。"你奇怪，他手上拿的正是一根水烟媒子。

三十五年十一月十九日初稿，二十日重写一过

鸡鸭名家①

※

刚才那两个老人是谁？

父亲在洗刮鸭掌。每个蹼蹼都掰开来仔细看过，是不是还有一丝泥垢，一片没有去尽的皮，就像在作一件精巧的手工似的。两付鸭掌白白净净，妥妥停停，排成一排。四只鸭翅，也白白净净，排成一排。很漂亮，很可爱。甚至那两个鸭肫，父亲也把它处理得极美。他用那把我小时就非常熟悉的角柄小刀从栗紫色当中闪着钢蓝色的一个微微凹处轻轻划，一翻，里面的蕊黄色的东西就翻出来了。洗涮了几次，往鸭掌、鸭翅之间一放，样子很名贵，像一种珍奇的果品似的。我很有兴趣地看着他用洁白的，然而男性的手，熟练地做着这样的事。我小时候就爱看他用他的手做这一类的事，就像我爱看他画画刻图章一样。我和父亲分别了十年，他的这双手我还是非常熟悉。

刚才那两个老人是谁？

鸭掌、鸭翅是刚从鸡鸭店里买来的。这个地方鸡鸭多，鸡鸭店多。鸡鸭店都是回回开的。这地方一定有很多回回。我们家乡回回很少。鸡鸭店全城似乎只有一家。小小一间铺面，干净而寂寞。门口挂着收拾好的白白净净的鸡鸭，很少有人买。我每回走过时总觉得有一种使人难忘的印象袭来。这家铺子有一种什么东西和别家不

---

① 初刊于《文艺春秋》一九四八年第六卷第三期，初收于《邂逅集》。此据《汪曾祺短篇小说选》所收作者修改本排印，文后写作时间为作者修改时所注。

一样。好像这是一个古代的店铺。铺子在我舅舅家附近，出一个深巷高坡，上大街，拐角第一家便是。主人相貌奇古，一个非常大的鼻子，鼻子上有很多小洞，通红通红，十分鲜艳，一个酒糟鼻子。我从那个鼻子上认得了什么叫酒糟鼻子。没有人告诉过我，我无师自通，一看见就知道："酒糟鼻子！"我在外十年，时常会想起那个鼻子。刚才在鸡鸭店又想起了那个鼻子。现在那个鼻子的主人，那条斜阳古柳的巷子不知怎么样了……

那两个老人是谁？

一声鸡啼，一只金彩烂丽的大公鸡，一个很好看的鸡，在小院子里顾影徘徊，又高傲，又冷清。

那两个老人是谁呢，父亲跟他们招呼的，在江边的沙滩上？……

街上回来，行过沙滩。沙滩上有人在分鸭子。四个男子汉站在一个大鸭圈里，在熙熙攘攘的鸭群里，一只一只，提着鸭脖子，看一看，分别丢在四边几个较小的圈里。他们看什么？——四个人都一色是短棉袄，下面皆系青布鱼裙。这一带，江南江北，依水而住，靠水吃水的人，卖鱼的，贩卖菱藕、芡实、芦柴、茭草的，都有这样一条裙子。系了这样一条大概宋朝就兴的布裙，戴上一顶瓦块毡帽，一看就知道是干什么行业的。——看的是鸭头，分别公母？母鸭下蛋可能价钱卖得贵些？不对，鸭子上了市，多是卖给人吃，很少人家特为买了母鸭下蛋的。单是为了分别公母，弄两个大圈就行了，把公鸭赶到一边，剩下的不都是母鸭了，无须这么麻烦。是公是母，一眼不就看出来，得要那么提起来认一认么？而且，几个圈里灰头绿头都有！——沙滩上安静极了，然而万籁有声，江流浩浩，飘忽着一种又积极又消沉的神秘的向往，一种广大而深微的呼吁，悠悠宕宕，悄怆感人。东北风。交过小雪了，真的入了冬了。可是江南地暖，虽已至"相逢不出手"的时候，身体各处却还觉得舒舒服服，饶有清兴，不很肃杀，天气微阴，空气里潮润润的。新麦、旧柳，抽了卷须的豌豆苗，散过了絮的蒲公英，全都欣然接受这点水气。鸭子似乎也很满意这样的天气，显得比平常安静得多。虽被提着脖子，并不表示抗议。也由于那几个鸭贩子提得是地方，一提起，趁势就甩了过去，不致使它们痛苦。甚至那一甩还会使它们得到筋肉伸张的快感，所以往来走动，煦煦然很自得的样子。人多以为鸭子是很唠叨的动物，其实鸭子也有默处的时候。不过这样大一群鸭子而能如此雍雍雅雅，我还从未见过。它们今天早上大概都得到一顿饱餐了吧？——什么地方送来一阵煮大麦芽的气味，香得很。一定有人用长柄的大铲子在铜锅里慢慢搅和着，就要出糖了。——是约约斤两，把新鸭和老鸭分开？也不对。这些鸭子都差不多大，全是当年的，生日不是四月下旬就是五月初，上下差不了几天。骡马看牙口，鸭子不是骡马，也看几岁口？看，也得叫鸭子张开嘴，而鸭子嘴全都闭得扁扁的。黄嘴也是扁扁的，绿嘴也是扁扁的。即使掰开来看，也看不出所以然呀，全都是一圈细锯齿，分不开牙多牙少。看的是嘴。看什么呢？哦，鸭嘴上有点东西，有一道一道印子，是刻出来的。有的一道，有的两道，有的刻一个十字叉叉。哦，这是记号！这一群鸭子不是一家养的。主人相熟，搭伙运过江来了，混在一起，搅乱了，现在再分开，以便各自出卖？对了，对了！不错！这个记号作得实在有道理。

　　江边风大，立久了究竟有点冷，走吧。

刚才运那一车鸡的两口子不知到了哪儿了。一板车的鸡，一笼一笼堆得很高。这些鸡是他们自己的，还是给别人家运的？我起初真有些不平，这个男人真岂有此理，怎么叫女人拉车，自己却提了两只分量不大的蒲包在后面踱方步！后来才知道，他的负担更重一些。这一带地不平，尽是坑！车子拉动了，并不怎么费力，陷在坑里要推上来可不易，这一下，够瞧的！车掉进坑了，他赶紧用肩膀顶住。然而一只辘轳怎么弄也上不来。跑过来两个老人（他们原来蹲在一边谈天）。老人之一捡了一块砖煞住后滑的辘轳，推车的男人发一声喊，车上来了！他接过女人为他拾回来的落到地下的毡帽，掸一掸草屑，向老人道了谢："难为了！"车子吱吱咿咿地拉过去，走远了。我忽然想起了两句《打花鼓》：

恩爱的夫妻
槌不离锣

这两句唱腔老是在我心里回旋。我觉得很凄楚。

这个记号作得实在很有道理。遍观鸭子全身，还有其他什么地方可以作记号的呢？不像鸡。鸡长大了，毛色各不相同，养鸡人都记得。在他们眼中，世界没有两只同样的鸡。就是被人偷去杀了吃掉，剩下一堆毛，他认也认得清（《王婆骂鸡》中列举了很多鸡的名目，这是一部"鸡典"）。小鸡都差不多，养鸡的人家都在它们的肩翅之间染了颜色，或红或绿，以防走失。我小时颇不赞成，以为这很不好看。但人家养鸡可不是为了给我看的！鸭子麻烦，不能染色。小鸭子要下水，染了颜色，浸在水里，要退。到一放大毛，

则普天下的鸭子只有两种样子了：公鸭、母鸭。所有的公鸭都一样，所有的母鸭也都一样。鸭子养在河里，你家养，他家养，难免混杂。可以作记号的地方，一看就看出来的，只有那张嘴。上帝造鸭，没有想到鸭嘴有这个用处吧。小鸭子，嘴嫩嫩的，刻几道一定很容易。鸭嘴是角质，就像指甲，没有神经，刻起来不痛。刻过的嘴，一样吃东西，碎米、浮萍、小鱼、虾蚤、蛆虫……鸭子们大概毫不在乎。不会有一只鸭子发现同伴的异样，呱呱大叫起来："咦！老哥，你嘴上是怎么回事，雕了花了？"当初想出作这样记号的，一定是个聪明人。

然而那两个老人是谁呢？

鸭掌鸭翅已经下在砂锅里。砂锅咕嘟咕嘟响了半天了，汤的气味飘出来，快得了。碗筷摆了出来，就要吃饭了。

"那两个老人是谁？"

"怎么？——你不记得了？"

父亲这一反问教我觉得高兴：这分明是两个值得记得的人。我一问，他就知道问的是谁。

"一个是余老五。"

余老五！我立刻知道，是高高大大，广额方颡，一腮帮白胡子茬的那个。——那个瘦瘦小小，目光精利，一小撮山羊胡子，头老是微微扬起，眼角带着一点嘲讽痕迹的，行动敏捷，不像是六十开外的人，是——

"陆长庚。"

"陆长庚？"

"陆鸭。"

陆鸭！这个名字我很熟，人不很熟，不像余老五似的是天天见得到的老街坊。

余老五是余大房炕房的师傅。他虽也姓余，炕房可不是他开的，虽然他是这个炕房里顶重要的一个人。老板和他同宗，但已经出了五服，他们之间只有东伙缘份，不讲亲戚面情。如果意见不和，东辞伙，伙辞东，都是可以的。说是老街坊，余大房离我们家还很有一段路。地名大淖，已经是附郭的最外一圈。大淖是一片大水，由此可至东北各乡及下河诸县。水边有人家处亦称大淖。这是个很动人的地方，风景人物皆有佳胜处。在这里出入的，多是戴瓦块毡帽系鱼裙的朋友。乘小船往北顺流而下，可以在垂杨柳、脆皮榆、茅棚、瓦屋之间，高爽地段，看到一座比较整齐的房子，两旁八字粉墙，几个黑漆大字，鲜明醒目，夏天门外多用芦席搭一凉棚，绿缸里渍着凉茶，任人取用；冬天照例有卖花生薄脆的孩子在门口踢毽子，树顶上飘着做会的纸幡或一串红绿灯笼的，那是"行"。一种是鲜货行，代客投牙买卖鱼虾水货、荸荠茨菇、山药芋艿、薏米鸡头，诸种杂物。一种是鸡鸭蛋行。鸡鸭蛋行旁边常常是一家炕房。炕房无字号，多称姓某几房，似颇有古意。其中余大房声誉最著，一直是最大的一家。

余老五成天没有什么事情，老看他在街上逛来逛去，到哪里都提了他那把奇大无比，细润发光的紫砂茶壶，坐下来就聊，一聊一半天。而且好喝酒，一天两顿，一顿四两。而且好管闲事。跟他毫无关系的事，他也要挤上来插嘴。而且声音奇大。这条街上茶馆酒肆里随时听得见他的喊叫一样的说话声音。不论是哪两家闹纠纷，吃"讲茶"评理，都有他一份。就凭他的大嗓门，别人只好退避三舍，叫他一个人说！有时炕房里有事，差个小孩子来找他，问人看见没有，答话的人常是说："看没有看见，听倒听见的。再走过三家门面，你把耳朵竖起来，找不到，再来问我！"他一年闲到头，吃、喝、穿、用全不缺。余大房养他。只有每年春夏之间，看不到他的影子了。

多少年没有吃"巧蛋"了。巧蛋是孵小鸡孵不出来的蛋。不知什么道理，有些小鸡长不全，多半是长了一个头，下面还是一个蛋。有的甚至翅膀也有了，只是出不了壳。鸡出不了壳，是鸡生得笨，所以这种蛋也称"拙蛋"，说是小孩子吃不得，吃了书念不好。反过来改成"巧蛋"，似乎就可通融，念书的孩子也马马虎虎准许吃了。这东西很多人是不吃的。因为看上去使人身上发麻，想一想也怪不舒服，总之吃这种东西很不高雅。很惭愧，我是吃过的，而且只好老实说，味道很不错。吃都吃过了，赖也赖不掉，想高雅也来不及了。——吃巧蛋的时候，看不见余老五了。清明前后，正是炕鸡子的时候；接着又得炕小鸭，四月。

蛋先得挑一挑。那是蛋行里人的责任。鸡鸭也有"种口"。哪一路的鸡容易养，哪一路的长得高大，哪一路的下蛋多，蛋行里的人都知道。生蛋收来之后，分别放置，并不混杂。分好后，剔一道，薄壳，过小，散黄，乱带，日久，全不要。——"乱带"是系着蛋黄的那道韧带断了，蛋黄偏坠到一边，不在正中悬着了。

再就是炕房师傅的事了。一间不透光的暗屋子，一扇门上开一个小洞，把蛋放在洞口，一眼闭，一眼睁，反复映看，谓之"照蛋"。第一次叫"头照"。头照是照"珠子"，照蛋黄中的胚珠，看是否受过精，用他们的说法，是"有"过公鸡或公鸭没有。没有"有"过的，是寡蛋，出不了小鸡小鸭。照完了，这就"下炕"了。下炕后三四天，取出来再照，名为"二照"。二照照珠子"发饱"没有。头照很简单，谁都作得来。不用在门洞上，用手轻握如简，把蛋放在底下，迎着亮光，转来转去，就看得出蛋黄里有没有晕晕的一个圆影子。二照要点功夫，胚珠是否隆起了一点，常常不易断定。珠子不饱的，要剔下来。二照剔下的蛋，可以照常拿到市上去卖，看不出是炕过的。二照之后，三照四照，隔几天一次。三四照后，蛋就变了。到知道炕里的蛋都在正常发育，就不再动它，静待出炕"上床"。

下了炕之后，不让人随便去看。下炕那天照例是猪头三牲，大香大烛，燃鞭放炮，磕头敬拜祖师菩萨，仪式十分庄严隆重。因为炕房一年就作一季生意，赚钱蚀本，就看这几天。因为父亲和余老五很熟，我随着他去看过。所谓"炕"，是一口一口缸，里头糊着泥和草，下面点着稻草和谷糠，不断用火烘着。火是微火，要保持一定的温度。太热了一炕蛋全熟了，太小了温度透不进蛋里去。什么时候加一点草、糠，什么时候撤掉一点，这是余老五的职份。那两天他整天不离一步。许多事情不用他自己动手。他只要不时看一看，吩咐两句，有下手徒弟照办。余老五这两天可显得重要极了，尊贵极了，也谨慎极了，还温柔极了。他话很少，说话声音也是轻轻的。他的神情很奇怪，总像在谛听着什么似的，怕自己轻轻咳嗽也会惊散这点声音似的。他聚精会神，身体各部全在一种沉缅、一种兴奋、一种极度的敏感之中，熟悉炕房情况的人，都说这行饭不容易吃。一炕下来，人要瘦一圈，像生了一场大病。吃饭睡觉都不能马虎一刻，前前后后半个多月！他也很少真正睡觉。总是躺在屋角一张小床上抽烟，或者闭目假寐，不时就着壶嘴喝一口茶，哑哑地说一句话。一样借以量度的器械都没有，就凭他这个人，一精细准确而又复杂多方的"表"，不以形求，全以神遇，用他的感觉判断一切。炕房里暗暗的，暖洋洋的，潮濡濡的，笼罩着一种暧昧、缠绵的含情怀春似的异样感觉。余老五身上也有着一种"母性"。（母性！）他身验着一个一个生命正在完成。

蛋炕好了，放在一张一张木架上，那就是"床"。床上垫着棉花。放上去，不多久，就"出"了：小鸡一个一个啄破蛋壳，啾啾叫起来。这些小鸡似乎非常急于用自己的声音宣告也证实自己已经活了。啾啾啾啾，叫成一片，热闹极了。听到这声音，老板心里就开了花。而余老五的眼皮一麻搭，已经沉沉睡去了。小鸡子在街上卖的时候，正是余老五呼呼大睡的时候。他得接连睡几天。——鸭子比较简单，连床也不用上；难的是鸡。

小鸡跟真正的春天一起来，气候也暖和了，花也开了。而小鸭子接着就带来了夏天。画"春江水暖鸭先知"的，往往画出黄毛小鸭。这是很自然的，然而季节上不大对。桃花开的时候小鸭还没有出来。小鸡小鸭都放在浅扁的竹笼里卖。一路走，一路啾啾地叫，好玩极了。小鸡小鸭都很可爱。小鸡娇弱伶仃，小鸭傻气而固执。看它们在竹笼里挨挨挤挤，窜窜跳跳，令人感到生命的欢悦。捉在手里，那点轻微的挣扎搔挠，使人心中砰砰然，胸口痒痒的。

余大房何以生意最好？因为有一个余老五。余老五是这行的状元。余老五何以是状元？他炕出来的鸡跟别家的摆在一起，来买的人一定买余老五炕出的鸡，他的鸡特别大。刚刚出炕的小鸡照理是一般大小，上戥子称，份量差不多，但是看上去，他的小鸡要大一圈！那就好看多了，当然有人买。怎么能大一圈呢？他让小鸡的绒毛都出足了。鸡蛋下了炕，几十个时辰，可以出炕了，别的师傅都不敢等到最后的限度，生怕火功水气错一点，一炕蛋整个的废了，还是稳一点。想等，没那个胆量。余老五总要多等一个半个时辰。这一个半个时辰是最吃紧的时候，半个多月的功夫就要在这一会见分晓。余老五也疲倦到了极点，然而他比平常更警醒，更敏锐。他完全变了一个人。眼睛塌陷了，连颜色都变了，眼睛的光彩近乎疯狂。脾气也大了，动不动就恼怒，简直碰他不得，专断极了，顽固极了。很奇怪，他这时倒不走近火炕一步，只是半倚半靠在小床上抽烟，一句话也不说。木床、棉絮，一切都准备好了。小徒弟不放心，轻轻来问一句："起了吧？"摇摇头。——"起了吧？"还是摇摇头，只管抽他的烟。这一会正是小鸡放绒毛的时候。这是神圣的一刻。忽而作然而起："起！"徒弟们赶紧一窝蜂似的取出来，简直是才放上床，小鸡就啾啾啾啾纷纷出来了。余老五自堂炕以来，从未误过一回事，同行中无不赞叹佩服。道理是谁也知道的，可是别人得不到他那种坚定不移的信心。这是才分，是学问，强求不来。

余老五炕小鸭亦类此出色。至于照蛋、煨火，是尤其余事了。

因此他才配提了紫砂茶壶到处闲聊，除了掌炕，一事不管。人说不是他吃老板，是老板吃着他。没有余老五，余大房就不成其为余大房了。没有余大房，余老五仍是一个余老五。什么时候，他前脚跨出那个大门，后脚就有人替他把那把紫砂壶接过去。每一家炕房随时都在等着他。每年都有人来跟他谈的，他都用种种方法回绝了。后来实在麻烦不过，他就半开玩笑似地说："对不起，老板连坟地都给我看好了！"

父亲说，后来余大房当真在泰山庙后，离炕房不远处，给他找了一块坟地。附近有一片短松林，我们小时常上那里放风筝。蚕豆花开得闹嚷嚷的，斑鸠在叫。

余老五高高大大，方肩膀，方下巴，到处方。陆长庚瘦瘦小小，小头，小脸。八字眉。小小的眼睛，不停地眨动。嘴唇秀小微薄而柔软。他是一个农民，举止言词都像一个农民，安份，卑屈。他的眼睛比一般农民要少一点惊惶，但带着更深的绝望。他不像余老五那样有酒有饭，有寄托，有保障。他是个倒霉人。他的脸小，可是脸上的纹路比余老五杂乱，写出更多的人性。他有太多没有说出来的俏皮笑话，太多没有浪费的风情，他没有爱抚，没有安慰，没有吐气扬眉，没有……他是个很聪明的人，乡下的活计没有哪一件难得倒他。许多活计，他看一看就会，想一想就明白。他是窑庄一带的能人，是这一带茶坊酒肆、豆棚瓜架的一个点缀，一个谈话的题目。可是他的运气不好，干什么都不成功。日子越过越穷，他也就变得自暴自弃，变得懒散了。他好喝酒，好赌钱，像一个不得意的才子一样，潦倒了。我父亲知道他的本事，完全是偶然；他表演了那么一回，也是偶然！

母亲故世之后，父亲觉得很寂寞无聊。母亲葬在窑庄。窑庄有我们的一块地。这块地一直没有收成，沙性很重，种稻种麦，都不相宜，只能种一点豆子，长草。北乡这种瘦地很多，叫做"草田"。父亲想把它开辟成一个小小农场，试种果树、棉花。把庄房收回来，略事装修，他平日就住在那边，逢年过节才回家。我那时才六岁，由一个老奶妈带着，在舅舅家住。有时老奶妈送我到窑庄来住几天。我很少下乡，很喜欢到窑庄来。

我又来了！父亲正在接枝。用来削切枝条的，正是这把拾掇鸭肫的角柄小刀。这把刀用了这么多年了，还是刀刃若新发于硎。正在这时，一个长工跑来了：

"三爷，鸭都丢了！"

佃户和长工一向都叫我父亲为"三爷"。

"怎么都丢了？"

这一带多河沟港汊，出细鱼细虾，是个适于养鸭的地方。有好几家养过鸭。这块地上的老佃户叫倪二，父亲原说留他。他不干，他不相信从来没有结过一个棉桃的地方会长出棉花。他要退租。退租怎么维生？他要养鸭。从来没有养过鸭，这怎么行？他说他帮过人，懂得一点。没有本钱，没有本钱想跟三爷借。父亲觉得让他种了多年草田，应该借给他钱。不过很替他担心。父亲也托他买了一百只小鸭，由他代养。事发生后，他居然把一趟鸭养得不坏。棉花也长出来了。

"倪二，你不相信我种得出棉花，我也不相信你养得好鸭子。现在地里一朵一朵白的，那是什么？"

"是棉花。河里一只一只肥的，是——鸭子！"

每天早晚，站在庄头，在沉沉雾霭，淡淡金光中，可以看到他喳喳叱叱赶着一大群鸭子经过荡口，父亲常常要摇头：

"还是不成，不'像'！这些鸭跟他还不熟。照说，都就要卖了，那根赶鸭用的篙子就不大动了，可你看他那忙乎劲儿！"

倪二没有听见父亲说什么，但是远远地看到（或感觉到）父亲在摇头，他不服，他舞着竹篙，说："三爷，您看！"

他的意思是说：就要到八月中秋了，这群鸭子就可以赶到南京或镇江的鸭市上变钱。今年鸡鸭好行市。到那时三爷才佩服倪二，知道倪二为什么要改行养鸭！

放鸭是很苦的事。问放鸭人，顶苦的是什么？"冷清"。放鸭和种地不一样。种地不是一个人，撒种、车水、薅草、打场，有歌声，有锣鼓，呼吸着人的气息。养鸭是一种游离，一种放逐，一种流浪。一大清早，天才露白，撑一个浅扁小船，仅容一人，叫做"鸭撇子"，手里一根竹篙，篙头系着一把稻草或破蒲扇，就离开村庄，到茫茫的水里去了。一去一天，到天擦黑了，才回来。下雨天穿蓑衣，太阳大戴个笠子，天凉了多带一件衣服。"连一个说话的人都没有。"远远地，偶尔可以听到远远的一两声人声，可是眼前只是一群扁毛畜生。有人爱跟牛、羊、猪说话。牛羊也懂人话。要跟鸭子谈谈心可是很困难。这些东西只会呱呱地叫，不停地用它的扁嘴呷喋呷喋地吃。

可是，鸭子肥了，倪二喜欢。

前两天倪二说，要把鸭子赶去卖了。他算了算，刨去行佣、卡钱，连底三倍利。就要赶，问父亲那一百只鸭怎么说，是不是一起卖。今天早上，父亲想起留三十只送人，叫一个长工到荡里去告诉倪二。

"鸭都丢了！"

倪二说要去卖鸭，父亲问他要不要请一个赶过鸭的行家帮一帮，怕他一个人应付不了。运鸭，不像运鸡。鸡是装了笼的。运鸭，还是一只小船，船上装着一大卷鸭圈，干粮，简单的行李，人在船，鸭在水，一路迤迤逦逦地走。鸭子路上要吃活食，小鱼小虾，运到了，才不落膘掉斤两，精神好看。指挥鸭阵，划撑小船，全凭一根篙子。一程十天半月。经过长江大浪，也只是一根竹篙。晚上，找一个沙洲歇一歇。这赶鸭是个险事，不是外行冒充得来的。

"不要！"

他怕父亲再建议他请人帮忙，留下三十只鸭，偷偷地一早把鸭赶过荡，准备过白莲湖，沿漕河，过江。

长工一到荡口，问人："倪二呢？"

"倪二在白莲湖里。你赶快去看看。叫三爷也去看看。一趟鸭子全散了！"

"散了"，就是鸭子不服从指挥，各自为政，四散逃窜，钻进芦丛里去了，而且再也不出来。这种事过去也发生过。

白莲湖是一口不大的湖，离窑庄不远。出菱，出藕，藕肥白少渣。二五八集期，父亲也带我去过。湖边港汊甚多，密密地长着芦苇。新芦苇很高了，黑森森的。莲蓬已经采过了，荷叶的颜色也发黑了。人过时常有翠鸟冲出，翠绿的一闪，快如疾箭。

小船浮在岸边，竹篙横在船上。倪二呢？坐在一家晒谷场的石碌轴上，手里的瓦块毡帽攥成了一团，额头上破了一块皮。几个人围着他。他好像老了十年。他疲倦了。一清早到现在，现在已经是下午了，他跟鸭子奋斗了半日。他一定还没有吃过饭。他的饭在一个布口袋里，——一袋老锅巴。他木然地坐着，一动不动。不时把脑袋抖一抖，倒像受了震动。——他的脖子里有好多道深沟，一方格，一方格的。颜色真红，好像烧焦了似的。老那么坐着，脚恐怕要麻了。他的脚显出一股傻相。

父亲叫他："倪二。"

他像个孩子似的哭起来。

怎么办呢？

围着的人说：

"去找陆长庚，他有法子。"

"哎，除非陆长庚。"

"只有老陆，陆鸭。"

陆长庚在哪里？

"多半在桥头茶馆。"

桥头有个茶馆，是为鲜货行客人、蛋行客人、陆陈行客人谈生意而设的。区里、县里来了什么大人物，也请在这里歇脚。卖清茶，也代卖纸烟、针线、香烛纸祃、鸡蛋糕、芝麻饼、七厘散、紫金锭、菜种、草鞋、写契的契纸、小绿颖毛笔、金不换黑墨、何通记纸牌……总而言之，日用所需，应有尽有。这茶馆照例又是闲散无事人聚赌耍钱的地方。茶馆里备有一副麻将牌（这副麻将牌丢了一张红中，是后配的），一副牌九。推牌九时下旁注的比坐下拿牌的多，站在后面呼幺喝六，呐喊助威。船从桥头过，远远地就看到一堆兴奋忘形的人头人手。船过去，还听得吼叫："七七八八——不要九！"——"天地遇虎头，越大越封侯！"常在后面斜着头看人赌钱的，有人指给我们看过，就是陆长庚，这一带放鸭的第一把手，浑号陆鸭，说他跟鸭子能通话，他自己就是一只成了精的老鸭。——瘦瘦小小，神情总是在发愁。他已经多年不养鸭了，现在见到鸭就怕。

"不要你多，十五块洋钱。"

赌钱的人听到这个数目都捏着牌回过头来：十五块！十五块在从前很是一个数目了。他们看看倪二，又看看陆长庚。这时牌九桌上最大的赌注是一吊钱三三四，天之九吃三道。

说了半天，讲定了，十块钱。他不慌不忙，看一家地杠通吃，红了一庄，方去。

"把鸭圈拿好。倪二，赶鸭子进圈，你会的？我把鸭子吆上来，你就赶。鸭子在水里好弄，上了岸，七零八落的不好捉。"

这十块钱赚得太不费力了！拈起那根篙子（还是那根篙，他拈在手里就是样儿），把船撑到湖心，人仆在船上，把篙子平着，在水上扑打了一气，嘴里啧啧啧咕咕咕不知道叫点什么，赫！——都来了！鸭子四面八方，从芦苇缝里，好像来争抢什么东西似的，拼命地拍着翅膀，挺着脖子，一起奔向他那里小船的四围来。本来平静寥阔的湖面，骤然热闹起来，一湖都是鸭子。不知道为什么，高兴极了，喜欢极了，放开喉咙大叫，"呱呱呱呱……"不停地把头没进水里，爪子伸出水面乱划，翻来翻去，像一个一个小疯子。岸上人看到这情形都忍不住大笑起来。倪二也抹着鼻涕笑了。看看差不多到齐了，篙子一抬，嘴里曼声唱着，鸭子马上又安静了，文文雅雅，摆摆摇摇，向岸边游来，舒闲整齐有致。兵法：用兵第一贵"和"。这个"和"字用来形容这些鸭子，真是再恰当不过了。他唱的不知是什么，仿佛鸭子都爱听，听得很入神，真怪！

这个人真是有点魔法。

"一共多少只？"

"三百多。"

"三百多少？"

"三百四十二。"

他拣一个高处，四面一望。

"你数数。大概不差了。——嗨！你这里头怎么来了一只老鸭？"

"没有，都是当年的。"

"是哪家养的老鸭教你裹来了！"

倪二分辩。分辩也没用。他一伸手捞住了。

"它屁股一撅，就知道。新鸭子拉稀屎，过了一年的，才硬。鸭肠子搭头的那儿有一个小箍道，老鸭子就长老了。你看看！裹了人家的老鸭还不知道，就知道多了一只！"

倪二只好笑。

"我不要你多，只要两只。送不送由你。"

怎么小气，也没法不送他。他已经到鸭圈子提了两只，一手一只，拎了一拎。

"多重？"

他问人。

"你说多重？"

人问他。

"六斤四，——这一只，多一两，六斤五。这一趟里顶肥的两只。"

"不相信。一两之差也分得出，就凭手拎一拎？"

"不相信？不相信拿秤来称。称得不对，两只鸭算你的；对了，今天晚上上你家喝酒。"

到茶馆里借了秤来，称出来，一点都不错。

"拎都不用拎，凭眼睛，说得出这一趟鸭一个一个多重。不过先得大叫一声。鸭身上有毛，毛蓬松着看不出来，得惊它一惊。一惊，鸭毛就紧了，贴在身上了，这就看得哪只肥，哪只瘦。晚上喝酒了，茶馆里会。不让你费事，鸭杀好。"

他刀也不用，一指头往鸭子三岔骨处一捣，两只鸭挣扎都不挣扎，就死了。

"杀的鸭子不好吃。鸭子要吃呛血的，肉才不老。"

什么事都轻描淡写，毫不装腔作势。说话自然也流露出得意，可是得意中又还有一种对于自己的嘲讽。这是一点本事。可是人最好没有这点本事。他正因为有这些本事，才种种不如别人。他放过多年鸭，到头来连本钱都蚀光了。鸭瘟。鸭子瘟起来不得了。只要看见一只鸭子摇头，就完了。还不像鸡。鸡瘟还有救，灌一点胡椒、香油，能保住几只。鸭，一个摇头，个个摇头，不大一会，都不动了。好几次，一趟鸭子放到荡里，回来时就剩自己一个人了。看着死，毫无办法。他发誓，从此不再养鸭。

"倪老二，你不要肉疼，十块钱不白要你的，我给你送到。今天晚了，你把鸭圈起来过一夜。明天一早我来。三爷，十块钱赶一趟鸭，不算顶贵噢？"

他知道这十块钱将由谁来出。

当然，第二天大早来时他仍是一个陆长庚：一夜"七戳五在手"，输得光光的。

"没有！还剩一块！"

这两个老人怎么会到这个地方来呢？他们的光景过得怎么样了呢？

一九四七年初，写于上海

落魄①

※

　　他为什么要到"内地"来？不大可解，也没有人问过他。自然，你现在要是问我究竟为什么大远的跑到昆明过那么几年，我也答不上来。为了抗战？除了下乡演演《放下你的鞭子》，我没有为抗战做过多少事。为了读书，大学都"内迁"了。有那么一点浪漫主义，年纪轻，总希望向远处跑，向往大后方。总而言之，是大势所趋。有那么一股潮流，把我一带，就带过了千山万水。这个人呢？那个潮流似乎不大可能涉及到他。我们那里的人都安土重迁，出门十五里就要写家书的。我们小时听老人经常告诫的两件事，一是"万恶的社会"，另一件就是行旅的艰难。行船走马三分险，到处都是扒手、骗子，出了门就是丢了一半性命。他是四十边上的人了，又是站柜台"做店"的。做店的人，在附近三五个县城跑跑，就是了不起的老江湖，对于各地的茶馆、澡堂子、妓院、书场、镇水的铜牛、肉身菩萨、大庙、大蛇、大火灾……就够他向人聊一辈子，见多识广，社会地位高于旁人，他却当真走了几千里，干什么？是在家乡做了什么丢脸的事，或呕了气，一跺脚，要到一个亲戚朋友耳目所不及的地方来创一番事业，将来衣锦荣归，好向家中妻子儿女说一声"我总算对得起你们"？看他不像是个会咬牙发狠

---

　　① 初刊于《文讯》一九四七年第七卷第五期，初收于《邂逅集》。此据《汪曾祺短篇小说选》所收作者修改本排印，文后写作时间为作者修改时所注，初刊本文后注为"三十六年六月"。

的人。他走路说话全表示他是个慢性子，是女人们称之为"三棍子打不出一个闷屁来"的角色。也许是有个亲戚要到内地来做事，需要一个能写字算账的身边人。机缘凑巧，他就决定跟着来"玩玩"了？不知道。反正，他就是来了。而且做了完全另外一种人。

到我们认识他时，他开了个小馆子，在我们学校附近。

大学生都是消化能力很强的人。初到昆明时，大家的口袋里还带着三个月至半年的用度，有时还能接到一笔汇款，稍有借口，或谁过生日，或失物复得，或接到一封字迹娟秀的信，或什么理由都没有，大家"通过"一下，就可以派一个人做东请客。在某个限度内还可以挑一挑地方。有人说，开了个扬州馆子，那就怎么也得巧立名目去吃他一顿。

学校附近还像从前学校附近一样，开了许多小馆子。开馆子的多是外乡人，山东、河北、江西、湖南的，都有。在昆明，只要不说本地话，任何外乡口音的，都可认作大同乡。一种同在天涯之感把掌柜、伙计和学生连接起来。学生来吃饭，掌柜的、伙计（如果他们闲着），就坐在一边谈天说地；学生也喜欢到锅灶旁站着，一边听新闻故事，一边欣赏炒菜艺术。这位扬州人老板，一看就和别的掌柜的不一样。他穿了一身铁机纺绸褂裤在那儿炒菜。盘花纽扣，纽绊拖出一截银表链。雪白的细麻纱袜，浅口千层底礼服呢布鞋。细细软软的头发向后梳得一丝不乱。左手无名指上还套了个韭菜叶的金戒指。周身上下，斯斯文文。除了他那点流利合拍的翻锅执铲的动作，他无处像一个大师傅，像吃这一行饭的。这个馆子不大，除了他自己，只用了个本地孩子招呼客座，摆筷子倒茶。可是收拾得干干净净，木架上还放了两盆花。就是足球队员、跳高选手来，看看墙上菜单上那一笔成亲王体的字，也不好意思过于嚣张放肆了。

有时，过了热市，吃饭的只有几个人，菜都上了桌，他洗洗手，会捧了一把细瓷茶壶出来，客气几句："菜炒得不好，这里的酱油不行"，"黄芽菜叫孩子切坏了，谁让他切的！——不能横切，要切直丝。"有时也谈谈时事，说点故乡消息，问问这里的名胜特产，声音低缓，慢条斯理。我们已经学会了坐茶馆。有时在茶馆里也可以碰到他，独自看一张报纸或支颐眺望街上行人。他还给我们付过几回茶钱，请我们抽烟。他抽烟也是那么慢慢的，一口一口地品尝，仿佛有无穷滋味。有时，他去蹓弯，两手反背在后面，一种说不出的悠徐闲散。出门稍远，则穿了灰色熟罗长衫，还带了把湘妃竹折扇。想来从前他一定喜欢养鸟，听王少堂说书，常上富春①坐坐的。他说他原在辕门桥一家大绸缎庄做事，看样子极像。然而怎么会到这儿来开一个小饭馆呢？这当中必有一段故事。他自己不谈，我们也不便问。

这饭馆常备的只有几个菜：过油肉、炒假螃蟹、鸡丝雪里蕻，却都精致有特点。有时跟他商量商量，还可请他表演几个道地扬州菜：狮子头、煮干丝、芙蓉鲫鱼……他不惜工本，做得非常到家。这位绸缎庄的"同事"想必在家很讲究吃食，学会了烹调，想不到竟改行作了红案师傅。照常情这是降低身份了，不过，生意好，进账不错，他倒像不在意，高高兴兴的。

半年以来，店门关了几天，贴出了条子：修理炉灶，停业

---

① 富春是扬州一家有名的大茶馆。

数天。

重新开张后，饭铺气象一新，一早上就坐满了人，人来人往，川流不息。扬州人听从有人的建议，请了个南京的白案师傅来做包子下面，带卖早晚市了。我一去，学着扬州话，给他道了喜：

"恭喜恭喜！"

"托福托福，闹着玩的！"

扬州人完全明白我向他道喜的双重意义。恭喜他扩充了营业；同时我一眼就看到后面天井里有一个年轻女人坐着拣菜，穿得一身新，发髻上戴着一朵双喜字大红绒花。这扬州人在家乡肯定是有个家的。这女人的岁数也比他小得多。因此他有点不好意思。

不知道是谁给说的媒。这女人我们认得，是这条街上一个鸦片烟鬼的女儿。（这条街有一个富丽堂皇，古色古香的街名，叫做"凤翥街"。）我们常看见她蓬着头出来买咸菜，买壁虱（即臭虫）药，买蚊烟香，脸色黄巴巴的，不怎么好看。可是因为年纪还轻，拢光了头发，搽了脂粉，就像换了一个人，以前看不出的好看处全露出来了。扬州人看样子很疼爱这位新娘子，不时回头看看，走过去在她耳边低低地说几句话，或让她偏了头，为她拈去头发上的一片草屑尘丝。他那个手势就比一首情诗还值得一看。扬州人自己也像年轻了许多。

白案上，那位南京师傅集中精神在做包子。他仿佛想把他的热情变成包子的滋味，全力以赴，揉面，摘面蒂，刮馅子，捏褶子，收嘴子，动作的节奏感很强。他很忙，顾不上想什么。但是今天是新开张，他一定觉得很兴奋。他的脑袋里升腾着希望，就像那蒸笼里冒出来的一阵一阵的热气。听他用力抽打着面团，声音钝钝的，手掌一定很厚，而且手指很短！他的脑袋剃得光光的，后脑勺挤成了三四叠，一用力，脑后的褶纹不停地扭动。他穿着一身老蓝布的衣裤，系着一条洋面口袋改成的围裙。周身上下，无一处不像一个当行的白案师傅，跟扬州人的那种"票友"风度恰成对比。

不知道什么道理，那一顿早点没有给我留下什么印象。猪肝面，加了一点菠菜、西红柿，淡而无味。我看了看墙上钉着的一个横幅，写了几个美术字："绿杨饭店"（不知是哪位大学生的大作），心想：三个月以后，这几个字一定会浸透了油气，活该！——我对猪肝和美术字一向都没有好感。

半年过去，很多人的家乡在不断"转进"（报纸上讳言败退，创造了一个新奇的名词）的战争中失去了。滇越铁路断了，昆明和"下江"邮汇不通，大学生的生活发生了很大的变化。很多学生在外面兼了差，教中学的，在拍卖行、西药铺当会计的，当家庭教师的，各行各业，无所不有。昆明每到中午十二点要放一炮，叫做"午炮"，据说放那一炮的也是我们的一位同学。有的做了生意，而且越做越大。还有一些对书本有兴趣，抱残守阙，除了领"贷金"，在学校吃"八宝饭"（糙米中有砂粒、鼠矢种种东西），靠变卖衣物维持。附近有不少收买旧衣的，背着竹筐，往来吆唤。其中有一个中年妇女，嗓音极其脆亮，我一生很少听到这样好听的叫卖声音："有——旧衣烂衫找来卖！"

学生的变化，自然要影响到绿杨饭店。

这个饭馆原来不大像一个饭馆，现在可完全像一个饭馆了，太像了。代表这个饭馆的，不再是扬州人，而是南京人了。原来扬州人带来的那点人情味和书卷气荡然无存。

那个南京人，第一天，我从他的后脑勺上就看出这是属于那种能够堆砌"成功"的人，一个非常现实的人。他抓紧机会，稳扎稳打，他知道钱是好的，活下来多不容易，举手投足都要代价。他一大早冲寒冒露从大西门赶到小南门去买肉，因为那里的肉要便宜一点；为了搬运两袋面粉，他可以跟挑夫说很多好话，或骂很多难听的话；他一边下面，一边拿眼睛瞟着门外过去的几驮子柴，估着柴的干湿分量（昆明卖柴是不约斤的，木柴都是骡马驮来，论驮卖）；他拣去一片发黄的菜叶，丢到地下，拾起来，看一看，又放回案板上。他时常到别的饭铺门前转转，看看人家的包子是什么样子的，回来的路上就决定，他们的包子里还可以掺一点豆芽菜，放一点豆腐干……他的床是睡觉的，他的碗是吃饭的。他不幻想，不喜欢花（那两盆花被他搬到天井角落里，干死了），他不聊闲天，不上茶馆喝茶，而且老打狗。他身边随时搁了一块劈柴，见狗就打。虽然他的肉高高地挂在房梁上，他还是担心狗吃了。他打狗打得很狠，一劈柴就把狗的后腿打折。这狗就拖着一条瘸腿嗥叫着逃走了。昆明的饭铺照例有许多狗，在人的腿边挤来挤去，抢吃骨头，只有绿杨饭店没有。这街上的狗都教他打怕了，见了他的影子就逃。没有多少时候，绿杨饭店就充满了他的"作风"。从作风的改变上，你知道店的主权也变了。不问可知，这个店已经是合股经营。南京人攒了钱，红利、工钱，加了自己的积蓄，入了股，从伙计变成了股东。我可以跟你打赌，从他答应来应活时那一天，就想到了这一步。

绿杨饭店的主顾有些变化，但生意没有发生太大影响。在外兼职的学生在拿到薪水后会来油油肠子。做生意的学生，还保留着学籍，选了课，考试时得来答卷子，平时也偶尔来听听课。他们一来，就要找一些同学"联络感情"，在绿杨饭店摆了一桌子菜，哄饮大嚼。抱残守阙者，有时觉得"口中淡出鸟来"，就翻出几件值一点钱的东西拿到文明新街一卖，——最容易卖掉的东西是工具书，《辞源》、《牛津字典》……到绿杨饭店来开斋。有一个四川同学家里寄来一件棉袍子，他约了几个人一同上邮局取出来，出了邮局大门，拆开包裹，把一件全新的棉袍搭在手臂上，就高声吆唤："哪个买这件棉袍！"然后，几个馋人，一顿就把一件新棉袍吃掉了。昆明冬天不冷，没有棉袍也过得去。

　　绿杨饭店的生意好过一阵，好得足以使这一带所有的饭馆为之侧目。这些饭铺的老板伙计全都对他关心。别以为他们都希望"绿杨"的生意坏。他们知道，"绿杨"的生意要是坏，他们也好不了。他们的命运既相妨，又相共。果然，过了一个高潮，绿杨饭店走了下坡路了，包子里的豆芽菜、豆腐干越掺越多，卖出去的包子越来越少。时间很快过了两年了。大学的学生，有的干脆弃学经商，在外地跑买卖，甚至出了国，到仰光，到加尔各达。有的还选了几门课，有的干脆休了学，离开书本，离开学校，也离开了绿杨饭店。在外兼职的，很多想到就要成家立业，娶妻生子，不再胡乱花钱（有一个同学，有一只小手提箱，里面粘了三十一个小牛皮纸口袋，每一口袋内装一个月中每一天的用度）。那一群抱残守阙的书呆子，可卖的衣物更少了。"有——破衣烂衫找来卖"的吆唤声音不常在学校附近出现了。凤翥街冷落了许多。开饭馆的江西人、湖南人、山东人、河北人全都风流云散，不知所终。绿杨饭店还开着。绿杨饭店犹如一面镜子，照出种种变化。镜子里是变色的猪肝、暗淡的菠菜、半生的或霉烂的西红柿，太阳光如一匹布，阳光中游尘飞舞。

那个女人的脸又黄下来，头发又蓬乱了。

然而绿杨饭店还是开着。

这当中我因病休了学。病好后在乡下一个朋友主持的中学里教几点钟课，很少进城。绿杨饭店的情形可以说不知道。一年中只去过一次。

一个女同学病了，我们去看她。有人从黑土洼采来了一大把玉簪花（黑土洼是昆明出产鲜花的地方，花价与青菜价钱差不多），她把花插在一个绿陶瓶里，笑了笑说："如果再有一盘白煮鱼，我这病就生得很像样子了！"她是扬州人。扬州人养病，也像贾府上一样，以"清饿"为主。病好之后饮食也极清淡。开始动荤腥时，都是吃椒盐白煮鱼。我们为了满足她的雅兴和病中易有的思乡之情，就商量去问问扬州人老板，能不能像从前一样为我们配几个菜。由我和一个同学去办这件事。老板答复得很慢。但当那个同学说"要是费事，那就算了"时，他立刻就决定了，问："什么时候？"南京人坐在一边，不表示态度。出了绿杨饭店，我半天没有说话。同学问我是怎么啦，我说没有什么，我在想那个饭店。

吃饭的那天，南京人一直一声不响，也不动手，只是摸摸这，掇掇那。女人在灶下烧火。扬州人掌勺。他头发白了几根了。他不再那样潇洒，很像是个炒菜师傅了。不仅他的纺绸裤褂、好鞋袜、戒指、表链都没有了，从他下菜料、施油盐、用铲子抄起将好的菜来尝一尝，菜好了敲敲锅边，用抹布（好脏！）擦擦盘子，把刷锅水往泔水缸里一倒，用火钳夹起一片木柴歪着头吸烟，小指头搔搔发痒的眉毛，鼻子吸一吸吐出一口痰……这些等等，让人觉得这扬州人全变了。菜都上了桌，他从桌子底下拉过一张板凳（接过腿的），坐下，第一句话就是：

"什么都贵了，生意真不好做！"

听到这句话，南京人回过头来向我们这边看了看，脸色很不好看。南京人是一点也没有走样。他那个扁扁的大鼻子教我们想起前天应该跟他商量才对。这种平常不做的家乡菜，费工费事，扬州人又讲面子，收的钱很少，虽不赔本，但没有多少赚头。南京人一定很不高兴。他的不高兴分明地写在他的脸上。我觉得这两个人这两天一定吵了一架。不一定是为我们这一顿饭而吵的（希望不是）。而且从他们之间的神气上看，早已不很融洽了，开始吵架已经颇久的事了。照例大概是南京人嘟嘟囔囔，扬州人一声不响。可能总是那个女人为一点小事和南京人拌嘴，吵着吵着，就牵扯起过去许多不痛快的事，可以接连吵几天。事情很清楚，南京人现在的股本不比扬州人少。扬州人两口子吃穿，南京人是光棍一个，他们之间不会有什么会计制度，收支都是一篇糊涂账。从扬州人的衰萎的体态看起来，我疑心他是不是有时也抽口把鸦片烟。唔，要是当真，那可！

我看看南京人的肥厚的手掌和粗短的指头，忽然很同情他。似乎他的后脑勺没有堆得更高，全是扬州人的责任。

到我复学时，学校各处都还是那样，但又似乎都有些变化：都有一种顺天知命，随遇而安的样子。大图书馆还有那么一些人坐着看书。指定参考书不够。然而要多少本才够呢？于是就够了。草顶泥墙的宿舍还没有一间坍圮的。一间宿舍还是住四十人。一间宿舍住四十人太多了。然而多少人住一屋才算合理？一个人每天需要多久时间的孤独？于是这样也挺好。生物系的新生都要抄一个表：人的正常消耗是多少卡罗里。他们就想不出办法取得这些卡罗里。一个教授研究人们吃的刺梨和"云南橄榄"所含的维他命。这位教授身上的维他命就相当不足。路边的树都长得很高了，在月光中布下黑影。树影月光，如梦如水。学校里平平静静。一年之中，没有人自杀，也没有人发疯，也听不到有人痛哭。绿杨饭店已经搬了家，在学校的门外搭了一个永远像明天就会拆去的草棚子卖包子、卖面。

　　这个饭店是每下愈况了。南京人的脾气变得很暴躁。背着这片半死不活的饭店，他简直无计可施，然而扔下它又似乎不行。他有点自暴自弃起来，时常看他弄了一碗市酒，闷闷地喝（他的络腮胡子乌猛猛的），忽然把拳头一擂桌子，大骂起来。他不知骂谁才好。若是扬州人和他一样的强壮，他也许会跳过去对着他的鼻子就是一拳，然而扬州人是一股窝囊样子，折垂了脖子，木然地看着哄在一块骨头上的一堆苍蝇。南京人看着他这付倒霉样子，一股邪火从脚心直升上来！扬州人的身体越来越不行了，背佝偻得很厉害。他的嘴角老是搭拉着，嘴老是半张着。他老是用左手捋着右臂的衣袖，上下推移。又不是搔痒，不知道干什么！他的头发还是向后梳着的，是用水湿了梳的，毫无光泽，令人难过。有人来了，他机械地站起来，机械地走动，用一块黑透了的抹布骗人似的抹抹桌子，抹完了往肩上一搭：

　　"吃什么？有包子，有面。牛肉面、炸酱面、菠菜猪肝面……"
　　声音空洞而冷漠。客人的食欲就教他那个神气，那个声音压低了一半。你看看那个荒凉污黑的货架，看到西红柿上的黑斑，你想到这一块是煮不烂的；看到一个大而无当的盘子里的两三个鸡蛋；这鸡蛋一定是散黄的；你还会想起扬州人向你解释过的："鸡蛋散黄是蚊子叮的"，你想起孑孓在水里翻跟斗……吃什么呢？你简直没有主意。你就随便说一个，牛肉面吧。

扬州人捋着他的袖子：

"嗷，——牛肉面一碗……"

"牛肉早就没有了！要说多少次！"

"嗷，——牛肉没有了……"

那么随便吧，猪肝面吧。

"嗷，——猪肝面一碗……"

那个女人呢？分明已经属于南京人了。不用打听，一看就看得出来。仿佛这也没有什么奇怪。连他们晚上还同时睡在那个棚子底下，也都并不奇怪。这关系是怎样转变过来的呢？这当中应当又有一段故事，但是你也顶好别去打听。

我已经知道，扬州人南京人原来是亲戚。南京人是扬州人的小舅子。这！

过了好多好多时候，"炮仗响了"。云南老百姓管抗战胜利，战争结束叫"炮仗响"。他们不说"胜利"，不说"战争结束"，而说"炮仗响"。因为胜利那天，大街小巷放了很多炮仗。炮仗响了以后，我没有见过扬州人，已经把他忘记了。

一直到我要离开昆明的前一天，出去买东西，偶然到一家铺子去吃东西，一抬头：哎，那不是扬州人吗？再往里看，果然南京人也在那儿，做包子，一身老蓝布裤褂，面粉口袋围裙，工作得非常紧张，后脑勺的皱褶直扭动，手掌拍得面团啪啪地响。摘面蒂，刮馅子，捏褶子，收嘴子，节奏感很强，仿佛想把他的热情变成包子的滋味。这个扬州人，你为什么要到昆明来呢？……

明天我要走了。车票在我的口袋里。我不知道摸了多少次，我有个很不好的习惯，喜欢把口袋里随便什么纸片捏在手里搓揉，搓搓就扔掉了。我丢过修表的单子、洗衣服的收据、照相的凭条、防疫证书、人家写给我的通讯处……我真怕我把车票也丢了。我觉得头晕，想吐。这会饿过了火，实在什么也不想吃。

可是我得说话。我这么失魂落魄地坐着，要惹人奇怪的，已经有人在注意我。他一面咀嚼着白斩鸡，一面咀嚼着我。他已经放肆地从我的身上构拟起故事来了。我振作一下，说：

"猪肝面加菠菜西红柿！"

扬州人放好筷子，坐在一张空桌边的凳子上。他牙齿掉了不少，两颊好像老是在吸气。而脸上又有点浮肿，一种暗淡的痴黄色。肩上一条抹布，湿漉漉的。一件黑滋滋的汗衫（还是麻纱的！），一条半长不短的裤子。这条裤子像一个十二三岁的孩子穿的。衣裤上到处是跳蚤血的黑点。看他那滑稽相的裤子，你想到裤子里的肚皮一定打了好多道折子！最后，我的眼睛就毫不客气地死盯住他的那双脚。一双自己削成的很大的木履，简直是长方形的。好脏的脚！仿佛污泥已经透入多裂纹的皮肤。十个趾甲都是灰趾甲。左脚的大姆趾极其不通地压在中趾底下，难看无比。对这个扬州人，我没有第二种感情：厌恶！我恨他，虽然没有理由。

一九四六年

锁匠之死①

※

我们城里总是铳人。"铳"就是枪毙。不说是枪毙，说铳。你如果不说铳而说枪毙，城里人就觉得你要不是外边来的，"外路码子"；要不，假如知道你的底细，知道你的祖宗三代，你的"骨头渣子"，你是本乡人而（他们以为）故意不说本乡话，撇"官腔"，哈呀，了不起！你这两个字触犯了他们，他们一定对你侧之以目，嗤之以鼻，努之以嘴，歧视你，恨你，对你有一种敌意。小城里的人都敏感得出奇，多疑善忌，脆弱的自尊心一来就碰伤了。他们随时听得出你声音里有些甚么意思，随时觉得你笑他，看不起他，为了跟你对抗，他们在他们的城垣上增了更多的石头，把他们的固执堆积得更高。如你往大街上一看，随便问一句："甚么事情？——是不是又枪毙人？"人丛之中一定有一个十分严厉的声音直撞撞的发出来："铳人"！你没法奈何，你觉得他像是寻事找碴儿罢，他又可以说这是好意跟你答话。你皱一皱眉毛，他那儿心里可笑开了。准保事后他一定跟人添油加醋的讲一气，把你形容得狼狈不堪。……好罢，就说是铳人。我们城里是个铳人铳得最多的地方，这简直是她的最大的特色。要是把这个特色取去，我想不出有甚么可以代替他的。每年要是没有那么些人枪毙，我们的城是甚么样子呢？我怕我要不认得她了。我的那些尊贵的同乡们的

———————————
① 初刊于一九四八年七月十八日《平明日报》，初收于人民文学版《汪曾祺全集》第一卷。

一部分情感当然要没有搁处了。于是我们的城加给我一层阴暗。说"最多"不无有点问题，但无论如何比别的地方要"重要"，影响要大。如果说我的印象不大准确，我告诉你，我的初级中学在县城东门城脚，东门外即是杀场。出东门有一木桥，桥下的水呼呼的流得很悲惨，本来叫做东门桥，但一般都称之为"掉魂桥"，言死囚过此桥上魂即掉去也。我们在上课，忽然远远听见许多人奔跑的声音，听见那种凄厉的单调的号声，一会儿汹汹涌涌的过去了。我们的心就沉下来，沉沉的撞击，紧紧的压得难受。枪响了，听得清楚是几个人，一人挨了几枪。冲起一阵喝采的声音，再又是一阵杂沓的脚步，当中夹着一串整齐的，一队保卫团的兵，跑步，吹的号是凯旋号。有时适在下课时候，同学多随着去看。年纪都还小，很多在枪声一响的那一霎回过头来的。我则从未亲自去看过。不过有时进出东门，殷红的白，发了一点黑，破烂的尸首总会映到你眼睛里来。东门外有一个非常好的乘凉看书吹口琴放风筝的地方，有一棵极大的桑树，结了一树大紫桑葚，在摘下来要放进嘴的时候一想到枪一拨响的景象就会老大不自在，眼睛里涌出了恐怖。有一次，我刚从外面回到学校，要进校门，校门进不去了，全是人，堵得死死的，后面有人还拿了凳子爬上来看，就要来了，——又铳人。没有办法，只好站在前头。既然非看不可，我就好好的看一看。一共五个。我一个一个看过去。全是土匪。向来枪毙都是土匪。有一个，我认得！那是南门的一个锁匠。

这个锁匠有一个很好的百灵。我每次经过他门前时都要看一看。我记得他那个铺子的整个的样子。我记得他的样子。他有妻子老婆，有一个孩子。他家后头有个小院子，有一棵树，树长过屋脊，在外头就看得见。……现在，这是他。他就要去枪毙了。他坐在一个柳条篮子里，被两个扛夫抬着，这样子很滑稽。滑稽得教人痛苦。是他！他没有变样子，不，这不是他。他怎么会，怎么会。是这个样子呢？你猜我当时想的甚么？我想做皇帝。我想九更天，闻太师，——我想我一点也不能救他。我白着脸站在那里。等门口人滚滚的插进跟在后面的队伍里去，松了，露出了大门，我走进去。我一个人坐在空空的学校里的空空的教室里，半天半天。一直到听见有人在隔壁弹风琴。我是个孩子！但是别笑我，那个锁匠是个了不得的人，了不得的锁匠。他的铺子，我傍晚经过时特为看了一看，果然，知道是，关上了。当然一定是关了多少日子了，我早就知道，早就听说，早就看见的。然而以前好像这是不可靠的，不真实，不明明白白的，现在，完了，划然的摆在我面前。排门上两道封条，十字交叉，白纸黑字，县政府封，月日，一颗大朱印。有一根柱子有点歪。

　　他的罪名是跟匪有来往，通匪。跟匪有来往不一定就是通匪。但在我们地方上人看起来没有甚么两样。至少愿意他没有两样。他的情形也比较特别一点。……主要是因为他住的地方。他住在简直是城中心，往南往北都没有几步即是闹市和富宅。这简直不得了，给他们的威胁太大了，不等于是匪都住在家里来了？随时就有危险，嘿！他们容不得这么一个大胆的人，而且那么一个聪明人，那么有心眼，机伶。而且，他倒真稳呐，一点都看不出来。看他那样子，哪里像个通匪的人，像个匪呢？（直截指之为匪了。）还怪和气的，怪规规矩矩，说话，待人，哪一样不好好的？天天还都见面呢！——个王八旦！谁料得到他里头是这么样的险！奸！他们气愤了，他们觉得他顶可恨的是他们被他蒙住了，他们像个三岁孩子似的被人欺负了，他们冤！于是从前对他的好感漫无节制的增高起来，他们简直把他说成了神，甚么不可能的，平常决不有人相信的事情大家全都相信了，临时现抓，越编越多，越编越长，越编越有声有色，委委曲曲，原原本本，一大套变成理由和证据，——杀他！因为，他们不为甚么也希望他被杀，希望有人被杀，他们要创造出这么一个人。这回花样翻新，异于往常，有趣。

他是个锁匠。姓王，一般称之为王锁匠，或锁匠小王。从前，他是个挑锁匠担子的。但锁匠担子常常也称为铜匠担子，锁匠也是一种铜匠，而且与真正的铜匠有一部分的工作是相同的，简直大部是相同的。所以王锁匠未始不可以称为王铜匠。比如北平市口角有一个矮子铜匠，职业性质与王锁匠全无二致，而人不称之为矮子锁匠称之为矮子铜匠。王锁匠的"锁"字有一点标榜的意思，因为他配锁配得特别好。你见过那种锁匠担子么？长方的两个木箱子，底微阔大，渐上渐小，四边都是梯形。一边一个，挑着时咔——咔，咔——咔的响声，箱子上头有个架子，横挂一长串钥匙之类，互相擦击，发出声音，极有节奏。这种担子跟修洋灯洋伞的，补锅的，锡匠的担子都如同兄弟，有一种渊源，一种亲切的关系，都是小时候常常会让我把急切的脚步放缓，让我嗒焉如有所失，毫无目的跟着他看着他半天的。"补锅，——"丁达达丁，丁达达丁，丁达丁达达丁达达丁，……有一种特殊响器，很多的精铁长片串在一起，撒开来一齐花喇喇放出去，又趁手一带收回来，折成一叠，这有个名字的，叫做甚么甚么子，……哎呀，我怎么会又想不起来呢，我都闹不清究竟该往谁的手上搁了。不过锁匠担子常常有的是固定的顿在一处，等人来就教。木箱的一头各有许多小抽屉。我多想把那些小抽屉一个一个的抽出来看看啊。这些小库房里简直是包罗万象，用之不竭。并不乱搁的，每一格都是一定有东西。那每一个锁匠担子都是完全一样的。这一个锁匠跟那个锁匠若是换一付担子用一两天绝对没有问题，没有甚么不方便。不，一两天是可以的，多了不成，器物各有不同性格，用惯了自己的用别人的不顺手，不如意。——都是这样，所有的这种担子都有一定的秩序。甚至皮匠担子。我从前以为皮匠担子总是砧子木板乱搁的，才不，刀是刀的地方，锤是锤的地方，麻线，黄蜡猪鬃都占一定角落，甚至篮子上竹架子上夹的上底的牛皮马皮，大大小小，都挨着差不多的层次！顶要紧的是一把大锉。大。锉身有二尺多长，四四方方。一头一个木柄，抓在手上。一头是锉头，木制，圆的，顶头饱出，作球状，套在一个固钉在木箱上的铁环里。锁匠坐在一个马扎子上，坑蛊坑蛊拉那锁。锉钥匙，锁匠，锉别的东西。磨锉金属的声音本来是不大好听的声音，但如果那个锁匠，我不讨厌，我听惯了，而且可以毫不勉强的说，我喜欢。是的，那是沉着痛快，锲而不舍，坚决而持实的声音，一锉下去，拉回来往下再一推，铜屑子灿烂的撒下来，那边，那个东西上一道槽子，生新的一条一条痕迹。锉高一点，低一点，偏一点，侧一点。手里控着的东西转着方向，嘎兹嘎兹，嘎兹嘎兹成了。这是最诚实的，最好的广告。"喂，拿过来试一试。"一把死了的锁，郭达，开了。再试试，锁起来，郭达，开了；郭达，开了。好。因此有多少人少做许多着急的梦了。一年丢了钥匙的倒也不少噢？这些钥匙都到哪里去了呢？锁匠有许多旧钥匙是哪里来的呢？只见人拿了锁来配钥匙，拿了钥匙来配锁的不多罢？锁匠开得的锁多，不一定钥匙，有一根铁丝弯来弯去的。大多数锁都不费事。据说一个小偷学习他的行业之前必先学作木匠，瓦匠，懂得房屋路径构造，撬椽子挖洞，爬高走险，还得，学两年锁匠。而捉到过好多小偷，说是都是由锁匠出身的。所以，王锁匠的事犯以后，有人说，他在没有"大做"之前一定还摸过几家子。偶尔捞一点外水，并不长做，不在地保面前挂号，手脚紧密，不露破绽，没有人知道。有两笔肥的呢，不然，就坑蛊坑蛊，他就开得起铺子来了？这么多锁匠呢，为什么他们都拉一辈子大锉？——害，你，你叫王锁匠给你配过钥匙没有？哈！你运气！你知道你担了多大的风险啊，他是，甚么锁到他手里就听他的话的啊，见过一把锁就忘不了的啊，弹簧弹子德国钢锁都开得开的啊！啧！你他妈的婊子不害×，——走局。你丢过东西？——没有？——可惜。

王锁匠后来开了个铺子。一个正式的铜匠铺子。这就是说他有三根铜苗子坐镇在橱架上。铜匠店总得有这个东西，也有一种义务，到附近邻居，这一坊一保有火灾，得把这几根铜苗子借出来，扛出去，帮同救火。铜苗子看见过没有？跟个大望远镜似的，构造原理与小孩子玩的水唧子同。这东西的威力当然不如水龙大，但有时小火，专对一个近身方向也甚有用。而且，轻，方便，灵活，火头转到哪里马上就迎得上去。铜匠店不知是不是因为整天丁丁东东吵扰了街坊，故做了这个东西，防其不测，作为补报？城里熟习掌故的不但说得出各坊老龙的性格，且亦能历历说出一家一家铜匠店的水苗子的历史，说得出他们的样子，说得出某次某天他所尽的力，建的功。跟那些龙一样，有些苗子都渐渐有了神性，供放在家里轻易不触动，甚至也烧香叩头，隔一个相当时候须"请"出来校验校验。王锁匠家的一根特长苗子，一两次之后即显出不凡。更值得感谢的是他亲自出没火场施救时的勇敢和机敏。对面那一家豆腐店，母女两个，不是他，不是那根苗子，早完了。……从此王锁匠的工作不是，不单是锉，而是打了。一块紫铜板，登登登登，能够打成一把水吊子，简直是不可想象的事！一个铁砧子，铜板放在上头，一锤子，一锤子，一锤子下去，红粉粉的铜上一个光溜溜的紫麻子。登，一锤；登，一锤。不是死命的砍，巧巧的，一着到立刻就反弹了回来，耍耍停停。手下铜板渐渐转移得每两点之间，距离一定，麻子都是整整齐齐的。转着转着圆了，转着转着窝过来，有意思！打水吊子，打铜盆，打水镟子，酒镟子，打脚炉，打五更鸡，莲子井。水吊子一把一把吊在屋梁上，水镟底朝外倚在架子上，又光又圆。他也做福禄寿喜字，立鹤芝鹿烛台。也磨松鼠葡萄双鲤鱼，赛银帐钩。做的油灯盏。做铜笔帽，做墨盒。我的墨盒，笔帽都是他家买的。笔帽是玉山号笔店买的，但是他家做的，他也还做锁，大大小小，各种各样的锁。还配钥匙，到他那里配钥匙的人多。他生意很好。可是新开的店也并不光鲜，老房子，比一般大铜匠铺子小，说正式也并不大正式，还是一样"小本营生"，只有两个小徒弟，另外就是他自己，店也没有什么陈设，暗暗的，墙上砖块的印子在薄薄一层石灰水后里骨露出来，木头上并未景漆，碎砖地，招牌是纸写的，正面墙上有一个红福字。廊檐台阶有一两块砖头常常是缺的。我们一次一次从他的廊檐下走，一次一次脚下的路线为这个缺口一绊。一遇到这种缺口我们就想跺他两脚再跺下两块来的，可是王锁匠家的廊檐台阶总是缺那么两块。他那个百灵笼子在头子，鸭嘴铜钩，百灵在台子上珠子似的唱。一只好百灵。王锁匠一大早起来添食换水，铺沙，到东门外学田上溜一转。

门关着。有缝，往里看，黑曲曲的。台阶上还是缺那么两块。好像比平常高，可是狭了，得歪着一点肩膀走。门槛是个两截的。一点声音都没有。一个蜘蛛在上头结网，风吹得网鼓鼓的。

我们城里后来来了好些机器，抽水机，榨油机，碾米机。来了好些"老桂"，不知道为甚么管理机器的工头叫老桂。老桂也管修理机器。王锁匠斜对是一家米店，本来用骡子拉，后来改了，用机器。兴中公司三十二匹马力，很好。本来叫碾坊，改了名字叫了米厂了。老石碾子也在，不用了。起了一间房子，洋灰地。皮带盘，钢轴，车床，老虎钳，电磨石，螺丝洗，钢锯子，……王锁匠有兴趣极了。没有事他就溜到后头去看。老桂跟他混得很熟。老桂一个人，机器买了的时候由公司介绍跟了机器一起来的，没有一个朋友。他那一口话就没有人完全懂。他无聊极了，脾气大，动不动大发，要跟老板辞生意了。王锁匠听呀听的，他的话懂得八九成了。他试着撇着一点腔跟他攀谈，知道他许多事情，懂得他喜欢甚么，讨厌什么。米厂里人多奇怪，嘻，这个机器人跟小王聊得挺好，不晓得说些甚么，一聊一半天，指手画脚，点头磕脑！畜生也服一个人管，好了，这以后他要是再发脾气要小王跟他讲讲看。一讲，行！没事。于是只要老桂一毛了，赶紧，着人到对过叫小王。百试百验。小王把那些钳子锯子螺丝老虎渐渐的摸熟了。有时他在架子上拧，转，推，捺，老桂刁根烟卷笑眯眯的在一边看，"呱呱叫！呱呱叫！"店里哪一个人都学得像他那个"呱呱叫"。有时，机器出了毛病，老桂修，小王也挨肩跟他蹲着弄得两手黑油，一鼻子灰。机器开着，他也能拿个油壶添添油，抓一把纱衣这里那里擦擦。甚至他也在耳朵上夹一根铅笔，能够用半尺画简单的图。他有些东西借老桂的家伙做。老桂有些零件还得请他照样子配。托老桂他还订了几件简单工具，在店堂里装了起来。有一天老桂跟老板说想请假。老板慌了，赶紧叫小王来，没有甚么事情他不高兴，这一阵子他样样都满意，不是胖了吗？他说他谢谢老板，他说店里上上下下他也知道，都是好人。不过他要请假，人家家里有事情。甚么事情？——人家有个太太呀，来你们这儿两年多了，太太一个人睡！他说，回去看看，两个礼拜，就来。决不误你的事，说哪一天来就哪一天来。他的脾气，你们还不都知道？板板六十四，说一句是一句，准保，不会错。"那怎么行，怎么行！机器谁管，机器谁管！这玩意又不是骡子，不通人情，他要是发起蹶子来你又不能打他。不行，不行！""老王呱呱叫，老王可以管，老王跟我一样的一样的。"试验了一两天，老桂只看，不动手，老王果然弄得妥妥当当。好了，老王管！王锁匠管了两个礼拜，——果然老桂说一是一，一点没有出事。从此，老桂请假的回数就多起来，老板越来越答应得容易。他太太给他一年生一个孩子。

王锁匠实际上把他那爿铜匠店已经变成一个小工场。陆陆续续老桂帮他买。他自己也四处去蹅摸，日增月累的，简直很像个样子了。他也装了一个小柴油马达，一根钢轴，小皮带，咕噜咕噜，八答八答见天的转。城里城外的老桂常上他那里坐，简直成了他们聚会的中心。他们有生意也多照顾他，要配个甚么零件，他的许多老法子老工具倒还补这个城里机械事件不足。有的地方机器发生故障也来叫他去修。他忙得很，好精神。也有不少人不叫他王锁匠，叫他"老桂"了，"王老桂"。这是一个为很多人谈论的人物了，识与不识，都羡慕他。他那两个铜苗子还放在那里，放在老地方。大大的出了名则是在那一次。保卫团的一个连长的二膛盒子不知哪里坏了，不知怎么有一次在他店里喝茶谈起来，说可惜极了，这根枪还是徐大文的。——徐大文是这一带著匪，作案之多，枪法之准，子孙徒弟之广遍，在他死后近十年还常有人谈起。王锁匠好奇，说看怎么样？他也不知道怎么给他拆开来，七锉八锉配好了！那个连长兴喜若狂，无以为谢，当场在他店前放了三枪！且让王锁匠也放三枪玩玩。这六枪！

王锁匠有一阵忽然不见了几天，后来又回来了还是一样，一样作他的事情。问他，说是乡下请他去修抽水帮浦的。后来隔这么三两个月就要出一次门。据说，哪里是下乡修水帮浦去了！乡下有水帮浦的不过是那么几处，也不能挨着个儿啊。坏，也不能尽来找他啊。正正经经的宅老桂有的是，要你……你个半路出家，似通不通的冒牌老桂！他啊是叫土匪摇去的，给他们修枪去了！听说他还会造。既能修，就能制！还会造砲，迫击砲！有那广大本领么？人倒是真鬼巧。嗐，用到歪路上去了？人不能聪明，聪明人就不安份，再不，难保他不会造反。这种人，甚么事情做不出来？天地君亲师，仁义理智信，一样都没有。既有今日，何必当初。当初挑个小铜匠担子，恍仓恍仓，也就不会有些朝了。人啊……真是：愚而安愚。既与土匪有来往，他就是匪，你能说他没有作过案？财迷心窍，心都横过来了，跟个挑子似的，放在桌上，嘴子朝着一边。——说起来，这几个匪也不义气，不值价，怎么就把他攀出来呢？既做了这事，怎么也不避一避？几个保卫团弟兄，走了去一搭就搭住了。没有话说，五花大绑，扎起来就走。

有的人又说，这件事内里有一桩风流案子，豆腐店那个女儿，进门寡，嫁过去没有几天，丈夫死了，在家里，哼，好不了。小王跟她有一手，米店老板也跟她有一腿子，一个钱，一个人。这就……

　　他那个百灵挂在保卫团团部里，只听见叫，看不见。

异秉①

※

王二是这条街的人看着他发达起来的。

不知从什么时候起，他就在保全堂药店廊檐下摆一个熏烧摊子。"熏烧"就是卤味。他下午来，上午在家里。

他家在后街濒河的高坡上，四面不挨人家。房子很旧了，碎砖墙，草顶泥地，倒是不仄逼，也很干净，夏天很凉快。一共三间。正中是堂屋，在"天地君亲师"的下面便是一具石磨。一边是厨房，也就是作坊。一边是卧房，住着王二的一家。他上无父母，嫡亲的只有四口人，一个媳妇，一儿一女。这家总是那么安静，从外面听不到什么声音。后街的人家总是吵吵闹闹的。男人揪着头发打老婆，女人拿火叉打孩子，老太婆用菜刀剁着砧板诅咒偷了她的下蛋鸡的贼。王家从来没有这些声音。他们家起得很早。天不亮王二就起来备料，然后就烧煮。他媳妇梳好头就推磨磨豆腐。——王二的熏烧摊每天要卖出很多回卤豆腐干，这豆腐干是自家做的。磨得了豆腐，就帮王二烧火。火光照得她的圆盘脸红红的。（附近的空气里弥漫着王二家飘出的五香味。）后来王二喂了一头小毛驴，她就不用围着磨盘转了，只要把小驴牵上磨，不时往磨眼里倒半碗豆子，注一点水就行了。省出时间，好做针线。一家四口，大裁小剪，很费功夫。两个孩子，大儿子长得像妈，圆乎乎的脸，两个眼

---

① 初刊于《雨花》一九八一年第一期，初收于《汪曾祺短篇小说选》。

睛笑起来一道缝。小女儿像父亲，瘦长脸，眼睛挺大。儿子念了几年私塾，能记账了，就不念了。他一天就是牵了小驴去饮，放它到草地上去打滚。到大了一点，就帮父亲洗料备料做生意，放驴的差事就归了妹妹了。

　　每天下午，在上学的孩子放学，人家淘晚饭米的时候，他就来摆他的摊子。他为什么选中保全堂来摆他的摊子呢？是因为这地点好，东街西街和附近几条巷子到这里都不远；因为保全堂的廊檐宽，柜台到铺门有相当的余地；还是因为这是一家药店，药店到晚上生意就比较清淡，——很少人晚上上药铺抓药的，他摆个摊子碍不着人家的买卖，都说不清。当初还一定是请人向药店的东家说了好话，亲自登门叩谢过的。反正，有年头了。他的摊子的全副"生财"——这地方把做买卖的用具叫做"生财"，就寄放在药店店堂的后面过道里，挨墙放着，上面就是悬在二梁上的赵公元帅的神龛。这些"生财"包括两块长板，两条三条腿的高板凳（这种高凳一边两条腿，在两头；一边一条腿在当中），以及好几个一面装了玻璃的匣子。他把板凳支好，长板放平，玻璃匣子排开。这些玻璃匣子里装的是黑瓜子、白瓜子、盐炒豌豆、油炸豌豆、兰花豆、五香花生米。长板的一头摆开"熏烧"。"熏烧"除回卤豆腐干之外，主要是牛肉、蒲包肉和猪头肉。这地方一般人家是不大吃牛肉的。吃，也极少红烧、清炖，只是到熏烧摊子去买。这种牛肉是五香加盐煮好，外面染了通红的红曲，一大块一大块的堆在那里。买多少，现切，放在送过来的盘子里，抓一把清蒜，浇一勺辣椒糊。蒲包肉似乎是这个县里特有的。用一个三寸来长直径寸半的蒲包，里面衬上豆腐皮，塞满了加了粉子的碎肉，封了口，拦腰用一道麻绳系紧，成一个葫芦形。煮熟以后，倒出来，也是一个带有蒲包印迹的葫芦。切成片，很香。猪头肉则分门别类的卖，拱嘴、耳朵、脸子，——脸子有个专门名词，叫"大肥"。要什么，切什么。到了上灯以后，王二的生意就到了高潮。只见他拿了刀不停地切，一面还忙着收钱，包油炸的、盐炒的豌豆、瓜子，很少有歇一歇的时候。一直忙到九点多钟，在他的两盏高罩的煤油灯里煤油已经点去了一多半，装熏烧的盘子和装豌豆的匣子都已经见了底的时候，他媳妇给他送饭来了，他才用热水擦一把脸，吃晚饭。吃完晚饭，总还有一些零零星星的生意，他不忙收摊子，就端了一杯热茶，坐到保全堂店堂里的椅子上，听人聊天，一面拿眼睛瞟着他的摊子，见有人走来，就起身切一盘，包两包。他的主顾都是熟人，谁什么时候来，买什么，他心里都是有数的。

这一条街上的店铺、摆摊的，生意如何，彼此都很清楚。近几年，景况都不大好。有几家好一些，但也只是能维持。有的是逐渐地败落下来了。先是货架上的东西越来越空，只出不进，最后就出让"生财"，关门歇业。只有王二的生意却越做越兴旺。他的摊子越摆越大，装炒货的匣子，装熏烧的洋磁盘子，越来越多。每天晚上到了买卖高潮的时候，摊子外面有时会拥着好些人。好天气还好，遇上下雨下雪（下雨下雪买他的东西的比平常更多），叫主顾在当街打伞站着，实在很不过意。于是经人说合，出了租钱，他就把他的摊子搬到隔壁源昌烟店的店堂里去了。

源昌烟店是个老字号，专卖旱烟，做门市，也做批发。一边是柜台，一边是刨烟的作坊。这一带抽的旱烟是刨成丝的。刨烟师傅把烟叶子一张一张立着叠在一个特制的木床子上，用皮绳木楔卡紧，两腿夹着床子，用一个刨刃有半尺宽的大刨子刨。烟是黄的。他们都穿了白布套裤。这套裤也都变黄了。下了工，脱了套裤，他们身上也到处是黄的。头发也是黄的。——手艺人都带着他那个行业特有的颜色。染坊师傅的指甲缝里都是蓝的，碾米师傅的眉毛总是白蒙蒙的。原来，源昌号每天有四个师傅、四副床子刨烟。每天总有一些大人孩子站在旁边看。后来减成三个，两个，一个。最后连这一个也辞了。这家的东家就靠卖一点纸烟、火柴、零包的茶叶维持生活，也还卖一点趸来的旱烟、皮丝烟。不知道为什么，原来挺敞亮的店堂变得黑暗了，牌匾上的金字也都无精打采了。那座柜台显得特别的大。大，而空。

王二来了，就占了半边店堂，就是原来刨烟师傅刨烟的地方。他的摊子原来在保全堂廊檐是东西向横放着的，迁到源昌，就改成南北向，直放了。所以，已经不能算是一个摊子，而是半个店铺了。他在原有的板子之外增加了一块，摆成一个曲尺形，俨然也就是一个柜台。他所卖的东西的品种也增加了。即以熏烧而论，除了原有的回卤豆腐干、牛肉、猪头肉、蒲包肉之外，春天，卖一种叫做"鵽"的野味，——这是一种候鸟，长嘴长脚，因为是桃花开时来的，不知是哪位文人雅士给它起了一个名称叫"桃花鵽"；卖鹌鹑；入冬以后，他就挂起一个长条形的玻璃镜框，里面用大红蜡笺写了泥金字："即日起新添美味羊糕五香兔肉"。这地方人没有自己家里做羊肉的，都是从熏烧摊上买。只有一种吃法：带皮白煮，冻实，切片，加青蒜、辣椒糊，还有一把必不可少的胡萝卜丝（据说这是最能解膻气的）。酱油、醋，买回来自己加。兔肉，也像牛肉似的加盐和五香煮，染了通红的红曲。

这条街上过年时的春联是各式各样的。有的是特制嵌了字号的。比如保全堂，就是由该店拔贡出身的东家拟制的"保我黎民，全登寿域"；有些大字号，比如布店，口气很大，贴的是"生涯宗子贡，贸易效陶朱"，最常见的是"生意兴隆通四海，财源茂盛达三江"；小本经营的买卖则很谦虚地写出："生意三春草，财源雨后花"。这末一副春联，用于王二的超摊子准铺子，真是再贴切不过了，虽然王二并没有想到贴这样一副春联，——他也没处贴呀，这铺面的字号还是"源昌"。他的生意真是三春草、雨后花一样的起来了。"起来"最显眼的标志是他把长罩煤油灯撤掉，挂起一盏呼呼作响的汽灯。须知，汽灯这东西只有钱庄、绸缎庄才用，而王二，居然在一个熏烧摊子的上面，挂起来了。这白亮白亮的汽灯，越显得源昌柜台里的一盏煤油灯十分的暗淡了。

王二的发达，是从他的生活也看得出来的。第一，他可以自由地去听书。王二最爱听书。走到街上，在形形色色招贴告示中间，他最注意的是说书的报条。那是三寸宽，四尺来长的一条黄颜色的纸，浓墨写道："特聘维扬×××先生在×××（茶馆）开讲××（三国、水浒、岳传……）是月×日起风雨无阻"。以前去听书都要经过考虑。一是花钱，二是费时间，更主要的是考虑这于他的身份不大相称：一个卖熏烧的，常常听书，怕人议论。近年来，他觉得可以了，想听就去。小蓬莱、五柳园（这都是说书的茶馆），都去，三国、水浒、岳传，都听。尤其是夏天，天长，穿了竹布的或夏布的长衫，拿了一吊钱，就去了。下午的书一点开书，不到四点钟就"明日请早"了（这里说书的规矩是在说书先生说到预定的地方，留下一个扣子，跑堂的茶房高喝一声"明日请早——！"听客们就纷纷起身散场），这耽误不了他的生意。他一天忙到晚，只有这一段时间得空。第二，过年推牌九，他在下注时不犹豫。王二平常绝不赌钱，只有过年赌五天。过年赌钱不犯禁，家家店铺里都可赌钱。初一起，不做生意，铺门关起来，里面黑洞洞的。保全堂柜台里身，有一个小穿堂，是供神农祖师的地方，上面有个天窗，比较亮堂。拉开神农画像前的一张方桌，哗啦一声，骨牌和骰子就倒出来了。打麻将多是社会地位相近的，推牌九则不论。谁都可以来。保全堂的"同仁"（除了陶先生和陈相公），替人家收房钱的抡元，卖活鱼的疤眼——他曾得外症，治愈后左眼留一大疤，小学生给他起了个外号叫"巴颜喀拉山"，这外号竟传开了，一街人都叫他巴颜喀拉山，虽然有人不知道这是什么意思，——王二。输赢说大不大，说小可也不小。十吊钱推一庄。十吊钱相当于三块洋钱。下注稍大的是一吊钱三三四。一吊钱分三道：三百、三百、四百。七点赢一道，八点赢两道，若是抓到一副九点或是天地杠，庄家赔一吊钱。王二下"三三四"是常事。有时竟会下到五吊钱一注孤丁，把五吊钱稳稳地推出去，心不跳，手不抖。（收房钱的抡元下到五百钱一注时手就抖个不住。）赢得多了，他也能上去推两庄。推牌九这玩意，财越大，气越粗，王二输的时候竟不多。

王二把他的买卖乔迁到隔壁源昌去了，但是每天九点以后他一定还是端了一杯茶到保全堂店堂里来坐个点把钟。儿子大了，晚上再来的零星生意，他一个人就可以应付了。

且说保全堂。

这是一家门面不大的药店。不知为什么，这药店的东家用人，不用本地人，从上到下，从管事的到挑水的，一律是淮城人。他们每年有一个月的假期，轮流回家，去干传宗接代的事。其余十一个月，都住在店里。他们的老婆就守十一个月的寡。药店的"同仁"，一律称为"先生"。先生里分为几等。一等的是"管事"，即经理。当了管事就是终身职务，很少听说过有东家把管事辞了的。除非老管事病故，才会延聘一位新管事。当了管事，就有"身股"，或称"人股"，到了年底可以按股分红。因此，他对生意是兢兢业业，忠心耿耿的。东家从不到店，管事负责一切。他照例一个人单独睡在神农像后面的一间屋子里，名叫"后柜"。总账、银钱，贵重的药材如犀角、羚羊、麝香，都锁在这间屋子里，钥匙在他身上，——人参、鹿茸不算什么贵重东西。吃饭的时候，管事总是坐在横头末席，以示代表东家奉陪诸位先生。熬到"管事"能有几人？全城一共才有那么几家药店。保全堂的管事姓卢。二等的叫"刀上"，管切药和"跌"丸药。药店每天都有很多药要切。"饮片"切得整齐不整齐，漂亮不漂亮，直接影响生意好坏。内行人一看，就知道这药是什么人切出来的。"刀上"是个技术人员，薪金最高，在店中地位也最尊。吃饭时他照例坐在上首的二席，——除了有客，头席总是虚着的。逢年过节，药王生日（药王不是神农氏，却是孙思邈），有酒，管事的举杯，必得"刀上"先喝一口，大家才喝。保全堂的"刀上"是全县头一把刀，他要是闹脾气辞职，马上就有别家抢着请他去。好在此人虽有点高傲，有点倔，却轻易不发脾气。他姓许。其余的都叫"同事"。那读法却有点特别，重音在"同"字上。他们的职务就是抓药，写账。"同事"是没有什么了不起的，每年都有被辞退的可能。辞退时"管事"并不说话，只是在腊月有一桌辞年酒，算是东家向"同仁"道一年的辛苦，只要是把哪位"同事"请到上席去，该"同事"就二话不说，客客气气地卷起铺盖另谋高就。当然，事前就从旁漏出一点风声的，并不当真是打一闷棍。该辞退"同事"在八月节后就有预感。有的早就和别家谈好，很潇洒地走了；有的则请人斡旋，留一年再看。后一种，总要作一点"检讨"，下一点"保证"。"回炉的烧饼不香"，辞而不去，面上无光，身价就低了。保全堂的陶先生，就已经有三次要被请到上席了。他咳嗽痰喘，人也不精明。终于没有坐上席，一则是同行店伙纷纷来说情；辞了他，他上谁家去呢？谁家会要这样一个痰篓子呢？这岂非绝了他的生计？二则，他还有一点好处，即不回家。他四十多岁了，却没有传宗接代的任务，因为他没有娶过亲。这样，陶先生就只有更加勤勉，更加谨慎了。每逢他的喘病发作时，有人问："陶先生，你这两天又不大好吧？"他就一面喘嗽着一面说："啊不，很好，很（呼噜呼噜）好！"

以上，是"先生"一级。"先生"以下，是学生意的。药店管学生意的却有一个奇怪称呼，叫做"相公"。

因此，这药店除煮饭挑水的之外，实有四等人："管事"、"刀上"、"同事"、"相公"。

保全堂的几位"相公"都已经过了三年零一节，满师走了。现有的"相公"姓陈。

陈相公脑袋大大的，眼睛圆圆的，嘴唇厚厚的，说话声气粗粗的——呜噜呜噜地说不清楚。

他一天的生活如下：起得比谁都早。起来就把"先生"们的尿壶都倒了涮干净控在厕所里。扫地。擦桌椅、擦柜台。到处掸土。开门。这地方的店铺大都是"铺闼子门"，——一列宽可一尺的厚厚的门板嵌在门框和门槛的槽子里。陈相公就一块一块卸出来，按"东一"、"东二"、"东三"、"东四"，"西一"、"西二"、"西三"、"西四"次序，靠墙竖好。晒药，收药。太阳出来时，把许先生切好的"饮片"、"跌"好的丸药，——都放在匾筛里，用头顶着，爬上梯子，到屋顶的晒台上放好；傍晚时再收下来。这是他一天最快乐的时候。他可以登高四望。看得见许多店铺和人家的房顶，都是黑黑的。看得见远处的绿树，绿树后面缓缓移动的帆。看得见鸽子，看得见飘动摇摆的风筝。到了七月，傍晚，还可以看巧云。七月的云多变幻，当地叫做"巧云"。那是真好看呀：灰的、白的、黄的、橘红的，镶着金边，一会一个样，像狮子的，像老虎的，像马、像狗的。此时的陈相公，真是古人所说的"心旷神怡"。其余的时候，就很刻板枯燥了。碾药。两脚踏着木板，在一个船形的铁碾槽子里碾。倘若碾的是胡椒，就要不停地打嚏喷。裁纸。用一个大弯刀，把一沓一沓的白粉连纸裁成大小不等的方块，包药用。刷印包装纸。他每天还有两项例行的公事。上午，要搓很多抽水烟用的纸枚子。把装铜钱的钱板翻过来，用"表心纸"一根一根地搓。保全堂没有人抽水烟，但不知什么道理每天都要搓许多纸枚子，谁来都可取几根，这已经成了一种"传统"。下午，擦灯罩。药店里里外外，要用十来盏煤油灯。所有灯罩，每天都要擦一遍。晚上，摊膏药。从上灯起，直到王二过店堂里来闲坐，他一直都在摊膏药。到十点多钟，把先生们的尿壶都放到他们的床下，该吹灭的灯都吹灭了，上了门，他就可以准备睡觉了。先生们都睡在后面的厢屋里，陈相公睡在店堂里。把铺板一放，铺盖摊开，这就是他一个人的天地了。临睡前他总要背两篇《汤头歌诀》，——药店的先生总要懂一点医道。小户人家有病不求医，到药店来说明病状，先生们随口就要说出："吃一剂小柴胡汤吧"，"服三付藿香正气丸"，"上一点七厘散"。有时，坐在被窝里想一会家，想想他的多年守寡的母亲，想想他家房门背后的一张贴了多年的麒麟送子的年画。想不一会，困了，把脑袋放倒，立刻就响起了很大的鼾声。

陈相公已经学了一年多生意了。他已经给赵公元帅和神农爷烧了三十次香。初一、十五，都要给这二位烧香，这照例是陈相公的事。赵公元帅手执金鞭，身骑黑虎，两旁有一副八寸长的黑地金字的小对联："手执金鞭驱宝至，身骑黑虎送财来。"神农爷虬髯披发，赤身露体，腰里围着一圈很大的树叶，手指甲、脚指甲都很长，一只手捏着一棵灵芝草，坐在一块石头上。陈相公对这二位看得很熟，烧香的时候很虔敬。

陈相公老是挨打。学生意没有不挨打的，陈相公挨打的次数也似稍多了一点。挨打的原因大都是因为做错了事：纸裁歪了，灯罩擦破了。这孩子也好像不大聪明，记性不好，做事迟钝。打他的多是卢先生。卢先生不是暴脾气，打他是为他好，要他成人。有一次可挨了大打。他收药，下梯一脚踩空了，把一匾筛泽泻翻到了阴沟里。这回打他的是许先生。他用一根闩门的木棍没头没脸的把他痛打了一顿，打得这孩子哇哇地乱叫："哎呀！哎呀！我下回不了！下回不了！哎呀！哎呀！我错了！哎呀！哎呀！"谁也不能去劝，因为知道许先生的脾气，越劝越打得凶，何况他这回的错是不小。（泽泻不是贵药，但切起来很费工，要切成厚薄一样，状如铜钱的圆片）后来还是煮饭的老朱来劝住了。这老朱来得比谁都早，人又出名的忠诚梗直。他从来没有正经吃过一顿饭，都是把大家吃剩的残汤剩水泡一点锅巴吃。因此，一店人都对他很敬畏。他一把夺过许先生手里的门闩，说了一句话："他也是人生父母养的！"

陈相公挨了打，当时没敢哭。到了晚上，上了门，一个人呜呜地哭了半天。他向他远在故乡的母亲说："妈妈，我又挨打了！妈妈，不要紧的，再挨两年打，我就能养活你老人家了！"

王二每天到保全堂店堂里来，是因为这里热闹。别的店铺到九点多钟，就没有什么人，往往只有一个管事在算账，一个学徒在打盹。保全堂正是高朋满座的时候。这些先生都是无家可归的光棍，这时都聚集到店堂里来。还有几个常客，收房钱的抡元，卖活鱼的巴颜喀拉山，给人家熬鸦片烟的老炳，还有一个张汉。这张汉是对门万顺酱园连家的一个亲戚兼食客，全名是张汉轩，大家却都叫他张汉。大概是觉得已经沦为食客，就不必"轩"了。此人有七十岁了，长得活脱像一个伏尔泰，一张尖脸，一个尖尖的鼻子。他年轻时在外地做过幕，走过很多地方，见多识广，什么都知道，是个百事通。比如说抽烟，他就告诉你烟有五种：水、旱、鼻、雅、潮，"雅"是鸦片。"潮"是潮烟，这地方谁也没见过。说喝酒，他就能说出山东黄、状元红、莲花白……说喝茶，他就告诉你狮峰龙井、苏州的碧螺春，云南的"烤茶"是在怎样一个罐里烤的，福建的功夫茶的茶杯比酒盅还小，就是吃了一只炖肘子，也只能喝三杯，这茶太酽了。他熟读《子不语》、《夜雨秋灯录》，能讲许多鬼狐故事。他还知道云南怎样放蛊，湘西怎样赶尸。他还亲眼见到过旱魃、僵尸、狐狸精，有时间，有地点，有鼻子有眼。三教九流，医卜星相，他全知道。他读过《麻衣神相》、《柳庄神相》，会算"奇门遁甲"、"六壬课"、"灵棋经"。他总要到快九点钟时才出现（白天不知道他干什么），他一来，大家精神为之一振，这一晚上就全听他一个人刮话。他很会讲，起承转合，抑扬顿挫，有声有色。他也像说书先生一样，说到筋节处就停住了，慢慢地抽烟，急得大家一劲地催他："后来呢？后来呢？"这也是陈相公一天比较快乐的时候。他一边摊着膏药，一边听着。有时，听得太入神了，摊膏药的扦子停留在油纸上，会废掉一张膏药。他一发现，赶紧偷偷塞进口袋里。这时也不会被发现，不会挨打。

有一天，张汉谈起人生有命。说朱洪武、沈万山、范丹是同年同月同日同时，都是丑时建生，鸡鸣头遍。但是一声鸡叫，可就命分三等了：抬头朱洪武，低头沈万山，勾一勾就是穷范丹。朱洪武贵为天子，沈万山富甲天下，穷范丹冻饿而死。他又说凡是成大事业，有大作为，兴旺发达的，都有异相，或有特殊的秉赋。汉高祖刘邦，股有七十二黑子，——就是屁股上有七十二颗黑痣，谁有过？明太祖朱元璋，生就是五岳朝天，——两额、两颧、下巴，都突出，状如五岳，谁有过？樊哙能把一个整猪腿生吃下去，燕人张翼德，睡着了也睁着眼睛。就是市井之人，凡有走了一步好运的，也莫不有与众不同之处。必有非常之人，乃成非常之事。大家听了，不禁暗暗点头。

张汉猛吸了几口旱烟，忽然话锋一转，向王二道：

"即以王二而论，他这些年飞黄腾达，财源茂盛，也必有其异秉。"

"……？"

王二不解何为"异秉"。

"就是与众不同，和别人不一样的地方。你说说，你说说！"

大家也都怂恿王二："说说！说说！"

王二虽然发了一点财，却随时不忘自己的身份，从不僭越自大，在大家敦促之下，只有很诚恳地欠一欠身说：

"我呀，有那么一点：大小解分清。"他怕大家不懂，又解释道："我解手时，总是先解小手，后解大手。"

张汉一听，拍了一下手，说："就是说，不是屎尿一起来，难得！"

说着，已经过了十点半了，大家起身道别。该上门了。卢先生向柜台里一看，陈相公不见了，就大声喊："陈相公！"

喊了几声，没人应声。

原来陈相公在厕所里。这是陶先生发现的。他一头走进厕所，发现陈相公已经蹲在那里。本来，这时候都不是他们俩解大手的时候。

一九四八年旧稿
一九八〇年五月二十日重写

岁寒三友①

※

这三个人是：王瘦吾、陶虎臣、靳彝甫。王瘦吾原先开绒线店，陶虎臣开炮仗店，靳彝甫是个画画的。他们是从小一块长大的。这是三个说上不上，说下不下的人。既不是缙绅先生，也不是引车卖浆者流。他们的日子时好时坏。好的时候桌上有两个菜，一荤一素，还能烫二两酒；坏的时候，喝粥，甚至断炊。三个人的名声倒都是好的。他们都没有做过伤天害理的事，对人从不尖酸刻薄，对地方的公益，从不袖手旁观。某处的桥坍了，要修一修；哪里发现一名"路倒"，要掩埋起来；闹时疫的时候，在码头路口设一口磁缸，内装药茶，施给来往行人；一场大火之后，请道士打醮禳灾……遇有这一类的事，需要捐款，首事者把捐簿伸到他们的面前时，他们都会提笔写下一个谁看了也会点头的数目。因此，他们走在街上，一街的熟人都跟他们很客气地点头打招呼。

"早！"

"早！"

"吃过了？"

"偏过了，偏过了！"

王瘦吾真瘦。瘦得两个肩胛骨从长衫的外面都看得清清楚楚。

---

① 初刊于《十月》一九八一年第三期，初收于《汪曾祺短篇小说选》。

他年轻时很风雅过几天。他小时开蒙的塾师是邑中名士谈甓渔，谈先生教会了他做诗。那时，绒线店由父亲经营着，生意不错，这样他就有机会追随一些阔的和不太阔的名士，春秋佳日，文酒雅集。遇有什么张母吴太夫人八十寿辰征诗，也会送去两首七律。瘦吾就是那时落下的一个别号。自从父亲一死，他挑起全家的生活，就不再做一句诗，和那些诗人们也再无来往。

他家的绒线店是一个不大的连家店。店面的招牌上虽写着"京广洋货，零趸批发"，所卖的却只是：丝线、绦子、头号针、二号针、女人钳眉毛的镊子、刨花①、抿子（涂刨花水用的小刷子）、品青、煮蓝、僧帽牌洋蜡烛、太阳牌肥皂、美孚灯罩……种类很多，但都值不了几个钱。每天晚上结账时都是一堆铜板和一角两角的零碎的小票，难得看见一块洋钱。

这样一个小店，维持一家生活，是困难的。王瘦吾家的人口日渐增多了。他上有老母，自己又有了三个孩子。小的还在娘怀里抱着。两个大的，一儿一女，已经都在上小学了。不用说穿衣，就是穿鞋也是个愁人的事。

儿子最恨下雨。小学的同学几乎全部在下雨天都穿了胶鞋来上学，只有他穿了还是他父亲穿过的钉鞋②。钉鞋很笨，很重，走起来还嘎啦嘎啦的响。他一进学校的大门，同学们就都朝他看，看他那双鞋。他闹了好多回。每回下雨，他就说："我不去上学了！"妈都给他说好话："明年，明年就买胶鞋。一定！"——"明年！您

---

① 桐木刨出来的薄薄的长条。泡在水里，稍带黏性。过去女人梳头掠鬓，离不开它。

② 现在的年轻人连钉鞋也不知道了！钉鞋是一双纳帮很结实的布鞋，也有用生牛皮做的，在桐油里浸过，鞋底钉了很多奶头大的铁钉。在未有胶鞋之前，这便是雨鞋。

都说了几年了！"最后还是嘟着嘴，挟了一把补过的旧伞，走了。王瘦吾听见街石上儿子的钉鞋愤怒的声音，半天都没有说话。

女儿要参加全县小学秋季运动会，表演团体操，要穿规定的服装：白上衣、黑短裙。这都还好办。难的是鞋，——要一律穿白球鞋。女儿跟妈要。妈说："一双球鞋，要好几块钱。咱们不去参加了。就说生病了，叫你爸写个请假条。"女儿不像她哥发脾气，闹，她只是一声不响，眼泪不停地往下滴。到底还是去了。这位能干的妈跟邻居家借来一双球鞋，比着样子，用一块白帆布连夜赶做了一双。除了底子是布的，别处跟买来的完全一样。天亮的时候，做妈的轻轻地叫："妞子，起来！"女儿一睁眼，看见床前摆着一双白鞋，趴在妈胸前哭了。王瘦吾看见妻子疲乏而凄然的笑容，他的心酸。

因此，王瘦吾老想发财。

这财，是怎么个发法呢？靠这个小绒线店，是不可能有什么出息的。他得另外想办法。这城里的街，好像是傍晚时的码头，各种船只，都靠满了。各行各业，都有个固定的地盘，想往里面再插一只手，很难。他得把眼睛看到这个县城以外，这些行业以外。他做过许多不同性质的生意。他做过虾籽生意，醉蟹生意，腌制过双黄鸭蛋。张家庄出一种木瓜酒，他运销过。本地出一种药材，叫做豨莶，他收过，用木船装到上海（他自己就坐在一船高高的药草上），卖给药材行。三叉河出一种水仙鱼，他曾想过做罐头……他做的生意都有点别出心裁，甚至是想入非非。他隔个把月就要出一次门，四乡八镇，到处跑。像一只饥饿的鸟，到处飞，想给儿女们找一口食。回来时总带着满身的草屑灰尘；人，越来越瘦。

后来他想起开工厂。他的这个工厂是个绳厂，做草绳和钱串子。蓑衣草两股，绞成细绳，过去是穿制钱用的，所以叫做钱串子。现在不使制钱了，店铺里却离不开它。茶食店用来包扎点心，席子店捆席子，卖鱼的穿鱼腮。绞这种细绳，本来是湖西农民冬闲时的副业，一大捆一大捆挑进城来兜售。因为没有准人，准时，准数，有时需用，却遇不着。有了这么个厂，对于用户方便多了。王瘦吾这个厂站住了。他就不再四处奔跑。

这家工厂，连王瘦吾在内，一共四个人。一个伙计搬运，两个做活。有两架"机器"，倒是铁的，只是都要用手摇。这两架机器，摇起来嘎嘎的响，给这条街增添了一种新的声音，和捶铜器、打烧饼、算命瞎子的铜铛的声音混和在一起。不久，人们就习惯了，仿佛这声音本来就有。

初二、十六①的傍晚，常常看到王瘦吾拎了半斤肉或一条鱼从街上走回家。

每到天气晴朗，上午十来点钟，在这条街上，就可以听到从阴城方向传来爆裂的巨响：

"砰——磅！"

大家就知道，这是陶虎臣在试炮仗了。孩子们就提着裤子向阴城飞跑。

阴城是一片古战场。相传韩信在这里打过仗。现在还能挖到一种有耳的尖底陶瓶，当地叫做"韩瓶"，据说是韩信的部队所用的

---

① 这是店铺里打牙祭的日子。

行军水壶。说是这种陶瓶冬天插了梅花，能结出梅子来。现在这里是乱葬冈，不知道从什么时候起叫做"阴城"。到处是坟头、野树、荒草、芦荻。草里有蛤蟆、野兔子、大极了的蚂蚱、油葫芦、蟋蟀。早晨和黄昏，有许多白颈老鸦。人走过，就哑哑地叫着飞起来。不一会，又都纷纷地落下了。

这里没有住户人家。只有一个破财神庙。里面住着一个侉子。这侉子不知是什么来历。他杀狗，吃肉，——阴城里野狗多的是，还喝酒。

这地方很少有人来。只有孩子们结伴来放风筝，掏蟋蟀。再就是陶虎臣来试炮仗。

试的是"天地响"。这地方把双响的大炮仗叫"天地响"，因为地下响一声，飞到半空中，又响一声，炸得粉碎，纸屑飘飘地落下来。陶家的"天地响"一听就听得出来，特别响。两响之间的距离也大——蹿得高。

"砰——磅！"

"砰——磅！"

他走一二十步，放一个，身后跟着一大群孩子。孩子里有胆大的。要求放一个，陶虎臣就给他一个：

"点着了快跑！——崩疼了可别哭！"

其实是崩不着的。陶虎臣每次试炮仗，特意把其中的几个的捻子加长，就是专为这些孩子预备的。捻子着了，嗞嗞地冒火，半天，才听见响呢。

陶家炮仗店的门口也是经常围着一堆孩子，看炮仗师傅做炮仗。两张白木的床子，有两块很光滑的木板。把一张粗草纸裹在一个钢钎上，两块木板一搓，吱溜——，就是一个炮仗筒子。

孩子们看师傅做炮仗，陶虎臣就伏在柜台上很有兴趣地看这些孩子。有时问他们几句话：

"你爸爸在家吗？干嘛呢？"

"你的疟腮好了吗？"

孩子们都知道陶老板人很和气，很喜欢孩子，见面都很愿意叫他：

"陶大爷！"

"陶伯伯！"

"哎，哎。"

陶家炮仗店的生意本来是不错的。

他家的货色齐全。除了一般的鞭炮，还出一种别家不做的鞭，叫做"遍地桃花"。不但外皮，连里面的筒子都一色是梅红纸卷的。放了之后，地下一片红，真像是一地的桃花瓣子。如果是过年，下过雪，花瓣落在雪地上，红是红，白是白，好看极了。

这种鞭，成本很贵，除非有人定做，平常是不预备的。

一般的鞭炮，陶虎臣自己是不动手的。他会做花炮。一筒大花炮，能放好几分钟。他还会做一种很特别的花，叫做"酒梅"。一棵弯曲横斜的枯树，埋在一个磁盆里，上面串结了许多各色的小花炮，点着之后，满树喷花。火花射尽，树枝上还留下一朵一朵梅花，蓝荧荧的，静悄悄地开着，经久不熄。这是棉花浸了高粱酒做的。

他还有一项绝技，是做焰火。一种老式的焰火，有的地方叫做花盒子。

酒梅、焰火，他都不在店里做，在家里做。因为这有许多秘方，不能外传。

做焰火，除了配料，关键是串捻子。串得不对，会轰隆一声，烧成一团火。弄不好，还会出事。陶虎臣的一只左眼坏了，就是因为有一次放焰火，出了故障，不着了，他搭了梯子爬到架上去看，不想焰火忽然又响了，一个火球迸进了瞳孔。

陶虎臣坏了一只眼睛，还看不出太大的破相，不像一般有残疾的人往往显得很凶狠。他依然随时是和颜悦色的，带着宽厚而慈祥的笑容。这种笑容，只有与世无争，生活上容易满足的人才会有。

但是他的这种心满意足的神情逐年在消退。鞭炮生意，是随着年成走的。什么时候风调雨顺，国泰民安，什么时候炮仗店就生意兴隆。这样的年头，能够老是有么？

"遍地桃花"近年很少人家来定货了。地方上多年未放焰火，有的孩子已经忘记放焰火是什么样子了。

陶虎臣长得很敦实，跟他的名字很相称。

靳彝甫和陶虎臣住在一条巷子里，相隔只有七八家。谁家的火灭了，孩子拿了一块劈柴，就能从另一家引了火来。他家很好认，门口钉着一块铁皮的牌子，红地黑字："靳彝甫画寓"。

这城里画画的，有三种人。

一种是画家。这种人大都有田有地，不愁衣食，作画只是自己消遣，或作为应酬的工具。他们的画是不卖钱的。求画的人只是送几件很高雅的礼物。或一坛绍兴花雕，或火腿、鲥鱼、白沙枇杷，或一套讲究的宜兴紫砂茶具，或两大盆正在苫箭子的建兰。他们的画，多半是大写意，或半工半写。工笔画他们是不耐烦画的，也不会。

一种是画匠。他们所画的，是神像。画得最多的是"家神菩萨"。这"家神菩萨"是一个大家族：头一层是南海观音的一伙，第二层是玉皇大帝和他的朝臣，第三层是关帝老爷和周仓、关平，最下一层是财神爷。他们也在玻璃的反面用油漆画福禄寿三星（这种画美术史家称之为"玻璃油画"），作插屏。他们是在制造一种商品，不是作画。而且是流水作业，描衣纹的是一个人（照着底子描），"开脸"的是一个人，着色的是另一个人。他们的作坊，叫做"画匠店"。一个画匠店里常有七八个人同时做活，却听不到一点声音，因为画匠多半是哑巴。

靳彝甫两者都不是。也可以说是介乎两者之间的那么一种人。比较贴切些，应该称之为"画师"，不过本地无此说法，只是说"画画的"。他是靠卖画吃饭的，但不像画匠店那样在门口设摊或批发给卖门神"欢乐"的纸店①，他是等人登门求画的（所以挂"画寓"的招牌）。他的画按尺论价，大青大绿另加，可以点题。来求画的，多半是茶馆酒肆、茶叶店、参行、钱庄的老板或管事。也有那些闲钱不多，送不起重礼，攀不上高门第的画家，又不甘于家里只有四堵素壁的中等人家。他们往往喜欢看着他画，靳彝甫也就欣然对客挥毫。主客双方，都很满意。他的画署名（画匠的作品是从不署名的），但都不题上款，因为不好称呼，深了不是，浅了不是，题了，人家也未必高兴，所以只是简单地写四个字："彝甫靳

---

① 在梅红纸上用刻刀镂刻出透空的细致的吉祥花纹，贴在门头上，小的叫"吊钱"，大的叫"欢乐"。有的地方叫"吊挂"。

铭"。若是佛像，则题"靳铭沐手敬绘"。

靳家三代都是画画的。家里积存的画稿很多。因为要投合不同的兴趣，山水、人物、翎毛、花卉，什么都画。工笔、写意、浅绛、重彩不拘。

他家家传会写真，都能画行乐图（生活像）和喜神图（遗像）。中国的画像是有诀窍的。画师家都藏有一套历代相传的"百脸图"。把人的头面五官加以分析，定出一百种类型。画时端详着对象，确定属于哪一类，然后在此基础上加减，画出来总是有几分像的。靳彝甫多年不画喜神了。因为画这种像，经常是在死人刚刚断气时，被请了去，在床前对着勾描。他不愿看死人。因此，除了至亲好友，这种活计，一概不应。有来求的，就说不会。行乐图，自从有了照相馆之后，也很少有人来要画了。

靳彝甫自己喜欢画的，是青绿山水和工笔人物。青绿山水、工笔人物，一年能收几件呢？因此，除了每年端午，他画几十张各式各样的钟馗，挂在巷口如意楼酒馆标价出售，能够有较多的收入，其余的时候，全家都是半饥半饱。

虽然是半饥半饱，他可是活得有滋有味。他的画室里挂着一块小匾，上书"四时佳兴"。画室前有一个很小的天井。靠墙种了几竿玉屏箫竹。石条上摆着茶花、月季。一个很大的均窑平盘里养着一块玲珑剔透的上水石，蒙了半寸厚的绿苔，长着虎耳草和铁线草。冬天，他总要养几头单瓣的水仙。不到三寸长的碧绿的叶子，开着白玉一样的繁花。春天，放风筝。他会那样耐烦地用一个称金子用的小戥子约着蜈蚣风筝两边脚上的鸡毛（鸡毛分量稍差，蜈蚣上天就会打滚）。夏天，用莲子种出荷花。不大的荷叶，直径三寸的花，下面养了一二分长的小鱼。秋天，养蟋蟀。他家藏有一本托名贾似道撰写的《秋虫谱》。养蟋蟀的泥罐还是他祖父留下来的旧物。每天晚上，他点一个灯笼，到阴城去掏蟋蟀。财神庙的那个侉子，常常一边喝酒、吃狗肉，一边看这位大胆的画师的灯笼走走，停停，忽上，忽下。

他有一盒爱若性命的东西，是三块田黄石章。这三块田黄都不大，可是跟三块鸡油一样！一块是方的，一块略长，还有一块不成形。数这块不成形的值钱，它有文三桥①刻的边款（篆文不知叫一个什么无知的人磨去了）。文三桥呀，可着全中国，你能找出几块？有一次，邻居家失火，他什么也没拿，只抢了这三块图章往外走。吃不饱的时候，只要把这三块图章拿出来看看，他就觉得对这个世界没有什么可抱怨的了。

这一年，这三个人忽然都交了好运。

王瘦吾的绳厂赚了钱。他可又觉得这个买卖货源、销路都有限，他早就想好了另外一宗生意。这个县北乡高田多种麦，出极好的麦秸，当地农民多以掐草帽辫为副业。每年有外地行商来，以极便宜的价钱收去。稍经加工，就成了草帽，又以高价卖给农民。王瘦吾想：为什么不能就地制成草帽呢？这钱为什么要给外地人赚去呢？主意已定，他就把两台绞绳机盘出去，买了四架扎草帽的机子，请了一个师傅，教出三个徒弟，就在原来绳厂的旧址，办起了一个草帽厂。城里的买卖人都说：王瘦吾这步棋看得准，必赚无

---

① 文徵明的长子，名彭，字寿承，三桥是他的别号。

疑！草帽厂开张的那天，来道喜和看热闹的人很多。一盘草帽辫，在师傅手里，通过机针一扎，哒哒地响，一会儿功夫，哎，草帽盔出来了！——又一会，草帽边！——成了！一顶一顶草帽，顷刻之间，摞得很高。这不是草帽，这是大洋钱呀！这一天，靳彝甫送来一张"得利图"，画着一个白须的渔翁，背着鱼篓，提着两尾金鳞赤尾的大鲤鱼。凡看了这张画的，无不大笑：这渔翁的长相，活脱就是王瘦吾！陶虎臣特地送来一挂遍地桃花满堂红的一千头的大鞭，砰砰磅磅响了好半天！

陶虎臣从来没有做过这么大的焰火生意。这一年闹大水。运河平了漕。西北风一起，大浪头翻上来，把河堤上丈把长的青石都卷了起来。看来，非破堤不可。很多人家扎了筏子，预备了大澡盆，天天晚上不敢睡，只等堤决水下来时逃命。不料，河水从下游泻出，伏汛安然度过，保住了无数人畜。秋收在望，市面繁荣，城乡一片喜气。有好事者倡议：今年放放焰火！东西南北四城，都放！一台七套，四七二十八套。陶家独家承做了十四套，——其余的，他匀给别的同行了。

四城的焰火错开了日子，——为的是人们可以轮流赶着去看。东城定在七月十五。地点：阴城。

这天天气特别好。万里无云，一天皓月。阴城的正中，立起一个四丈多高的架子。有人早早吃了晚饭，就扛了板凳来等着了。各种卖小吃的都来了。卖牛肉高粱酒的，卖回卤豆腐干的，卖五香花生米的、芝麻灌香糖的，卖豆腐脑的，卖煮荸荠的，还有卖河鲜——卖紫皮鲜菱角和新剥鸡头米的……到处是"气死风"的四角玻璃灯，到处是白蒙蒙的热气、香喷喷的茴香八角气味。人们寻亲访友，说短道长，来来往往，亲亲热热。阴城的草都被踏倒了。人们的鞋底也叫秋草的浓汁磨得滑溜溜的。

忽然，上万双眼睛一齐朝着一个方向看。人们的眼睛一会儿睁大，一会儿眯细；人们的嘴一会儿张开，一会儿又合上；一阵阵叫喊，一阵阵欢笑，一阵阵掌声。——陶虎臣点着了焰火了！

这种花盒子是有一点简单的故事情节的。最热闹的是"炮打泗州城"。起先是梅、兰、竹、菊四种花，接着是万花齐放。万花齐放之后，有一个间歇，木架子下面黑黑的，有人以为这一套已经放完了。不料一声炮响，花盒子又落下一层，照眼的灯球之中有一座四方的城，眼睛好的还能看见城门上"泗州"两个字（不知道为什么是泗州而不是别的城）。城外向里打炮，城里向外打，灯球飞舞，砰磅有声。最有趣的是"芦蜂追癞子"，这是一个喜剧性的焰火。一阵火花之后，出现一个人，——一个泥头的纸人，这人是个癞痢头，手里拿着一把破芭蕉扇。霎时间飞来了许多马蜂，这些马蜂——火花，纷纷扑向癞痢头，癞痢头四面躲闪，手里的芭蕉扇不停地挥舞起来。看到这里，满场大笑。这些辛苦得近于麻木的人，是难得这样开怀一笑的呀。最后一套是平平常常的，只是一阵火花之后，扑鲁扑鲁吊下四个大字："天下太平"。字是灯球组成的。虽然平淡，人们还是舍不得离开。火光炎炎，逐渐消隐，这时才听到人们呼唤：

"二丫头，回家咧！"

"四儿，你在哪儿哪？"

"奶奶，等等我，我鞋掉了！"

人们摸摸板凳，才知道：呀，露水下来了。

靳彝甫捉到一只蟹壳青蟋蟀。消息很快就传开了。每天有人提
了几罐蟋蟀来斗。都不是对手，而且都只是一个回合就分胜负。这
只蟹壳青的打法很特别。它轻易不开牙，只是不动声色，稳稳地站
着。突然扑上去，一口就咬破对方的肚子（据说蟋蟀的打法各有自
己的风格，这种咬肚子的打法是最厉害的）。它瞿瞿地叫起来，上
下摆动它的触须，就像戏台上的武生耍翎子。负伤的败将，怎么下
"探子"①，也再不敢回头。于是有人怂恿他到兴化去。兴化养蟋
蟀之风很盛，每年秋天有一个斗蟋蟀的集会。靳彝甫被人们说得心
动了。王瘦吾、陶虎臣给他凑了一笔路费和赌本，他就带了几罐蟋
蟀，搭船走了。

斗蟋蟀也像摔跤、击拳一样，先要约约运动员的体重。分量相
等，才能入盘开斗。如分量低于对方而自愿下场者，听便。

没想到，这只蟋蟀给他赢了四十块钱。——四十块钱相当于一
个小学教员两个月的薪水！靳彝甫很高兴，在如意楼定了几个菜，
约王瘦吾、陶虎臣来喝酒。

（这只身经百战的蟋蟀后来在冬至那天寿终了，靳彝甫特地打
了一个小小的银棺材，送到阴城埋了。）

没喝几杯，靳彝甫的孩子拿了一张名片，说是家里来了客。靳
彝甫接过名片一看："季匋民"！

"他怎么会来找我呢？"

---

① 探子是刺激蟋蟀的斗志用的。北方多用猪鬃；南方多用四杈草瓣成细须，九蒸九晒。

季匋民是一县人引为骄傲的大人物。他是个名闻全国的大画家，同时又是大收藏家，大财主，家里有好田好地，宋元名迹。他在上海一个艺术专科大学当教授，平常难得回家。

"你回去看看。"

"我少陪一会。"

季匋民和靳彝甫都是画画的，可是气色很不一样。此人面色红润，双眼有光，浓黑的长髯，声音很洪亮。衣着很随便，但质料很讲究。

"我冒造宝府，唐突得很。"

"哪里哪里。只是我这寒舍，实在太小了。"

"小，而雅，比大而无当好！"

寒暄之后，季匋民说明来意：听说彝甫有几块好田黄，特地来看看。靳彝甫捧了出来，他托在手里，一块一块，仔仔细细看了。"好，——好，——好。匋民平生所见田黄多矣，像这样润的，少。"他估了估价，说按时下行情，值二百洋。有文三桥边款的一块就值一百。他很直率地问靳彝甫肯不肯割爱。靳彝甫也很直率地回答："不到山穷水尽，不能舍此性命。"

"好！这像个弄笔墨的人说的话！既然如此，匋民绝不夺人之所爱。不过，如果你有一天想出手，得先尽我。"

"那可以。"

"一言为定。"

"一言为定。"

买卖不成，季匋民倒也没有不高兴。他又提出想看看靳彝甫家藏的画稿。靳彝甫祖父的，父亲的。——靳彝甫本人的，他也想看看。他看得很入神，拍着画案说：

"令祖，令尊，都被埋没了啊！吾乡固多才俊之士，而皆困居于蓬牖之中，声名不出于里巷，悲哉！悲哉！"

他看了靳彝甫的画，说：

"彝甫兄，我有几句话……"

"您请指教。"

"你的画，家学渊源。但是，有功力，而少境界。要变！山水，暂时不要画。你见过多少真山真水？人物，不要跟在改七芗、费晓楼后面跑。倪墨耕尤为甜俗。要越过唐伯虎，直追两宋南唐。我奉赠你两个字：古，艳。比如这张杨妃出浴，披纱用洋红，就俗。用朱红，加一点紫！把颜色搞得重重的！脸上也不要这样干净，给她贴几个花子！——你是打算就这样在家乡困着呢？还是想出去闯闯呢？出去，走走，结识一些大家，见见世面！到上海，那里人才多！"

他建议靳彝甫选出百十件画，到上海去开一个展览会。他认识朵云轩，可以借他们的地方。他还可以写几封信给上海名流，请他们为靳彝甫吹嘘吹嘘。他还嘱咐靳彝甫，卖了画，有了一点钱，要做两件事：读万卷书，行万里路。最后说：

"我今天很高兴。看了令祖、令尊的画稿，偷到不少东西。——我把它化一化，就是杰作！哈哈哈哈……"

这位大画家就这样疯疯癫癫、哈哈大笑着，提了他的笻竹杖，一阵风似的走了。

靳彝甫一边卷着画，一边想：季匋民是见得多。他对自己的指点，很有道理，很令人佩服。但是，到上海、开展览会，结识名流……唉，有钱的名士的话怎么能当得真呢！他笑了。

没想到，三天之后，季匋民真的派人送来了七八封朱丝栏玉版宣的八行书。

靳彝甫的画展不算轰动，但是卖出去几十张画。那张在季匋民授意之下重画的杨妃出浴，一再有人重订。报上发了消息，一家画刊还选了他两幅画。这都是他没有想到的。王瘦吾和陶虎臣在家乡看到报，很替他高兴："彝甫出了名了！"

卖了画，靳彝甫真的按照季匋民的建议，"行万里路"去了。一去三年，很少来信。

这三年啊！

王瘦吾的草帽厂生意很好。草帽没个什么讲究，买的人只是一图个结实，二图个便宜。他家出的草帽是就地产销，省了来回运费，自然比外地来的便宜得多。牌子闯出去了，买卖就好做。全城并无第二家，那四台哒哒作响的机子，把带着钱想买草帽的客人老远地就吸过来了。

不想遇见一个王伯韬。

这王伯韬是个开陆陈行的。这地方把买卖豆麦杂粮的行叫做陆陈行。人们提起陆陈行，都暗暗摇头。做这一行的，有两大特点：其一，是资本雄厚，大都兼营别的生意，什么买卖赚钱，他们就开什么买卖，眼尖手快。其二，都是流氓——都在帮。这城里发生过几起大规模的斗殴，都是陆陈行挑起的。打架的原因，都是抢行霸市。这种人一看就看得出来。他们的衣著和一般的生意人就不一样。不论什么时候，长衫里面的小褂的袖子总翻出很长的一截。料子也是老实商人所不用的。夏天是格子纺，冬天是法兰绒。脚底下是黑丝袜，方口的黑纹皮面的硬底便鞋。王伯韬和王瘦吾是同宗，见面总是"瘦吾兄"长，"瘦吾兄"短。王瘦吾不爱搭理他，尽可能地躲着他。

谁知偏偏躲不开，而且天天要见面。王伯韬也开了一家草帽厂，就在王瘦吾的草帽厂的对门！他新开的草帽厂有八台机子，八个师傅，门面、柜台，一切都比王瘦吾的大一倍。

王伯韬真是不顾血本，把批发、零售价都压得极低。王瘦吾算算，这样的定价，简直无利可图。他不服这口气，也随着把价钱落下来。

王伯韬坐在对面柜台里，还是满脸带笑，"瘦吾兄"长，"瘦吾兄"短。

王瘦吾撑了一年，实在撑不住了。

王伯韬放出话来："瘦吾要是愿意把四台机子让给我，他多少钱买的，我多少钱要！"

四台机子，连同库存的现货，辫子，全部倒给了王伯韬。王瘦吾气得生了一场重病。一病一年多。卖机子的钱、连同小绒线店的底本，全变成了药渣子，倒在门外的街上了。

好不容易，能起来坐一坐，出门走几步了。可是人瘦得像一张纸，一阵风吹过，就能倒下。

陶虎臣呢？

头一年，因为四乡闹土匪，连城里都出了几起抢案，县政府和当地驻军联名出了一张布告："冬防期间，严禁燃放鞭炮。"炮仗店平时生意有限，全指着年下。这一冬防，可把陶虎臣防苦了。且熬着，等明年吧。

　　明年！蒋介石搞他娘的"新生活"①，根本取缔了鞭炮。城里几家炮仗店统统关了张。陶虎臣别无产业，只好做一点"黄烟子"和蚊烟混日子。"黄烟子"也像是个炮仗，只是里面装的不是火药而是雄黄，外皮也是黄的。点了捻子，不响，只是从屁股上冒出一股黄烟，能冒半天。这种东西，端午节人家买来，点着了扔在床脚柜底熏五毒；孩子们把黄烟屁股抵在板壁上写"虎"字。蚊烟是在一个皮纸的空套里装上锯末，加一点芒硝和鳝鱼骨头，盘成一盘，像一条蛇。这东西点起来味道很呛，人和蚊子都受不了。这两种东西，本来是炮仗店附带做做的，靠它赚钱吃饭，养家活口，怎么行呢？——一年有几个端午节？蚊子也不是四季都有啊！

　　第三年，陶家炮仗店的铺闼子门②下了一把牛鼻子铁锁，再也打不开了。陶家的锅，也揭不开了。起先是喝粥，——喝稀粥，后来连稀粥也喝不成了。陶虎臣全家，已经饿了一天半。

　　有那么一个缺德的人敲开了陶家的门。这人姓宋，人称宋保长，他是什么事都干得出来，什么钱也敢拿的。他来做媒了。二十块钱，陶虎臣把女儿嫁给了一个驻军的连长。这连长第二天就开

---

　　① "新生活"是蒋介石搞的"新生活"运动，提倡"礼义廉耻"，到处刷写着"礼义廉耻，国之四维。四维不张，国乃灭亡"；限制行人靠左边走；废除作揖，改行握手；禁止燃放鞭炮；等等。总之，大家都过新生活，不许过旧生活！

　　② 这地方店铺的门一般都是一块一块狭长的门板，上在门坎的槽里，称为"铺闼子"。

拔。他倒什么也不挑，只要是一个黄花闺女。陶虎臣跳着脚大叫：
"不要说得那么好听！这不是嫁！这是卖！你们到大街去打锣喊
叫：我陶虎臣卖女儿！你们喊去！我不害臊！陶虎臣！你是个什么
东西！陶虎臣！我操你八辈祖奶奶！你就这样没有能耐呀！"女儿
的妈和弟弟都哭。女儿倒不哭，反过来劝爹："爹！爹！您别这
样！我愿意！——真的！爹！我真的愿意！"她朝上给爹妈磕了
头，又趴在弟弟的耳边说了一句话。这一句话是："饿的时候，忍
着，别哭。"弟弟直点头。女儿走到爹床前，说了声："爹！我走
啦！您保重！"陶虎臣脸对墙躺着，连头都没有回。他的眼泪花花
地往下淌。

　　两个半月过去了。陶家一直就花这二十块钱。二十块钱剩得不
多了，女儿回来了。妈脱下女儿的衣服一看，什么都明白了：这连
长天天打她。女儿跟妈妈偷偷地说："妈，我过上了他的脏病。"

　　岁暮天寒，彤云酿雪，陶虎臣无路可走，他到阴城去上吊。

　　他没有死成。他刚把腰带拴在一棵树上，把头伸进去，一个人
拦腰把他抱住，一刀砍断了腰带。这人是住在财神庙的那个侉子。

　　靳彝甫回来了。他一到家，听说陶虎臣的事，连脸都没洗，拔
脚就往陶家去。陶虎臣躺在一领破芦席上，拥着一条破棉絮。靳彝
甫掏出五块钱来，说："虎臣，我才回来，带的钱不多，你等我
一天！"

　　跟脚，他又奔王瘦吾家。瘦吾也是家徒四壁了。他正在对着空
屋发呆。靳彝甫也掏出五块钱，说："瘦吾，你等我一天！"

　　第三天，靳彝甫约王瘦吾、陶虎臣到如意楼喝酒。他从内衣口

袋里掏出两封洋钱，外面裹着红纸。一看就知道，一封是一百。他在两位老友面前，各放了一封。

"先用着。"

"这钱——？"

靳彝甫笑了笑。

那两个都明白了：彝甫把三块田黄给季匋民送去了。

靳彝甫端起酒杯说："咱们今天醉一次。"

那两个同意。

"好，醉一次！"

这天是腊月三十。这样的时候，是不会有人上酒馆喝酒的。如意楼空荡荡的，就只有这三个人。

外面，正下着大雪。

一九八〇年八月二十日初稿

十一月二十日二稿